困惑与超越

中国现当代文学散论

徐阿兵 著

上海三联书店

目　录

李锐研究辑

短评与浅驳

评刊与观潮

作家作品论

李锐研究辑

探询焦虑

——李锐《颜色》之主题分析

一

作家李锐新近在《上海文学》发表了《颜色》[1]，小说的主线是：一个来自乡村的青年进城找工作，但意外地目睹了两个行为艺术家的表演经过及其结局。初读这篇小说，读者不免感觉到，李锐似乎已经走出了对"历史"的紧密关注，放弃了对乡村的直接书写。诚然，在一个短篇里不容易把握历史的纵深感和沧桑感；但我们仍然能感觉到其艺术关注的延伸与深化。正如我们已经看到的那样，李锐在他以往的创作中，或者"以冷峻的笔调揭示贫瘠山区农民僵滞粗砺的生活样态"[2]，或者以特定的历史时空为背景，揭示人类的精神积淀，深入探询人的生存状况，追问生命的意义……苍凉、厚重的基调，可以说是他一贯的风格。吕梁山区几年的插队生活，给李锐留下了一份挥之不去的"历史"记忆，同时也为他留下了一笔掘之不尽的精神财富：这使得他在创作中总是执著地关注这片土地和这片土地上的人们的生存和命运——或者说，他总是执著地立足于这片土地来表达他对当下社会人们生存状态的关注和思考。如果我们考虑到文中介绍的相关背景，不妨说，《颜色》中的"他"就是来自吕梁山区；《颜色》所写的，首先还是乡村和城市的故事。

"历史"和"传统"可以看作是解读李锐的首要的关键词。李锐当然

[1] 李锐：《颜色》，见《上海文学》2004年第2期。

[2] 陈思和：《中国当代文学关键词十讲》，复旦大学出版社2003年版，第227页。

不是一个历史学家，但正如他笔下的人物承袭了一份历史的传统一样，李锐本人也承袭了一份新文学史的传统。当我们读到小说写的乡下人进城务工时，我们会想到城市向农村的延伸和扩张；当看到文中的“他”以一个乡下人的眼光来打量城市的时候，我们会想到城乡的二元对立和矛盾冲突；当李锐写到行为艺术家的表演时，我们会想到现代化、现代性之类的话题……在我看来，李锐这篇小说的意义正在于没有简单地处理文学传统：他在继承“五四”以来的文学传统的前提之下、在对当下现实的紧密关注之际、在对一些传统的文学母题的继续书写之中，贯注了新的思考，显示了探索的努力，也为我们的阅读带来了欣喜。

在《颜色》一文中，我们很容易发现鲁迅小说中的“看/被看”的二元对立模式。进城务工的乡下青年选择了一个特殊的方式去找工作：他坐在马路边的台阶上一边看那一对男女表演行为艺术，一边巴望着这两人能注意到他并雇上他。这里就构成了一种“看”与“被看”的关系。显然，他是看不懂这类“艺术”的，但他仍然继续看下去，或者不如说是固执地等下去。对于这类表演本身，他是无动于衷的。而在鲁迅的笔下，“看/被看”的二元模式常常被用作揭示看客们的心态、挖掘“国民劣根性”的一项重要手段。如果说鲁迅笔下的看客们是为了凑热闹而“主动”地去看，那么李锐笔下的“他”则是出于一种纯然的功利目的而“被动”地在看；鲁迅揭示了看客们的普遍麻木，李锐则发现了这一特殊观众的固执；鲁迅深入地发掘了旧时代国民的劣根性，李锐则不经意间窥见了一个新时代中的人身上的民间精神积淀。文中的“他”来自边远乡村，无疑是秉承了民间的那种传统精神的。当他置身于这个灯红酒绿、光怪陆离的现代大都市之后仍然坚执地以他固有的眼光来打量这个城市时，这就注定了一种必然的冲突：他与这个城市其实是格格不入的。但他偏偏以为自己理解了这个城市——至少是部分地融入了这个城市。“固执”是他最突出的特点。比如，他不理解歌星阿林的做派，却认为“城里的男人和女人是颠倒的”，阿林是“满不在乎地把自己打扮成闺女样，其实阿林是给大伙解宽心的人”；他不理解街灯为什么会一下子亮起来，将之想象为“好像是被妖怪施了一个魔法”；他不理解过路人为什么会往那个桶里扔钱，但他想这是因为“城里人就是怪气，看见把人变成鬼了就有人喜欢”……总之，尽管身处一个陌生的、近乎怪诞的环境，但他的固执足以使他想方设法、千方百计地要去理解这个城市——哪怕事实上是不对的或可笑的。

他的这些想法为整个作品涂抹了第一笔类乎喜剧性质的色调，但这只是表面而已。我们不难看出，他的那种来自民间的智慧，竟然使得他在对这个城市的观照中触摸到了一些实质性的东西：城里人不就是有些怪气么？歌星阿林的做派就没有一些哗众取宠的意味吗？他有这样的认识，足以使自己都感到得意。确实是这样的，他在点起一支烟的时候想起了老家的男人们，但他随即又想到“老家的男人们现在不能和自己比，因为他们不知道阿林是谁，更没见过阿林的长头发”。民间传统中“见多识广”的说法又使他暂时地自以为是地超离了民间。然而，小芳来城市后的巨大的变化又使他惊觉“从老家到这个城市不算太远，只坐了一天一夜的火车，可一天一夜之后，他还是觉得自己来到了一个另外的世界。这是一个让自己神迷心乱手足无措的世界。”——正是在一次下意识的比较中，他重又确认了自己的根还在“老家”。他的这一精神历程向我们确证：民间永远是个自足的空间。

如果说，小说可以分为“叙事的小说（如巴尔扎克、大仲马）、描绘的小说（如福楼拜）和思索的小说”[1]这三类的话，那么我愿意把李锐的小说称作“启发人思索的小说”。毋庸置疑，《颜色》一文引发了我们关于城市与乡村关系的思考。在中国现当代文学史上，乡村与城市是一个常写常新的话题。“五四”以来，一批又一批的知识分子在追求科学与进步、向往民主与自由的时代风气中走出了乡村，来到了城市。然而在城、乡的对比和观照之中，他们各自的取向又不尽相同：乡村要么作为有待启蒙的对象，要么作为批判都市文明病的参照，要么作为淳朴理想的寄托所在，要么作为回归民间、“融入野地”的精神家园……城市固

---

〔1〕 这一分法见于乔治·艾略特等著《小说的艺术》，转引自曹文轩：《小说门》，作家出版社2002年版，第226页。

然意味着开放的环境和多元的价值形态，但认同城市并不意味着完全参透了城市——相反，不加分辨的认同很可能导致价值的混乱和迷失。相比之下，民间则意味着相对的封闭、保守和自足，认同民间因而也暗含了一种抵抗和守护、一种理想的寄托和追寻。然而正如陈思和先生已经指出的那样，民间价值形态同时又是一个“藏污纳垢”[1]的所在。因此可以说，对民间无条件的认同很有可能导致对民间文化及其传统(也包括其中的消极落后成分)的不加批判的过分迷恋。一味地批判城市，对民间却是苦心追寻，这是难免有高蹈遗世之嫌的。与上述单向的、单元的价值取向相比，李锐的这些认识无疑有着一种自觉的清醒：“民间是多是非之地”[2]；不诗化自然[3]；赞成批判但拒绝启蒙。《颜色》让我们看到了快速发展的都市对于乡村的优势地位，更让我们惊奇地发现：城市中的价值混乱和失调，在乡下青年所代表的朴实和守正的民间传统观念那里，竟然得到了如此清醒和有力的映照！

二

“一切真正的艺术品都表现人在世界上存在的一种形式。”[4]在《颜色》中，李锐无疑向我们展现了一种现代人的存在形式，一幅现代大都市的“风景画”，一个从声响到气味和色彩都带有自己独特性的所在。不妨说，其中斑驳杂乱的色调乃是对人性、对存在的多层面性的一种隐喻。假如不过分狭隘地界定“象征主义”的话，或许我们可以把《颜色》中乡下青年进城务工的独特经历看做是一次冒险——一次堂吉诃德式的冒险。他的这一个人经验的获得，无疑渗透了作家本人深重的思考。在这个意义上，我们同意这种说法：“任何个人经验都不是绝对的——

---

〔1〕 陈思和：《中国当代文学关键词十讲》，复旦大学出版社 2003 年版，第 128 页。

〔2〕 参见《李锐王尧对话录》，苏州大学出版社 2003 年版，第 83 页。

〔3〕 参见李锐：《难以诗化的自然》，收入《另一种纪念碑》(散文随笔集)，山东文艺出版社 2002 年版，第 213—216 页。

〔4〕 [法]罗杰·加洛蒂：《论无边的现实主义》，吴岳添译，百花文艺出版社 1998 年版，第 175 页。

没有纯粹的个人经验。个人经验的差异性，绝不意味着个人经验的纯粹性——即一种完全独有的不与雷同的经验——这样的经验也依然是不存在的。”[1]李锐在作品中赋予了乡下青年的经验以这样的意义：与其说它是“个人”的、“独特”的，不如说它是“共同”的、“普遍”的。李锐在这里为我们揭示了“乡土中国”在走向现代化、全球化过程中的某种“必然”命运。

正如我们已经看到的那样，在现代化的大前提下，城市在向着农村扩张（或者说城市在以各种方式影响和召唤着乡村）的同时，乡村和乡下人也以各种方式做出了反应。小芳就是一个例子。文中写道：她现在和以前不一样，她活得很高兴，她喜欢这个城市。她凭借自己的容貌，牺牲了她过去的淳朴善良和可爱挤进了这个城市，她怡然自得。然而她的“玉明哥”就意识到了，她只不过是这个城市的一个牺牲品。文中有一段话颇富象征意蕴：“唇红齿白漂漂亮亮的小芳倚在墙上，披了一头直直的长发，就像是广告画上的美人儿。小芳说完话，就从广告里走出来，带着两片鲜红的嘴唇和一个也是鲜红的皮挂包，摇摇摆摆走进地铁口。那个地铁口像一张黑乎乎的大嘴，只一眨眼的工夫，就把小芳和小芳身边的人群吞了下去。”小芳最终其实只不过是湮没在这个混乱的城市中了；乡村女孩天性中的纯洁、朴实，最终在城市霓虹灯的照射下黯然失色。或许，我们不必苛责小芳没能抵挡城市巨大的物质享受的诱惑，但我们必定无法忽视作者引发我们的深思——小芳的悲剧不只是她作为乡下人的悲剧，更是时代与社会的悲剧，是人性的悲剧。

自从这个世上有了“利益”，自从个人开始萌发了“私心”，人性也就逐渐显示出它的多面性和复杂性来。《颜色》一文尽可能地展现了人性中坚守与固执、本位与趋利、尚同与求变等意识的冲突与交锋。从乡村来的一男一女不同的经验和体会，其实同样地让我们震动。小芳固然没有坚守住本真的淳朴，但是作者并没有因此就让她的“玉明哥”在道德意识上处于其上。恰恰相反，我们看到的是，她的“玉明哥”同样对物

---

〔1〕 曹文轩：《小说门》，作家出版社2002年版，第61页。

质利益(比如那两个行为艺术家挣得了一份“容易钱”)表现了直接的神往,并为之心动神摇。所不同的是,前者已经在这个城市里取得了某种“合法”的身份,完全形同城里人,而后者依然处在“过渡”阶段。我们不无悲哀地看到,民间精神传统在这里遭遇了严峻的考验,并且濒临“覆没”的危险。乡下青年连续三天的固执等待,与其说是出于民间本位意识的坚守,还不如说是出于明确的趋利意识;他出于“求变”的想法来到城里谋求一份轻松的活儿,但他这一动机本身无疑就潜伏着被“同化”的危机。于是,在文中最后对流血事件的描绘中,我们不难看出作者的用心所在。他似乎是急于要揭开台幕的一角,以便让人们(那个乡下青年,也包括我们)直面那赤裸裸的真实:这个城市,这个纷乱的世界,其实都是被最直接的欲望所驱动的。那么,人性本真又何在呢?

如果注目于城市,或许我们能获得一种切近的参照。在这个城市中,有着“永远永远也不会停下来的车流和人流”,人们共同关注的只能是时间。快节奏的生活使得人们似乎没有时间停下来和别人交流,也不愿去和别人交流——更多的时候,人性中冷漠的一面代替了温情,世俗驱散了诗意,物质利益遮蔽了精神需求。在这里我们必须提到那两个在地铁口表演的行为艺术家。他们挣得了一份“容易”的钱,他们付出的“劳动”在一定程度上得到了回报。但这多半只是过路人在满足了浅薄的好奇心之后的一种慷慨的施舍——这本身就意味着拒绝交流和沟通,所以他们并未得到理解。后来的事实证明,正是他们的色相而非他们的“颜色”引起了人们的关注。他们表演了一出行为艺术的悲剧,而真正的悲剧更在后面:男的为了阻止有人企图看到那个女子的“本色”,而在冲突中流血身亡。他充其量只不过是扮演了一个被打败的、可怜的“护花使者”的形象,而称不上是行为艺术的“殉道者”。但是,那个女子后来的歇斯底里的呼喊:“他们哪里懂得什么叫颜色,哪懂得什么叫行为艺术……”,仍深深地震撼着我们的心灵。

悲剧冲突的主要因素固然内在于人自身,但我们仍不可忽视“行为艺术”这一外在因素。行为艺术是一种“舶来品”,是现代文化的产物。因此,行为艺术的传入中国和在中国的继续发展,似乎可以被理解为中国在走向现代化和全球化过程中的一种必然。据说，行为艺术最初的意图主要是通过行为和身体动作来艺术化地表达自己对世界的看法；但是，若不无视中国社会发展的历史轨迹和当下现实的话，我们就应该承认，在几乎每一个“行为”和“动作”后面，其实都裹挟着一种审美的“现代化”诉求。这一诉求和对社会“解放”、“进步”的要求纠杂在一起，直接诉诸人的身体，形成了一股奇怪而又强大的威力，并反过来对人性的和谐与自在构成了威胁。置身于此种环境，人首先遭遇的是一个“让自己神迷心乱手足无措的世界”。卡西尔说得好：“人总是倾向于把他生活的小圈子看成是世界的中心，并且把他的特殊的个人生活作为宇宙的标准。”为了克服这种“自我认识的危机”，“人必须放弃这种虚幻的托词，放弃这种小心眼儿的、乡下佬式的思考方式瑱判断方式。”〔1〕在《颜色》中，李锐正是尝试了这样的一个可能：在一个更大的“语境”中来认识和思考关于人和人性的问题。

三

早在1995年，陈晓明先生就曾在一篇文章里将李锐小说的叙事特征概括为“现代派的本土诉求”〔2〕。该文认为，基于个人的生活经验和对于现实的意识形态的“偏离”，李锐在对吕梁山的书写中找到了一块异乎寻常的“本土”。李锐晚近以来的创作——尤其是随笔和散文，确实是日益显露了“本土写作”的意图。但是，考虑到“现代派”一词可能导致的对于创作技法方面的过于明确而相对狭窄的指涉，我更愿意将李锐的创作特征称为“现代化的本土诉求”。李锐认为，对中国文学传统的遗弃，是导致当代作家创作自信丧失的一个重要原因，而新文学史又倾向于把对外来文学的“借鉴”，当作中国文学现代化的必要手段，这一思潮背离了汉语写作的传统。有鉴于此，他致力于以对汉语写作的

〔1〕［德］恩斯特·卡西尔：《人论》，甘阳译，上海译文出版社1985年版，第20页。

〔2〕参见陈晓明：《现代派的本土化诉求》，收《陈晓明小说时评》，河南大学出版社2002年版，第157—166页。

反思态度，立足本土，发掘本土资源，建立汉语写作的主体性，使中国文学成为世界文学的一部分。李锐的这种努力，在当下中国文学和世界文学对话的语境中，有着极其重要的意义。

在具体的操作层面上，李锐提出了“语言自觉”和“用方块字深刻地表达自己”等一系列重要命题。[1] 但限于写作目的和篇幅，本文无法对此展开论述。仅就《颜色》一文的叙述风格而言，我认为它是沉稳的、冷静的，切合了作家从方方面面进行呈示和观照的意图。在此，我试图从小说叙述的角度来作一些阐释。

马克·柯里曾经指出：“视角具有根本的重要性，它已被用来分析主体性的形成。”[2]这一论断对于本文的分析不无参照意义。我以为，在《颜色》中，李锐采取的是一种可称之为“准全知叙述”[3]的视角。有论者认为：“全知叙述者不是故事中的人物，无论他/她叙述的是人物的内心活动还是外部言行，他/她的观察位置一般均处在故事之外。”[4] 初看上去，小说的叙述者将视点聚焦于乡下青年的身上，并基本上以他的所见所闻所感来结构全文。仅此而言，作者本人是试图远离故事“现场”的，他表现了让人物自己讲述自己的故事的意图；但有的时候，作者还是忍不住站出来发表了自己的看法。比如下面这段话：

> 灼热的目光下，两个人面无表情地收拾着自己的东西。这种时候，他们的眼光就会更冷漠，更坚硬。因为这种时候，他们只能依靠冷漠和坚硬的眼光来包裹身体，掩饰烦躁和欲望，只能依靠冷

---

〔1〕 李锐至少在以下文章里程度不同地涉及了“语言自觉”的问题，如《语言自觉的意义》、《从真实的语言处境出发》、《“白话”以后怎样?》等；关于“用方块字深刻地表达自己”的阐释，请参见《比“世纪”更久远的文学》、《本来该有的自信》、《谁的人类?》等文章。以上文章均可见于《网络时代的“方言”》一书，春风文艺出版社2002年版。

〔2〕 [英]马克·柯里：《后现代叙事理论》，宁一中译，北京大学出版社2003年版，第34页。

〔3〕 我用这个说法来区别于“全知叙述”，详见下文具体论述。

〔4〕 申丹：《叙述学与小说文体研究》，北京大学出版社2004年版，第215页。

漠和坚硬的表情来抵挡预料之中的那些欲火中烧的眼睛。几天来，他们希望引起人们注意的是自己身上的颜色，而不是自己的肉体。

表演者想要展示的是关于颜色的艺术，其结果却是直观地投合了看客们视觉上的欲望；看客们的目光是灼热的，但这并不意味着他们看“懂”了眼前的“艺术”。这里显然已经不是出自乡下青年的所见，它体现的是作者的“在场”：作者试图让我们看到，由于一心想着怎样引起别人的注意，乡下青年这时候似乎是无动于衷的。所以，作者后来就有些急切地让他亲睹触目惊心的事件，逼迫他思索这类问题：

为什么一黑一白就不是宇宙的本色？为什么红的就不是？他更不明白这个城市的人看懂了宇宙的本色又有什么用？

在他此刻看似茫然、杂乱无绪的思维之中，其实发出了作者清醒异常的质问。作者似乎更希望他笔下的人物也能和他一样有这份清醒，于是在引导那个乡下青年“逼真地看见了死亡的颜色”之后，作者更进一步，让他以一种“不是……而是……”的方式直截了当地对事件的根本性质作出了判断。他的用意很显然：带领乡下青年尽快地看清这个城市（世界）的本质所在。

基于以上分析，我认为，是作者和他的人物一起讲述了这个故事，因此作者的“全知叙述”是有选择性的。正像申丹所指出的那样，“值得注意的是，尽管上帝般的全知叙述无所不知，然而在透视人物内心时一般却是有重点的、有选择的，常常仅集中揭示某些主要人物或正面人物的内心世界。”[1]在《颜色》一文中，李锐正是这样：他和他的人物一起思考问题，一起发表见解。我简直想说，他了解人物的“优点”和“缺点”（就像了解我们自身一样），他甚至试图帮助人物克服认识的障碍。倘

〔1〕 申丹：《叙述学与小说文体研究》，第 228 页。

若我们不责备作者对人物思想和行动的“横加干涉”的话，我们就应该承认：在小说的叙述中其实正浸染着李锐本人的生命体验，也透射出他的“表意的焦虑”，寄寓了他对人性的深刻的洞察和悲悯的关怀。在绘就一幅现代大都市的风景画的同时，李锐确立了他作为创作个体的主体性：用方块字深刻地表达自己。

米兰·昆德拉在谈到小说存在的理由时认为，小说家往往注意到哲学家遗忘的问题，他们的作品让我们看到了不同的人对于不同的时代的思考。他回顾了自塞万提斯至詹姆斯·乔伊斯以来的小说的情况，并指出：“一部接一部的小说，以小说特有的方式，以小说特有的逻辑，发现了存在的不同方面。”[1]我们未必赞同昆德拉在小说家和哲学家之间所做的精细“分工”，但我们至少应该承认这一点：“对存在进行终极追问——文学走向形而上，已成趋势。”[2]《颜色》的意义正在于此：在中国走向现代化、走向全球化、走向世界的大背景中，启发我们直面中国本土的问题，并进而探询人性的本色、生存的底色。

---

〔1〕 [捷]米兰·昆德拉：《小说的艺术》，董强译，上海译文出版社2004年版，第5—6页。

〔2〕 曹文轩：《20世纪末中国文学现象研究》，北京大学出版社2003年版，第337页。

“政治中国”的历史反思

回望20世纪的百年历史，影响中国人的思想观念和生活状况最甚者，莫过于“革命”。从康有为、梁启超到孙中山，再到胡适、陈独秀、李大钊，再到毛泽东，从改良的到激烈的，从旧民主主义革命到新民主主义革命，从推翻满清政府到建立中华人民共和国，“革命”的观念和必要性渐渐深入人心，“革命”的实绩引起了华夏大地翻天覆地的变化。然而，对“革命”的不同叙述也几乎贯穿了整个现代中国的历史，这不仅反映出国人对于“革命”的不同认识，也反映出现代中国选择“革命”的复杂动机。〔1〕

持续不断的“革命”深刻地塑造了现代中国“政治中国”的品性。而且，随着“无产阶级专政下继续革命”的推行，当代中国人也以不同的方式和不同的程度体验到了“政治中国”的“革命”。黄子平先生注意到，“革命深刻地改变了我们想象、虚构和叙述历史与现实的方式”〔2〕，在革命、历史与小说之间形成了复杂的互动关系。如果说，在五六十年代，以“史诗性”的“革命历史小说”来反映刚刚过去的“革命历史”、证实当代现实的合理性，是老一辈作家义不容辞的责任，那么在“十年浩劫”过后的废墟之上，“新时期”的作家则历史性地面临着反思“文革”这一

---

〔1〕 目前，已有专著集中地梳理了“革命”这一话语最初的“本土”意义及其外来渊源，并深入地分析了现代中国的革命先驱们对于“革命”的不同认识。可参见陈建华：《“革命”的现代性——中国革命话语考论》，上海古籍出版社2000年版。

〔2〕 黄子平：《“灰阑”中的叙述》，上海文艺出版社2001年版，“前言”第1页。

重大课题。正是从反思历史出发，李锐在创作中逐渐展开了他对“政治中国”的独特的“历史叙事”。

一、现实与历史的双重观照

李锐曾经说过：“实际上，我的写作大致可以分成三大块：一部分就是我的插队经历，以吕梁山为背景；另外一部分以我的家乡、大家族为背景，这就是虚构的‘银城’；再有一部分就是我童年、青少年的生活，这一部分是我写得比较少的。”[1]我把其中的第一部分称作“吕梁山系列”，主要包括《厚土》系列小说集、中篇《黑白》(1993)和《北京有个金太阳》(1992)、长篇《无风之树》(1994)和《万里无云》(1996)，还有李锐早期创作的绝大部分小说；第二部分可称为“银城系列”，包括中篇《传说之死》(1991)以及长篇《旧址》(1992)和《银城故事》(2001)；第三部分，主要是两个中篇小说《红房子》(1984)和《运河风》(1986)，可称为“成长系列”。[2] 从历史叙事的角度来看，这三个部分对于李锐来说有着各自不同的意义：“吕梁山系列”是对“文革”的艺术呈现和反思；“银城系列”则是对中国“革命”的现代“旧址”的深入发掘；《红房子》和《运河风》则是对下放以前的“成长史”的追述，并且在李锐的整个创作中有着重要的过渡意义。

从所记述的内容来看，《红房子》与《运河风》可视为李锐的半自传体书写。这两篇小说在叙事时间上有着前后相续性，用回忆的视角，充满温情地描述了李京生童年和青少年时代的生活。《红房子》的情感基调是对远逝的美好的叹惋与追忆，也暗含着对生活中不和谐面的揭露和质疑；同时，温婉细致的笔触，对爱与善的张扬，又使得该小说在李锐的早期创作中很具代表性。《运河风》则展现了大政治背景下李京生的

---

〔1〕《李锐王尧对话录》，苏州大学出版社 2003 年版，第 159 页。

〔2〕作品后所注时间均为创作年份。《厚土》系列小说集最初由浙江文艺出版社和台湾洪范书店于 1989 年同时出版，其中收入李锐 1986 至 1988 年间的十几个中短篇小说。除《厚土》系列外，李锐的中短篇小说结集为《月上东山》和《运河风》，与其他作品共同收入《东岳文库・李锐卷》(山东文艺出版社 2003 年出版，共 8 卷)。

中学生活。在这里，政治运动逐渐淡化了温情，疑问和困惑代替了和谐，这些都表明，李锐已经开始严肃地思考如何表现"文革"与一代人的命运之间的关系了。

"'文革'对于许多人是一个'过去时'，是一个已经结束了的历史，可对于我则不是。'文革'对于我永远是一个'现在时'，是一个绕不开的深渊。"[1]对于"知青"李锐来说，他的"文革"体验是从吕梁山开始的（他曾在这里做过 6 年农民）；对于作家李锐而言，吕梁山则是其艺术生命的第一故乡，也是其艺术生命扎根的"厚土"。所以他后来回顾道："吕梁山曾经给我永生难以忘怀的经历和启蒙。"[2]正是以吕梁山插队的经历和体验为基础，李锐向文坛贡献出了《厚土》系列小说集。

《厚土》系列的最早 7 篇于 1986 年底同时面世之后[3]，引起了较为热烈的反响：《小说选刊》编辑部在 1986 年 12 月即与作协山西分会联合举办了"李锐作品讨论会"，《当代作家评论》继而于 1987 年第 4 期推出了"李锐评论专辑"；随着《厚土》系列其他篇目的陆续发表，1987—1988 年间掀起了李锐评论的一个小高潮。其时正值"文化热"的浪潮余波未消之际，故评论者大多热衷于从文化、历史的角度指出李锐写出了中国农村"几乎不动的历史"[4]和"如同未经雕凿的璞玉般混整如一的形态"[5]，并认为"这厚土，倒是我们这个民族的传统精神，文化心理，道德规范，民风民俗的所有好与坏的方面，乃至于更坏的如劣根性，惰性，奴性，兽性和一切肮脏污秽丑恶的沉淀物"[6]，于是进而认定《厚

[1] 《李锐王尧对话录》，苏州大学出版社 2003 年版，第 10 页。

[2] 李锐：《谓我何求》，《读书》2002 年第 9 期。

[3] 这 7 篇分别是《锄禾》、《古老峪》、《选贼》、《眼石》（均载《人民文学》1986 年第 11 期）和《看山》（载《山西文学》1986 年第 11 期）和《合坟》、《假婚》（载《上海文学》1986 年第 11 期）。

[4] 成一语，参见《小说选刊》1987 年第 2 期的"李锐作品讨论会纪要"。

[5] 蔡润田：《〈厚土〉及由〈厚土〉想到的》，《当代作家评论》1987 年第 4 期。

[6] 李国文：《好一个李锐》，《文论报》1987 年 1 月 3 日。

土》的主题是“民族历史文化的生态与心态的反思与变革”[1]。就当时的情况而言，这类“文化学”的读解也无可厚非；但是，就是在新近出版的有关著作中，我们仍可以读到这样的评价：“李锐《厚土》系列小说……为我们展示出吕梁山区贫困落后、闭塞凝重的生活和农民在这种生活状态下麻木守旧的心理状态，表现出对民族精神素质的思考。”[2]笔者以为，在这惊人的前后如出一辙的认识中，实际上存在着对《厚土》系列独特性的有意无意的忽视，甚至是某种盲视。当然，前一类阐释明显是带有时代的气息和特征，而后一类则难免有因循守旧的嫌疑了。

在写于1995年的一篇文章中，陈晓明先生曾作如是评价：《厚土》系列第一次把“本土性”的生活刻意地从主流意识形态下剥离了出来；在李锐坚决而彻底的审视之下，这种纯粹的生活具有超乎寻常的“本土化”特征。[3] 如果把“剥离”理解为一种隐蔽的“技术处理”，那么笔者也赞同这样的论述。在整个《厚土》中，“文革”似乎都只是一抹淡远的背景色彩，而实际上这是李锐表现“文革”的一种特殊的手法。他尽量隐去了“时代背景”，而在“乡土小说”或“文化小说”外衣的包裹之下，潜秘地叙述着特定年代的历史——在这一方面，我们过去是认识得不够的。

“知青”是“政治中国”特殊年代的历史产物。“知青”视角的存在，使《厚土》系列不可避免地成为对“政治中国”的历史叙事。在这一系列中，至少《锄禾》、《选贼》、《驮炭》、《喝水——！》等几篇都明白无误地宣告着知青的“在场”：在《锄禾》中，北京来的“学生娃”亲眼见到了队长在歇工时公然与“红布衫”偷情，并见识了黑胡子老汉固执地用“千年的朝政一个理”来揣度当时的政治形势；在《选贼》中，“学生娃”又目睹了大

---

〔1〕 吴方：《追摹本色　赋到沧桑》，《读书》1987年第8期。

〔2〕 张学军：《当代小说流派史》，山东大学出版社2003年版，第34页。

〔3〕 陈晓明：《现代派的本土化诉求——兼论李锐的叙事特征》，收《陈晓明小说时评》，河南大学出版社2002年版，第160页。

山里民主"选贼"的闹剧;《驮炭》中的北京娃,则亲身体验了他与"领牲口的"之间众多的隔膜;《天上有块云》中,"他"又无意中了解到了当地有关婚嫁的民俗;《合坟》中的知青玉香,甚至在死去十几年后还"亲身经历"着当地迷信的"合坟"的全部过程……李锐无疑写出了乡土生活"与世隔绝"的闭塞、滞重、千年如一日的生活常态(这也是作品本身给人的最直接的感觉),但他既没有持简单的批判或是启蒙的立场,更没有浅薄地将他笔下的乡村场景诗意化。在他的笔下,只有描摹与烘托,从不曾有"直抒胸臆"之类的感叹。如《合坟》中描写老支书主持为当年在防洪事件中牺牲的女知青"配干丧"一事,就一面使人感慨于粗陋的封建习俗与温热的民风人情的长期共存,一面又含蓄地引发人们对于历史的沉思。李锐处理这类容易牵动情绪的场景时的暧昧态度,正如马风先生所说:"作家的回答是躲闪的、含混的、笼统的,然而,却投射出作家心理情绪的复杂、沉重、焦灼。应该说,这远远比那么一种明确、肯定的回答,欢快、明朗的心理情绪,具有更多的真实性、深刻性、严肃性,因此也就具有更高的认识价值和审美价值。"[1]李锐态度之暧昧表现为,他试图描摹出"政治中国"与"乡土中国"相反相成的混杂面貌:立足于前者,你不难看到后者的封闭与恒常;立足于后者,你可能认清前者的激烈与动荡——这就是李锐"历史叙事"的特殊内核,而李锐引而不发的态度,又常常使得小说有着"于无声处听惊雷"的效果。

尽管乡土总是蒙昧、落寞地偏居于历史的一隅,但它仍不可避免地被"政治中国"以其强大的力量纳入"现代化"的历史进程之中。在轰轰烈烈的"文革"时代,广阔的乡村往往是无数的知识青年满怀理想和憧憬,"炼一颗红心,磨一手老茧"的去处。而在张仲银(《北京有个金太阳》)和黑(《黑白》)的身上,我们却真切地看见了理想的破灭。张仲银怀着文化启蒙的憧憬来到五人坪支教,却出乎意料地体验了过多的自豪和孤独,为"医治"自己的自豪和孤独,他主动承担别人的罪名而锒铛入狱,非但没有见到想象中的轰动场景,更在八年牢狱之后平安无事地

[1] 马风:《氛围的营造和渲染》,《当代作家评论》1987年第4期。

回来了。黑曾是全国知青先进典型,发过誓"要把青春献给革命根据地的人民",插队九年中多次拒绝了离开农村的机会;然而随着上山下乡运动的历史终结,他渐渐感到没有方向、怅惘以至于灰心失望。他唯一赖以依靠的信念是:他不能和大伙一起"骗人"——"反正我没有!"但他最后离奇地与白一起死去,仍然彻底地宣告了曾有的信念和誓言的虚妄。这是李锐反思"文革"和解剖"知青"心路历程的第一步。

"创造一个新世界",可以说是"革命"历史上的一个永恒动力,也是一个美丽的承诺;它往往赋予"革命"以神圣的意味和理想的光环。但李锐让我们看到,无论是苦根儿(《无风之树》)还是李京生、张仲银(《万里无云》)的革命实践,都遭遇了重大挫折和最终的失败。苦根儿到赤贫的矮人坪抓阶级斗争,原本无处可抓,但他却更加认定了这里的阶级斗争情况异常复杂,并且决心非得干出成绩不可;李京生和刘平平只是五人坪的匆匆过客,不能给五人坪带来任何变化;张仲银后来的再次面临被捕,则无疑昭示着他愈发深重的精神困境。作为探索"改造旧世界,创造新世界"可能性的三种方案,他们失败的结局几无二致,只是陷入困境的程度不同。在"革命神圣"的现代神话中,他们亲身体验了理想的艰难。借此,李锐深刻地揭示出,他们的悲剧首先是人执著于虚妄理想的悲剧。

但李锐并不满足于此。"当明白了固定的、单一的、结局的理想并不存在的时候,对历史的怀疑,对社会现状的分析和批判,对人的本质的不断追问,就成为人的自我确认的最后途径。"[1]如果说,"文革"之于知青的影响,表现为向"内"加重其精神困境的过程(一如张仲银或黑),那么"文革"之于乡村农民的影响,则直接表现为"外"在的恶化其生存环境的过程(《无风之书》和《万里无云》就为特定革命年代的中国农村提供了一幅生存状况的缩影图)。通过对以上两个过程的艺术表现,李锐逐步建构起他对历史进程中个人命运的深切关怀。

---

〔1〕 李锐:《艰难的理想和理想的艰难》,《拒绝合唱》,第291页。

在对“现实”的吕梁山的历史叙事中，李锐越来越体会到“革命”在当代中国的“神话”性质[1]；那么，“革命”在最初究竟有着什么样的面目呢？我以为，这就是李锐“银城系列”主要的叙事目的所在：对“革命”进行追本溯源。

李锐初次走进“银城”，是在中篇小说《传说之死》中。作者首先突出强调，这是一个关于“六姑婆”的故事，其次则强调了这个故事的“传说”性质。小说开篇即写道：“六姑婆活着的时候是一个传说。”“自从六姑婆死了，传说也就死了。”小说中不断地以全知全能的叙述，暗示人物不可测摸的命运，将所谓历史描述得非但毫无规律和理性可言，而且还具有某种宿命般的意味。六姑婆以一个女人特有的坚韧，苦心孤诣毁容吃斋让弟妹求学，但弟弟却走上了“革命”的不归之路，亲手发动了对自己家族的革命；为看护弟弟，六姑婆毅然加入了地下党，丝毫不懂得革命为何物的她，最终却以“银城第一位女共产党员”的身份被历史铭记了下来……“革命”的神圣意味与历史的合理进程，在此遭到了质疑和消解。这些构成了稍后长篇《旧址》的雏形。

由《传说之死》到《旧址》，“传说”已死，但对“革命”的反思片刻都未停滞。《旧址》显然有着书写百年中国历史的宏愿，从1927年写至1980年代末，它几乎囊括了20世纪所有的“革命”大事（“辛亥革命”未写入，而这是后来《银城故事》所集中表现的），而作为整个小说主线的，是银城九思堂李家后代李乃之的革命生涯。“启蒙”是现代中国革命的首要动力和目标之一，李乃之正是在他的启蒙老师赵伯儒言传身教的启蒙之下，义无反顾地投身革命的。为了接受革命的考验，他不得不受命暗杀了那个他曾经非常熟稔的“叛徒”陈先生，他甚至无心顾及爱情；在革命的低潮中他重建了银城地下党组织，并卓有成效地开展了组织活动，尽管惨遭失败但仍然对共产主义信仰矢志不渝。而作为结果的

[1] 曾有论者指出李锐小说“反神话”的思想价值，并细致深入地分析了“神话意象”在其主人公身上生成的具体环节。见曲春景：《“反神话”与“文化大革命”再思考——评李锐小说的思想价值》，《当代作家评论》1998年第3期。

是:李乃之最终亲手推翻了李氏家族在银城的统治,也亲手葬送了九思堂李家三十二条成年男子的性命;李乃之本人奔赴革命圣地延安以后,却因为在银城暴动中幸免于难的经历而不得不接受永无休止的追问与审查,直到他最后死于 1970 年那个大雪纷飞之夜——可以说,李乃之从投身革命后就一直陷于困境之中。

李乃之的困境,除了历史和命运的无情播弄这一原因之外,还有"启蒙"本身的困境。其实,陷入困境的又何止李乃之一人:精明干练的李乃敬,一心想要振兴和光大李氏家族,最终却不得不亲眼见证其覆灭;坚韧顽强的李紫痕,苦心孤诣供养弟妹求学,换来的却是弟弟参加了革命、妹妹不得不与杨军长联姻;美丽痴情的白秋云,尽管有幸获得了自己的所爱,但在文革中却因出身于高雅美丽的白园而获罪……通过这种种事与愿违的或者偶然的悲剧,李锐在《旧址》中不仅质疑了历史的必然性,更质疑了"启蒙"的合理性。质言之,《旧址》所展现的是,个人与历史方向之间永无调和的冲突。正如美国评论家菲利普·甘朋所说,《旧址》"是对历史的伟大主题作出的沉思:命运和意志的冲撞"〔1〕。

如果说《旧址》仍有着无法消除的"家族叙事"的痕迹(指小说中的李氏家族与李锐本人的家族之间的关联),因而其历史反思的理性程度稍有减损,那么,这一不足在后来的《银城故事》中得到了改进。他在小说的"题记"里毫不隐讳地表明了自己的历史观和创作观:"在对那些漏洞百出、自相矛盾的历史文献丧失了信心之后,我决定,让大清宣统二年、西元 1910 年秋天的银溪涨满性感的河水,无动于衷地穿过城市,把心慌意乱的银城留在四面围攻的困境之中。"接下来,李锐令人意想不到地先是用了一节的篇幅来写银城的"牛屎客"行业,然后才转入对革命党人投弹爆炸事件的叙述;再读下去,我们才渐渐感觉到剑拔弩张的紧张气氛:这里有同盟会的革命党人在筹备暴动事宜,有清廷的守军在

〔1〕 [美]菲利普·甘朋:《盐的歌剧——评李锐的〈旧址〉》(李国涛译),《当代作家评论》1998 年第 3 期。

伺机镇压和破坏暴动，还有农民的揭竿起义和银城百姓对平静生活的渴慕……《银城故事》中充满了各式各样的暴动和突变，但首先吸引读者的，当属同盟会党人的革命。

毫无疑问，李锐所描写的暴动事件应该是我们通常所说的辛亥革命的一部分（文中有明确的时间交待），只不过他有意选择了银城这个名不见经传的小地方作为其空间背景。《银城故事》对于“革命”源头的追溯显然要比《旧址》走得更远。从这个意义上说，李锐在这所描述的“革命”以及个人在革命历史中的困境，也就更具有某种“发生学”上的原初意义。这种困境首先体现在欧阳朗云和刘兰亭身上。

欧阳朗云是在越南河内长大的中国华侨，本是一位文弱清秀、满腔热血的青年，在日本痛下苦心学会了爆炸技术，回银城秘密等候暴动通知。但他禁不住为同学复仇心切，在暴动总指挥到来之前就炸死了桐江知府。看到自己意外地连累了那么多的无辜之人，他决心去自首，但终究没有抵挡住残忍的逼供，还是泄露了暴动的秘密。对于欧阳朗云来说，他决没有想到，“革命”的行动竟会导致自己所不忍看到的滥杀无辜；他更没有想到，牺牲一人以保全大局的英勇自首，最终却变成了叛变和出卖——他用自己的鲜血证实了革命的荒谬。

对刘兰亭来说，情况就更加复杂了。他早年被有远见的父亲送去东洋留学，可是却把密谋暴动和兴办学校两件事情一起带了回来。暴动前夕欧阳朗云因刺杀事件而主动自首，使他猝不及防，不知所措。他在眷恋自己的学校、愧对家人的期望和革命事业的复杂情感的煎熬之中，自杀身亡。刘兰亭陷入了和欧阳朗云一样的一种宿命般的困境：要投身革命，参与和改写历史的进程，就必须抛却一己之念，接受被历史残酷吞噬的悲剧。李锐由此建构起自己心目中的一种历史观：所谓历史，最无理性的历史，却是由最有理性的人自己所制造出来的。[1] 因此，《银城故事》作为“历史叙事”的意义，不仅仅是它在对现代中国革命“旧址”的发掘之中质疑和颠覆了“启蒙”与“革命”，还在于

---

〔1〕 可参见《银城故事》的“代后记”。

李锐以破除幻想和虚饰的勇气，深刻地书写了人在历史中无可逃脱的困境。

新时期以来，出现了很多描写和表现文革的小说。许子东先生曾将“文革小说”的“基本叙事类型”分为四种，其中每种叙事类型均隐含着不同的“意义模式”：

> 一，契合大众审美趣味与宣泄需求的“灾难故事”：“少数坏人迫害好人”；
>
> 二，体现“知识分子——干部”忧国情怀的“历史反省”：“坏事最终变成好事”；
>
> 三，先锋派小说对“文革”的“荒诞叙述”：“很多好人合做坏事”；
>
> 四，“红卫兵——知青”视角的“文革记忆”：“我也许错了，但决不忏悔。”[1]

如果我们想要从其中找出一种对应于李锐“文革叙事”的意义模式，那将是徒劳的。李锐笔下既没有某些知青的“英雄情结”，也没有荒诞化的或是故作轻松的故事，他所拥有的，更多地表现为一种源自内心的个人体验、一种自我拷问的反思精神：“我们无权要求历史的完美，更无权只对历史做简单的指责。但我们却不能没有对历史也对自己的反省。”[2]对于李锐来说，反省历史并不是简单地指责历史或历史上某一个人的过错，它同时还意味着反省现实、反省自我。李锐的“文革叙事”不同于其他同类小说之处正在于，他所选取的不是某种单一的视角和立场，而是一种可以称之为“双重观照”的方法；在他的小说中，“现实”

---

〔1〕 许子东：《为了忘却的集体记忆——解读50篇文革小说》，生活·读书·新知三联书店2000年版，第167页。

〔2〕 李锐：《富有之谓大业，日新之谓盛德》，《读书》2002年第10期。

与“历史”之间表现出富有意味的同构性。

“一切历史都是当代史”。“文革”之于李锐，永远是活生生的“现实”体验，这一现实体验一直延续到当下，成为他小说创作中倾诉的动力和追问的中心。笔者所谓“现实与历史的同构”，意指李锐如下独特的反思路向：由文革这一现实回溯历史，他揭示了虚妄的理想与“神圣”的信念给人造成的深重的精神困境；而由革命的历史重返现实，他试图阐明，因为身处无理性的历史，人一直生活在自己所造就的无可逃脱的困境中。

克罗齐认为，“只有在现在生活中的兴趣方能使人们研究过去的历史”。又说：“当生活的发展需要它们时，死历史就会复活，过去史就会再变成现在的。”〔1〕李锐对历史的积极反思，正是源于对现实生活的密切关注。“文革”结束以后，当代中国在全面“拨乱反正”的基础上阔步迈进了所谓“新时期”，但我们的文学创作非但一直没有对“文革”作出过应有的、深刻的反思，却又渐渐失去了把握和驾驭现实生活的能力——既然未能找到一个正确的起点，我们的终点也就遥遥无期了。在这样的语境中，李锐所提供的立足本土中国现实处境、发掘真切的个人体验、将历史与现实“同构”看待和表现的创作实践，自有其重要地位和独特意义。

二、对根源的探究和追问

如若要用一个词来概括李锐创作的精神向度，那最好是“追问”。李锐似乎有着不可穷尽的寻根探源的冲动，他的小说总是试图引领人们和他一起去思考“历史是什么？”“历史以什么样的特征而存在？”“人是如何存在的？”“人与历史的关系又是怎样的？”……之类的问题。概而论之，李锐关注与追问的中心，就是历史本源和人的存在本原。

对于李锐的“历史叙事”，我们可以勾勒出一道特殊的轨迹：由对个

---

〔1〕［意］克罗齐：《历史学的理论和实际》，傅任敢译，商务印书馆1982年版，第2页，第12页。

人经历的反思，推进至对所有中国人的反思，再推进至对整个人类的反思，从而试图确立对个人生存状况的永恒关注。

如前文所述，李锐的创作分为三个部分："成长系列"、"吕梁山系列"和"银城系列"；从作品的内涵来看，李锐的创作历程也可相应地描述为："我"的成长故事——中国人的"文革"故事——人的故事。但这只是一种表面层次上的对应，从潜在层面来看，由"我"到"中国人"再到"人"的过程，不仅仅是一种归属感和认同方式的变化，更是一种自我体认的深化和精神体验的深化；因而，在具体的演化过程中，前后阶段之间是没有绝对的分界线可寻的。

就"我的故事"而言，李锐在《红房子》弹奏了一曲"我"童年乐土上的生命之歌。这里有美好的亲情、友情、爱情、乡情，还有温暖的人情，令人追思不已。但是，疼爱"我"的妈妈最终离"我"而去了，慈祥和蔼的陈大娘也不知去向，"草木世界"的爱情却命定般地成为一场悲剧，老画家连同他的画也都一去不复返了……作者追忆的笔调下始终回荡着一丝丝怅惘的余音。《运河风》续写"我"中学时代的故事，但从小说中所展现的"出身"不同的学生之间的对立和隔膜以及政治运动对人的"异化"来看，已远远不止是"我"一个人的故事了，而应当属于一代人的故事。

李锐后来谈到过，"文革"不应该仅仅是一代人的困境，而是整个中国人的困境。[1] 因此，他在"吕梁山系列"中揭示了"知青"一代的精神困境和中国乡村在当时的生存困境，更在"银城系列"中揭示了人在"革命"的历史中永远无法摆脱的困境。这就说明，李锐在思考中表现出一种自我认同的深化过程。如他在《无风之树》的后记中所言："这是一个关于我的故事。这是一个关于中国人的故事。最后，也最重要的，这是一个关于人的故事。"[2]由"我"到"中国人"再到"人"的过程，正是李锐认识到困境并不独属于某一类人的过程，也是"从个人出发追问普遍人

---

〔1〕 可参见《李锐王尧对话录》，苏州大学出版社2003年版，第31—56页。

〔2〕 李锐：《无风之树》，第203页。

类困境的过程”[1]。

“困境”带给李锐的情感体验的核心是“焦虑”。可以说,“焦虑”是驱使他创作的主要动力之一,也是构成他作品魅力的一个重要因素。杨矗曾在去年的《文学评论》上发表文章对李锐创作的“焦虑——魅力”进行了“祛魅化分析”。[2] 杨文指出,李锐的文学话语整体上仍属于“批判主义话语”,属于“启蒙形态”,他心仪于“边缘视角”,但他既有意排斥和疏离“启蒙话语”,又不愿理想化地去肯定和赞美“边缘”。作者还认为,李锐试图走一条“中间道路”,但结果是导致了“主体虚位”,使作品失掉了应有的理想诉求,从而陷入了一种“虚无”的深深焦虑之中。他进一步将李锐“焦虑”的演化轨迹描述为“历史焦虑——生存焦虑——‘真我’焦虑——语言焦虑——无主体焦虑”,并指出其核心是“主体虚无的焦虑”。我认为,杨矗先生的观点在分析李锐创作心理的某些方面是很有启发性的,但他并未能从实质上有效地概括出其“焦虑”的具体“运作”过程,反倒有烦琐之嫌(关于李锐创作的“焦虑”,将另外具体论述)。与对本土中国的历史、文化、语言(文学)处境的关注相对应,李锐的焦虑也可粗略地分为三个层面,分别指向对“政治中国”、“乡土中国”和“汉语中国”的思考。但在具体的实际创作中,李锐真正的焦虑在于:怎样独特地把自己作为“个人”对于困境的体验深化和扩展为普遍性的“人”的体验?怎样克服和超越自身作为一名“知青”的“历史局限”?因此,李锐“焦虑”的真正内涵可以表述为,意识到自身的历史局限,并试图超越这一局限。李锐晚近的《银城故事》已经全然脱去了“文革”的背景,也没有了知青的“在场”,甚至没有通常意义上的英雄或主角……这显然意味着,李锐体验和书写焦虑的创作之路又成功地延伸了一步。

如果仅从“历史叙事”的角度来理解,李锐的小说并不新奇。历史

[1] 可参见《银城故事》的“代后记”。
[2] 杨矗:《李锐“焦虑”的祛魅化分析》,《文学评论》2005年第2期。

母题的小说(尤其是长篇小说)的创作,历来为多数作家所钟情,这已是有目共睹的事实。“新时期文学”中,“新历史主义”小说就曾繁盛一时;即便是当下,对历史人物、历史事件的重新演绎,仍然层出不穷。李锐的“历史叙事”,也曾与“新历史主义小说”难脱瓜葛[1],但在笔者看来,李锐的小说其实与一般的新历史主义小说有着本质的不同。

新历史主义小说曾以其对历史的“解构”而轰动一时,在这类小说中,历史总是被描述为充满了不确定性和偶然性的过程,作家往往为了达到某种单一的、先验的历史观念而不惜将历史解构得七零八落(应该指出,李锐较早的某些小说,如《传说之死》中就一定程度地存在着这种偏颇);但是他们在“解构”的同时并没有“重构”,因而不得不用式样翻新的叙述来掩饰作品内涵的空洞。这类小说里面的人性往往失之于片面、抽象而又单薄。

按照菲利普·巴格比的分析,“历史”一词具有“两可性”:“它既可以指事件本身,也可以指对这些事件的文字记述”[2],正是这种“两可性”可能会引起谬误。显然,关于历史事件本身,我们事后很可能是不得而知(远的不说,即便是对于“文革”的记忆和叙述,我们也很难以看到“定论”);而对这些事件的文字记述,则是我们通常所谓的“宏大叙事”。

李锐的小说提醒我们,所谓的“宏大叙事”,远远不是历史的全部。比如,《无风之树》就有意采用了以乡民们为第一人称的非常主观化的“口语”来讲述“文革”。在小说中,充斥于字里行间的是矮人坪人特有的思维方式、思想观念和他们自己的生活状况。《银城故事》在展现银城暴动这惊心动魄的历史一幕时,也没有忽略银城的山川风物、民俗人情,还细致地写出了银城普通百姓对安逸生活的向往与追求。由此,李

---

[1] 远的不说,长江文艺出版社在隆重推出《银城故事》时,就隆重邀请了白烨、陈晓明等知名文学评论家参与书评。其中,於可训先生就认为,该小说是一部“可以称作新历史主义小说的作品”。可参见《银城故事》一书内所附“书评”。

[2] [美]菲利普·巴格比:《文化:历史的投影》,夏克等译,上海人民出版社1987年版,第31—33页。

锐解构了历史的“宏大叙事”，但这只是他思考和表现历史与人性关系的第一步。

在李锐看来，无理性的历史与人的生存意志之间表现为相互冲突的关系，或者说，无理性的历史总是压抑和束缚了许多个体的感性生命；他因而不止一次地表达过对“历史”的厌恶和怀疑。他甚至认为：“一切真正的文学和艺术所要做的事情，就是去打捞和表达这所有的被‘历史’所遗漏的东西，这所有的被遗落在‘历史’之外的人的生命体验。”[1]李锐在解构历史的宏大叙事的同时，也尝试着在自己的心目中重构属于个体生命意识和情感体验的历史。以《厚土》为例，李锐的笔下始终郁结着对于苦难生命的沉重记忆和忧患意识：《厚土》中的乡民们，亘古不变地以麻木的心性操演着终老如斯的生活，所有对于生的渴求与死的悲壮，都已在延续了千百年的生存法则之下被渐渐磨钝了。立足“厚土”，李锐以其冷静的叙事力量穿越了历史的时空障壁，铭刻下那些辛苦地辗转于历史重轭之下的生命体验。某种程度上，《厚土》有着隐蔽的反讽意图：尽管历史在推进自身的合理进程时忽略了人之所以为人的过程，遗忘了人的独特体验，但较之于历史的单一的“进步”与“合理”，人性依然显示出了它全部的丰富性与复杂性。

相对于《厚土》的冷静与凝重，《旧址》显得更有激情。沿着历史的长河上溯，李锐刻画出一颗颗鲜活的灵魂：从大家族的“掌门人”到其叛逆的后代，从革命先驱者到革命接班人，从小报记者到地方军阀，无不有着自己的悲欢离合与喜怒哀乐，无不有着自己的生命追求，然而他们最终都难免被历史的浊流裹挟而去。这就反映了“历史进程”与“人的过程”之间不可调和的冲突。

海登·怀特指出，“作为一个象征结构，历史叙事不‘再现’其所形容的事件；它只告诉我们对这些事件应该朝什么方向去思考，并在我们

[1] 李锐：《旷日持久的煎熬》，《另一种纪念碑》，第 5 页。

的思想里充入了不同的感情价值。”[1]对于李锐来说，历史叙事的“感情价值”是“怀疑”与“厌恶”：“我不愿意让自己的故事为历史做注脚，我对淹没了无数生命的‘历史’有着难以言说的厌恶与怀疑。我叙述是因为我怀疑。我叙述是因为我厌恶。”[2]

在对历史与人性反复深入地思考与表现之中，李锐形成了历史叙事的两个基本向度：一方面，他本能地拒斥与解构宏大叙事，另一方面则是对完整的人性、丰富的个体生命体验的捍卫与张扬。正是出于对正统历史的警惕，在《无风之树》中，李锐创造性地模拟了矮人坪的“原生态集体话语”[3]的内涵、语气甚至语调，深刻地“还原”了矮人坪的生存境况，显示出对个体生命意识的极度关注。《无风之树》中的“无风”，正是生命存在的滞重、沉闷、单调状态的一个隐喻，它象征着当一种摧残和压抑人性的外部压力骤然侵袭之时，顽强的生命力仍试图以其固有的姿态继续延存下去。

“不再把‘人性’看作是一次性的确认，而应该把它看成是一个消长和互动的永远过程。”[4]历史地看待人性，这正是李锐的高明之处。历史地看待人性，首先意味着对生命存在的关注，所以李锐能在沈从文作品“美丽的文字背后”读出一种“无处不在无处不有的对于生命沉沦的大悲痛，和对于无理性的冷酷历史的厌恶”[5]。历史地看待人性，还意味着对个体的情感体验与生命价值的尊重，正如有的论者已经指出的那样，李锐小说创作的思想核心是“以生命为本位的人道主义”，其一以贯之的立场则可表述为“对个体生命意识的捍卫”。[6]

---

〔1〕 海登·怀特：《作为文学虚构的历史本文》，转引自张京媛主编：《新历史主义与文学批评》，北京大学出版社1997年版，第170页。

〔2〕 李锐：《谓我何求》，《读书》2002年第9期。

〔3〕 王鸿生等：《对“文革”的再叙事——关于〈无风之树〉和〈万里无云〉的对话》，《上海文学》1998年第1期。

〔4〕 李锐：《从不能“解构”的地方开始》，《另一种纪念碑》，第88页。

〔5〕 李锐：《另一种纪念碑》，《另一种纪念碑》，第31页。

〔6〕 叶立文：《他的叙述维护了谁？——李锐小说的价值立场》，《小说评论》2003年第2期。

《银城故事》面世以后，王德威先生不禁感叹道："海峡两岸小说界像李锐那样，有绝佳的叙事功夫，而又愿意严肃思考小说与历史关系的作家，真是不多见了。"[1]就表现历史与人性之间的复杂关系而言，《银城故事》标志着李锐创作迄今为止所达到的一个高度。小说在"题记"中就明确宣称"对那些漏洞百出、自相矛盾的历史文献丧失了信心"，开篇不久又写道："所有关于银城的历史文献，都致命地忽略了牛粪饼的烟火气。所有粗通文字的人都自以为是地认为：人的历史不是牛的历史。"我们发现，构成1910年秋天银城的"历史"的，不只是有同盟会的秘密暴动以及清政府的镇压和阻挠，它还应当包括农民的起义、刘三公的谋略、秀山芳子的爱情、旺财的牛粪饼、蔡六娘女儿的婚事，还有银城的水牛、竹子以及山川河流等等。正是有了这一切，才使得银城的"历史"大气磅礴而又细微感人：这里既有宏大的历史叙事，也有微观的日常场景；既有沁透心脾的悲凉，也有感人肺腑的温暖。

《银城故事》深入地勘探了人性的丰富与复杂。如绿营老兵聂芹轩，即将裁汰还乡之际临危受命捉拿乱党，他的思想中充满了矛盾：明知大清气数将尽，而且自己无力回天，但生逢末世又不得不为朝廷尽忠效劳；他用计逼出欧阳朗云自首，为获悉相关秘密不惜动用残忍的逼供手段，然而亲手处死欧阳之后又为其忠义所感而泪落满襟……他始终处在"不得已而为之"的困境里，但又总是"知其不可为而为之"。聂芹轩这一形象充分说明：人性内涵之丰富与驳杂，绝非简单的善恶二字所能指认；因为，人生活在历史的局限之中，人更生活在自己的困境之中。

李锐的创作时常被论者引向有关"民间"的意义思考。关于"民间"，陈思和先生曾作如下论述："在实际的文学创作中，'民间'不是专指农村自然经济为基础的宗法社会，其意义也不在于具体的创作题材和创作方法。它是指一种非权力形态也非知识分子精英文化形态的文

[1] 王德威：《历史的忧郁　小说的内爆》，《读书》2004年第4期。

化视界和空间，渗透在作家的写作立场、价值取向、审美风格等方面。”[1]文章还指出：“与国家意志所提倡的理想相比，民间理想和立场既有如下特点：它不是外在于现实生活的理想，而是同老百姓对生活的理解紧密相联的；民间理想重视对民间生活自身逻辑性的表现；基于民间文化形态本身的丰富性，民间理想的具体表现是不尽相同的。”王光东进一步阐释“民间”的核心内涵是“自由—自在”，他认为，知识分子确认民间价值立场的根本理由就在于“民间的自由自在与知识分子的自由精神趋向一致”。[2]

不难看出，上引陈思和先生的文章突出强调了“民间立场”与国家意识形态二者之间的“对立”：前者是在与后者对峙或制衡的基础上获取自身的话语意义的。而王文则是指出了“民间立场”与“知识分子立场”的契合点。如果稍作回顾，我们当可发现，从清末的“白话文运动”到五四新文化运动，再到 30 年代的文艺大众化运动和 40 年代的“民族形式”之讨论，从“乡村包围城市”到“上山下乡运动”，“民间”都难脱干系：真可谓“成也民间，败也民间”。况且，随着当代中国社会结构及人们说观念的急遽变动，“民间”的范围和意义也在发生变化。因此，在运用“民间”理论话语进入文本分析时应当慎重。

分析李锐创作中的民间立场，当从《厚土》开始。《厚土》诞生于 20 世纪 80 年代中晚期，其时正值民间理念在小说中“复活”[3]、发展、壮大之际。王光东后来曾有专文分析、概括了 80 年代民间文化形态与作家之间关系的六种类型[4]，但是笔者未能从中找到切合于李锐的一种

---

〔1〕 陈思和、何清：《理想主义与民间立场》，《中山大学学报》(社会科学版)1999 年第 5 期。

〔2〕 王光东：《“民间”的现代价值——中国现代文学与民间文化形态》，《中国社会科学》2003 年第 6 期。

〔3〕 参见张清华：《民间理念的流变与当代文学中的三种民间美学形态》(载《文艺研究》2002 年第 2 期)，该文以“史”的眼光将 1980 年代的相关小说创作论述为民间理念的复活。

〔4〕 王光东：《民间文化形态与八十年代小说》，《文学评论》2002 年第 4 期。

类型;或许,这正好反过来说明了问题本身的复杂性吧。陈思和倒是在这方面曾有精辟的论述:“李锐作为一个知青作家,在他的小说里始终贯穿了知识分子面对民间的复杂心态。他的尖锐的解剖刀双刃出击:一面揭示出知识分子自身的文化局限,一面也揭示民间近乎宿命的愚昧状态。”[1]李锐确实有力地击碎了长期以来中国传统文人对于“民间”的虚构和想象;但是,他所展现的民间生活,未必就是“近乎宿命的愚昧状态”。

笔者认为,民间立场在李锐的小说创作中,既表现为反思的起点,也可以理解为借以深化反思的一种方式。《厚土》通过对民间辛苦的劳作、婚娶、养生丧死等生活场景的描摹,深入地反映出乡民的道德观、伦理观和世界观。如果没有对民间生活方式的亲近和理解,《厚土》的创作将是不可想象的。对此,李锐曾有过真情的告白:

> 其实,文人们弄出来的“文学”,和被文人们弄出来的“历史”、“永恒”、“真理”、“理想”等等名堂,都是一种大抵相同的东西,都和那些“面朝黄土背朝天”的人们并无多少切肤的关系。……他们就像黄土高原上的黄土山脉,在岁月中默默地剥蚀,默默地流失……或许有一天,会突然间在非人所料的去处,用他们的死沉积出一片广阔的沃野。日月悠悠,物换星移,在无限无极的时间和空间中,这完全是无意的呈现,便愈给人以无可言说的震撼。当文人们惊叹于这种呈现的时候,或许会在刹那间瞥见一只带着嘲讽的冷眼。[2]

这番感慨,实际上源于这样的认识:这大山里的人生,其实是处在历史“之外”的;对此,任何单纯的批判、启蒙或是诗化、赞美都是浅薄的。李

[1] 陈思和、何清:《理想主义与民间立场》,《中山大学学报》(社会科学版)1999年第5期。

[2] 李锐:《生命的报偿》,参见《厚土·后记》。

锐的民间立场，正可概括为：以冷静的态度来叙述“历史之外的人生”，或者是从“历史之外”重新进入历史、反省历史。在一篇记述“走西口”游历的文章中，他写道：“这都是我在这次走西口的路上寻访到的历史。可在这些以方块字记录的历史中，不知道会有多少遗漏、歪曲、误会、省略、故意的放大、以及故意的缩小，不知道把多少广昌隆、杨大富、杨二富，和这个紫铜脸膛的老牧民排除在历史之外了……阴山脚下，长城内外，真不知道还有多少永远不对我们说话的历史。”〔1〕

“民间”的历史之所以成为这样的“不说话的历史”，这当中除了历史故意的遗漏和省略之外，还有一个重要原因就是，“民间”没有自己的“语言”。因此，李锐在《无风之树》和《万里无云》中就特意替矮人坪和五人坪的乡民们“创制”了他们的“口语”，使他们能用“自己的语言”来表达自己的生死爱恨和喜怒哀乐——更重要的是，用他们的语言来讲述他们的“文革”历史。这样一来，《无风之树》和《万里无云》中就存在两套不同的话语：“一套是原生态集体话语，一套是意识形态的话语……原生态集体话语是对原始欲望的表达，对意识形态话语起抵消和解构的作用。”〔2〕由此，李锐的民间立场深化为：用民间的“语言”，讲述民间的“历史”。

如果说，《无风之树》和《万里无云》中的民间历史和正统历史还存在着一定程度的刻意的对抗，那么到了《银城故事》，这一局面已经发生深刻的改观。在李锐的笔端，不仅交织着献身革命和镇压革命的宏大历史，更有民间普通百姓的生活史，还包括牛、竹子等的生命史。“微观历史”与“宏大历史”的混杂与交融，在此共同构成了“完整”的历史。

综上，由《厚土》到《银城故事》，李锐的民间立场表现为“从历史之外进入历史——用民间的语言讲述民间的历史——呈现两种历史的融合状态”。李锐不断地推进和深化自己的反思的过程，也是“吕梁山”和“银城”的艺术魅力与日俱增的过程。

---

〔1〕 李锐：《出入山河》，《另一种纪念碑》，第229页。

〔2〕 王鸿生等：《对“文革”的再叙事》，《上海文学》1998年第1期。

“乡土中国”的文化关怀

“从基层上看去，中国社会是乡土性的。”自从费孝通先生作出这个论断以来，“乡土中国”就渐渐成了“中国”的代称。他又说：“土字的基本意义是指泥土。”[1]这些看法实实在在地指出了中国的这一“国情”：它的文明的发端、文化的特质，它的兴盛与衰败，都与哺育了它的这片“乡土”息息相关。如果从现代的时间意识去加以辨析，“乡土中国”的论述至少涵盖了两个方面的意义：一是指其深厚的传统文化积淀，二是暗示在面临“现代化”这一历史重任时，它曾有过的高度的农业文明，必然显示出其“走向现代”之基础的薄弱。

在中国文学史上，从《诗经》的《风》到汉乐府，从魏晋以来的山水诗到唐代的“新乐府”，再从词、曲的兴起到宋元话本、明清传奇的流行，“乡土中国”一直在为中国文学的发展提供源源不绝的动力，并且也经常是文学的重要表现对象。而自近现代以来，越来越多的知识分子在感染了现代文明的气息之后，背井离乡，开始了对“民主”与“科学”的执着追寻。在启蒙、进步观念的支配之下，“乡土”往往因其愚昧、落后而遭致批判性的审视；而另一方面，有感于现代文明的入侵及其随后显露的负性面，有感于中国传统价值观的沦落，“乡土”又常常成为中国知识分子重建理想的精神家园的最佳选择。可以说，自新文学运动以来，中国的知识分子历史地形成了两种看待“乡土”的基本态度：或是批判、启蒙，或是赞美与诗化。还应该指出，对于大部分作家来说，这两种情感

[1] 费孝通：《乡土中国　生育制度》，北京大学出版社2003年版，第6页。

倾向是绝对不可调和的，甚至是全然对立的。只有极少数人能以冷静、持重的姿态摆脱这种单向的、非此即彼的思路，从不同的角度来对乡土中国进行自己的反思。这种有效的反思必然涉及两个基本的方面，即如何认识与评价传统文化及其价值，如何认识现代文明及其前景。

一、传统文化的现代性观照

"中国是什么？中国是一个成熟得太久了的秋天。"[1]这是李锐多年以前写在日记中的感悟。在他看来，当下的中国就像一个"成熟得太久了的秋天"，"苍老，疲惫，风尘满身"。这个表述实际上传达出他对中国文化特质的如下体验：中国文化先天感性发达，甚至是早熟，且很早就有了自己成熟的文化；然而，后起的理性严重地抑制和摧残了个体的感性生命。所以他说："在这个太久的秋天里，每一个人都毫无例外地注定了是这片秋色的一部分，也是这苍老、疲惫的一部分，即便有满腔热血涂洒在地，洇染出来的也还是一片触目的秋红……"[2]在这个秋天里，生活着形形色色的男人和女人，他们疲惫而又顽强地延续着自己的生命；在这个秋天里，还延续着文人们自古以来就有的对于"乡土"和"田园"的想象，延续着"家族统治"的残存与崩溃……在李锐的小说中，他主要从三个方面来对传统文化进行审视。

美国的文化人类学家斯皮罗曾经指出："尽管思想和感情不是文化的一部分，但它们往往是由文化决定的。"[3]这一观点启发我们：既然人的思想和感情往往是由文化决定的，那么由前者当可反观后者；或者说，从人们的思想和感情中总能体味到一种文化的特质。对于作家来说，审视中国传统文化的有效途径之一，首先就是致力于对人物内心世界的勘探，李锐尤以对女性的生命体验和存在命运的关注而为人所

---

〔1〕 李锐：《厚土·后记》，《厚土》，第257页。

〔2〕 李锐：《厚土·后记》，《厚土》，第258页。

〔3〕 [美]斯皮罗：《文化与人性》，徐俊等译，社会科学文献出版社2002年版，第36页。

注目。

李锐往往倾注了更多的心血在女性形象的塑造之中，这一点已经为很多评论者所指明。女性人物形象之所以值得偏爱，是因为"和男人相比，女人更少理性，更富于生命直觉和情感投入"[1]。因而，本着对人的生命体验的理解与尊重，李锐的小说中先后出现了一系列生动、鲜明的女性人物形象。在赋予她们以各自鲜活的灵魂时，李锐明显地表露出对于抑制"情感"的"理性"的敏感与反思，而这一"理性"的根源就在于中国的传统文化。在女性形象的命运中，我们可以见到他对于中国传统文化的审视与反思，这就是所谓的"秋天的愁思"。

李锐对女性形象的倾心塑造，本身也经历了一个较长的过程。韩石山先生较早地注意到，"李锐在作品中尽量把握女性的命运"[2]，这的确是事实。其早期作品，多以女性为主人公，演绎她们在乡村传统之下的生活观念和现实命运：如《月上东山》(1981)表现的是兰英如何做"稳"了媳妇的过程；《静静的南柳村》(1982)以乡村姑娘的婚嫁为中心，反映出乡村人们好新鲜、爱面子的心理；《指望》(1983)描写的是山村姑娘嫁至城里后因备受夫家歧视而自强自立的过程；《清清的泉水》(1981)中，美丽姑娘的"怀孕"风波关系着她一生的命运；《凤女》(1983)中的凤女不甘心于命运的安排，虽然屡次抗争，但最终仍然成为了一个安分的家庭主妇……不难看出，"认同"是这类作品的核心观念：作品所竭力表现的，是人物(女人)在古老的传统下确认自己的位置和角色、并最终"认同"命运的生活过程。同时，"认同"还反映出李锐在创作之初有意无意的心理趋归，那就是，总是置身于"生活"之中来发表他对生活的见解。这样看来，他的早期作品就未能获取一种对生活的有距离的观照，也就未能有效地由此而上升至对传统文化的有力审视。

发表于1985年的《野岭三章》是一个转折点。小说分三节，试图全景式地展现祖孙三代女人的命运。在《残绿》一节中，主人公曾经勇敢

---

[1] 《关于〈旧址〉的问答》，《旧址》，第312页。
[2] 参见"李锐作品讨论会纪要"，《小说选刊》1987年第2期。

地背弃了被自己瞧不起的丈夫，并打算与别的男人一同出走，但关键时刻终究割舍不下，从此一直煎熬到风烛残年；《砒霜》中的银鱼儿，依从父母之命出嫁之后，因与婚前的情人重续旧好遭到了丈夫残忍的报复，因而落下了疯病。《荒村》则写第三代女人巧青的逃婚之事：她因反抗包办婚姻而与自己心仪的男子离家出走，一路上牢记祖母的教诲，充满疑惧地坚守贞节而又自然而然地需要对方的信任和帮助；她虽然终究选择了回家，但还是果断地把自己托付给了自认为可靠的男人。小说的主线是表现三代女人对于各自命运的抗争或屈服的过程，而在她们不尽相同的结局背后，隐现着作者的深思：一方面，他显然肯定了女人应该主动地与命运抗争，才能争取到自己的幸福；而另一方面，巧青的反抗仍然是以“回家”告终的——从祖辈一代到孙女这一代，她们的生命历程共同地呈现为一道近似圆圈的轨迹。她们的生命中或许有过不满、怀疑、冲突、碰撞，但最终仍然无可奈何地消融在这个圆圈之中。这个永远轮回着的圆圈，正是对中国传统文化的某种隐喻：它以其巨大的感召力和不可思议的“吸附”功能，无情地消解了一个又一个鲜活的生命的感性体验，根本无视于她们一次又一次的抗争。由此，李锐对女性人物形象的塑造，开始着力于揭露传统文化对个体生命的禁闭与摧残。

《厚土》描摹的是“生命的躁动、追求、奋争以断片的形式连缀为困厄茫然的命运轮回之旅”〔1〕，其中不是从一般的主角意义上，而是从群体上突出了女性的生存特征：在极端贫困的生存环境下，女人成为男人们物质上的“财富”〔2〕，却从来得不到应有的尊重。基于一种生命本能的冲动，她们间或也有过对现实的怀疑和反抗，并往往因此闪耀出一种本真的人性的光辉，但更多的时候，她们的实际命运总是一次又一次地成为传统文化禁锢生命的注脚。

---

〔1〕 吴方：《追摹本色　赋到沧桑》，《读书》1987 年第 8 期。

〔2〕 曾有文章分析《厚土》中女性群体形象作为“卑微者”的“光辉”，并概括她们整体上具有“物质化的‘他者’”、“妓女化的生存”、“母亲化的拯救”等三个特征。笔者以为，“物质化”尚可理解，而其他似乎不确。参见王鹏飞：《卑微者的光辉——论李锐〈厚土〉中的女性群体》，载《吕梁高等专科学校学报》2002 年第 2 期。

《旧址》中出现了许多个性鲜明的女性形象：白园里的白杨氏、柳琼琚、白秋云，以及李氏家族中的李紫痕、李紫云甚至李延安，都给人留下深刻的印象。尤其是李紫痕这一形象，有一种特别的魅力，曾被称为新时期文学中难得一见的"绝望的母性"[1]形象。她出身于九思堂李氏家族的旁系，从7岁起就担负起了照顾弟妹读书成人的重任。她虽然没读过书，却一直牢记着父亲临终时嘱咐的"万般皆下品，惟有读书高"；她虽然从未有过婚姻，却无疑是一个典型的母性角色。可以说，她的母性角色或者说自我选择和定位，乃是深深地根源于传统文化的浸染和熏陶。她作为一个女人的坚韧的天性，与泱泱古国的顽强的生存能力相得益彰，她的一举一动都体现着传统文化的"自救"功能。

但是，李紫痕这一形象的特别之处还在于：她的所作所为总是充满了意味深长的矛盾，引人深思。比如，她自毁面容、皈依佛门之举，确有出于逃避族长逼婚的目的，但又并非真正遁入空门，而更多的是为了从此静心供养弟妹求学；她一心一意要维持家族的繁衍和旺盛，但她本人却一直不嫁不育。笔者以为，这种矛盾的情形正是传统文化正面、负面因素相互交织情况的体现，其中的优劣、高下，殊难一言定之。如果说，李紫痕的"母性"角色更多地体现了古老文化延续自我的生存本能，那么其"绝望"则意味着传统文化无可挽救的负面性和弊端：无论是先天的文化遗传还是后天的成长环境，其宗旨都在于使人自觉不自觉地压抑和束缚自己的本性。而在这其中，女性的牺牲总是屡见不鲜的。李紫痕就是这样的一个牺牲品：从7岁起，她就是一个"女人"（承担抚养弟妹的重责），而不是一个女孩；以后几十年的漫长岁月中，她一直紧锁着女人体内的潮动，在敬佛、刺绣中把自己变成了一尊无情无欲的神。她的"神化"过程固然证明了人性中坚韧、直面苦难的一面，但更为重要的是有力地揭露了传统文化对个体生命的禁锢与扼制。

《无风之树》中的暖玉，也是一个值得分析的形象。她在灾荒之年与父母和二弟一起逃至矮人坪，嫁在当地后夫死女夭，被当地的男人们

[1] 李洁非：《废墟上的铭文》，《当代作家评论》1993年第4期。

"供养"起来，成为队里的"公有财产"。暖玉之所以心甘情愿留在矮人坪与瘤拐们为伍，主要原因就是这里有她疼爱的人（死去的二弟和女儿）和疼爱她的人（拐老五）；因而在拐老五被逼上吊死后，她也决定要离开矮人坪。与李紫痕相比，暖玉似乎少了几分循规蹈矩，且在行事上更听从自己的内心体验和意愿，因而稍带几分"叛逆"的气质。比如，她与刘主任之间的性关系，首先固然是因为对其权力的屈从，其次还由于对方是个"大个"，能带给她更多的快感。但不可否认的是，暖玉不管是最初答应留在矮人坪还是最后的离去，都是因为对于温情的寻找。表面上看，暖玉只是无拘无束地活着，但实际上，她对于温情的向往与追寻却说明：在古老传统的延续和设定之下，现实生活中极度匮乏人们所渴望的温情。不难设想，即便她真正离开矮人坪，也未必能寻找到自己心目中的温情脉脉的某个地方。而且，小说中设置的暖玉"出走"一节，未必合乎人物性格的内在发展逻辑。但也就是这样的情节设置，显示出李锐热切的愿望：他寄望于主人公以"出走"之类的反抗行为，将古老中国所弥漫着的"秋天的愁思"扫荡开来，寻找到一条新的出路。

李锐的创作真正激起巨大反响，是从《厚土》开始。究其原因，首先是作品中对传统文化所作的深入的现代性的反思，其次是赶上了1980年代方兴未艾的文化热潮。众所周知，当时与"文化热"关系最密切的是"寻根文学"，现在看来，寻根文学既有着强烈的反思、修复或重建民族文化的意识，也与当时的拉美"文学爆炸"冲击波和"魔幻现实主义"在世界范围内的风行有直接关联。就前者而言，寻根文学以地域性、民间性特征为基础，较为有效地探寻了传统文化之根，开掘了民族深层心理的表现世界；从后者来看，寻根文学还包含着作家们重塑民族自我、与世界文学对话的叙事冲动。寻根文学本身有着明显的矛盾：首先，出于对主流意识形态文化或正统文化的疏离，寻根作家大多认定民族精神之"根""分布在广阔的大地上，深植于民间的沃土"[1]，但实际上如

〔1〕 李杭育：《理一理我们的"根"》，《作家》1985年第9期。

韩少功、王安忆笔下的鸡头寨和小鲍庄都是一些偏僻的角落。其次，寻根作家本意是想置身于广阔的乡土大地上去爬抉、梳理和弘扬我们民族精神的优秀的根基，但在普遍而强烈的文化启蒙和批判意识的驱使之下，“优”者不多见，许多的“劣根”倒是愈发引人注目了。最后，在融入世界文学版图这一雄心壮志的激励下，寻根作家不可避免地有着焦虑与浮躁的创作心态，他们在某些方面对传统文化所作的“过度阐释”，暴露出他们未能有效阐释当代生活这一弊病。但是，寻根文学仍然有其不可磨灭的功劳：经过“寻根”浪潮的激荡起伏之后，中国作家的本土意识和文化意识普遍地得到了强化，作品的意蕴和层次也相应地得到了提升。

《厚土》系列与寻根文学之间的关系，表现为既在寻根思潮之中，又在寻根思潮之外：《厚土》厚重的文化意蕴及其本土立场，显然受到了寻根文学的影响；但《厚土》的创作与寻根热潮之间的某种“时间差”，又使得《厚土》在“慢半拍”的沉淀和酝酿之后，有可能具备某种“新质”，突破“寻根”的某种定势。

已有许多评论注意到了李锐的创作与寻根文学之间的异同。如於可训先生认为：“李锐虽然不是一个有自觉意识的‘寻根’作家，但他的创作对生命意识的注重和始终如一地坚守的本土文化立场，却与这场文学‘寻根’浪潮的文化取向有诸多共同之处。”〔1〕王德威先生也注意到：“与彼时盛行的寻根写作不同，李锐下笔不以夸张地方色彩、乡土人事为能事。他更有意从中反思历史律动、文明兴颓的意义。”〔2〕前一种观点重在阐明李锐与寻根作家之间的共同点；后一种观点虽则有意指出他们的不同，但也并未言明李锐是以何种方式和途径来反思历史律动及文明兴颓的意义。笔者以为，李锐的独特点在于，他一方面以直面现实的精神深刻地还原了乡土千年沉重的面貌，揭示出农民身上的传统文化心理积淀；另一方面，又无情地针砭了长期以来存于文人心中的

〔1〕 於可训：《主持人的话》，《小说评论》2003年第2期。
〔2〕 王德威：《历史的忧郁　小说的内爆》，《读书》2004年第4期。

乡土想象。

《厚土》中农民的文化心理积淀，可以用“迷信”一词来形容。其中又可具体分为权力迷信和伦理迷信两类。在吕梁山区的日常生活中，队长即是权力的化身，李锐先就写出了权力之下的屈从心理。比如《锄禾》中写到，队长可以随意地安排人们的休息时间、休息方式和所挣工分的多少，自己却大白天里与人偷情，而黑胡子老汉也只不过咕哝了一句“狗日的，拿圣旨管人哩！”《看山》中的放牛老人，因年事渐高而将被队长夺回放牛这一轻松活计，只能在心里暗骂他的冷酷；《送葬》里的队长，不但有权主持为拐叔送葬，还有权给人们分配食物及香烟，更有权动辄以扣减工分相胁。队长的权力如此的无处不在、无孔不入，以至于《假婚》中的男人在见到队长为他撮合的女人时，就立刻想到这女人是否被队长占过便宜（事实证明，他的猜测是对的）。无奈的乡民们在盲目的屈服中，普遍存在着隐秘的反抗心理，这一点在《选贼》中就有表现：队长值班的夜里，公家被偷了一袋小麦，于是他发动村民们“选”贼，结果大家竟然一致推选了他！而当队长愤然离开之后，大家又都觉得不能没有个队长给“喊工派活”，又惶惶然去找他赔罪去了。这就形象地反映了人们既反感于权力、又习惯于权力的心态。这样的心态，即便在队长那里也不例外：《篝火》中的队长与一女人暗中相好多年，对她许下过很多承诺，但公社书记每次下乡都照例要去那女人家过夜，队长也只能忍气吞声。《厚土》中许多这样的细节都说明，在几千年文化传统的绵延之下，等级制的权力观念业已深入人心、根深蒂固，成为一种深刻的“集体无意识”。

与权力迷信同时存在的是伦理迷信。《眼石》较为集中地展现了当地村民们的伦理观：赶车的副手可以忍受车把式对他的颐指气使，就是无法忍受对方乘人之危占有他老婆这一行为；直到对方以同样的方式“报偿”了他之后，一切才重归于平静。《同行》中的黑牙，尽管对同行的女人充满了欲念，但他的野心却因自卑而一次次被击垮，直到最后见到女人彻底的孤苦无助才使他冲破了伦理和道德观的束缚，脱口说出“不怕，他们都不要你，我要，我不怕！”伦理纲常的观念体现在人们的一言一行中，即便对生死看得很通脱的老人，也不能看破（《秋语》中两位老人的谈话即是一例）。《二龙戏珠》中的福儿，一回想起自己曾亲眼见过的家人乱伦的情景，就会精神失常；《好汉》中的打猎好手，一身硬铮铮铁骨，但最后还是向伦理、报应作了屈服；《古老峪》中的队长，同样地畏惧乱伦的流言，所以逼着女儿出嫁……

无论是权力迷信还是伦理迷信，它们都从属于同一个体系之内，那就是古老的传统文化所划定的生存准则。农民们只能世代卑微地苟活、辗转、劳碌，并且他们还不能意识到这一点——这固然是他们的悲哀，是我们文化的暗点，也是作家们在情感取向上容易产生分化之处。李锐固然揭示了农民的文化心理，但他同时写道：

> 可以毫不夸张地说，中国的士大夫们，中国的文人们创造了人类文明史上最为恬静、最为深沉，也是最为纯粹的田园。在对这田园的歌唱和认同中，他们所肯定和高扬的正是自己。于是，从这样一个无以伦比的地位俯视下去，他们慷慨地施舍出自己全部的怜悯来。……但在这施人以怜悯，和被人施以怜悯的两者间，没有任何一方是具备了独立的人格的——一个人要在向别人的施舍中肯定自己，另一个人是在得到他人的施舍时才觉得自己像人。[1]

李锐痛切地指出，这类“悯农”心理一直蛰伏于中国文人的意识深处，久而久之就形成了一种“慢性乡土病”，从而导致了文人对于自己和田园双方人格的严重歪曲。因此，在他的创作中，他不仅深刻细致地挖掘出农民身上的文化心理积淀，同时也无情地针砭文人自身的病症。

有些论者曾注意到李锐的这种取向。如陈坪先生在 1987 年的一篇文章中即已指出，《厚土》中的农民形象，“被作家赋予了一种书生文

---

〔1〕 李锐：《中国文人的“慢性乡土病”》，《拒绝合唱》，第 145—146 页。

化意识无法侵入的独立自足性”[1]。李陀也认为,《厚土》诸篇“通过农民和文化人的对立实际上不只批判和探究了农民和农民的文化心理,还批判和探究了文化人和文化人的文化心理”[2]。得益于这种双向的批判和探究,《厚土》中多有出人意料的反讽。如《古老峪》中写小李下乡时与队长及队长女儿同宿一炕,不禁让人感叹此地民风淳朴,但读者接下来又猝然读到了这样的闲言:村人在背后议论,队长留女不嫁是“给自己用”!《合坟》中知青因防洪光荣牺牲后,村人却一度抱怨县里在村口盖的纪念碑不吉利;《假婚》中的女人逃荒出来嫁人,不过是一场骗局……李锐在下笔时似乎有意与文人们对乡土的“误读”针锋相对,用力戳穿“假”象而暴露一种刻骨的真实。另一方面,厚土生活中“无论是心理状态的平衡,还是现世秩序的稳定,在这里都有一种假的东西在支撑着、调和着”,而“虚伪的不是这些农民,而是他们所恪守的那种伦理法则以及世世代代养成的那种心理习惯”[3]。面对千年沉重的厚土,单纯的、单向的“教化”或“启蒙”是无助于事的。在论及五四时代的启蒙文学时,韩毓海说过:“启蒙并不是一种纯粹外在的行为,它首先是启蒙者的自我反思、自我体察和自我估价,而这一切,并未成为‘五四’新文学的主要关注对象。它作为一种未完成的课题,成为一种新的时代所必须承担的使命。”[4]如今看来,他的预言似乎得到了应验。李锐凭借深刻的反省精神担负起了这样的使命,从而把“启蒙”的对外观照与向内自省结合了起来——它所揭示的传统的生存法则背后的“假”,与他所破除的文人田园想象的“虚幻”一起,构成了对中国传统文化由怀疑渐至于批判的有力指向,并预示着他对文化变革的未来路向的进一步思考。不过我们还应看到,李锐对中国乡村的书写,本质上仍然是一种文人书写,仍然难以完全避免“慢性乡土病”的可能。因此,对于他

---

[1] 陈坪:《深切的体察与理解——评〈厚土〉的艺术追求》,《当代作家评论》1987 年第 4 期。

[2] 李陀:《李锐给我们带来了什么——兼评〈驮炭〉》,《青年文学》1987 年 12 期。

[3] 李庆西:《古老大地的沉默——漫说〈厚土〉》,《文学评论》1987 年第 6 期。

[4] 韩毓海:《锁链上的花环》,时代文艺出版社 1993 年版,第 51 页。

在这方面所作出的反拨的意义，仍然不宜过于拔高。

李锐在其长篇小说中，常常表现出书写家族记忆、探寻家族源头的冲动，我称之为“家族情结”。考虑到传统中国社会的文化特质，此种情结之所以形成，决非偶然。两汉以来，儒学独尊天下，它所提倡的“修身齐家治国平天下”的人生观，经由国家意志的提升和强化，逐渐深入人心，影响久远。而在“身、家、国、天下”中，“家”乃是枢纽，有“家”才有“国”。在这个意义上，中国传统文化可以说是一种“家族文化”。此种文化的核心理念是追求和睦、和谐、同一的美：“诗”的目的是言志，追求言辞与内心的一致；“乐”则从“和”，它与“礼”的目的相近，“都在维护、巩固群体既定秩序的和谐稳定”[1]。在这样的文化传统中，中国古代的文人墨客，多数时候都是在为这个大家族的和谐理想而深情吟唱，而只有在少数时候（如士大夫的因贬谪、流放等意外打击而面临被“大家族”排挤的危险时），他们才发出了胸中的不平之音。有意思的是，这类不平之音（如屈原之《离骚》，司马迁之《史记》，建康七子的慷慨不平，李白的“明朝散发弄扁舟”等），往往是文学史上的传世佳作。

中国古代家族叙事的集大成之作，当推《红楼梦》。其中对四大家族的盛衰兴亡的描绘既预示了“既定秩序的和谐稳定”的一去不复返，也流露出末世哀音的挽歌情调。新文学运动以来，家族记忆在作家们的笔下得到了更为丰富的表现：在《狂人日记》中，鲁迅将中国的家族文化描述为令人惊悚的吃人的宴席；巴金的《家》中，大家族成为年轻后代追求自由的桎梏和极力反叛的对象；曹禺的《雷雨》所展现的周家，更是充满了罪孽深重的记忆……这些都说明，时代和社会的变迁，使得作家们对家族的理解与表现都开始有了不同于以往的文化意味。

新中国成立以来，家族叙事渐渐式微，人们很少读到具有家族叙事结构倾向的作品，因而《红旗谱》、《三家巷》成为这方面的典范之作。尤

〔1〕 李泽厚：《美学三书》，天津社会科学院出版社2003年版，第213页。

其是在《红旗谱》中，朱、严两家三代农民的生存史被最大程度地演绎为农民与地主阶级对抗的革命发展史，这就鲜明地体现了其时的文学忠诚于“革命”的创作意识，也使得家族记忆遭到了意识形态的一定程度的扭曲。直到20世纪80年代以后，《红高粱》、《古船》、《故乡天下黄花》、《旧址》、《白鹿原》、《最后一个匈奴》、《家族》、《尘埃落定》等一批小说的出现，才真正标志着家族叙事的多元化。

在这一批“家族小说”当中，《旧址》是特别的。《旧址》的创作既不想从历史中得到什么力量，也不想去揭示任何关于民族历史的隐秘；作家本人甚至只希望作品“离‘写实’更远，离寓言和‘写意’更近”[1]。不过，小说在家族叙事层面上仍然是“写实”的：李氏家族的祖先被上溯至老子的后代、东汉建武元年被封为固始侯的李轶；李氏家族千百年来赖以巩固、发展、显赫的行为规范、人格威信等等，都得到了表现。最后一任“掌门人”李乃敬，也不失为一个具有“中兴”之才的人物。在与银城另一新兴望族白家的抗衡中，坐轿子的中国式财主李乃敬虽曾一度屈居于坐福特汽车的美国式企业家白瑞德之下，但这并未从根本上动摇李氏家族的古老根基；真正给家族带来灭顶之灾的，是一场错误的、人为的婚姻，它让李氏家族陷入了前所未有的“反革命”的政治漩涡之中。小说的“写实”层面在以下方面也有体现：在小说人物李乃之、白秋云与李锐的父母之间，九思堂李家与李锐的家族之间，李紫云与李锐的三姑之间，甚至李京生与李锐本人之间，都存在着某种对应关系——《旧址》是关于李锐家族的一部“精神自叙传”。但是，指明这一点并不意味着笔者对于考据方面的兴趣，也并非想要说明李锐是如何深情地沉浸在对家族记忆的追溯之中；相反，笔者更愿意指出李锐在家族叙事中保持住了“清醒”的理智，也就是小说“写意”的一面：

小说告诉我们，李家之与政治军阀联姻，是迫于与白家竞争的压力；而李家之所以在竞争中屈居白家之下风，并非输在仁义道德诚信，而是输于白家“现代”的经营理念与竞争手段。虽然小说的叙述者一再

---

〔1〕《关于〈旧址〉的问答》，《旧址》，第312页。

用“谁能想到”、“他没有意识到”、“她绝没有想到”之类的语句来描述和强化历史的不可预见性，而实际上小说仍然传达出这样的叙事意图：李氏家族的溃败，乃是传统文化及其价值观念在现代历史中的必然衰亡，是传统文化面对现代文化的失败。小说最具写意韵味的一笔是，李氏家族的后代李京生来到了故家的“旧址”，但他既没有对家族历史的认同，也没有丝毫寻根的想象，而只是一个历史的局外人。这就真切地宣告了家族文化在现代文化冲突中的变异和断层。由此，《旧址》中的“家族情结”似可如此描述：由探寻家族的生存源流及其精神脉络入手，揭示出家族文化在历史发展中必然遭遇的冲突和嬗变。

《银城故事》进一步描写了家族文化及其体系在现代进程中无可挽回的全军覆没。该小说至少在以下几个方面与《旧址》形成了有意味的对照：曾经显赫一时的大家族(敦睦堂刘家与九思堂李家)，叛逆的后代(刘兰亭与李乃之)，精于世务的“掌门人”(刘三公与李乃敬)。其中，刘家历史上所积累和传承下来的生存经验丝毫不亚于李家；刘三公的精明干练，较之李乃敬只有过之而无不及；与李乃之相比，刘兰亭也算不上一个全然的叛逆者(他对家室妻子十分眷恋)。然而，刘家终究是同样地没落了，刘三公所顾虑的“绝后”，也即将成为现实——这部小说毋宁是古老的家族文化面临彻底终结的一个隐喻。

两部小说中还有一处对比：李家某代的族长曾在灾荒之年收养一个乞儿为义子，此人最后连连中榜做上了道台，为李家平添了富贵和光彩，因而一度被传为佳话；而刘三公在饥年收下的义子刘振武，也曾以其好学上进、出洋留学而光耀门楣，但最终反倒没有给家族带来半点福音，以至于刘三公满腹的谋虑换来的却是一夜间熬成了满头白发。这个细节的对比说明，李锐充分地认清了传统的家族文化体系在现代化进程中宿命般的困境。

《银城故事》中的欧阳朗云是一个值得注意的人物。这个在越南河内长大的华侨后裔，满腔热血，奋勇果敢，为学会爆炸技术甚至砍下自己的手指以示决心；在革命的征程中，他几乎无心顾及爱情，誓为中华而死。尽管他曾被某些论者指认为“虚空的人物”[1]，但笔者并不认同这样的观点。他虽然生长在异国他乡，且化名为日本人从事革命事业，但他的所作所为，却无不显示出他是一个地道的中国人，显示出一种对于本土文化的强烈的认同感和归属感。只不过遗憾的是，他用自己的死证明：这种认同是包含着剧烈痛苦的认同，是一种“最地道的天长地久的中国式的悲凉”[2]。

二、本土前景的现代化想象

以现代的眼光来审视传统文化，意味着作家对民族和国家现代命运的积极关注与思考。换言之，“传统”与“现代”不是截然可分的两个问题，而应该是一个问题的两个方面。李锐痛苦地认识到了传统文化及其精神的现代没落，但他并不为此而消极悲观，因为对于本土中国的现代化前景，他有着自己的理解。下文将从现代化想象的出发点、艺术表现及其文学意味等方面分别展开探讨。

新时期之初，中国知识界由对“文革”这一专制悲剧的痛切反思而激起了一场关于人道主义的讨论，这一思潮与几乎同时升温的科学主义思潮合流之后，最终引发了 80 年代中期的“文化热”现象，酿成了 20 世纪末中国学术界最为人瞩目的人文景观之一。“文化热”浪潮所涉及问题虽多，但择其要者不外乎两个方面，即如何认识传统文化，如何把握传统文化与现代化的关系。[3] 以今观之，“文化热”讨论所做的基本工作，表面上集中于反思传统和“重建”民族文化，而至于具体的重建方案，都只能说是一种“想象”而已。也就是说，“文化热”讨论的意义在于，较为集中地显示了中国知识界（乃至全体中国人）对于民族前景的

[1] 叶开：《空洞的焦虑——李锐的长篇小说〈银城故事〉的基本命题》，《当代作家评论》2003 年第 2 期。

[2] 李锐：《另一种纪念碑》，《另一种纪念碑》，第 32 页。

[3] 可参见郭建宁：《当代中国的文化选择》一书中的“文化热与国学热”一节，北京大学出版社 2004 年版，第 117—132 页。

迫切的“现代化想象”。

这种普遍存在的现代化想象，也深刻地制约和影响了其时文学创作的风格和面貌。在诸如“加快实现××现代化”、“振兴民族”之类激动人心的口号的鼓舞之下，文学的现代化也被提上了日程。作家们似乎普遍地认为，只有尽快参与到对西方文学的“借鉴”中去，才能尽快地实现中国文学的“现代性”，尽快获取重返世界文坛的身份和资格。具体说来，“伤痕文学”、“反思文学”的“反思”倾向是有目共睹的，充其量只是文学“现代化”的准备工作；而此后的“寻根文学”则多有对民族文化之“根”的现代阐发，这一派作家在展现原生态意义上的文化形态的同时，更“包含了许多的与世界文化精神接轨之渴望，还有追求民族独立性品格的努力”[1]。至“改革文学”，作家们已经旗帜鲜明地表示出对我们国家现代化进程中诸多问题的热切关注了。

然而作家们所显现出来的文化价值立场是不尽相同的。这里，关键的问题依然是如何认识“传统”与“现代”，如何认识本土文化与其他文化。对此，李锐也只是在后来才表明态度：

> 所谓文化从来就是一个不断生成和消亡的过程，从来就不是一个固定的或者“神圣”的僵死概念。这个世界上没有什么东西是可以永恒的。[2]

基于这种开放的视界，李锐的定位是既非“传统派”，也不做“现代派”，他提醒自己，“中国的传统早在一百多年前圆明园的那场大火中烧毁了”[3]。另一方面，在随笔和散文中，他越来越明确地将“全球化”作为自己立论的一个大背景和基本前提。也因为此，李锐对于民族文化前景的想象，在携着厚重的历史、文化意识的同时，总是显示出立足于本

---

〔1〕 王光东：《民间文化形态与八十年代小说》，《文学评论》2002 年第 4 期。
〔2〕 李锐：《语言自觉的意义》，《网络时代的“方言”》，第 130 页。
〔3〕 李锐：《自己的歌哭》，《拒绝合唱》，第 172 页。

土、而又不拘于本土的独立品格。

自觉的本土意识与厚重的历史感，成就了李锐创作的“现代性”品质。在就“文学与现代性”所作的演讲中，伊夫·瓦岱曾有这样的诠释：

> 在历史方面，现代性可以引申到“现代时期”的意识，西方历史学家传统上把“现代时期”的起始年定为1453年(君士坦丁堡被占领的时间)，也可以像基佐一样将它定为1492年(新大陆的发现)。

由此可见，“现代性”总是与某种“新”的发现紧密相关。所以瓦岱又补充道：“但现代性也完全可以局限于20世纪的范围，或者本世纪的某个阶段。”〔1〕可以说，“现代性”总是意味着一种反“常”的、指涉着“裂变”特征的思维。在李锐那里，现代性的反常体验是与本土中国的历史经验始终关联的。他心目中的“现代时期”大致始于鸦片战争(对此他曾多次有过描述，认为这是一百多年来本土中国的命运发生深刻改观的一个重要历史标记)。由此，李锐的创作可以得到这样的阐释：紧扣本土的现代性遭遇(主要是“辛亥革命”和“文革”等一系列重大的“革命”事件)，从中去表现本土中国人的精神体验和生存际遇，包括对于现代化的想象。

金耀基先生曾经说过：“中国的现代化，在心态上、精神上，应该成为中国新知识分子的理性的宗教。”〔2〕这对于我们当下的文学创作仍然不失其参考意义。李锐对“现代化”的艺术表现，始于1985年发表的《古墙》。据作家郑义的读后感介绍，小说是李锐几赴雁北的平朔煤矿

---

〔1〕［法］伊夫·瓦岱：《文学与现代性》，田庆生译，北京大学出版社2001年版，第13—14页。

〔2〕金耀基：《从传统到现代》，中国人民大学出版社1999年版，“自序”第13页。

工地、“惨淡经营一年”[1]之后写出来的。李锐在最初“深入生活”时的目见耳闻，基本上都在后来的小说中得到了“如实”表现：大至中外双方关于普宁煤矿建设的谈判、河口堡居民的搬迁、冯宗岱的考古发现，小至郭福山与郭福海的生活境况、黑子与年轻寡妇孙贵兰的情感纠葛、残疾姑娘冯雯佩的爱情。就其所涉及的面之广而言，《古墙》是一部实实在在的反映乡土中国“现代化”动态的小说。

《古墙》一文采用的是时空交错的横断面结构法，而作为“故事背景”的是河口堡地区的煤田开发事件，小说的“引言”部分写道：

> 到了人类学会用公元纪年的一千九百八十四年，才把这块煤田命名为普宁煤田。这煤田引来了A国肯特公司，引来了数万名建设者。他们将共同投入五亿美元的巨额资金，他们要建成一座年产一千六百万吨优质动力煤的世界最大露天矿，要在这片古老的塞外荒原上建起一座新兴的煤炭城市。为了这个目的，他们要使一条河流改道，要使若干个村庄迁移，要揭去数十米上百米厚的第四纪黄土，要炸开岩层，要挖走一些山，要填平一些谷……

之所以不厌其烦地大段引述，是因为笔者觉得，河口堡地区即将展开的现代化图景，合乎学者对“现代化”进行界定时所强调的两个关键性概念：“擅理智”(Rationalization)和“役自然”(world mastery)。在艾恺看来，“现代化”乃是“一个范围及于社会、经济、政治的过程，其组织与制度的全体朝向以役使自然为目标的系统化的理智运用过程。”[2]在《古墙》中，这个“理智运用过程”最主要的体现就是中国与A国就煤矿开发事项所进行的反复谈判，当然也还可以包括冯宗岱的考古，以及黑子的发财致富。但对于李锐来说，他更为感兴趣的是，突如其来的变

---

[1] 郑义：《这一刻凝结了永恒——读〈古墙〉漫想》，《当代》1986年第2期。
[2] [美]艾恺：《世界范围内的反现代化思潮》，贵州人民出版社1991年版，第5页。

化给河口堡村民们带来了什么样的心理变化：

> 年轻后生们很兴奋：搬！把河口堡连窝卖给公家，叫我们当工人学技术，叫老婆孩子吃细粮（这里把吃国库粮叫做吃细粮）。四五十岁的人们有些发愁：后生们学技术当工人，我们可不行，除了种地不会别的，要搬迁得先把土地解决了才行。六七十岁的老人们觉得事情到了非哀求不可的地步："哎呀，公家的地方这么大，就非要河口堡这一疙瘩？跟省上的官长们反映反映，换个地方动工程不是一样的！"七十岁的郭福山老汉对这一套听也不愿听："我不走！我还等着住自己的独门独院呢。农业新村——哼，你盖金銮殿那是你有钱！"

不同的心理动态决定了人们不同的选择。比如青年一辈的黑子，就贷款买了拖拉机，用可口可乐供祖坟，为了一万多块钱而选择与深爱着自己的女人诀别；老汉郭福山则拒绝正视现实，在春耕时节还雇上了人一同去犁地、下种，一心做着他期盼已久的"东家梦"。如果说在黑子的身上，我们看到的是现代化带来的"新"的变化，而在郭福山这里，我们却看到了老式中国农民"不变"的固执心理。合而观之，这种现象说明，所谓"现代化"不仅仅只是社会生活朝向工业化、科学化的发展过程，它还应该是关乎人们心理态度、价值观念和生活方式的改变过程。[1] 人们的心理趋向可以不同，但其存在意义是同样的：无论是盲目求变，还是一味守古，都刻画出"现代化"这一巨变在乡土中国所引起的那阵悸动的痕迹。

现代化的一个大背景是异质文化的碰撞与冲突。《古墙》中的黑子，不仅见识了外国人"先进"的机器，连上祖坟时也不再用白酒做供献，而是得意地让老祖宗们"开洋荤"。到了《旧址》中，异质文化对本土

---

〔1〕 罗荣渠先生曾经将有关"现代化"的涵义归纳为四种，可参见罗荣渠：《现代化新论》，北京大学出版社 1993 年版，第 9—15 页。

文化的冲击就被表现得更为明显。白瑞德之兴家发迹，除了幸运地成为美孚煤油的代理商之外，更由于他在银城的商业竞争中借助了现代的设备和技术：他先是倡导以钢丝绳取代盐井汲卤天车上的竹篾索，后来又转向了用蒸汽机车取代畜力和人力汲卤。总之，“白瑞德凭着经营美孚洋油的经验，在银城这块尚未被现代文明开发过的处女地上呼风唤雨，左右逢源，真有如鱼得水的快感。”他更以自己在美国威斯康星大学里学来的专业知识，画了一幅精确的银城盐井井位分布图，梦想着有朝一日能买下整座银城。可以说，当白瑞德选中九思堂李家的通海井作为自己扩张的第一个突破口之时，他所显示出来的不仅仅是一种胆略、气魄或犀利的商业眼光（九思堂已财力不支、老态龙钟，其“通海井”业已负债累累）；他的举动更意味着外来的现代文明对本土传统文明的有力的冲击。在这前所未有的冲撞中，古老家族及其文化体系陷入了前所未有的困境。

在分析银城的古老家族出现困境以至最终衰败这一现象时，李洁非先生指出了以下几方面的原因：商业竞争、政治盟约、家族叛逆者、家族代沟和断层。[1] 简而言之，前两个原因是“外患”，而后两个原因可谓“内忧”；在内忧中，家族叛逆者实乃为祸更甚者——许多论者都强调李乃之的叛逆在导致家族覆灭时的作用。李乃之成为叛逆者，首先固然是由于他们一家作为旁支在整个家族中的弱势地位，激发了他本能的反抗念头，不过我们当可料想，其他旁支也有类似的遭遇，但未见其后辈反抗突围。因此，促使他从根本上萌生叛逆之心并做出切实举动的，乃是他受过的现代教育。启蒙老师赵伯儒的言传身教（尤其是暴动失败后的英勇就义），充分激发了青年李乃之的革命冲动；而后，李乃之寒假期间目睹族亲之间虚伪的应酬往来之时，这种革命的冲动似乎找到了突破口：“他日自立，誓必挣脱九思堂的卵翼！”因此，九思堂只是促使他走向革命的原因之一，但推翻九思堂在银城的统治却远非李乃之

---

〔1〕 李洁非：《废墟上的铭文——李锐长篇小说〈旧址〉的主题分析》，《当代作家评论》1993 年第 4 期。

投身革命的全部目的。正如陈建华所分析的，在现代中国的语境中，“革命”一词的广、狭二义，都是由于中西思想混合、交汇的结果[1]；李乃之的革命活动，正体现着外来文明所传导的人生理念及其信仰和价值观，在与本土的现实情状交融、碰撞之后所产生的结果。至此，我们可以说，《旧址》无疑写出了本土文明在现代化历程中的尴尬遭遇，但此时此地的尴尬不仅仅是源于内部，更源于外部——这就意味着，从那些遥远的革命年代起，我们就已经不可能在一种“孤立”的情境中去设想一厢情愿的“现代化”了。

《旧址》中外来文明(物质技术上、行为观念上)的传载者或代言人，还都是中国本土人(如小说中的白瑞德和李乃之)，而到了《银城故事》，则有了名符其实的外国人、“外来者”的形象。此前，在众多的关于该小说的评论中，似乎惟有王春林曾经指出，李锐出人意料地在小说中“以相当多的篇幅去展示塑造两个日本人的形象”[2]。笔者以为李锐的这一设置是耐人寻味的。秀山次郎与秀山芳子兄妹在小说中的出现，不仅是为了表现人性的丰富与复杂(秀山次郎的冷酷、理性与其妹的温柔、多情之间，确实有着很好的对照效应)，更隐现了本土中国在现代化进程中的深重危机。在秀山芳子的心目中，中国是有着李白和苏东坡的浪漫而美好的中国，而且“她深信和那么多的日本古诗糅和在一起的中国，绝不是现在的男人们告诉她的那个被日本打败的‘支那’”。她的这种想象其实与多数本土中国人自我孤立的想象颇为相近。而对秀山次郎来说，他来中国冒险，并非是因为他对“支那”有任何感情可言，他和自己的照相机一样毫无感情。他无动于衷地拍摄有关银城的风光和战难的照片，甚至相信“支那人”会因此而感谢自己。兄妹俩对于中国的迥然有异的想象，一个浪漫而诗意，一个毫无生命气息，这正如萨义

〔1〕 参见陈建华：《“革命”的现代性——中国革命话语考论》，上海古籍出版社2000年版，第217—218页。

〔2〕 王春林：《智性视野中的历史景观——评李锐长篇小说〈银城故事〉》，《小说评论》2002年第5期。

德在《东方学》里所指出的那样:“东方曾经呈现出(现在仍然呈现出)诸多不同面目:语言学的东方,弗洛伊德的东方,斯宾格勒的东方,达尔文的东方,种族主义的东方,等等。然而,却从来不存在一个纯粹的、绝对的东方……”[1]在秀山兄妹不同的中国想象中,突现了中国在近代以来的巨变中自我认同的危机——成为一种“想象的他者”。更富有警醒意味的是,这种想象是由同样处于“东方”的日本人来施与的。由此,《银城故事》的主题中隐含了这样一个指向:本土中国在现代化进程中已经而且即将面临更重的认同危机、更多的实际困难。

李锐的这种建立在本土的历史经验和现实境遇之上的现代化想象,是富有启发意义的。所谓本土的现代化,不应该只是一种一厢情愿的自我想象,本土文学的现代化尤其如此。它应该面向现实,去发掘和表现现实问题中的历史经验,同时也表现作家内心所体验到的矛盾和冲突。因为,“文学是一个场合,一个矛盾和冲突的场合,惟其如此,文学才能成为一个‘叙事者’,一个历史和现实境遇的伟大的‘记录仪’。”[2]在这个意义上,作家的创作应该被视作探险:在重重的紧张、矛盾、困惑、不安之中,他可以依靠的惟有自己内心的真实(即便这种“真实”,也多是变化不定的),但正是这有些孤寂的真实,才能赋予作家富有张力的表现形式。

中国新时期以来的文学实况业已表明,作家对文学观念、表现手法、艺术形式等方面的探索,往往就是近乎探险的。如 1980 年代前中期,中国文坛随处可见关于现代意识、现代化、现代派之类的讨论,然而实际上多数作品充满了矛盾,甚至被命名为“伪现代派”。在刘索拉和徐星那里,我们看到,“现代派”弃绝了“乡土中国”,而只与城市生活尤其是青年人的行为、生活方式、价值观念紧密相关;“寻根派”的某些作品成功地运用了变形、隐喻、反讽等现代派惯用的手法,一定程度上“保

[1] [美]萨义德:《东方学》,王宇根译,生活·读书·新知三联书店 1999 年版,第 30 页。
[2] 蔡翔:《何谓文学本身》,《当代作家评论》2002 年第 6 期。

住”了乡土题材和传统文化的品位，但这类作品的远离城市，无疑失却了反映当代现实的生活基础，从而与现实“隔”着一层。不妨认为，当时中国文学的创新潮流中，寻根派、现代派都与本土中国的生活之间产生了某种矛盾。这种矛盾说明，中国作家很有必要澄清和梳理自己对“现代派”的认识。

在李锐看来，现代派艺术乃是价值与信念崩溃的时代中，“艺术家们坐在真理的尸体上”对人类无可信仰、无可悲哀的处境的深刻体认与表达，所谓“现代派”的本质就是“真实”〔1〕。因而，中国作家不应止步于对现代派的形式技巧的借鉴和挪用，而更应该由此而深入领会其对人类处境的强有力的艺术表现力。换言之，现代派之所以能够也应该为我们所用，就在于它同样表达了我们所渴求的“真实”。如此一来，当李锐“把现代派宣布为‘刻骨的真实’以后，乡土中国的生活就与现代派没有矛盾了。”〔2〕

李锐的创作实践实际上提出了这样一个理论问题，即中国文学要实现自己的“现代化”，首先要基于自己的本土历史经验和对于前景的展望，实现“本土化”。陈晓明曾经指出，由于中国作家本土化意识的匮乏，“本土化”小说在当前的创作中往往只是一个朦胧的概念。在当代中国文学的语境中，“‘本土化’经常是一种被动的选择，作家无力去追赶西方或中国当下的文学潮流时，才退而写作那些‘土得掉渣’的故事”。理想的情形则是：“中国的本土化可以具有能动性的表现力，这就是在全球化的视野中重新规划中国文学的本土化策略……在全球化语境中来表现中国现实的状况和中国文化的多元混杂性特征。”〔3〕回到李锐的乡土叙事，他对传统文化所做的审视，正是对本土历史经验的揭

〔1〕 李锐：《“现代派”：一种刻骨的真实，而非一个正确的主义》，《拒绝合唱》，第137—141页。

〔2〕 陈晓明：《现代派的本土化诉求——兼论李锐的叙事特征》，《陈晓明小说时评》，河南大学出版社2002年版，第160页。

〔3〕 陈晓明：《分裂的乡土中国——本土性小说的新趋向》，《陈晓明小说时评》，河南大学出版社2002年版，第253—254页。

示；他对于前景的想象，则是对本土现实情境的有力表现。总之，在对历史经验与现实情境的发掘和书写中，李锐为当代文学的“本土化”作出了努力和贡献，也深刻地书写了他自己的本土情怀。

“汉语中国”的语言焦虑

自白话文运动以来，现代汉语作为一种新的书写工具、新的思维方式和新的思想观念，深刻地塑造了中国现代文学的“现代”品质。正如有的论者所指出的那样，“现代汉语的现代性是构成中国现代文化和文学的深刻的基础”[1]。现代汉语从一开始就对中国文学构成了外在规约和深层影响（当然，这深层的影响是在以后的日子里渐渐被人们所发觉的）；此后，这种影响不仅从未间断，而且日益加重了。对新时期（尤其是 1980 年代中期以来）的文学创作稍作检点，我们将不难发现：几乎每一个作家都不同程度地面临着语言的问题，也即怎样认识和运用现代汉语的问题。

不同的语言体验决定了作家们各自不同的语言风格、创作面貌和品格追求。在李锐的心目中，“我们是一群从远古走来的象形的生命”[2]。“从远古走来”首先意味着汉语的“古旧”、“传统”、“历史悠久”；其次，这也预示着古代汉语在后来的发展中必然要经历考验、打击，乃至倾覆、重生等一系列巨大的变更。事实上，五四运动前后，中国文化艰难地完成其现代化转型的过程，同时也就是现代汉语的生成过程。[3] 李锐作为具有自觉的反思精神的作家，在书写“本土中国”的现

---

〔1〕 高玉：《现代汉语与中国现代文学》，中国社会科学出版社 2003 年版，第 69 页。

〔2〕 李锐：《比“世纪”更久远的文学》，《另一种纪念碑》，第 39 页。

〔3〕 关于这一点，高玉先生在“现代汉语与中国文化的现代转型”一节中有较为深入的探析，可参见《现代汉语与中国现代文学》，第 47—60 页。

代命运时，始终怀有深刻的语言焦虑，这促使他既关注“政治中国”的风云变幻，又关注着“乡土中国”的现代变迁，同时他对“汉语中国”的现实处境有着日益深刻的体察：一方面，他通过散文和随笔创作从理论上表达和深化自己的认识；另一方面，他的小说创作正是对自己理论认识的具体实践。下面将分节论述。

一、“双向煎熬”与“主体自觉”

李锐在致力于小说创作和探索的同时，也写下了大量的随笔和散文。[1] 这些热烈率直、情感外现的文字常常不免使人惊异于它们与李锐小说的冷静、内敛的主导风格所形成的鲜明对比，但也正是这些随笔散文和小说一起，才让我们认识到了一个外冷内热、理智与情感并重的李锐。他时常强调，中国的当代作家应该从“汉语写作的双向煎熬”这一真切的现实处境出发，清醒地意识到并自觉地破除“文化殖民”和“语言工具论”等威胁和束缚，在书写自己最刻骨铭心的真实体验的过程中，逐步建立起“汉语写作的主体性”。

“现代汉语在它形成的同时，却不幸也正是中国文化跌进深渊的时刻。现代汉语不幸或是有幸，竟然做了中国文化最后的呼救。”[2]在李锐看来，现代汉语几乎自诞生之日起就担负了沉重的历史和文化使命，这种先天的限定导致它在日后顾虑重重，举步维艰。因此，“汉语写作的双向煎熬”不只是作为一个纯粹的文学命题而提出的，而是李锐从本土中国的历史和现实处境出发，针对当前汉语写作的一系列问题而做出的积极回应。

“汉语写作的双向煎熬”从一种粗浅的问题意识到成为明晰的核心

---

[1] 这些文章主要结集为《拒绝合唱》和《另一种纪念碑》（山东文艺出版社 2002 年版），还收入《网络时代的“方言”》（春风文艺出版社 2002 年版）。

[2] 李锐：《我对现代汉语的理解——再谈语言自觉的意义》，《当代作家评论》1998 年第 3 期。

命题，经历了一个漫长的过程。它的起点可以追溯至1988年，在一篇谈论“现代派”的文章中，李锐写道：

> 早在世纪初我们的民族精英就呼唤“德先生”和“赛先生”，七十多年过去了，“德先生”不来，“赛先生”也不大肯来。非但不来东方救助众生，两位先生反而在西方出了差错：“德先生”生出法西斯的怪胎，“赛先生”造出核武器的灾难，一场大战，两位先生斯文扫地，于是才有了西方剧烈而痛苦的价值和信仰的崩溃与再造。而当其时，我们中国人却挥舞着“语录本”退进中世纪式的黑暗。而在这个历史的落差之中，我们陷入的是双重的幻灭，我们跌进了第十九层地狱。〔1〕

从反思现代文明的负性面入手，李锐一方面判定了西方“现代派”文学的本质，另一方面更认识到了我们与西方之间的“历史落差”。此处的“双重的幻灭”，正是日后“双向煎熬”的雏形。

后来的《旷日持久的煎熬》(1997)一文中，李锐认为，20世纪初以来，“中国新文学、新艺术几乎从一切方面都在不停地借鉴、引进和吸收”，并借用鲁迅先生“从别国里窃得火来，本意却在煮自己的肉”的著名比喻来比拟这一场“旷日持久的煎熬”。〔2〕 李锐感觉到：“我们的情感思想、精神和整个的生命都在这个两难的处境中煎熬。”〔3〕

在写于2000年的一篇长文中，李锐更具体地联系本土中国的现代遭遇对这一处境进行了描述。他认为，“文革”的惨痛经历，让我们眼睁睁地看着从别国里窃得的理想火种，在自己的土地上烧出了一片废墟，所以当我们从这废墟步入新时期的时候，几乎可以说是两手空空。而

---

〔1〕 李锐：《“现代派”：一种刻骨的真实，而非一个正确的主义》，《拒绝合唱》，第139页。

〔2〕 李锐：《旷日持久的煎熬》，最初刊发于《读书》1997年第5期，此处引自《另一种纪念碑》，第6页。

〔3〕 李锐：《语言自觉的意义》，《网络时代的“方言”》，第136页。

与此同时，我们又遭遇了两次世界大战之后的后现代主义思潮对于西方知识体系的解构和颠覆，遭遇了所谓"全球化"的挑战和淹没，因此我们是"从里到外"遭遇了否定。[1] 从这样的处境来审视现代汉语文学的发展历程，李锐发现，无论在新文学伊始还是新时期之初，"西化"和"全盘借鉴别人"竟总是汉语文学打破僵局、寻求创新的"惟一出路"，而"更为讽刺的是，在二十世纪八十年代后期，当'西化'的原意，在一片所谓后现代主义的潮流中被'解构'、被'颠覆'、被'反本质'之后，现代汉语的'借鉴'和'西化'，忽然间在内外两个方面同时陷入'意义缺失症'"[2]。从这里开始，他明确地将这种尴尬的处境命名为"双向的煎熬"。

在上面这一番简单的梳理之后，我们可以看到，李锐努力在对本土中国的现代化进程的深切关怀之中来建构自己的"理论话语"。应该承认，"汉语写作的双向煎熬"无疑是对当前汉语写作境况的一个别致而有力的概括；同时也不可否认，这一命题存在的一个大背景是，近现代以来中西文化（文学）之间的不平等交往。不过，所幸的是，李锐没有陷入简单的二元对立的价值取舍或是浅薄的民族主义之类的泥沼之中。李锐不仅精辟地指明了现代化（现代性）的悖谬之处，还启发我们去感受本土传统的失落。在一篇题为《永失"故居"》的游记中，他曾有过这样的联想：

> 从托尔斯泰跨出亚斯纳亚·波利亚纳的第一步起，人类将永远告别古典和史诗。从托尔斯泰跨出亚斯纳亚·波利亚纳的第一步起，人类的精神和灵魂就被从古典的"故居"中永远地放逐了。[3]

---

〔1〕 李锐：《春色何必看邻家》，《网络时代的"方言"》，第 72—73 页。

〔2〕 同上书，第 67—68 页。

〔3〕 李锐：《永失"故居"》，《拒绝合唱》，第 63 页。

吉登斯认为,“现代性的特征并不是为新事物而接受新事物,而是对整个反思性的认定,这当然也包括对反思性自身的反思。”[1]“双向煎熬”这一命题兼有对“传统”与“现代”的持续而又深入的关注与反思,所显示出来的也正是一种现代性的品格。在对“双向煎熬”的一再表述和体认中,李锐始终真诚地直面和追问“焦虑”的困境,从而彰显了其作为创作主体的生命追求。

如前所述,李锐在分析本土中国的汉语写作时,持的是一种现代性的问题视角。“双向煎熬”这一命题之所以形成,乃是基于一种深层的“语言自觉”——即本土中国现代化进程中“内忧外患”这一重要现象,相应地,李锐的“理论话语”也具有两个基本层面和价值取向:对外表现为反拨“文化霸权”,对内则是反抗“语言工具论”等的束缚和压制。

《所谓世纪末》(1993)一文由纪年的概念过渡到文化自觉和文化平等,看似有些偶然,但实际不然。李锐首先指出,“所谓世纪,其实是西方人的时间概念”,而早在公元之前,中国、印度和阿拉伯世界就已有了自己的纪年方法。他接着写道:“……人们关于世界和时间的看法实在有太多太多的不同。这事说穿了有点令人尴尬,大家忽然都跟着西方的时间表着急、焦虑、庄严、深沉。这是不是有点滑稽呢。”李锐进一步指出,“其实地球上各个不同种类的人种和各个不同种类的文化,那都是人类的智慧,都是被称做地球的这颗星星上的智慧的总和。在智慧这个层面上是不能争夺,也无所谓对错胜败的。”[2]清醒地认识到不同文化的平等,这是李锐谈论问题的起点。

找到了一个合理的出发点,并不意味着此后必然的轻松。在《谁的人类》(1995)中,李锐发现:“一个无法绕开的命题却越来越巨大地逼在眼前。那就是当中国的作家、艺术家们杰出而深刻地表达了自己的时候,为什么我们的表达只被看做是‘中国的’而不被看做是‘人类的’。”

---

〔1〕 [英]安东尼·吉登斯:《现代性的后果》,田禾译,译林出版社2000年版,第34页。
〔2〕 李锐:《所谓世纪末》,《拒绝合唱》,第267—271页。

我们不仅与“人类的”之类的评价无缘，“而且还常常会被别人或是‘无意识’或是‘下意识’地排除在‘人类的’之外。最有讽刺意味也最常见的是我们自己，也在做着这样的排除”。李锐终于禁不住大声呼问：“难道中国人真的不在‘人类的’之内？或者说，这个人类到底是——谁的人类？”[1]在这样的表述中，李锐深深地体验到了西方文学（文化）的话语霸权，更发人深省地指明了中国人自我殖民的可悲。他因此而提出，中国作家应该“坚守常识”，“在对自己刻骨铭心也是自由无拘的表达中，去丰富那个不可预知、天天变化的‘人类’”。

虽然各个民族和国家“决然不同的语言处境决定了对于所谓‘全球一体化’的完全不同的描述和表达。但是，这个语言地位的不平等，并不能决定文学品位的高低。弱势文化的人并不同时意味着‘弱势’的感情和‘弱势’的生命体验”[2]。在此基础上，李锐认为：“我们这些用方块字写小说的中国人，并非只是为了写出来‘中国的小说’或是‘写中国的小说’；我们要写的应该是不被国界和文化所局限的文学。”[3]

李锐尖锐地指出：“在这个充满了权力和等级的世界上，权力和等级不仅常常成为别人不平等地看待中国文学的尺度，它也常常成为中国现、当代文学丧失自我的弊病。”[4]他还看到，随着网络文化的进一步发展，随着中国文学自我蒙蔽的加深，“相对于世界的‘通用’的英语，相对于‘西洋’的‘洋文’，现代汉语又自甘自愿地臣服成一种落后的低等级的‘方言’，又‘不言自明’‘顺理成章’地接受语言的自我殖民化”[5]。与此同时，他更断定：“所有关于‘欧洲文化中心’、‘中华文化中心’、‘美国文化中心’的判断都是一种历史的局限和幻想，都是一种为了某种权力和利益而制造出来的神话。”[6]他呼吁拆除“中心”和“方

---

〔1〕 李锐：《谁的人类？》，《拒绝合唱》，第129—130页。
〔2〕 李锐：《比“世纪”更远的文学》，《网络时代的“方言”》，第26页。
〔3〕 李锐：《阅读死亡》，《另一种纪念碑》，第155页。
〔4〕 李锐：《文学的权力和等级》，《另一种纪念碑》，第65页。
〔5〕 李锐：《网络时代的“方言”》，《网络时代的“方言”》，第31页。
〔6〕 同上书，第60页。

言"之类的蔽障，打破"语言霸权的神话"[1]，抗拒权力、等级以及正统对于文学的简化。他甚至认为："在当今的历史处境下，文学、艺术存在的理由和价值就在于对这种简化的抗拒和打破。"[2]自居边缘、坚守自我而又批判性地审视中心和主流话语，这样的认识早已超出"汉语中国"的国界，并将在全球化的语境中日益显示出普遍性的意义。

李锐是从中国现代化的历史进程来认识汉语写作的命运和使命的。他说："如果说产生于本世纪初的白话文是中国文化死而复生的依据和象征，那么身处世纪末的我们，在面对着'全球一体化''全世界市场化'的后殖民时代，面对着'文化大革命'结束后的'工具论'的白话文终结的时代，一种语言的自觉，一种在语言自觉前提下的表达和言说，就成为中国文化、中国人不被'一体化'的浪潮所淹没的最后的依据。"[3]基于这样的认识，他又写道："西方强势文化终于没有强大到能彻底同化象形的方块字。人类的一种智慧终于可以用一种完全不同的符号得以保存和表达。"[4]应该指出，这是李锐的一个"理想"，也是他的理论话语在反拨"文化霸权"时企望达到的理想高度。事实上，问题还在于，当审视的眼光由"对外"转向"对内"时，李锐发现了更为本质的原因：

> 我们的白话文几乎一直是用来书写别人的价值和意义的，而且，是一种意义递减式的复写。……我们对自己的白话文一直有一个致命的误会，我们一直把它当做"开通民智"、创造文学的工具，一直把它当做宣传革命的有力武器，它永远是一个"人"之外的"它者"。既是"工具"，也就是一件随时可以拿起来也随时可以放

[1] 李锐：《网络时代的"方言"》，《网络时代的"方言"》，第 38 页。
[2] 李锐：《被简化的语言》，《另一种纪念碑》，第 51 页。
[3] 李锐：《语言自觉的意义》，《网络时代的"方言"》，第 127 页。
[4] 同上书，第 129 页。

下的东西。[1]

不难看出，李锐在指出白话文对“别人”的“复写”和沦为“工具”这些盲点的时候，仍然未能剔除“外来”因素的影响（事实上也不可能无视这一点）。的确，以当今世界发展变化之快，我们决不能再一厢情愿地把自己关在“铁屋子”里来研究自己的内部问题了；更何况，语言工具论和本体论的纠纷，本来就不属于“汉语中国”独有的问题和现象。

传统的语言观认为，语言是符号，是表达和交流思想的工具；中国文学传统中的“言为心声”、“得意忘言”、“诗言志”等即是例证。人类最初的语言，确乎可能仅仅是一种表达自己和认识世界的工具。但是，“语言一旦和思想联系在一起，语言就超越了它的起源的本质，成为精神性的东西”[2]。洪堡特指出：“个人更多的是通过语言而形成世界观”，“每一种语言都包含着一种独特的世界观”，“每种语言都包含着属于某个人类群体的概念和想象方式的完整体系”。[3] 从中国近现代的文学转型乃至整个中国文化的历史进程来看，语言总是在历史的关键时刻扮演了举足轻重的文化角色；但是，“语言绝非只是人的文化工具、文化媒介或文化外壳，它本身就是文化存在、文化现象和文化的内容构成”[4]。语言在其本质作用上，应该理解为亦“道”亦“器”。[5]

“汉语中国”自近现代以来，经历了其语言观的艰难转型。郜元宝曾专文分析“中国现代知识分子的语言观念”，他认为，“在东西方不平等的语言接触中，现代中国知识分子历史地形成了怀疑、不满、否定母

[1] 李锐：《语言自觉的意义》，《网络时代的“方言”》，第 131 页。

[2] 高玉：《现代汉语和中国现代文学》，第 26 页。

[3] [德]洪堡特：《论人类语言结构的差异及其对人类精神发展的影响》，姚小平译，商务印书馆 1997 年版，第 50 页，第 70—71 页。

[4] 邹忠民：《作家的母语意识》，《江西师范大学学报》（哲学社会科学版），2003 年第 5 期。

[5] 关于这个问题，限于篇幅，本文无法展开；可参看高玉先生在《现代汉语和中国现代文学》的第一章中所作的相关论述。

语的基本态度”[1]。该文首先以康有为、吴稚晖为例指出：“对于文学创作来说，工具论语言观的一项重要内涵，就是否定一种语言文字与长期使用它的人民之间有‘根本的’联系，总是竭力将语言文字和人民之间的联系‘偶然化’、‘暂时化’。”“工具论语言观的另一层涵义，就是让人绝对凌驾于语言文字之上，成为语言文字的权威与主宰，赋予人任意要求、改造和驱遣文字的权力。”郜文还写道，在主流的工具论语言观之外还同时存在着另一种被压抑的语言观念，这种观念认为“语言不是外在于人、随时供人挑选使用的一个巨大工具库”，“而是某种内在于人，具有一定自主性的存在。”郜文甚至说，即便如朱光潜，也未能彻底脱离工具论的迷执。当然，关于朱光潜是否“执迷不悟”这一点，可以另撰他文再论；不过，工具论语言观之根深蒂固，由此也确实可见一斑。

“语言工具论”在当代文学史上继续延存着，并投下过巨大的阴影，在一个时期内曾一度极端化：连文学都是工具，语言就只能是“工具的工具”而已。[2] 因此，对于新时期的作家们来说，破除工具论的束缚，就显得尤为重要了。在李锐看来，“语言生死存亡的过程，实际上正是折射了历史的最深刻的一部分。”[3]他大声呼告：“语言不是工具，语言从来就不是工具。语言是和我们的四肢、五官、心脏，大脑一起组成的‘人’的重要的一部分……语言几乎可以称为人类最初的也是最后的标记。”[4]他一针见血地指出，“语言工具论”最潜在的危机在于，“我们从来没有把自己的语言上升为主体，上升为与人并重的‘本体’”[5]。李锐就是这样逐渐走向了对于“汉语写作主体性”的思考。

---

[1] 郜元宝：《现代汉语：工具论与本体论的交战——关于中国现代知识分子语言观念的思考》，《当代作家评论》，2002 年第 2 期。

[2] 可参见曹文轩：《20 世纪末中国文学现象研究》，北京大学出版社 2002 版，第 309 页。

[3] 李锐、王尧：《本土中国与当代汉语写作》，《当代作家评论》2002 年第 2 期。

[4] 李锐：《我们的可能》，《网络时代的“方言”》，第 105 页。

[5] 同上书，第 106 页。

“建立汉语写作的主体性”，首先应建基于对汉语、汉语写作的独特性质和独特处境的深刻认识。“中国的作家和诗人们最大的幸运和不幸都是因为一件事情——我们在表达自己的时候使用的是象形的方块字。因为使用象形的方块字，使得我们在世界众多的拼音文字中卓尔不群。因为使用方块字，也使得我们的诉说常常成为一种无人可懂的独白。”[1]在李锐看来，“历史的一切痕迹，过去的，现在的，甚至是将来的，都丝毫不差的留在语言中，而且常常是活生生的留在语言之中。”[2]从这样的认识出发，他继而梳理了现代汉语“史”的脉络：

现代汉语的生命史当自1840年的鸦片战争开始：现代汉语首先是历经了早期“文化杂交”过程中的痛苦孕育和新文化运动的“胎教”，其后更在发展中先后承受了一系列激进思潮（如“民粹主义”、“反智主义”、“大众化运动”等）的影响。得力于文化先驱们的开拓之功，也由于他们不可避免的忽视与蒙蔽，现代汉语在发展中吸取了经验和教训，也逐渐结出一些果实。但1949年后，现代汉语开始了可怕的“自言自语”的封闭阶段，它力图“自力更生”，以至于演绎出“文革”这样的“中世纪”的造神运动来；“毛文体”时代的终结和改革开放的浪潮，将现代汉语卷入了再一次的狂飙突进的旅程，但稍后的政治风暴却让现代汉语陷入了突然的“失语”；随后，现代汉语又猝不及防地“在权力和市场的夹击之下，陷入到后现代主义摧毁性的质问当中”。[3] 所以，李锐将香港回归视为“现代汉语将从此彻底结束一元的话语方式”的象征，认为“现代汉语不知不觉中开始了他新的纪元。”在李锐的理解中，现代汉语最大的敌人无疑就是自我封闭、自我禁锢而浑然不觉。他由此而深入阐述了“建立汉语写作主体性”的紧迫性和现实意义。

汉语写作“主体性”的提出，有着明确的现实针对性。“谈现代汉语

---

〔1〕 李锐：《我们的可能》，《网络时代的“方言”》，第102页。

〔2〕 李锐：《我对现代汉语的理解——再谈语言自觉的意义》，《当代作家评论》1998年第3期。

〔3〕 同上。

的主体性，你更无法脱离眼下全球化的世纪文化格局，无法脱离已经形成和正在被日益加强的不平等的世界文化版图。在这些大背景之下，还有汉语自身无比悠久又无比丰富、复杂的演变和表达。”[1]放眼世界，返观自省，则可以看到：“从‘伤痕文学’到‘反思文学’到‘改革文学’到‘寻根文学’，一浪高过一浪的都是合唱，而且都是大合唱。”[2]“大合唱”成为一个严峻的问题，既是由于缺乏“独唱”的勇气，更缘于自信心的匮乏。对此，李锐沉痛地写道：“在中国内地，一个多世纪以来，文化自信心的缺失所导致的语言流行病，已经成为一种‘集体无意识’，已经成为一种沉疴重疾。”[3]

这种“集体无意识”的形成，与“汉语中国”特殊的现代化道路密切相关。李锐认为，正是在全面反传统和极端政治化的主流话语中，产生了对汉语自身作为语言主体的遗忘与忽视。[4] 因此，他试图从源头上去追认和确立现代汉语的主体性：“用白话文取代文言文，本身就是一场大众取代贵族的运动，就是一次对旧的语言等级的打破，就是要确立现代汉语的主体性。”[5]因而，作为“现代汉语的子孙”和“现代汉语的一部分”[6]，就不能不意识到这一点：“如今，在这个所谓‘全球化’的时代，我们这些后来者，要用自己杰出的作品建立起现代汉语的主体性，要用自己充满独创性的创作建立起现代汉语的自信心。这是每一个汉语写作者无法推托的历史责任。”[7]汉语写作主体性的建立，不仅仅是一个关乎作家的个人体验的文学命题，它更关系到民族文化的“改革和重建”。[8]

---

〔1〕 李锐：《网络时代的“方言”》“自序”。

〔2〕 李锐：《拒绝合唱》，《拒绝合唱》，第 205 页。

〔3〕 李锐：《春色何必看邻家》，《网络时代的“方言”》，第 78 页。

〔4〕 可参见叶立文、李锐：《汉语写作的双向煎熬》，《小说评论》2003 年第 2 期。

〔5〕 李锐：《谁看秋月春风》，《读书》2002 年第 11 期。

〔6〕 李锐：《我对现代汉语的理解》。

〔7〕 李锐：《春色何必看邻家》，《网络时代的“方言”》，第 79 页。

〔8〕 可参见李锐、王尧：《本土中国与当代汉语写作》，《当代作家评论》2002 年第 2 期。

那么，建立汉语写作主体性的可能性到底如何？或者说，文学的“主体性”究竟体现在哪里？在第一届“世界华文文学奖”的演讲中，李锐激情洋溢，慷慨陈词：

> 不错，古往今来，文学的存在从来就没有减少过哪怕一丝一毫的人间苦难。可文学的存在却一直在证明着剥夺、压迫的残忍，一直在证明着被苦难所煎熬的生命的可贵，一直在证明着人所带给自己的种种桎梏的可悲，一直在证明着生命本该享有的幸福和自由。[1]

在这段看似为文学“正名”和“辩护”的演说词中，一直昂扬着李锐对于人作为生命个体的“主体性”的深情关怀与高度尊重。我以为，这就是创作个体建构自身主体性的大前提。

“主体性”还意味着一种独特的、不可替代和重复的生命体验。李锐在2001年诺贝尔奖百年庆典的“目击者文学”研讨会上讲道：“对于写作者来说，如果有什么普世的真理，那就是永远不要用相同的眼睛看待世界，永远抗拒被‘克隆’的眼睛。”[2]也正是在这个意义上，李锐不乏严厉地批评“中国的许多先锋小说家他之所以能先锋，是出于对历史的误会和麻木”，是在形式上流于对外国作家的简单摹仿，而“对于自己的那种最真实的感受、历史处境和精神处境，都没能有多少感悟”。[3]

建立汉语写作“主体性”的第一步，就是从本土中国的独特处境出发，只有“当中国的历史和现实再次成为文学开掘和表达的对象时，当中国的历史和现实再次成为文学反叛和批判的对象时，最具体也最独特的个人体验也将因此而获得丰富的呈现”[4]。他深情地写道：“我所

---

〔1〕 李锐：《本来该有的自信》，《网络时代的“方言》，第61页。
〔2〕 李锐：《被克隆的眼睛》，《网络时代的”方言”》，第55页。
〔3〕 李锐、王尧：《本土中国与当代汉语写作》，《当代作家评论》2002年第2期。
〔4〕 李锐：《春色何必看邻家》，《网络时代的“方言”》，第74页。

渴望的是，用方块字深刻地表达自己。我相信，中国的当代文学最终将证明，现代汉语不是因为全盘西化才保留下来的，而恰恰是因为现代汉语保持了鲜明的特性，是因为现代汉语对世界做出了独特的贡献。”由此，“建立汉语写作主体性”这一命题的核心内涵[1]可以概括为：以中国人独特的语言文字来深刻地抒写中国人独特的生命体验，以中国文学的独特性来促进世界文学的丰富性。在当今的世界格局下，这种文学观念不只适用于“汉语中国”，它也不应该被误解为狭隘的“文化中心论”或是激进的民族主义立场（事实上就存在着这样的一些批评李锐的人）。因为，“‘建立当代汉语主体性’这样的问题，已经远远超出了所谓的‘民族复兴’的狭隘立场。面对全球化的历史洪流，当代汉语主体性的建立，必然是汉语文化或者说华文文化对于人类生存处境深刻有效的回答；这回答不可能是汉语的独白，必然是这个世界上所有语言众声喧哗的共同回答”[2]。我们完全有理由期待，随着全球化语境的进一步展开和强化，李锐的主张将在更为广阔的文学领域得到验证，从而更加显示出其普遍性的意义。

二、“语言焦虑”与“语言自觉”

通过对李锐的“理论话语”的大致梳理，我们看到了他作为一个独立的思想者的形象，而且这个形象在日益鲜明和突出。他自己却一再声明：“我的反省不是出于理论的热情，而是出于生命的抗争。”[3]“我的探究和追问并非出于对理论的热情，而是出于对横尸遍野的语言死亡的恐惧，出于对灵魂丧尽的语言麻木的焦虑，出于一个操笔墨生涯的人，对身边没顶而来的语言窒息的反抗。”[4]事实上，对于一个作家来说，创作的重要性远远大于理论；因而，李锐的这类“夫子自道”，毋宁是

[1] 王尧对这个问题有过归纳，但其“对话体”的表述仍嫌烦杂。可参见《李锐王尧对话录》，第191—192页。

[2] 李锐：《春色何必看邻家》，《网络时代的“方言”》，第79页。

[3] 李锐：《我对现代汉语的理解》，《当代作家评论》1998年第3期。

[4] 李锐：《语言自觉的意义》，《网络时代的“方言”》，第128页。

在提醒我们:应该从他的作品中去发现热情,因为他首先是作为一个作家而存在的。

作家首先面对的是具体的语言。他与语言朝夕相处,耳鬓厮磨,生死与共。李锐在创作实践中时刻感受着深重的"语言焦虑",并积极从文体和叙述方式上实行"突围",因此构成了体验焦虑——寻求突围这两个基本层面。

李锐说:"'语言自觉'已经不仅仅是为了写小说、写文章才需要的一种认识上的准备。'语言自觉'已经成为我精神存活、生命扎根的最后土壤。"[1]对于李锐来说,这种精神就"存活"于前述的对语言"死亡"、"麻木"、"窒息"等一系列困境的敏感和反抗之中。

"对于作家来说,最根本的是你所使用的语言。"[2]笔者以为,其中"最根本的"至少有两重意思:大而言之,一种特定的语言文字和使用该语言创作的作家的成就、局限以及影响力密切相关;小而言之,一个作家的风格和特色,正是体现在他"自己的"语言之中。这后一层意思就是李锐反复谈及的"语言自觉",旨在运用自己的语言来使自己区别于他人,从而显现出自己的独特意义。在他看来,"语言自觉"乃是一个作家独立性的标志。

李锐曾多次描述自己的"语言自觉"的过程,他举的例子是自己创作的第一部长篇小说《旧址》。"拉美文学爆炸"的冲击波震撼中国之后,马尔克斯的《百年孤独》可谓风靡一时。李锐比较了两部小说的第一句:

> 许多年之后,面对行刑队,奥雷良诺·布恩地亚上校将会回想起,他父亲带他去见识冰块的那个遥远的下午。
>
> (《百年孤独》)

---

〔1〕 李锐:《我对现代汉语的理解》,《当代作家评论》1998年第3期。

〔2〕 李锐、王尧:《本土中国与当代汉语写作》,《当代作家评论》2002年第2期。

事后才有人想起来，1951 年公历 10 月 24 日，旧历九月廿四日那天恰好是“霜降”。

（《旧址》）

李锐坦率地承认，他的第一句是模仿马尔克斯的。虽然他后来认识到“这并非我一个人的刻意模仿，这是当时的流行腔”[1]，但他并未就此“宽恕”自己，而是由此反省了《旧址》在叙述上“太匆忙、太浮躁”等等问题，并由这类“语言流行病”认识到“语言自觉”对于一个作家的重要性。笔者以为，李锐所强调的语言自觉，其核心就是自觉地拒绝自己的语言被他人所简化、同化，甚至淹没；它的本质是诉诸创新而求得独特。正是在这个意义上，李锐对莫言“充满生命元气的辉煌的语言宣泄”、韩少功的“语词之镜”以及史铁生、成一等作家独特的语言风格十分激赏。[2]

对于一个真正的作家而言，创新应该是创作活动中的一种“无意识”的生命沉淀，而非一时的心血来潮；同时，创新也不可能一蹴而就，而是表现为一个坚持不懈、孜孜以求的漫长过程。历史地看，李锐对语言创新的有意识的追求，在“前《厚土》”时期就已经开始；而《厚土》之后，“同中求异”则已成为一种内在的“无意识”。我们试举几例。

漫山遍野的黄土，只有那片山杨林透出一派青绿，怪惹眼的。从这一派碧绿升上去是湛蓝的天，蓝绿之间便是那座在风风雨雨中矗立了不知几百年的烽火台……覆盖着整个塞北荒原的第四纪黄土，给这幅画做了深厚的底衬，塞外高原强劲的季风和暴雨，使这幅苍凉而又古远的图画日日常新。

（《古墙》）

---

〔1〕 李锐：《春色何必看邻家》，《网络时代的“方言”》，第 75 页。

〔2〕 可参见李锐：《语言自觉的意义》，《网络时代的“方言”》，第 137 页。

黑躲开太阳，扭头去看那些无边无际的黄土组成的沟壑和山梁。漫山遍野的黄色柔和而慈祥，九年来许多人和事都变了，许多情感和思想也都变了，可是只有这漫山遍野的黄色没有变，它还是无边无际漫山遍野，它还是永远的柔和而慈祥。它几乎成了黑唯一的宗教，黑已经在无意中习惯了对它一吐衷肠。它真黄，黄得那么广大，黄得那么深远，黄得那么抽象而又单纯。也许它是一把大伞。在这永远的黄色和永远的寂静之中，黑常常会听见暴风雨般的掌声向自己袭来，当年自己就是在这些雷鸣电闪般的暴风雨中，扬起了理想的风帆驶向黄土高原的。

（《黑白》）

两相比较，同是写黄土高原，却有着不同的意味。《古墙》中的那段描写，不只是摹画了塞北蓝天绿树黄土的壮丽风光，提醒人们注意到这里绵延了几千年的苍凉古远的历史的存在，使人顿生一种天地广阔、岁月浩邈的敬畏和慨叹；其"日日常新"又预示着下文将要展开的世事变幻的叙述。后一段，则有意突出了那一派黄色的无边无际和永远不变，它紧密联系着黑在生命旅程中的情感体验：它的永远不变，对照着黑曾有过的虚妄理想的幻灭；它的"柔和而慈祥"，也与革命的"红色年代"的狂暴而激烈形成潜在的对比和反衬——这一片广袤的黄色实际上折射出黑深重的精神困境。

再比如，同为写精神困境，也决不雷同：

深陡的沟壁上，有一线窄窄的土路画出许多蛇行的之字，远远看去，担着水桶的黑好像一只觅食的蚂蚁，一点一点地蠕动着，很顽强，也很孤独。

（《黑白》）

有一次，仲银独自一人走到山顶上，放眼四望，起伏的群山掀起胸中壮阔的诗情，仲银觉得自己很需要一些诗，于是放声朗诵道——站在山头望北京……有了这一句，一时又想不起下面的，只好再喊——站在山头望北京……四野苍茫，群山无语，吕梁山一瞬间吸干了仲银的诗情，仲银实在想不起下面该说些什么，想不起说什么的仲银只好空落落地再独自一人走回到村庙里去。

（《北京有个金太阳》）

前一段中“黑好像一只觅食的蚂蚁”这一比喻，不是写其饥饿，而是暗写他求生的挣扎，揭示他独自一人背负精神的重荷在虚妄的理想之途中艰难跋涉的困苦与孤独。而仲银所体验的是自豪与孤独：他怀着文化启蒙的理想下乡支教，但全村人都没文化，只有他懂诗；面对着苍莽的吕梁山，他难以言传的诗情其实意味着文化启蒙的革命理想在此后所必然遭遇的破灭。

李锐在对环境和场景的描写中逐步摸索出一条自己的路来，那就是在其中越来越多地渗入生命的体验，从而形成一种富于体验和感悟的语言。这在《厚土》中表现得较为集中和明显。如《锄禾》中这样描写太阳：

那只刚刚飞过的红嘴鸦忽然失去了信心，复又折返来，几经盘旋，愤然朝当头的火盆撞去，接着，又绝望地“呀”出一声。

以上是从红嘴鸦的“体验”和感受来写烈日当空的炎热天气。可比照下一段：

下午的阳光被漫山遍野的黄土揉碎了，而后，又慈祥地铺展开来。你忽然就觉得，下沉的太阳不是坠向西山，而是落进了她那双昏花的老眼。

（《合坟》）

写慈祥的夕阳与慈祥的老人一起关注着“合坟”，此类笔法颇有王国维所说的“一切景语皆情语”之妙。由此，那片厚土之上，似乎万物皆有生命，真切可感。比如写山水：

只能在苍天之下忍受屈辱的山们沉默着、木然着、比肩而立，仿佛一群被绑缚的奴隶。沉默聚多了，便流出一种对生的悲壮；木然凝久了，便涌出一种对死的渴望；于是，从沉默和木然中宣泄出一条哭着的河来，在崇山峻岭之中曲折着、温柔着、劝说着。

（《看山》）

越来越重的暮色中，层层叠叠的山们惶恐地晃动着惊慌的额头，以为是光明正在抛弃自己。

（《秋语》）

写风和云：

风们带着寒气涌到胸膛里，畅快地平抚着他因为女人而沸腾的热血。

（《好汉》）

她抬起头来，天上有块云。白白的，小小的，可可怜怜的。

（《天上有块云》）

写火、写流星：

红黄的火像一个温柔的女人，在黑暗中摇摆出些光明来。

（《篝火》）

蓦地，一颗流星从银花锦簇的天幕上忘我地挣脱出来，朝着无底的黑暗投了下去。

（《篝火》）

写鸡和牛：

树棍上的鸡们照着祖先的模样，蜷缩着身子，羽毛蓬松起来，尖尖的嘴插在羽翼中，也许是有悠远古老的梦闯了进来，它们时不时呻吟似地叽叽咕咕地发着梦呓。

（《古老峪》）

有一只大胆的公鸡，自信地跳到碾盘上来，一啄一啄地从碾盘的裂缝中叼起些陈年的米面，而后抖擞着华丽的冠羽，勾举脖颈，旁若无人的唱起来。那神态，那气度，颇有几分领袖的风采。

（《选贼》）

暖融融的阳光里弥漫着新翻出来的泥土的气息，黑眼窝深情的大眼睛凝视着悠远的山川，依稀的山岚把远处的群山洇染成淡淡的灰蓝色。

（《天上有块云》）

或许是猛然间回忆起什么遥远的往事，它们就会中断了香甜的咀嚼从青草中抬起头来，黑而大的眼睛久久地注视着群山。

（《看山》）

……

无须再多举例子，我们已能看出李锐在语言创新方面的追求：在他的笔下，不论是山、水，还是鸟兽，都被赋予一种细腻、生动的生命体验；而且，这生动、细腻与厚土之上生活的沉闷、滞重形成了鲜明的对照。可以说，《厚土》系列于简约的语言中深藏着丰富的意蕴。

但李锐并未就此满足。在他看来,真正的“语言自觉”不仅是不能重复别人,还应该不重复自己、突破自己。因此,从《无风之树》开始,他有意地反拨“书面语”,向“口语之海”回归。他在很多文章中都直接谈及了“书面语”和“口语”的问题。据我的理解,李锐是在两种意义上使用“书面语”这个概念的:其一,与普通的“口头语”相对,且两者之别在于一雅致一通俗,而没有直接的高低之分(比如李锐就多次赞赏史铁生用纯粹的书面语创作了杰出的作品);其二,指被“书面化”、“体制化”、“正统化”、“等级化”了的语言,而他所要极力反拨的,也正是这样一种“书面语”压制其他语言方式的倾向。他写道:“因为深感书面语太多的‘习惯’和‘强迫’,我在小说中竭力想游到方言和口语的深层,想在那个每时每刻、每字每句都生生不息的地方,体会生命可能的自由。”〔1〕《无风之树》和《万里无云》正是因为这样的自觉追求而显得丰富驳杂且又生气勃勃,这两部小说给李锐的语言探索之路所带来的喜悦和收获,或许可以借用他曾经评价吕新的一段话来概括:“在发现语言和被语言发现的双重的惊喜中,获得他人所没有的自由,也获得了难以被他人摹仿或淹没的独特的文体”〔2〕。

语言层面的自觉必然要求文体上的自觉。一般说来,“文体有广狭两义,狭义上的文体指文学文体,包括文学语言的艺术性特征(即有别于普通或实用语言的特征)、作品的语言特色或表现风格、作者的语言习惯以及特定创作流派或文学发展阶段的语言风格等。”〔3〕在此,笔者将对李锐的叙述文体及其意义给予特别的关注。

在李锐的随笔、散文还有谈话录中,时常可见到他从文体角度对前辈作家所作的个人化解读,其中谈及最多的是沈从文与汪曾祺。比如,他认为,《边城》等杰作“既吸取了别人的长处,又开创性地保持和丰富

〔1〕 李锐:《从真实的语言处境出发》,《网络时代的“方言”》,第145页。

〔2〕 李锐:《纯净的眼睛,纯净的语言》,《拒绝合唱》,第225页。原文为李锐给吕新的小说集所作的后记。

〔3〕 申丹:《叙述学与小说文体研究》,北京大学出版社2004年版,第77页。

了汉语的生命力，极大地开拓了汉语叙述的疆界”，并对“它们一直没有作为新文学运动以来汉语文体自觉的典范被肯定”[1]而深表遗憾。再如对汪曾祺的评价：“在先锋小说之前，以汪曾祺先生《受戒》为代表的一批小说，可以说是新时期在文体自觉上最早的经典作品。如果说先锋，那么汪老就是最早的文体先锋。”[2]“回想起来，现在才看清了《受戒》更为深远的意义——那是一次汉语文体和语言的觉醒。”[3]在李锐看来，文体本身就是独特性的体现；选择或创造一种“新”的文体，就是选择一条使自己区别于他人的道路。作为作家，沈从文和汪曾祺的意义就在于，他们凭借自己的文体创造表现得不合于“时俗”。或许，也正是在这个意义上，格非才会写道：“一个作家所使用的文体与形式，通常是作家与他所面对的现实之间关系的一个隐喻或象征。”[4]

李锐对文体独创性的追求，始于《厚土》。《厚土》系列副题为“吕梁山印象”，实际是由若干短篇连缀而成的，正如吴方所说，《厚土》描摹了“生命的躁动、追求、奋争以断片的形式连缀为困厄茫然的命运茫然之旅”[5]。李国涛先生也曾撰文评道：“作者呈现出这些横断面……意义留给读者去加添或创造。”[6]白烨认为，从文体上看，“《厚土》属于另一个层次：自制中见自由，简化中求深化，文意和文体浑然一体”[7]。这些都是极富见地的评价，且在今天看来尤为宝贵——因为在当时，明确指出了《厚土》文体独特性的评论意见实在太少。但另一方面，这种应者寥寥的现象也说明，李锐文体追求的独特性尚未最大程度地体现出来；这片“厚土”之中所激荡着的李锐的喜怒哀乐，也远远没有凝固和定

[1] 李锐：《春色何必看邻家》，《网络时代的“方言”》，第 71 页。
[2] 《李锐王尧对话录》，第 99 页。
[3] 李锐：《春色何必看邻家》，《网络时代的“方言”》，第 76 页。
[4] 格非：《文体与意识形态》，《当代作家评论》2002 年第 5 期。
[5] 吴方：《追摹本色　赋到沧桑》，《读书》1987 年第 8 期。
[6] 李国涛：《〈厚土〉的文体追求》，《批评家》1988 年第 3 期。
[7] 白烨：《短而厚：短篇小说的新趋向——从李锐的〈厚土〉说起》，《文汇报》1987 年 10 月 5 日。

型。果然，李锐在后来相继推出了几部中、长篇小说，构成了一个绵长的“吕梁山系列”。诚如王尧先生所言，“李锐最有生命力的叙述从未离开过吕梁山”[1]。

李锐的小说都写得很简短，从最初的《厚土》系列中的诸多短制即可看出他的刻意追求；即便是长篇，迄今为止最长的《旧址》，也不过17.6万字。在当前利润二字甚嚣尘上、长篇小说字数往往与“轰动效应”直接关联的年代里，李锐仍然惨淡经营着他的小长篇，其原因何在？他曾在一篇文章中把自己写写停停的写作方法称为“等待小说”，并说：“总之，我知道，像我这样的写作方法就是花去一生的时间，也不可能高产，也不可能学会把写作这件事情职业化。可我只会这一种等待小说的笨方法”[2]。如果剔除这表白中的谦虚因素，就有可能看到，“等待小说”未必就是一种“笨方法”。小说创作中的等待，往往是酝酿、积累和深化的过程。等待需要耐心，然而至今为止，李锐似乎都没能有足够的耐心“等”到一部鸿篇巨制。在一次谈话中，他这样说道：

> 我对那种写得很繁琐、很长的东西有一种拒斥，天生就有一种拒斥。说得深一点，那是我对小说的体积有一种选择。在我看来，小说篇幅的大小，是文体选择的一部分。
>
> 追求史诗也已经成为中国当代文学的一个不言而喻的真理，而且是最高真理，而我的创作，是出于对历史的厌恶和怀疑。我也不相信任何小说可以真实地再现历史，所以我不追求什么史诗画卷，我常常是以短篇小说的手法来处理长篇小说。[3]

在此，李锐道出了他之所以“逃避”长篇的原因。可以说，“以短篇小说的手法来处理长篇小说”正是《厚土》之后李锐长篇小说创作的最重要

---

〔1〕 王尧：《李锐论》，《文学评论》2004年第1期。
〔2〕 李锐：《等待小说》，《拒绝合唱》，第181页。
〔3〕 《李锐王尧对话录》，第149页。

特征之一。李锐现有的4部长篇，除去《旧址》中时间跨度最长外，《无风之树》和《万里无云》只是写了几天之内的事情；《银城故事》中，作为中心的暴动事件，前后也不过持续几天。此外，李锐长篇创作还有一个重要现象，那就是“重写”和“改造”：《旧址》(1992)的“原型”是中篇《传说之死》(1991)，《无风之树》(1994)来源于《厚土》中的一个短篇《送葬》(1986)，《万里无云》(1996)则直接“挪用”了中篇《北京有个金太阳》(1993)。李锐自己曾明确地说过：“事实上，《无风之树》最初的‘原形’是《厚土》系列中的一个短篇小说《送葬》。”[1]有意味的是，此前和此后，对于李锐长篇的“来历”，评论界都没有表现出应有的重视。似乎这类“改造”是情理之中和司空见惯的，并不必然带来小说文体及思想意义的变化。就笔者目力所及，仅有一位论者正式地分析过《万里无云》与《北京有个金太阳》两个文本的人、事之间存在“惊人的对位关系”，并指出这一文本改写所带来的“历史的参照”[2]意义。

那么李锐本人是如何看待小说中“重新叙述的故事”的呢？他写道：“在对一个旧故事的重新的叙述中，我不但得到了一个新故事，更重要的是得到了一种新的叙述，得到了一个和以前大为不同的世界。连我自己也惊讶于这个世界的沧桑巨变。这个世界对于我的意义不仅仅在于小说。”[3]长篇小说一向被视为文体意义的生长地，长篇小说创造的方式也有很多种。李锐文体的独特性，首先就表现为上述的重写和再造、系列延续式。

另外，不少评论者都注意到，李锐小说在形式和内容(主题)方面往往形成富有深意的对照现象。如同属作家的郑义对于《古墙》的评论：“‘主题思想’的含混模糊与生活细节的精确有力，形成鲜明的反差；各不相干的人物、互不贯通的生活之间，遗留下许多有待填充的意味深长

---

〔1〕 李锐：《重新叙述的故事》，见《无风之树・后记》。

〔2〕 魏家骏：《改写的文本——一个叙事学的个案分析》，《淮阴师范学院学报》(哲学社会科学版)，2000年第1期。

〔3〕 李锐：《重新叙述的故事》，见《无风之树・后记》。

的空白。”[1]《厚土》也曾被评为“用生活自己解释自己”，有一种“反小说”的“纪实色彩”[2]。王德威认为：“《银城故事》的叙事形式与内容显现了一种反差，它在技术层面操作的精准与它所要讲述的历史混乱形成诡异的辩证。”[3]这些观点共同指出了李锐小说在形式和主题方面所形成的强烈反差：他试图用极精巧的形式蕴藏下尽可能深厚的生活内容，但他从不给出明确的“主题思想”之类的答案。他对文体独特性的追求似已昭然若揭，然而在价值取向上却是讳莫如深的。[4] 我以为，李锐在这方面的追求不妨概括为“小说的寓言化”。

寓言的常用手法有隐喻、象征等，它要求用尽量精简的篇幅来寓含深刻的主题，并且这主题往往具有多重解释的可能性。当然，小说在本质上是不同于寓言的，长篇小说尤为如此。但是，“寓言化”可以作为一种对生活内容的独特处理方法而融入到小说创作中来，借以深化小说主题的意义。李锐的《厚土》，其实就是一部有关集体的“人”与传统之关系的寓言；此后的《旧址》，满蕴激情地再现了古老家族在现代中国的历史命运，可以看作“一部巨大的文化寓言”[5]；《无风之树》提供的是极端恶劣的环境之下人的生存境况的寓言；《万里无云》展现的是人的精神困境的寓言式图景；《银城故事》则是关于人的生存意志与历史进程之间关系的寓言化表达。在所有的“寓言故事”中，李锐都深情关注着“人的过程”[6]，只不过，在“吕梁山系列”中他更多地关注近于封闭与恒常的生活状态，而“银城系列”则更多地展现冲突与嬗变中的人生

---

〔1〕 郑义：《这一瞬间凝结了永恒——读〈古墙〉漫想》，《当代》1986 年第 2 期。

〔2〕 雷达语，参见《小说选刊》1987 年第 2 期，“李锐作品讨论会纪要”。

〔3〕 王德威：《历史的忧郁　小说的内爆》，《读书》2004 年第 4 期。

〔4〕 比如对《厚土》主题的评价，过去多从文化批判、文明反思和国民性等方面立论；至《无风之树》和《万里无云》出，人们方才回过头来从历史、人的生存状态等角度去重新认识《厚土》。

〔5〕 李洁非：《废墟上的铭文——李锐长篇小说〈旧址〉的主题分析》，《当代作家评论》1993 年第 4 期。

〔6〕 参见周政保：《白马就是白马……——关于小说家李锐》，《当代作家评论》1998 年第 3 期。

景象。但无论如何，寓言化倾向已经成为李锐的一种文体追求。

与叙述文体上的追求相对应，李锐在叙述方式上也呈现出个人化的新奇魅力，大致可以概括为“双调叙述”、“无主角叙述”和“回归式叙述”。

从《厚土》开始，李锐觉得自己找到了“一种适合自己的叙述结构，连语调、语气都找到了”[1]。《厚土》是谨慎、内敛和精致的叙述方式；《旧址》则因第一次勘探现代中国革命的起源而显得激情难抑。到了《无风之树》和《万里无云》，李锐尝试用第一人称的主观性的人物语言替代叙述语言，使小说呈现出“口语倾诉”的风貌，但作者本人是不动声色的，他克制了自身即将宣泄的激情，而将之倾泻于人物的语言中。对此，李锐自己描述道：“从原来高度控制井然有序的书面叙述，到自由自在错杂纷呈的口语展现的转变中，我体会到从未有过的自由和丰富。”[2]其后的《银城故事》则显得从容、细腻、游刃有余。综而观之，由《厚土》到《银城故事》，李锐的叙述方式表现出与其心绪状态对应、互动的特点，我称之为“双调叙述”。“双调叙述”是一个交杂着冷静/激昂、客观/主观、控制/宣泄等一系列复杂情感矛盾的动态过程。这个过程也是作家人生观、历史观的建构、深化的过程，正如李锐所说：“所谓叙述方法的选择，也正可以看作是作者人生立场的转变和选择。”[3]但从总体上看，内敛、克制仍是其小说叙述的基调和主调。

自《厚土》之后，李锐的小说中很少出现传统意义上的“主角”。《厚土》的一系列短篇中，反复出现的是“队长、女人和她们倒霉、无能的男人”[4]这三类角色；《传说之死》中的“六姑婆”可算是主角，但有关她的故事在文中被反复强调为一个死去的传说；《旧址》基本上以李乃之的

---

〔1〕 李锐、王尧：《本土中国与当代汉语写作》，《当代作家评论》2002 年第 2 期。

〔2〕 李锐：《重新叙述的故事》，《无风之树・后记》。

〔3〕 《李锐王尧对话录》，第 165 页。

〔4〕 李庆西：《古老大地的沉默——漫说〈厚土〉》，《文学评论》1987 年第 6 期。

革命生涯为主线展现了两个家族的现代生存史，但小说所着力挖掘和表现的，远远不止李乃之一个人的革命史，而是一种文化的断裂和无根：“在李锐的那个时间表里的存在主体，并不是某一具体的家族，而是一种文化体系，亦即从汉代正式确立起来的中国传统社会结构及其文化价值”[1]。严格说来，惟有《黑白》和《北京有个金太阳》能找出其故事主角。但后来的《无风之树》和《万里无云》中不停变换的第一人称叙述，再一次以其“众声喧哗”的效果淹没了主角。晚近的《银城故事》中，“牛屎客”旺财、大盐商刘三公和革命党人刘兰亭、刘振武，以及绿营老兵聂芹轩等人，在小说中都显得同样重要，缺一不可。我把李锐小说叙述的这种特点称为“无主角叙述”。在某种意义上，“无主角叙述”可以理解为一种“多主角叙述”：它力图充分关注每一个人的存在，维护和张扬每一个感性生命的个人体验和存在价值。从深层的意义上说，“无主角叙述”自觉地摒弃了英雄史观和“高大全”的人物形象，标志着一种新型的历史观和创作观。如此，我们可以回过头来说，《厚土》中的故事主角不是其中任何一种人物类型，而是根深蒂固、无所不在的古老传统；《无风之树》的主角是强大的异己力量；《万里无云》中主宰张仲银的乃是一种宿命般的精神困境。《银城故事》中，“历史”实际上成为隐含的主角——在此，“无主角叙述”尽其最大可能揭示出，历史对人作为“主角”权利的剥夺。

本文所论李锐的创作，止于《银城故事》，但其创作迄今仍有相当生命力。在他看来，作家的使命和宿命都在于叙述，“如果我们不想被别人的偏见和自己的迷失所淹没，我们就不能停止自己的叙述”[2]。李锐一直用执著的信念，坚定不移地探索小说叙述方式的可能性。应当说，他较为成功地开辟了“常新”的艺术空间，但有意味的是，他的叙述方式还出现了某种“回归”倾向。

如前所述，双调叙述与无主角叙述均表现为一个动态的发展过程。

---

〔1〕 李洁非：《废墟上的铭文》，《当代作家评论》1993 年第 4 期。
〔2〕 李锐：《命定的叙述》，《网络时代的“方言”》，第 116 页。

如果将《厚土》与《银城故事》视为这一过程的两端（当然，这只是权宜之计，这后一端还在延续和发展之中），我们将会发现：在《厚土》系列的冷静、内敛与《银城故事》的从容有致之间，在“厚土”封闭沉滞而又自足自在的生活状态与“银城”的民间日常生活之间，其实存在着奇妙的照应关系——我把这种现象称作“回归式叙述”。当然，这种回归不是简单地回到起点，而是指李锐在长期的艰苦跋涉之后又发现了一个类似于当初的——其实是更高层面的“出发点”。由此，我们或许可以预言，李锐此后的创作仍将在一个较长的时期内继续以他冷静、从容的笔调，关注“民间”生活的发展动向。

在一次问答中，李锐曾经这样谈到他对“语言”的认识：“语言文字这四个字，有两层意思，两个范围。语言是第一个意思，是大范围。文字是第二个意思，是小范围。”他进一步认为，“真正的作家天生喜欢语言而讨厌文字。因为语言直接来源于生命，或者说它本身就是生命的组成部分。”语言是作家生命体验的积淀，“语言是不可抗拒的，就像生命也是不可抗拒的一样。”所以，“对语言的侵犯或试验，是一种危险的事业，企图跨越篱笆的脚刚刚伸出去，就会被尖桩刺伤。这是一种对于生命能力本身的实验。”〔1〕李锐当属于那种不大“安分”的作家，在通往语言的旅途上，他一直在测验自己的生命能力，也留下了他一路跋涉和探索的足迹。

《厚土》以其独特的语言而获得了“刻骨铭心于内，极其凝练于外”〔2〕的赞誉。李锐后来也回顾说：“以高度控制和简洁内敛的叙述所完成的《厚土》系列，应当说是我自己这一时期的书面语言的制高点。”〔3〕那么，除了李锐自己曾多次强调的刻骨铭心的生命体验以外，

〔1〕 李锐：《答〈黄河〉问》，《拒绝合唱》，第183—185页。

〔2〕 成一语，参见李国涛、成一等：《一部大小说——关于李锐长篇新著〈无风之树〉的交谈》，《当代作家评论》1995年第3期。

〔3〕 李锐：《我们的可能》，《网络时代的“方言”》，第109页。

李锐的语言创新从何而来？“作家并不能完全杜撰一种全新的语言。语言的创新实际不如说是创化。创化之途有三：化古、纳俗和融外。”[1]《厚土》的叙述语言的特征，正可称为化雅纳俗：它是典型的书面语，间或夹杂着少量的方言口语。如下面几例：

> 现在，全村老少都憋在这儿锄玉茭。没风，没云，只有红楞楞的火盆当头悬着。
>
> （《锄禾》）

> 还是没人吭气，还是全都愣怔着脸，这件事情委实有些难办。
>
> （《选贼》）

> 于是，视角上仰的眼睛里就只能看见这些又肥又圆的屁股，上下左右地晃，黑亮黑亮地闪，紧绷紧绷地充满了力气。
>
> （《驮炭》）

口语中的少量语汇和句法被吸纳到原本纯粹的书面语言中来，使小说的叙述带上了浓重的生活气息。另一方面，《厚土》中的语言还表现为高度控制和井然有序，如《眼石》中的这段话：

> 盯着，盯着，那个紧绷在后脑勺上的红花手巾呼地窜了起来，像火苗子舔了心尖，绞得人倒吸冷气。脑壳里装了面大铜锣，有人敲，咣——金星四迸，大朵的红花就漫成了满天的红雾……

这段话中首先以“盯着，盯着”的动作引出拉闸人眼前产生的幻象，再写到他脑中的幻觉，使读者不免猜测这人可能受到了精神上的刺激。果

---

〔1〕 邹忠民：《作家的母语意识》，《江西师范大学学报》（哲学社会科学版），2003 年第 5 期。

然，在后文我们读到了拉闸人与车把式之间的“过节”：头天晚上，后者恩威并施地占有了前者的媳妇。拉闸人满腔的羞愤与怨恨可想而知，但作者没有直接地正面描写，而是以其动作暗写心理活动。这样的例子在《厚土》中俯拾皆是，比如：

> 视线举着整座山峰朝上升，升，升……然后，停在半空里挣扎着，到底挣不过，沮丧地落了下来；然后，再朝上升，升，升；然后，更沮丧地落下来。

这是《看山》中的第一句话。作者以放牛人“看山”的动作来刻画其不甘——挣扎——沮丧的心理动态，而略去了导致其复杂心态的细节过程。

再比如这一段：

> 当那狂潮终于平息下来的时候，男人粗拉拉的手掌无意中在女人的脸上抹下了温热的泪水来。

这是《假婚》中的最后一句话。文中曾多处深入描写这个熬了十年光棍的汉子在“假婚”一事中的心理感受：他既忌恨队长又怨怪女人，只有把怒火一次次地发泄在女人身上。而在前文中，作者有意“忽略”了女人内心的感受，直至这最末一句才暗示了她心里莫大的委屈，但仍然收到了极好的效果。所以有的论者认为，《厚土》语言构造的特点是“言寡义丰，词直意曲”，且多用“侧写、暗写、概说、曲说的企悟式语言”〔1〕。《厚土》的追求就是，在简约的语言中营造出蕴含意味的空间，在空间中又暗写人物心理意识的流动；这“流动”恰好与厚土生活的“沉闷”形成鲜明的对比。

面对《厚土》的语言，曾有不少人尝试过寻出其渊源来。金汉先生

〔1〕 白烨：《短而厚：短篇小说的新趋向》，《文汇报》1987年10月5日。

就认为，李锐正是由于扎根农村沃土，承接鲁迅之遗风、吸取五四以来小说的营养，并在“山药蛋”派的基础上力求新变，才写出了这样扎实、深厚的作品。[1] 无独有偶，李明远也认为，在李锐的选材、叙述和描写中，都“不难发现鲁迅的影响”[2]。我以为，在叙述的冷峻、客观方面，李锐的确受到了鲁迅的影响；而在贴近民间生活方面，李锐确与山药蛋派有不可脱却的关联。然而遗憾的是，前面所引的论述都没有集中深入下去，而只是蜻蜓点水。我比较赞同李国涛先生的评价：“李锐《厚土》仍是现代汉语本色语言中求新颖和纯净。”[3]如果说《厚土》的思想内涵建基于深厚的生活经验所铸就的刻骨铭心的记忆，那么其语言特色则得力于李锐对“当地”口语所进行的创造性的转化：通过这种转化，他找到了一种“适合自己的语调和语气”，从而为他一个时期内的语言创造树立了一块界碑。

但是，“语言所设立的界限与结构，必然被语言本身所打破，从而使其呈现为一种生生不息的过程。”[4]早在《厚土》系列陆续发表、渐渐引起人们较大关注之时，李锐就已有了保持自我和寻求超越的想法[5]；直至在《无风之树》中找到了“口语倾诉”，李锐才真正突破了之前的语言障蔽。李锐曾坦称，这一次突破花费了他六年的时间[6]。事实上，这也是他对“口语”和“方言”重新认识和深入体会的六年。

关于语言创化的资源，李锐认为，“中国的、外国的、历史的、现代的、庙堂的、民间的，一切人类的成果和想象，都应当成为我们语言生命的资源。”[7]但他又特别强调，“相对于正统化、等级化了的书面语，处

---

〔1〕 参见金汉：《短篇艺术的新收获——读李锐集束小说〈厚土〉》，《名作欣赏》1987 年第 5 期。

〔2〕 李明远：《李锐、矫健系列短篇比较论》，《批评家》1988 年第 2 期。

〔3〕 李国涛：《〈厚土〉的文体追求》，《批评家》1988 年第 3 期。

〔4〕 邹忠民：《作家的母语意识》，《江西师范大学学报》（哲学社会科学版），2003 年第 5 期。

〔5〕 可参见《小说选刊》1987 年第 2 期的“李锐作品讨论会纪要”。

〔6〕 可参见李锐：《重新叙述的故事》，《无风之树・后记》。

〔7〕 李锐：《富有之谓大业，日新之谓盛德》，《读书》2001 年第 10 期。

于边缘和底层的口语和方言，却较少受到污染，却保持了相当的原生态，却很难被僵死的锁链捆住手脚”[1]。因而口语和方言可以也应当成为现代汉语写作中借鉴的重要资源。也正是在这个意义上，他高度评价赵树理、沈从文、老舍“这三位作家各自依据了不同地域的方言，不同地域的文化传统，创作出了杰出的现代汉语小说”[2]。

李锐曾经认真地反思过山药蛋派作家的语言问题。在他看来，山药蛋派作家在“使用”民间语言方面有过独特的贡献，但他们“更多的是被动地使用、被动地使自己的叙述语言像农民的方言，而作为一个作家，在语言文体上他们没有创造性”[3]。他认识到，仅仅是“借鉴”和“模仿”，并不会自动产生语言的转化和创造。所以，经过再三思考，他终于走上了别具一格的“创作”“口语”[4]之路：这方面的重要成果是《无风之树》和《万里无云》。

在《无风之树》中，除了对苦根儿的内心世界是采用第三人称的叙述外，其他均为人物的第一人称的主观性叙述。这些人物除刘主任以外，其他的都是矮人坪的村民，甚至还包括驴子、鬼魂和哑巴。这样的口语创作需要的不仅是胆识和勇气，更需要技巧。那么，“口语倾诉”在语言构造和语言方式上的特点是什么呢？曾有论者指出“饥饿、性和政治的极端性与残酷性，是李锐自《厚土》以来一以贯之的主题”，而《无风之树》在这方面“是一个全新的高度”[5]。那么，我们不妨就先从性、饥饿、死亡、政治斗争等几个方面来品味李锐“创作”的“口语”。

---

〔1〕 李锐：《从真实的语言处境出发》，《网络时代的“方言”》，第145—146页。

〔2〕 李锐：《谁看秋月春风》，《读书》2002年第11期。

〔3〕 李锐、王尧：《本土中国与当代汉语写作》，《当代作家评论》2002年第2期。

〔4〕 关于“创作口语”，李锐是这样说的：“我用直接的口语，实质上并非是当地农民的口语，这是我创作的口语。”可参见叶立文与李锐的对话《汉语写作的双向煎熬》（《小说评论》2003年第2期），或者《李锐王尧对话录》的相关章节。

〔5〕 阎晶明语，参见李国涛、成一等：《一部大小说——关于李锐长篇新著〈无风之树〉的交谈》，《当代作家评论》1995年第3期。

性

我日他一万辈儿的祖宗。

你瞪啥眼啊你，你鼓着个裤裆，我还不知道你急的个啥。天柱早说了，牛是队里的，地是队里的，暖玉是队里的。你个当主任的来一回白用一回暖玉，你就不嫌寒碜？

我就把她揽过来，我就使劲。她就叫。这女人真是个好女人呀。暖玉暖玉你真是个好女人呀你！这一会儿就是拿个活神仙拿个老天爷跟你换，你也舍不得。

饥饿

我扭头看爹，爹已经吃了六碗了，又端着碗站在锅边上了。娘正把脸埋在那个粗瓷大海碗里呼噜呼噜地咽面条，娘已经吃第五碗了。

他一边说一边从兜里掏出一把炒豆子放进嘴里嚼起来，咯嘣咯嘣的就像一匹马。

我也咯嘣咯嘣地嚼。香得就像两匹马。

我就又端起碗来。我就又吃。我还没吃过这么香的饺子。

死亡

一个人要是他不想活了，你叫他天天当皇上，天天坐轿子，穿龙袍，天天喝香油、吃烙饼，那也是受罪，那也是白搭。

几千几万年活活死死，几千几万年死死活活，就是太阳一个人在天上看着，就是他一个人看的清清楚楚。

我们就把最后那个窟窿堵死了。又用了三块石板在坟前搭了一个石案。天柱又拿出了几张黄麻纸点着了。

政治斗争

毛主席教导我们说，“凡是反动的东西，你不打，他就不倒。这也和扫地一样，扫帚不到，灰尘照例不会自己跑掉。”……还有一条得告诉你，党的政策是“坦白从宽，抗拒从严。”

不管阶级斗争有多么复杂，我们也要把隐蔽的不隐蔽的阶级敌人全都揪出来，也要遵照伟大领袖毛主席的指示把矮人坪的阶级队伍清理好！

再说咱矮人坪就你这么一个成分高的，再说还有苦根儿那从娃，一天到晚非要斗这个、批那个，非要弄出个成绩来不行。

大体上，“口语倾诉”中的“口语”，其实就是口头语言；而“倾诉”则是“话从口出”，随心所欲。作者极富创造性地模拟了民间百姓的口头语言，借以展现了鲜活而又生动的民间世界。与此相对的是，苦根儿的缄默不语，则显示出内心活动的僵化。

《万里无云》基本上延续了《无风之树》的路子，且在某些方面有所进展。比如，同是陷入精神困境的人物，苦根儿基本上是“沉默”，作者不得不用第三人称来探视其内心世界；而张仲银则在一次酒后有了难得的“倾诉”（即原文整个第二章）。由于原话太长，在此仅能摘录一些片段：

……就剩下我一个人在五人坪。还是我一个人，原来就是一个人，现在还是一个人。“三十八年过去，弹指一挥间”，不管多少年都是一个人。“已是黄昏独自愁，更著风和雨。”不管多少黄昏多少风雨,也都是一个人。世世代代一个人,千百年来一个人,“前不见古人,后不见来者。”……

二梁就笑,二梁说,我就知道这酒不能白喝,我就知道我。二梁说,张老师,我捐,我捐钱,你得喝了这盅酒。我就喝。我就喝。我就喝。“五花马,千金裘,呼儿将出换美酒,与尔同销万古愁。”我就喝。我就喝。我就喝。**今幸逢信士,孙氏□□募化□□□银两,乃兴土木,重修庙宇。□□□□□嘱予撰文以记之。□□□**我就喝。我就喝。我就喝。杯中自有人民币,杯中自有新校舍。人民教师张仲银为党的教育事业喝酒,为五人坪的人民群众喝酒,为五人坪的子孙后代喝酒。鞠躬尽瘁死而后已。“今后我们的队伍里,不管死了谁,不管是炊事员,是战士,只要他是做过一些有益的工作的,我们都要给他送葬,开追悼会。这要成为一个制度。这个方法也要介绍到老百姓那里去。村上的人死了,开个追悼会。用这样的方法,寄托我们的哀思,使整个人民团结起来。”人民教师张仲银同志永垂不朽!我就喝。我就喝。我就喝…………

李锐将此安排在酒后,不仅仅是为了创设一个合理的情境(“酒后吐真言”),也使语言的可能性得到了最大程度的体现。同时,在倾泻而下的瀑布般的语流之中,在看似天马行空般的联想的背后,我们清楚地看到,“文革”时代的革命标语以及“语录体”式的思维方式,仍旧牢牢地占据着他的头脑。这对于张仲银来说,无疑是精神困厄的表征。但对于作家李锐则不然:“我自己在这片嘈杂混乱毫无语法和秩序可言的口语的林莽中,体会到一种从未有过的丰富和自由。”[1]这种“创作口语”的体会,为李锐开辟了一片新的视域,也为他的创作注入了新的动力。

但语言并非一成不变的,正如生命的体验时有更新和深化。在晚

---

〔1〕 李锐:《我们的可能》,《网络时代的“方言”》,第110页。

近的《银城故事》中，李锐自觉地扬弃了单一的语言价值观念，综合了以前的各种语言经验，使得这部小说既有着《厚土》般的严谨与缜密，又延续了口语倾诉的某种风格。在这里，李锐一方面以“精致”的书面语描述着“宏大”的历史场面：

> 银城新上任的巡防营统领聂芹轩，和准备暴动的革命党，把那幅恐怖凄凉的风景，残忍地摆在大街上，残忍地摆在银城人渴望银子的眼睛里。

另一方面，他又以“通俗”的“口语”讲述着民间百姓的日常生活：

> 旺财搞不清楚为什么银城的物价会像银溪里的水一样涨涨落落的。这个问题对于旺财来说是一个太大也太复杂的问题。那些成千上万的店铺，成千上万的买卖人，也不知是听了谁的话就把价钱改来改去的。改来改去的也没有办法，那都是别人的事情。旺财惟一能做的就是多出力气做牛粪饼，就是要把自己的铜钱一个也不丢的抓在自己手里。

笔者认为，《银城故事》是这样的一部小说：它用了两种“语言”讲述了两种不同的“历史”，一个是正统意义上的“大历史”，另一个是民间生活的“小历史”；它让我们看到了一个无限广阔的语言世界。

李锐的“语言焦虑”与“文体突围”有其突出贡献和重要意义。

作为一个有强烈的探索欲望和创新意识的作家，李锐时时、处处感受着语言的焦虑。在他看来，这种“语言焦虑”时时处处要求作家有一种“个人化”的语言和表达方式：它要求作家用语言来表达自己，又惟恐在语言中受到不自觉的束缚和影响，从而迷失了自己、丧失了个人的独特性。因而，李锐竭尽全力地标举“语言自觉”，借此反抗语言的被简化、被同化、被淹没。在他的心目中，语言应该成为生命体验的一部分；

或者说，语言本身就是一种生命体验。不同的生命体验完全可以也应该通过不同的语言得到表达。

李锐将语言的独特性和重要性摆放在一个相当高的位置，有力地反拨了“语言工具论”对作家的遮蔽和束缚。在他看来，正是有了千千万万不同的生命体验，才有了不同的语言，也才可能会有不同的文体。因此，他在探索着语言创新的同时，也开始试图从文体上实行“突围”，旨在获取一种“个人化”的文体。他将作家的生命体验、语言和文体“三位一体”地联系在了一起，甚至可以说，他希望由此而建构起一种独特的“生命诗学”。

“体验焦虑——寻求突围”的过程在当前的文学语境中有着重要的现实意义。在我们的记忆中，真正有意义、有力度的作品，从来都是不与现实“妥协”的。自文学失去了“轰动效应”之后，我们看到的创作多是只有浮躁、功利和趋同的现象，而缺乏对个人生命体验的深刻的个人化表达，更缺乏对精神困境的执著的探寻，也就不能达到对人的存在的“终极关怀”。

“体验焦虑——寻求突围”的过程，还具有一种更为普遍的意义。当着作家们敏锐地感受着困境、深刻地书写着困境并试图超越困境的时候，其所作所为的意义，已经超出了狭义的文学创作领域，而应成为在拼搏中确证生存意义的普遍人类的象征。

然而，李锐仍不可避免地有着他的局限性。

首先，为了梳理和清理自己，他写下了不少“出于生命抗争”的“理论”文章。这些文章固然显示出了巨大的抗争热情和独到的睿智的眼光，但是它们从来都未能系统地、有条理地阐明了哪一个主题（当然，这本来就不应该是苛求作家必修的“课程”）；相反，它们在一定的程度上使李锐陷入了更深的“焦虑”之中。他由衷地渴望“澄清自己”，又觉得每次表述都可能“简化”了自己；他本能地怀疑理论，但又不得不写下一篇又一篇“理论文章”，试图更清楚地阐明自己的观点；他在将语言从“书面化”、“等级化”、“正统化”的重轭之下解救出来之后，又渐渐地赋予了它反抗等级和秩序这一类沉重使命。

在“语言焦虑”的重重包围之下，李锐的创作不能不留下令人惋惜的缺憾。他的小说篇幅都很短小，虽然“吕梁山系列”和“银城系列”都是“生长型”的小说，但其“生长”的过程稍嫌缓慢。他的小长篇，多数只有短篇小说的情节，往往显得空间促狭而逼仄，因而在技巧的使用上有时也就不免有些“过分”。比如，《无风之树》和《万里无云》中高度压缩的事件和场景，使得它们更像一出紧张而激烈的舞台剧。让人欣喜的是，《银城故事》中从容有致、虚实相间的笔法，为小说意义的“生长”拓展了更大的空间。我们期盼着，李锐能够觅得更大的空间来舒缓和释放他深重的焦虑。

困惑与超越

——评《太平风物》

蛰居山西的作家李锐，曾以《厚土》系列（1989）以及长篇小说《无风之树》（1996）、《银城故事》（2002）等为文坛所瞩目。经过一段时间的“沉寂”之后，李锐于 2004 年起陆续推出他的“农具系列”小说，累计有 8 个系列，共 14 个短篇，目前已经结集出版。[1] “农具系列”吸引了不少评论者的眼光，他们的文章大都致力于发掘小说蕴含的多重主题及其新式文体的意义。[2] 确实，“农具系列”的出现，似乎给文坛吹进一股久违的清新的田园之风，带给人们一种新奇感；然而这风里所卷挟着的实实在在的生活气息，却足以让人们体味到几分真实的沉重和无奈的悲凉。

一

“农具系列”的特异之处，相当程度上得益于作家出人意料地选择农具作为艺术表现的切入点。但是，如果考虑到李锐自 1980 年代以来对吕梁山区农民生活的持续关注和深入思考，则农具之入其笔端，实非偶然。在《生命的报偿》一文中，李锐曾经这样写道：“他们手里握着的镰刀，新石器时代就已经有了基本的形状；他们打场用的连枷，春秋时

〔1〕 结集名为《太平风物——农具系列小说展览》，生活·读书·新知三联书店 2006 年 11 月出版。

〔2〕 目前所见的文章，主要是对单篇小说或单个系列的评论。只有赵晖的一篇《寂静之维下的艺术探索》论及前七个系列，载《海南师范学院学报》（社会科学版）2005 年第 6 期。

代就已定型；他们铲土用的方锹，在铁器时代就已流行；他们播种用的耧是西汉人赵过发明的；他们开耕垄上的情形和汉代画像石上的牛耕图一模一样……世世代代，他们就是这样重复着，重复了几十个世纪。”〔1〕农具紧密地联系着农民赖以生存的土地，联系着农民的生活，作为“历史”的见证，农具和它们的使用者——农民们一起，在辛苦的劳作中历经了无数的风风雨雨，穿越了漫长的农耕文明时代，直至今天。农具由此获得了一种厚重的历史意蕴，无疑也具有独特的艺术表现价值。因此，借农具以表现延续与变异、传承与失落、记忆与遗忘这类主题，正是小说的题中应有之义。不过，应该指出的一点是，农具在李锐的整个创作中的地位显然是“今非昔比”了。如果说，在《厚土》时期，对农具的观感还只是作为呈现乡土厚重的历史沉淀的手段之一，那么现在农具似乎被赋予了相对“独立”的审美价值，李锐试图让它们独自承当起表现乡村的“历史”以及“现在”这一重任。在这个系列中，每一篇的开头都有李锐刻意搜集的相关资料，借以显现农具的传统功用及其历史内涵；不过，李锐更为关注的似乎是传统农具在功用方面的现代变异——他为我们讲述的，首先就是操持那些农具的村民们的现代遭遇。

农具系列大量地涉及了农村的现代发展的背景，其中主要是农村的拆迁重组、土地和资源的开发利用。不过李锐的笔墨并没有正面去渲染这些宏大的场景，他关心的是在村民们在各种特定情势之下的所思所想和所作所为。如《袴镰》中写到，村长杜文革在经营村里的煤窑时被陈保来查出了贪污的证据，保来持续五年的奔走非但没有告倒村长反而被其所害。保来的弟弟有来继承哥哥的遗志，三年来仍未见效。文中村长的以权谋私、一手遮天和保来兄弟的渴求公道、渴望平等，显然构成了强烈对比，也很能反映现代农村发展中人们对待固有的价值观念的不同态度。此外，《锄》的叙事也是在两湾村的土地被煤炭公司收购这一背景下展开，《耧车》也直接关系到老林沟村的开发和拆迁并村一事。

〔1〕 见《厚土·后记》，山东文艺出版社2002年版，第254—255页。

乡村的城市化进程导致农村劳动力的外流，无疑给农村带来了莫大的变化。最常见的结果就是，青壮年劳动力纷纷向城市靠拢、或者直接进城务工，只有老人和孩子们滞留家中。于是我们才会看到，在大好的耕种时节里大量土地被抛荒（《耧车》），孤单衰老的老人驾着骡子拖着残耱在地里劳作（《残耱》）；于是我们才会理解，为什么六安爷在半盲状态下还坚持去已经转卖的地里翻锄那片熟稔的泥土（《锄》），而且自得其乐地说道："我不是锄地，我是过瘾。"《扁担》则叙述年轻木匠金堂进城打工的不幸经历：他还没来得及找到工作，就遭遇意外的车祸而失去了双腿，历尽千辛万苦，在快到家的山路上，金堂放声大哭，生死未决。《樵斧》中的僧人了断，最初也是一个进城打工的农民，被机器伤残后不得不四处流浪，饱受磨难而讨不到公道，心灰意冷而决意出家。

几乎每一个乡下人都有一个自己的城市梦，也都有自己实现这个梦想的方式。《青石碾》中的郑三妹就坚信自己总有一天"会变成一个有钱的城里人"，而她的实际行动是拐卖家乡的妇女。案发后历经八年的侥幸逃捕，自己也流落成为一个被拐卖的妇女，但仍然不甘心，直至最终被抓捕时才如梦初醒。而与乡下人的城市梦形成富有意味的对照的，是城里人的"乡村梦"：他们是那么乐于看见一个自己想象中的"原汁原味"的乡村，以致于镇长亲自要求"民俗村"的村民，为前来观光的游客唱曲子时，还要拿上一把"被河沙磨光的铁锨"（《铁锨》）。知青出身的陈总，可以把乡村的人声鸟语、鸡鸣狗吠都"用一套高级录音机专门从五人坪录回来"，甚至连"扶着犁铧的满金爷"和柳叶儿开沟撒种的真实场景，也能被配以各种声音逼真地出现在北京的高尔夫球场上，为现代化的运动场造就一派"平静安详"的氛围（《犁铧》）。

《太平风物》不同程度地涉及了农村发展中的方方面面，除了农村土地和资源的开发、农民工进城、农村旅游业发展，还有农村的教育现状（《连耞》）、卫生防疫（《耕牛》）以及文化娱乐（《牧笛》）等等，其问题意识的广泛和深入，自不待言。但意味深长的是，小说从未正面展开关于当前重大问题的"宏大叙事"，作家更倾向于揭示农具传统功用在现代社会中所发生的，以及可能发生的各种变化。我们看到：袴镰可能由收割庄稼的农具变成伸张“正义”的利器，残耱则从耱地的器具转为伤老自哀的象征，过去磨面的青石碾已经成为圈禁的牢笼，连枷则可能是文人和农民之间隔膜的表征，行走四方的扁担和它的主人一起遭受了意外的断裂和摧残，樵斧由农夫耕作“随身尤不可阙者”一变而为杀人及自残的利器。锄、耧车、镢和耕牛依然可用，但它们不再用来收获希望；桔槔依然如古时一样省力，然而潜藏的现代悲剧远非人所能预料；铁锹和犁铧，则被作为另一个世界的形象，与其他物事一起在外人的观看中被动地延续着“世外桃源”的千年幻梦；作为“古今太平之风物”的牧笛，如今亦已哑然失声……

如果我们把农具系列的主题归结为现代化进程中的农村叙事，那么也就应该承认，传统农具的现代命运在此无疑具有相当的象征意义。作为一种不乏极端的体验，老朽残败的农具及其使用者们的现代遭际，从一个出人意料的角度深刻地折射出乡村文明固有传统以及价值观念的失落，以及乡村在现代化的不平之路上的跌荡、颠簸和困惑、徘徊。

二

农具系列的另一个引人注目之处，是它在文体上的探索意识。它的直接标志是，开篇先有图文，然后才是小说的“正文”——或许应该说，作家本人的意图是让这些图文也成为小说“本身”的一个有机部分，希望借此使“自己的写作在文体上有所突破”[1]。在我看来，引用图文不仅仅是有意让读者首先获得一种直观的认识，其深层意图在于，使图文和小说内容之间造成一种“互文性”。以《樵斧》为例，开篇即赫然印有“桑斧”和“石斧”的样式，然后引述一段关于斧的得名、起源和演变的文字，这就不仅交代清楚了斧的历史，也悄然引入一个农耕文明的发展演变史作为读者阅读和接受的心理背景。读完之后掩卷回味，小说本身简洁、含蓄的艺术效果与前引图样的古朴、粗略的简拙意味之间，竟然有着某种有意无意的交融。“互文”的另一个表现是，斧的“历史”与

〔1〕《作家近况》，《中华读书报》2005 年 2 月 16 日。

“现在”也在小说中构成一种潜在的互相比照和映衬。斧与人类相伴的历史何止千年，然而农书中只述其农事上功用，不曾、也不可能提及它在扰乱的世事中历经的杀伐与纷争——然而正是在《樵斧》这一篇中，我们看到了斧子的另一面：当农民进城务工遭遇不公、求告无门、流离失所之时，原本用来砍柴的樵斧也遭遇了狰狞的异变，它不仅被用以报复社会，更被人用来自残自弃！这是对古代农书上“遗漏”了的斧的“功用”的一个补充，还是斧的历史演变的一个现代版寓言呢？或许两者兼而有之吧。

整体上看，这种“互文性”在各篇体现的程度并不一致。相比而论，《桔槔》的“互文性”可能是较为明显也较为强烈的。古时的桔槔就能够起到“用力少而见功多”的妙用，而崇尚自然、主张绝圣弃智的庄子就不以为然地讽刺过它的“机心”。[1] 小说中“现代版”的桔槔仍旧高效省力，并且能带来可观的经济效益；但是使用者也招致了远非庄子时代所能预料的悲剧结果。由此看来，人之存有“机心”，自古以来就不足称道。况且，窃取公家财物而转卖致富，本身就足以说明，淳朴的“人心”和传统的价值观念发生了多大的转变。然而，即便人心的巨变如此，古老的伦理风俗仍在令人惊诧地继续传承下去！农具所牵引出的“历史”和“现在”，在《桔槔》的多个层面相互交缠、相互阐释，使小说的意蕴得以丰富和提升。

全面评价农具系列在文体上的探索意识，还必须考察农具与小说叙事之间的关系。如在《袴镰》中，小说以倒装叙事展开，陈有来的冲动杀人，以及后来被警察开枪误杀，都与镰刀密切相关。《耕牛》自红宝领着耕牛黄宝逃避强制执行的防疫措施始，至他们被藏身其中的土窑洞坍塌所埋而终。《桔槔》中桔槔的“发明”和“应用”显然是导致大满的悲剧的最关键因素，也是小说展开叙事的首要推力。以上几篇的共同点是：农具的存在直接与小说人物“合为一体”，成为故事发展的不可或缺的推动力。

---

〔1〕 汪政曾撰文对此有过精辟阐发，见《说〈桔槔〉》，载《山花》2005 年第 4 期。

另一种情形是，农具只是作为一种“场景”或者“道具”，或隐或显地出现在小说的叙述中。如《残糖》铺叙黄昏残景中孤苦老人的复杂心绪，残糖只是点染孤苦心境的一抹重彩。《樵斧》中两位警官向慧云法师询问僧人了断之事，在双方的交谈中，那把“历经了无数杀伐的”樵斧一直“有几分悲壮地突兀在优美如画的风景当中”。《犁铧》一文中，“满金爷和他手里扶着的犁铧是桃花潭高尔夫球场乡村俱乐部的标志”，宝生记忆中的满金爷和柳叶儿开耕撒种的情形，作为一个背景与此交叠。《耧车》叙述爷爷领着小孙子在即将荒废的地里播种最后一次希望，宁静的山谷里，现实情景“好像一个神话的开头”，古老的耧车作为一个“听众”出现在讲述神话传说故事的现场——或许在不远的将来，古老的农耕文明也将成为一个神话般的记忆吧。

有时，农具与小说叙事之间的关联更趋弱化。比如镢和锄就只是歪歪和六安爷舒泄心中郁结情绪的一个工具，与他们本身的遭际并无直接关联。再如扁担，也只能理解为金堂历尽磨难的一个见证物；青石碾只有在女人遭受丈夫虐待时才派上用场；铁锹仅仅是小民父亲在唱曲子时拿着的一样“民俗”摆设；连枷在小说中最后才出现，借以暗示文人与农民生活之间的某种隔阂；更甚者则是牧笛，故事一开始就被塞进布袋里，虽然它还能在里面和响板发出“清脆悦耳的碰撞声”，但此后就一直被埋没在现代马戏团带来的喧嚣中了。

农具的出现，使得李锐的叙述给我们带来了一种新的体验。那么，李锐的这些直接以农具冠名的小说，究竟有哪些创新意义呢？我以为，这个问题应当一分为二来看待。比如，《残糖》和《镢》等可算情绪型小说，长于渲染氛围、体摹人情和营造意境。究其原因，一来这些本是李锐的擅场，[1]在此得到了进一步的发挥；二则由于农具本身在这类小说中的“背景”作用处理较为得当。不过，当农具的“背景色”过于黯淡

〔1〕马风在评价《厚土》时就已经指出，李锐小说的氛围本身“不仅仅是一种表现手段，而且也是一种表现目的”。见《氛围的营造和渲染——〈厚土〉的艺术支点》，《当代作家评论》1987年第4期。

时，农具与小说之间的结合就难免显出牵强和偏颇，甚至影响小说的艺术效果(比如《牧笛》一篇就几乎毫不涉及作为农具的牧笛，《连枷》末尾小女孩对范成大诗歌的评价也给人以突兀之感)。而《桔槔》和《耕牛》等则可归入情节型小说，农具与故事的发展之间有着恰切的关联。但有时也似乎太“过”：陈有来以镰刀杀人获罪，但是他在看见老婆孩子时自然地站起身子，持枪包围了他的警察却误以为他想操起镰刀反抗，开枪将他射死；经过改装的扁担竟然如此地不可思议，帮助金堂从北京一直挪回了老家。

由此观之，在农具与小说叙述效果之间的关系处理上，关键当在于把握其中的“度”。对农具系列的形式探索意义，或可作如是观：以某一农具为名的小说创作，农具与小说叙述之间的结合程度，当在似近似远、若隐若现之间，只有这样的探索和实践才会留下更多的艺术空间，所谓实至名归、名副其实。太远或太近则未必见佳，太远时徒有农具之名，太近则难免造作，所谓过犹不及也。

三

对农民和农村问题的持续关注，使得20世纪中国乡土文学的现实精神一直绵延不绝。在当前中国农村城市化、现代化的大背景之下，“三农”问题已经为全社会所瞩目，也是文坛创作的一大热点。对于作家们来说，原有的创作经验至今未必仍然适用，比如贾平凹就曾经感叹农村变化太大，“按原来的写法已经没办法描绘”，“以前的观念没有办法再套用”[1]了。环视当下文坛，我们确实能够发现一些对农村并不了解的蹩脚创作，某些作家始终都与农村的“真实”隔着一层。因此，对于有责任感的作家来说，新的文化语境无疑向他们提出了新的要求，“在这样一个多元复杂的观念世界里，乡土文学作家需要解决的并不是‘写什么’的问题，而是考虑‘怎么写’，怎样才能获得符合人类文明与历

---

〔1〕 贾平凹、郜元宝：《〈秦腔〉和乡土文学的未来》，载《文汇报》2005年4月10日。

史进步的价值理念。”[1]对于李锐来说，或许并不存在他与表现对象之间的隔膜问题，我们也不难体会他对农村发展所面临的许多问题的敏锐感知——其中有些问题甚至是令人痛心疾首的。但耐人寻味的是，农具系列似乎过于热衷于处理悲剧性的事件（如《袴镰》、《青石碾》、《樵斧》、《桔槔》、《扁担》），即便是那些旨在刻画某种生活场景和情绪片断的短篇佳制（如《镢》和《耧车》），也总是低徊着一股无奈的悲凉感：半盲老人执著地挥锄，他所代表的农民与土地的和谐状态，只能是一种“回光返照”（《锄》）；残存的人间温情，终究也随着红宝和黄宝一起被长埋在坍塌的窑洞里（《耕牛》）……

显然，与农村的发展面临诸多困惑一样，李锐的创作也被某些问题所困扰着。不难发现，小说所涉及的农具，几乎都只是一些古老的传统农具，李锐似乎从不提及农村出现的新的生产工具，也没有涉及到农村已经出现的一些新的生产面貌。因此，农具系列在全面反映农村方面所达到的境界，只能是一种“片面的真相”。我们还可以追问的是：“传统”的农具是否足以担当起表现“现代化”的艺术使命？如果仅就审美的考虑而言，无论以什么作为艺术表现的切入点，本也无可厚非。只不过，农具系列真正的症结在于：一旦涉及重要的现实问题，作家就难免情感浮躁、下笔失控，以致艺术上偶有粗糙之感（比如《牧笛》中瞎子说书和脱衣舞表演的牵强对比；在《樵斧》中甚至让理应看透尘世的慧云法师向警官申诉了断是如何的有“悲情”），甚至刻意追求一种“悲”的艺术效果（《扁担》中的金堂，进城之后未及找到工作便匆匆失去了双腿）。由此看来，面对现实问题时的困惑和焦虑感，不仅是我们阐释农具系列时面临着的难题，也将是李锐的小说创作有待超越的一个困境。

2007 年 3 月

---

〔1〕 丁帆：《文明冲突下的寻找与逃逸》，《江海学刊》2005 年第 6 期。

人间没有神话

——评《人间：重述白蛇传》[1]

对于熟悉李锐的读者来说，最早听说他要参与“重述神话”系列之时，恐怕都会抱有几分疑虑吧。自从有了20世纪80年代的《厚土》、90年代的《无风之树》，还有晚近以来的《太平风物》，“李锐”这两个字总是意味着一种个性化的创作风格，也总是和一种深入的反思品格紧密相连。面对一个在千百年的流传中逐渐趋于定型的古老传说，李锐能否通过自己的“重述”赋予它以某种“崭新”的品质？读完《人间》，相信读者们心中的疑虑都会得到解答。

李锐属于那种喜欢探究真相的作家。这首先就体现在，小说对白蛇和青蛇如何来到“人间”、如何历尽劫难的始末作了极富想象力的发挥。白蛇本来在峨眉山修炼成人，因最后关头的一桩善举而功亏一篑，只修得一副人身和人脑，终究未能修得一颗残忍的人心，这就注定她此后的人间之旅必定充满了风雨坎坷。青蛇原在无忧无虑的蟠桃园，因向往“花花世界”而欣欣然来到人间。初来乍到就险些被卖身青楼，这几乎可算一个凶兆，而天真快活的她依然对人世的凶险浑然不觉。这一青一白无欲无求，只想尽己所能做一个“人”，但她们的“清白”却映照出人世的浑浊和污秽。小说中类似于此的多处细节，比如放血治病、舍身救敌等等，无不饱满而周到，鲜活而生动。这些看似寻常的细节，往往在无意中就以对比的方式释放出巨大的潜能，让人真切地感受到其

〔1〕 李锐：《人间：重述白蛇传》，重庆出版社2007年4月版。以下引自该作，不再另注。

中蕴含的力度。事实上，小说对事实真相以及来龙去脉的着意探究，几乎已经到了执着的程度：作者不仅精心设置了前世来生之间有意无意的对比，让古老的传说故事以另一种方式继续延传下去，而且还无微不至地为每一个人物安排了“归宿”。比如对许宣父子下落的交待，对法海最终去向的几种猜测，都表现出穷原竟委的叙事冲动——这分明就在暗示我们：作家试图在“合法”的叙述范围之内，审慎地融入作为一个人现代人的思考。

粉孩儿的“异秉”，最能显示出作家的独具匠心。在以往的传说中，许、白的后代是一个健全无缺的人，也是他们屡受磨难仍得以延续生命的精神支柱。这几乎可以说是来源于民间的善意安排，但是李锐以其直面现实的精神穿透了那层善意的帷幕。小说描述了遗传基因在粉孩儿身上的顽固体现：自小就如蛇一般闻笛而起舞，之后更发展到捕食昆虫和鸟雀。粉孩儿的怪癖让其母痛心疾首，也正是这种痛心疾首，才让我们体会到她苦心做“人”的无奈与决绝。同是对待对粉孩儿的这种反常举动，碧桃村的人们却表示出巨大的怀疑和恶意的揣度，这有力地说明了人们对于异己事物的敌视和冷漠。长大知事后的粉孩儿学会了隐藏，学会了沉默，但是来自身体内部的本能依然驱使他放纵自己，一旦四下无人就回归自己的本性。粉孩儿虽然聪明好学，甚至后来果如老师所料高中了新科状元，然而他却是那么的孤独和无奈。这如影随形、无可逃脱的孤独和无奈，正是个体被强大异己力量层层包围着的困境。

关于香柳娘的生和死，无疑是小说最为精彩的篇章之一。这个生而瘸腿的“笑面人”，与那个有着异秉的“蛇人”，心灵感应一般，在他们的梦中相会、相爱了。由于同样生而残缺、同样生而备受歧视，他们总能深切体会到对方心灵的由于残缺而种下的伤。这当然是一个关于爱情的亘古话题，同时也是一个关于情感慰藉的话题。两颗心在冥冥中的守望和靠近，成就了小说温暖而动人的力量所在，这里不仅流露出作家博大的人道主义关怀，也在无形中向冷漠而荒芜的人间发出坚执的抗议，发出对温暖、关爱和理解的吁求。

如果说，想象力为“重述”充实了许多合乎情理的内容，那么，多个叙述者的出现，则从不同角度开拓和丰富了小说的意义空间。对《法海手札》的多处引述，使得法海无形中也参与了“重述”的过程。这个从小被母亲抛弃的孩子，对师傅的收养和调教无以为报，惟有决意做一个冷血的除妖人。耐人寻味的是，法海在“除妖”的过程中显示出的首先不是冷血，而是动摇、犹疑不决和自我斗争，这就又多了一份合情合理，多了一份对世道人心的深刻洞察。法海最终在碧桃村村民的逼迫之下，无奈地“收服”了青、白，这一方面形象生动地折射出人性的丰富和复杂，另一方面也说明，人对异己力量的倾力排斥，几乎就是一种与生俱来的本能。这种本能的力量如此之强大，以至于只要人类还在，类似的排斥现象就会一直延续下去。

秋白也是参与“重述”环节的人物之一。她的出生就是雷峰塔倒塌的那个日子，而她的人生经历，更是奇迹般地印证了“雷峰塔倒，白蛇出世”那句偈语。她与那株梅树的奇特关系，她那匪夷所思的梦境，似乎都是古老传说的又一个轮回。尤其她与唱小生的票友“许仙”的一见钟情，似乎又接续了许、白的爱情神话。然而，在那个“揭发”他人即可自保的年代，就是她的丈夫“许仙”，以他高亢响亮的腔调，不仅将她在枕畔絮叨的私语公之于众，而且进一步将她指为“妖孽”，并与她划清了界限。事实证明，许、白的神话毕竟已经过去，而眼下只不过重演了小青与“范巨卿”故事的一个现代版本。《人间》告诉我们：许、白之间的爱情故事固然让人温暖和感动，终究不过是一个远逝的神话，而人间其实没有神话，人间再也不会有神话了。自古至今，人间有的是这些：面对“他者”和“异己”，人类加诸其身的迫害片刻未曾停止，而且往往是以伸张“正义”、清除“妖孽”的名义来进行的——一如法海最终的忏悔：“我以正义之名，杀害了她们。”由此，小说以看似轻逸凄美的笔调，暗中接通了人类的生活史和斗争史，也接通了一种深重沉实的反思品格。这个行将老去的故事，借着“重述”的机会，焕发出现代的理性之光，照彻了读者记忆中曾经幽昧的暗角。

时至今日，反思自我已经成为人性中的稀缺元素之一，甚至成为一种新的“神话”。如法海那般真诚的反省，更是绝无仅有。也许有善良的读者会提出质疑，为什么缺少了残忍，就不能修炼成“人心”？其实，正因为有了世间的残忍，才有了文学的关爱，才有了人性的丰富和曲折，才有了作家对于人之所以为人的不懈追问。记得李锐说过，重述这个故事，是一种“因缘”。我们能读到这样一部小说，当也是一种因缘。感谢李锐，是他以不可思议的想象力激活了这个古老的传说故事，让我们体验了残忍和关爱带来的阅读震撼，也让我们更加地珍视和懂得省察自己的内心深处，并且懂得去关怀“他者”内心的偏僻角落和丰富细节。

短评与浅驳

怎样的一则“启示录”？
——读《文学何以走向农民》有感

近日，笔者有幸在《文艺争鸣》2007 年第 1 期读到《文学何以走向农民——赵树理对新世纪文学的启示》（以下简称《启示》，凡引自该文的文字不再另注）一文，作者的“问题意识”、价值取向和表达方式，都令我深有感触。细加思考之后，仍然多有不敢苟同之处，故此不揣浅陋，形诸文字，以就正于作者张先生及学界方家。

一

《启示》首先从赵树理的语言风格来论述赵树理留给“新世纪文学”的“启示”。作者在简略回顾赵树理从“新文学”转向“农民文学”的创作过程之后，高度评价赵树理“选择农民理解的语言和叙事模式，即传统中国化的审美模式，熔铸现代农民语言，从而创作出一种现代中国叙事风格的农民文学——融合中国民间文艺传统叙事方式、新文学思想内容和大众化农民语言风格的农民文学。”且不说这一结论在措词上的迂回和饶舌，单就作者在论述过程中的评判标准而言，本身就是模糊不定的。作者这样描述赵树理创作初期的思考：“农民是有着很强的精神文化需要的，但却绝不是新文学形式的。”“他决定进行一种新的尝试，以农民喜闻乐见的传统形式来创作农民文艺作品，来满足农民对精神文化的艺术需求，占领农村文艺阵地，消除封建文化毒素。”既然如此，赵树理之所以能够“打破五四新文学与农民的‘隔膜’”，就不仅仅是得益于其语言风格，同时还应该归功于传统的文艺形式；作者推出的是两个衡量标尺，两者不可偏废。然而《启示》在分析赵树理“创作农民文学”

的成功之时，却丝毫未曾涉及赵树理对传统文艺形式的借鉴和融化，这显然是欠妥的。至于进而批评“当代作家不是没有意识到文学与农民的巨大距离，而是缺乏一种以农民大众为本位的文学创作观，无力创作一种融合了当代农民大众生活及其语言的文学”，其中所持的标准，仍然只有“语言”这一项，仍然难免“偏废”之嫌。偏离了赵树理对民间传统形式的借鉴和利用（我以为，这正是赵树理创作的最大特色之一），还在奢谈什么赵树理带来的“启示”——作者本人与赵氏之间的“隔膜”不可谓不深也。

此外，《启示》提到了赵树理父亲对《阿Q正传》的不感兴趣（理由是“我听不懂”），还有赵树理早期小说《金字》在农民朋友那里的不受欢迎（原因是“小说句子太长，语言啰嗦，依然具有新文学的欧化句式风格”），这里本来可能延伸触及一个重要的命题，遗憾的是作者轻易地将此放过了——这就是“书面语言”和“口头语言”的问题，而且我以为也是赵树理作品之所以深受农民“欢迎”的一个至关重要的问题。农民之所以对《七侠五义》等感兴趣，固然有民间千百年“讲史”传统的影响，同时更是得益于这类文学在“口头”流传这一形式，而不仅仅是因为它们“充满了封建毒素”。同理，农民之所以对《阿Q正传》和《金字》不感兴趣，其原因不在于他们对这一类故事本身不感兴趣，而在于这些故事是被赵树理“念”出来的，而不是用农民的语言来“转述”的，不符合农民的接受习惯，因而他们听了会感觉和自己“隔”了一层。而赵氏此后的《小二黑结婚》等作品，正是由于采用了农民化的语言，才得以受到农民欢迎；再加上先后被改编为各种民间形式的剧种〔1〕，自然就更加深入“民”心了。我们不难设想，如果赵树理当初就以农民化的语言来“转述”《阿Q正传》和《金字》，未必就不会受到农民的欢迎。

《启示》的第二个部分，是分析赵树理的创作目的：“立志为农民写

---

〔1〕 仅就《小二黑结婚》的改编数量而言，自1949年至1979年，见于报刊的即达12种之多，参见《中国当代文学研究资料》之《赵树理专集》，福建人民出版社1981年6月版，第513页。

作，做‘文摊文学家’”。“文摊文学家”的说法，是赵树理本人在一次访谈时提出的：赵氏明确表示“不想上文坛，不想做文坛文学家”，而是“做一个文摊文学家”，让自己的作品到庙会的地摊上“一步一步去夺取那些封建小唱本的阵地。”应该说，赵树理对于农民的关爱，以及他那样的创作愿望，本也无可厚非。但是赵氏本人对新文学的看法(比如，“新文学其实应叫做‘文坛文学’或者‘交换文学’”)，未必就是公允的；同时，“不想做文坛文学家”之类的夫子自道，如果视为一种农民式的自谦，也未尝不可。然而《启示》却据此而生发出浓墨重彩的议论：“这充分显示了赵树理对农民文学创作的自觉理性意识，彻底突破了五四新文学的樊篱；从中国传统民间文学和现代农民生活实践中，赵树理已经自觉地开创了一个文学与农民大众进行语言与思想对接的农民文学，为中国现代文学创造了一个大众化文学实践的成功范例。”众所周知，在赵树理之前，新文学已经有过很多表现农村和农民的作品，人物语言的通俗化、民俗风情的展现，都可以举出很多例子；赵树理的创新之处，其实在于叙述语言也向通俗化靠拢，还有他在叙述手法上向传统民间形式的借鉴。《启示》所谓之“彻底突破”，实在有夸大之嫌。同时，就创作意图而言，只要赵树理还是从关心农民、为了农民出发的，我们就不能否认，对于赵树理创作的意义，仍然不能超越新文学所开创的局面来衡量。当然，赵树理的创作与五四新文学之间的差异，同样也不容忽视，甚至可能是更有意义的话题。

况且，“立志”是一回事，实际成就又是另一回事，不可等而同之。再者，对于文学创作的功用，赵树理自己的评价，其实不是很高的。他曾经多次把自己的小说称为“问题小说”，声明小说只是为了发现和帮助解决生活中的问题而写。康濯在为《赵树理文集》(续编)作的序言中，曾经回忆了他与赵树理等人 1953 年在河北农村的一次交谈，此处不妨引为参照。当时，有一位作家感叹“个把月没写一个字了!”，赵树理接道：“你是说没写创作？可是这个把月，你在农村做了多少具体工作啊!”他还十分严肃地说道：

写一篇小说，还不一定受农民的欢迎；做一天的农村工作，就准有一天的效果，这不是更有意义么？可惜我这个人没有组织才能，不会做行政工作，组织上又非叫我搞创作，要不然，我还真想搞一辈子农村工作呢！如果那样，我能起的作用，至少也不会比搞写作小！〔1〕

康濯还强调："赵树理同志这样的观点，我是听过多次的。"如果康濯的回忆属实，至少可以进一步证明：赵树理的文学观与五四新文学的文学观之间，确实存在着引人注目的区别。前者正如《启示》所言，乃是"文学与农民大众进行语言与思想对接"，作为一种"置身其中"的"平视"，相比较于后者普遍存在的启蒙意识，两者显然大有不同之处——更谈不上有何"突破"可言。

《启示》的第三个部分，分析赵树理如何"塑造时代典型的农民形象"，笔者是基本同意的，尽管大段的论述之中未见得有何新意。至于"深入农村、与农民大众血脉相通，是赵树理创作农民文学成功的根本因素"这样的结论，估计也无人会持有异议。但是作者又写道：

赵树理的成功就在于他不仅深入农村，了解农村正在发生的变化，而且他从衣着、神态、言行举止到思想感情都与农民一致。赵树理就是普通农民的一员，同时又有五四新文学的启蒙思想和问题意识，所以他创作的农民文学既能受到农民的热烈欢迎，又能具有超越性、批判性的一面。

笔者以为，以上论述是很能令人困惑的。首先，既然言行举止、甚至思想感情"都与农民一致"，又何来"超越性"和"批判性"之有？其次，以赵树理誓做"地摊文学家"的自我定位和创作实绩而言，他究竟曾经

〔1〕 康濯：《写在前面》，见董大中编录：《赵树理文集》（续编），工人出版社1984年12月版，第6—7页。

“超越”和“批判”过什么？如果赵树理不曾“超越”过什么，那么是否可以认为，其实是《启示》的作者“超越”了赵树理？

二

众所周知，赵树理的创作之所以产生广泛影响，是有着特殊的历史背景的。人们一定不会忘记，周扬的《论赵树理的创作》(1946年)和陈荒煤的《向赵树理方向迈进》(1947年)这两篇文章，曾经在赵树理评价史上起到过何等重要的作用。当着陈荒煤在解放区的文艺座谈会上宣布“大家都同意提出赵树理方向”的时候，他并不仅仅是代表他个人在对赵树理的创作表示欢迎。但是，赵树理在彼时彼地、以那样的方式被接受和被肯定，并不必然地意味着赵树理如《启示》所言“受到农民的热烈欢迎”；换言之，赵树理的创作“受到农民的热烈欢迎”不是一个既定的客观事实。退一步说，即便在1940年代赵树理式的创作确实曾经深受农民欢迎，那也不必然意味着那种创作模式在当下仍将深受农民欢迎。时代在变化，今天的农民已非赵树理时代之农民了。因此，谈论赵树理创作的意义以及“启示”，首先不宜超越特定时空背景的限制。

然而，纵观《启示》全文，作者无疑有这样一个意图：从赵树理的创作中提炼出某些“纯粹”的经验成分，以警示当下的文学创作，进而为新世纪的文学指明路向。“赵树理现象”当然有其文学史意义；只不过，作者在不少场合表现出的浮光掠影、“点到为止”的倾向，让人深感“醉翁之意不在酒也”。论及赵树理的语言成就，不分辨“书面语言”和“口头语言”的差异，也未谈及后者在其作品传播和接受过程中的重要意义，谈论赵树理的创作观，未经细致的比较，便作出“彻底突破了五四新文学的樊篱”的结论；分析赵树理笔下的人物形象，也未能举出一些更有代表性的人物(《启示》仅分析了阎恒元和陈小元)。《启示》给人的总体印象是，忽略了“赵树理现象”本身的许多问题，却又总是泛泛论及当下的文学现状、匆匆发表结论。此所谓借赵树理之酒杯，浇自己心头之块垒也。“借酒浇愁”之心既切，牵强附会之弊自现。在短短几千字的篇幅之中，粗陋之处，比比皆是：祥林嫂和闰土成了“详林嫂”和“闺土”；

《李有才板话》的文末明明署有“一九四三年十月写于太行”[1]，却被作者解释为“生动地写出了解放初期复杂的农村政治生态”。当然，以上还只是常识问题；此外，尚有三个重要问题需要阐明：

其一，关于“农民文学”这一说法。据我所知，“农民文学”的提法，似乎从未见诸文学史；由此可见，这个概念并不具有约定俗成的内涵和外延。然而《启示》却多次使用这个说法，这实在是应当事先有所辨析的。仅从字面理解，“农民文学”至少可以具备以下三个层面的含义：以农民为表现对象的文学，以农民为接受对象的文学，农民创作的文学。三个层面之间，可能有相互交叉的情形；分开来看，似可依次称之为“农民题材的文学”、“农民的文学读物”和“农民自己的创作”。但无论哪一个层面的意义，都不好直接称之为“农民文学”。在《启示》中，作者时而强调赵树理有“一种以农民大众为本位的文学创作观”，似乎是在上述第二个层面来使用“农民文学”这一概念；时而又宣称赵树理处处“都与农民一致”，这就接近于第三个层面的含义了。不难发现，作者在使用“农民文学”这一称谓时，其所持的意义标准是飘忽、含混的。这样的“含混”未必能增强文章的概括力，只能徒添暧昧和混乱。

其二，关于文学与农民之间的“隔膜”问题。在作者看来，“中国当代文学创作同样陷入了五四新文学的接受困境之中，与最广大的农民群众存在着巨大隔膜。当代文学要么是不关注农民，要么是与农民格格不入；农民一方面对文学艺术有着巨大的精神需求，另一方面却发现没有为他们‘量身定做’的合适的文艺作品。”这里包含两个基本的价值判断：第一，五四新文学曾经陷入接受困境，当代文学与此类似；第二，当代文学忽视了农民的精神需求，而农民其实有着很强的鉴别力。《启示》这样描述新文学的“接受困境”：“到了20世纪20年代末，人们开始反思，发现这种新文学与农民大众还有着很深的‘隔膜’，与当时农村社会、农民状况渐行渐远，于是要求文学表现工农大众的大众化文学思潮

[1] 《赵树理文集》，第1卷，工人出版社1980年10月版，第61页。

出现了。”这里描述的是现代文学史上的文艺大众化运动。据我有限的文学史常识，“文学的大众化”之成为一个重要的理论命题、并得以较为集中的探讨，乃是在“左联”成立的前后时期。文艺大众化的提出，固然是为了缩短文学与大众之间的距离，同时也是为了纠正五四“文学革命”以来的某种“欧化”倾向以及“革命文学”创作中的某些“左”的弊病。显然，“大众”不能简单地等同于“农民”，“文艺大众化”也不能等同于“文艺农民化”。无产阶级的文学运动中，要求文学创作缩短与大众之间的距离，本是题中应有之义；即便这一要求可以反过来说明无产阶级文学在当时的发展中遭遇了一定的“接受困境”，但是据此判定整个新文学陷入了“接受困境”，却难免以偏概全。至于第二个判断，我们不能否认，农民们确实有着一定的精神文化上的需求，但同时必须认识到，这种需求是以普通娱乐为基本目的的。民间口头流传的各种形式的历史演义、爱情故事、世情小说，都只是农民在茶余饭后或田间地头的谈资。我们也看到，在新的历史条件下，农民们的娱乐方式有了变化，甚至有的农民开始了自己的文学创作活动——这显然已经不是单纯的娱乐而已，这类农民实际上已经不在《启示》所谓的“最广大的农民群众”之列。而就真正的“最广大的农民群众”而言，他们更为关心的，恐怕仍然还是庄稼的收成问题和赋税问题，而不是文学与他们之间的“隔膜”问题。他们更不可能具备“发现没有为他们‘量身定做’的合适的文艺作品”的艺术鉴别能力。

其三，《启示》在论述“农民文学”之时，始终是将“纯文学”作为对立面的：在批判当代文学“缺乏一种以农民为本位的文学创作观”之后，立即转而指责“许多作家一味沉浸在所谓‘纯文学’审美趣味中”，“遗忘了时代现实”，“坠入了‘纯文学’的审美陷阱之中”；再如对 90 年代以来文学状况的描述则是，“在市场经济大潮和‘纯文学’审美理念的双重冲击之下，农民文学创作出现了低谷”。“纯文学”[1]这一说法在新时期以来的文学批评中曾经起到过不小的积极作用，同时也招致了一些不好

---

〔1〕 参见李陀、李静：《漫说“纯文学”》，《上海文学》2001 年第 3 期。

的声名。但是,“纯文学”却绝非只是文学创作的技术化和形式至上倾向的代名词。退一步说,即便“纯文学”就是上述倾向的代名词,它与所谓的“农民文学”(这里姑且取其“农民题材的文学”之义)之间,未必就是全然对立的。农民题材的文学创作,也完全可以采用“纯文学”的形式。对于某些“纯文学”作家沉耽于技术实验、脱离时代现实的倾向,固然应该提出批评;然而,将“纯文学”视为导致“农民文学”陷入低谷的罪魁祸首,就难免矫枉过正了。

追本溯源,《启示》一文的全部论述,建基于作者对当下文学现状这样的一种判断之上:“广大的农村文化市场存在着巨大的‘文化亏空’,文学从大地的消逝似乎印证着文学界里一声声‘文学死亡’的哀鸣!”作者的问题意识诚然可嘉,然而立论方式却未必可取。且不说农村文化市场的巨大“亏空”是否能作为对一个时代文学的盛衰进行评判的有效尺度,仅就“死亡”这一判断而言,作者对于近年来“生长”出来的农村题材作品,基本上丝毫未曾涉及(唯有《秦腔》和《受活》被幸运地“点名”,那也只是作为“负面教材”),似乎“死亡”已经是一个确切无疑的事实。不过,好在《启示》同时还给文学留下了“起死”的希望:“文学走向农民就是当代作家摆脱文学‘死亡’的阴影,重新从大地出发,获得生生不息艺术生命力的根本出路所在。”文学终究不至于“死亡”,我们可以长长地喘一口气了。

剩下的问题就是,文学为什么要表现农村和农民呢?笔者以为,最直接的回答就是:文学应该表现现实。当前,农村正经历着前所未有的变动,农民的生存遭际和情感体验也正在发生变迁——而这正是现实的一种,理应在文学创作中得到表现。事实上,从“伤痕文学”到“改革文学”,从“现实主义冲击波”到“新写实”和“底层文学”,新时期以来的文学一直都在努力寻求着表述现实的方式,尽管结果未必尽如人意。当下的农民题材文学创作仍在继续“生长”,无论是作家还是批评家,都应当本着文学的立场去发现新的可能,设身处地去体会(而不必一定要“从衣着、神态、言行举止到思想感情都与农民一致”)特定情境之下的生活状态,发掘生存的价值,从而思考生命的意义。

再回到“文学何以走向农民”的话题上来。笔者以为，既是“何以”，则至少应该论及“为什么”和“怎么样”的问题，然而遗憾的是，读完《启示》一文仍然不甚明了。这样的“启示录”，读之何益？

与马原有关(二则)

一、马原的“无奈”和我们的无奈

近日,在《上海文学》2007年第9期读到一个久违的名字:“马原”。所谓“久违”乃是指与马原的作品久相睽违,实则“马原”这两个字,因为频繁地出现于各种版本的当代文学史和作品选中,早已为莘莘学子时常摩挲而熟视无睹了。这就出现了一个奇怪的现象,作为作家的马原其实已经引退(我总是天真地以为,作家的生命力在于不断地有作品面世),而作为“先锋作家”的马原却是堂而皇之地被铭于文学史的里程碑上,可以不断地被“后学”所瞻仰。这本来也没有什么不可理喻的,但问题还在于,马原其人至今仍然与“后学”们生活在同一片蓝天之下——于是,当年的先锋和与今日的后学之间就难免会存在着某些尴尬和无奈。当然,对于马原本人和我等后学来说,同样的无奈,定有不同的内涵。至少,我就是这样认为的。

这篇题为《我与先锋文学——在第二届上海大学文学周的演讲》的文章,确有不少耐人寻味之处。在描述“先锋文学”出现的历史语境时,马原多次使用了诸如“奇怪”、“有趣的是”、“突然”、“莫名其妙”等强调偶然性和不确定性的字眼。其中的原因何在?我想,或许是为了使自己对于过去的回顾与诸多流行的固有说法区别开来(这类说法多见于文学史教材中),或许是为了在面对大学里的莘莘后学(其中可能有为数不少的文学青年)侃侃而谈时增添一种趣味性。然而,我总觉得,为了娱人耳目而把某些其实并不那么模糊的事情弄得神秘兮兮的,终究不是可取之道。这也不是“先”辈教导“后”辈的长久之计。我甚至忍不住去猜想：一旦马原先后多次在各种场合都讲出类似的话来，他对“奇怪”、“有趣的是”、“突然”、“莫名其妙”等噱头的多次卖弄，最终是否会变成祥林嫂似的“我真傻，真的，我单知道……”？本来是一个能够牵动听众的好“故事”，在多次以雷同的方式被演绎之后，也就难免会沦落为一个真的“故”事了。

或许，我们的确应当注意到这一点：当代的许多作家，他们往往不愿意用流行的陈腔滥调来替自己代言，而是更愿意从自己的个人感受来发表对某一事态和进程的看法。富于感受性，跟着感觉走，这或许也是他们作为作家的特性所在。他们尤其不愿意动不动就被批评家和文学史撰写者们“粗暴”地纳入各种体系和框架之内。大凡有才情的作家，身上都流淌着不甘被束缚和羁绊的激情，而且，事实上他们也的确无法被规则和条理所拘禁，这也的确是某些“粗暴”的批评家们所应反思的。但是我们同时也该注意到，某些作家在“想当年，金戈铁马，气吞万里如虎”的时候，有意无意暴露出来的对于其时文学语境的总体描述和价值判断上的失误，也是令人触目惊心的。（每当此时，我不期然间就会生出一种冲动，想把前面的“粗暴”一词转赠给他们。）比如马原此番回忆当年，至少就出现了如下疏忽：

1. 忽视整体的社会思潮。马原常用的那类词，总是刻意强调偶然性和不必然性。在他的描述中，从所谓“伤痕”的出现再到“先锋”的出场等各类思潮现象，几乎都是突然之间发生的意外，如同飞来横祸或者天上掉馅饼和林妹妹似的，完全不可解释，不可理喻。凡事都要讲一个先来后到，作为“后学”，我们当然不好意思、也无权苛求“先锋”马原轻易把自己打扮成一个“必然主义”者。但是，作为迄今为止仍然生活在同一片蓝天之下的文学界中人，我们还是衷心地希望，马原不要矫枉过正地变为一个神秘主义者。

2. 史实出入。比如，将《伤痕》的面世置于《班主任》之前。

3. 论断有失公允。马原这样分析 20 世纪中国文学的 30 年代和 80 年代“一定没法比”：其一，30 年代中国读者的阅读能力和阅读习惯不同于80年代。然而实际情形果真如此吗？众所周知，自1920年代以来，文学青年其实是代不乏人的。且不说马原骨子里深藏着的对于80年代文学荣光的无限怀恋，有一点是可以肯定的，他显然不愿看清80年代初期以来强大的社会解放思潮与文学之间的“合谋”关系。30年代和80年代之间的文学即便果真“一定没法比”，这也不是一个纯粹的文学命题，更不足以用来证明80年代文学有何特殊性可言。其二，在马原看来，80年代的文学成为老百姓生活中的大事，是因为当时电视、电影还没有普及。照这样的逻辑，30年代的电影普及程度更差（电视尚未出现），那时的文学岂不是更应该受到公众的关注吗？马原如此的解释方式，其实无异于搬起石头砸自己的脚。遗憾的是，砸虽白砸了，但仍然没有触及问题的实质。

平心而论，马原的演讲中还是不无可取之处的。比如，他尤为不同意把一大批原本不同的作者放在一个大的名称之下，并且进而对余华、苏童、格非等人的特性和气质发表了独到的见解。不过，他也没有忘记将自己那一批人与今日之“80后”作一番比较：“前一阵子我知道80后他们也很愤慨：为什么要把我们放在一个筐里，我们是不一样的呀。韩寒是韩寒，张悦然是张悦然，郭敬明是郭敬明。他们觉得很不服气。实际上，把我们这些人放在一个‘先锋文学’的框里，我们也很委屈。但我们都是过来人，委屈点就委屈点，他们委屈不忍着。”

这番话就颇有讲究了：内中既有为当年的“我们”鸣曲喊冤的意思，也有与当下“他们”共鸣、共勉的意思，还有隐约的劝导“他们”的意思。含蕴丰富，情理并茂，毕竟无愧于当年作家的语言修为。不过，马原先生在径称“他们”为“80后”（包括后文直呼“寻根文学”、“新写实主义”）的时候，有没有考虑过别人是否也会感到“委屈”呢？而且我总觉得，这话里还有些对“我们”的修养的炫示（我们受了“委屈”，但是能忍着），更有着对自己当年身份的留恋不已——试想，如果当年没有遭受那么一些“委屈”，今日何来说这话的资本？事实上，在整篇演讲中，随处可见马原先生为“我们”的“委屈”高声喊冤，一脸无辜和无奈的表情。不过与此同时，他似乎也十分乐意于与大家分享他的委屈和无奈。

这两者间貌似矛盾，其实不然。在我看来，所有的矛盾都是马原先生自己一手制造的矛盾，马原先生这回将过去惯用的“圈套”换成了“矛盾”，自攻自守，不亦乐乎。作为后学，我这回对马原先生的态度很率直：要么，你就好好享受“前先锋文学作家”带给你的荣耀；要么，你就坦白承认往事已成云烟，我已不再是当时的马原了，今日的马原甚至都不是一个作家了。所以，当着马原先生向听众申诉“先锋文学作家”这顶帽子带给他的委屈和无奈的时候，真正应该感到无奈和无所适从的，恰恰应该是我们这些至今还由于种种原因回首去看当年的先锋文学的“后学”。我们的无奈，恰是马原之无奈的前提啊。不难设想，要是连我们都不去看、不去谈它了，马原先生的“无奈”还有什么意义呢？

马原先生的演讲中时有故作幽默或略带轻松的自嘲之语。可以想见，现场的气氛必定是热烈而又欢快的。比如他有这么一段：“‘先锋’两个字，我不是特别赞成把它当作一个特定历史时期的文学现象去冠名。‘文学先锋’一定是超前的，把自己的时代落下一点距离的文学才称得上‘先锋’。我们现在说的‘先锋文学’发生在上世纪80年代中期，已经过去二十多年了，二十年以后你还称它是先锋，它已经是个过去时，而‘先锋’在我心目中总是未来时……历史有时就是这么残酷，也不知道是哪个文学史家提议，大家也认同了，所以最终把‘先锋文学’这个名头，定位到我们1985年新出现的这拨作家身上。”马原先生对“先锋”精神的解释，估计没有人会持有异议。但是，作为对“一个特定历史时期的文学现象”的命名，我觉得“先锋”一词至少在当时是有其特定的合理性的。而且，到目前为止，提及“先锋文学作家”，我们大家都会想到马原先生。如果某一天，某“先锋作家”的名单中居然没有马原先生，不知道他会作何感想？所以，马原先生此番演讲的意义在于，他不无诚意地向未来的文学史家提出了一个重要课题：在“修史”时采用更有效的命名策略，别再让马原先生长期背负着“先锋作家”这个令他无奈而又委屈的名头了。

二、前度刘郎今又来

上次刚刚写过一则关于马原的文字，不料今日又在《南方文坛》第5期看见了马原先生的名字。故此，“刘郎”并非刘郎，乃马郎是也。

坦率地说，我与马原先生从来没有任何瓜葛，所谓“远日无冤，近日无仇”。换言之，我从未对马郎生出半分的爱抑或是恨。吾生也晚，马原先生“先锋”地把玩他那些个著名的叙述圈套的时候，我差不多才刚刚认识几个汉字而已。当我后来得以接触各种版本的文学史时，已经看不到马原先生的任何新作，不免心下十分遗憾。遗憾之余，每当读到“马原”二字，总感觉像是在哀悼先锋小说家马原的“遗容”，总感觉作为先锋小说家的马原先生确实已经离我们远去了。然而马原先生近日连续在文学期刊上抛头露面，就不得不让人斗胆生出一份亲近的心理——而且，这次我是实实在在看到了照片，真真切切地瞻仰了“那个叫马原的汉人”的风姿！

细细端详，猛然发现，马原先生其实和我们这些汉人没什么两样，其实也是充满了人间烟火气息的。恍然间，“觉今是而昨非”。然而，细细读完这则采访录，又觉得不然：马原先生究竟和我们是不一样的。

在这则访谈里，马原先生继续以其一贯的不以为然的态度对一切因果联系、必然性和文学史命名作出了“纠正”，真可谓纵横捭阖、挥斥方遒、气吞山河、大气磅礴。在他所列举的“影响源”里面，这次只提到了拉美的胡安·鲁尔夫。马原先生态度鲜明地指出：我们（指“先锋作家”）不需要思想和历史积淀，我只愿做一个小说创作的方法论者。读此深有感触。马原先生在面对媒体的时候，“方法”可谓多矣，姿态可谓多矣。时而为自己喊冤叫屈，时而缅怀往日的荣光，时而对批评家和文学史表示不屑……但是，马原先生从未真正地“忘记”自己曾经是一个“先锋小说家”。事实情况是，20年前的先锋小说家至今再也不写一个字，却依然时常享用着“先锋小说家”的名头，甚至还偶尔故作姿态地为这个名头感到委屈和无奈。由此，我不禁想问：马原先生，你究竟想要什么？如果你立意要做一个小说的方法论者，那么，就请你安心地去研究小说创作方法和技巧吧！吾辈后学对此翘首以盼。如果你真的不需要任何思想和历史积淀，那么我们又有何必要听取你喋喋不休的“思想和历史积淀”呢？

洞见与偏见

——邓晓芒《灵魂之旅》印象记

按照惯例，睡前靠在枕上，执书一卷随手翻阅，以助入睡。然而看了两个章节之后，竟然越来越清醒，以至于睡意全无，忍不住就一气翻到了结束语，忍不住就要写下几句读后印象才作罢。

考虑到邓晓芒先生的治学专业，他的这本《灵魂之旅——九十年代文学的生存境界》（湖北人民出版社，1998 年第 1 版），按照一般的理解，当然是一组由“业余”文学读者写下的文字。但是，这本书不应该被视为一个以德国古典哲学为业的学者的“小菜地”，而是一个丰富多彩的“后花园”——用作者在“结束语”中的话来说，“就像一个梦魂萦绕的家园”。作者以其深厚的哲学素养所培育出来的敏锐的眼光和严整的思路，结合了一个文学爱好者（而不是职业评论家）的蓬勃激情与巨大热量，为读者展示了诸多作家（包括作者本人）内心深处的诸多隐秘和矛盾之处：茫然的焦虑，执着的探询，诉求的渴望，呼吁的激情，幻灭的悲哀，怅惘的无奈……作者尽其所能地发掘每一种可能性，并致力于阐说这种可能性的丰富意义。

阅读《灵魂之旅》，于读者而言也是一次灵魂历险的长旅。作者在多处无情地撕破了作家个人（及其所代表的某一类人）文化心理中的虚假幻象，表现出探求“真相”或可能性的真相（真相只有一个）这一积极而可贵的意图。联想到我们学界许多的文学评论，虽然也“轻视”文本的形式特征而偏重“思想力度”的阐释，但似乎从未达到邓先生所到达的地方。他以一个“业余”文学读者的热情，却坚持认真、严肃、细致地对作家的精神世界进行着探索与阐释，而全然不似许多“职业”批评家们的率尔操觚、粗制滥造，甚至自我重复和自相矛盾。如果我们承认《灵魂之旅》的确表现出一种敢于与作家心灵世界进行“对质”的勇气和激情，那么我们是否应该想到：其前提是，作为一个批评者和阐释者，必须先具有足以与之“对质”的资源和自信。而作为“专业的”文学阅读者（如果这样说不是自夸的话），我们如果不能在“思想阐释”上比“业余”读者更进一步，那么，我们又有何理由将文本的形式特征搁置于偏僻荒冷的角落里去呢？

《灵魂之旅》的关键词可以包括“纯情”、“蛮痞”、“精神”（“灵魂”、“心灵”）、“可能”、“推进”等等。全书共十一小节，依次选取了张贤亮、王朔、张承志、贾平凹、韩少功、顾城、张炜、莫言、史铁生、残雪、林白和陈染等人的代表作作为探讨对象。这些作家入选的理由，按作者“结束语”的说法是他们都是90年代“走在精神前列”的作家；至于先后次序问题，根据作者在行文中的提示，先后二者之间有一个“推进”（或者上升或者互补）的逻辑关联。但以我之见，从精神境界的高低层次上看，这种排序就未必合理和可信。比如，对于王朔和莫言，似乎过于抬爱；而将林白和陈染置于最末的位置，难免有“超重”之嫌。尤其对于残雪，尽管作者深入地考察了其创作历程和演变轨迹（对于其他作家，则仅举一部代表作），貌似尽力做到客观、公允，恐怕仍未剔除干净偏爱胞妹的心理；随即，由偏爱导致偏见，也就在情理之中了。然而白璧微瑕，在绝大多数的时候，读者都能感觉到该书分析和论证的丝丝入扣，合情合理。我以为，对于史铁生《务虚笔记》的论述，是全书最为精彩的部分，其主要原因，应该是作者自身与评论对象在哲理和气度上的深刻契合。

在邓晓芒先生的这本书中，洞见与偏见，都一样地深刻，都同样是出于“爱”：偏爱、抬爱或者公正无私的爱。但是，多数的洞见与少量的偏见这一矛盾的结合，不正是导向真知灼见的重要前提吗？

一篇短评的三种遗憾

——《一篇小说的三种读法》的读法

2008年第4期的《作品与争鸣》刊登了一则短评:《一篇小说的三种读法——读迟子建的〈起舞〉》(以下简称"李文",引文不再另注)。坦率地说,我读过《起舞》之后曾经有些感想,却一直不知该如何将自己的想法形诸文字。如今看到李文竟然一气提出了三种读法,激动和兴奋之余,不由得暗暗生出些惭愧。展而读之,却不堪其错漏、飘忽与含混之苦,深感遗憾。故作此文,试将我的"读法"和盘托出。

一

李文首先让我注意的,是"齐如云与苏联专家、李文江的三角恋情"这一描述。小说中仅仅提到过一次舞会(在这个舞会上,苏联专家让齐如云有了身孕),并没有只字另述齐在与李深交之后仍然与苏联专家有过来往。如此"冤枉"齐如云,真让人啼笑皆非。照此逻辑,丢丢先后与柳安群、王小战、齐耶夫产生过爱情,甚至彭嘉许也曾一度对丢丢动过心思,这是不是可以被描述为四角乃至五角恋情呢?齐耶夫与丢丢婚后曾与罗琴科娃有过一阵纠葛,这倒是够得上"三角恋情"之说,但是李文并未提到。

类似的错漏,在李文的第二种"读法"中也有所体现:"这是一个关于哈尔滨的故事,具体地说,是哈尔滨一个小角落的故事,它以'半月楼'历史变迁中的主人蓝蜻蜓、齐如云与丢丢为线索,描写了老八杂这个社区的历史与生活……"实际情形是:小说的主要笔墨集中在老八杂,但是对于南岗、道里两地也有所交待;至于道外(傅家甸),则更是小说不可或缺的另一个重要“角落”。

另一个耐人寻味的现象是：李文提供的“读法”虽有三种之多，却没有一种、哪怕一处谈及“起舞”本身。“半月楼”先后历经了蓝蜻蜓、齐如云和丢丢这三个女人，她们或借起舞而杀人，或因起舞而怀孕，或因留恋而起舞，“起舞”不仅承续了“半月楼”乃至哈尔滨的传说和历史，同时也含纳着作为女性的生命体验。由此而言，不管是出于哪一种“读法”的考虑，对“起舞”的视而不理，都不会有助于更深入地解读文本。

二

李文认为，较之于其他作品，《起舞》“更集中地体现了迟子建对人性与爱的理解”。但令我不解的是，李文随后的具体阐述，却是飘忽不定，殊无半点“集中”的意味。转述或伤其真，特引如下：

> 与一般作家对“人性”的理解不同，迟子建对“人性”的理解并不抽象化或者复杂化，而是具体而单纯的。她没有简单地演绎人性的观念，而能够正视现实生活中的痛苦与悲哀，她也不追求描绘出人性的复杂、深刻，而着意于发掘人性中爱与美的一面，但另一方面，对爱与美的过分重视，有时也会伤害小说的真实与深切，这是迟子建小说中所遇到的关键问题，当这一问题解决不好时，小说会显得虚假做作，而如果这一问题处理得当，便会呈现出异样的光彩，既真切地映现了现实，也使现实上升为一种“艺术”，带有作家独特的笔调与美感，《起舞》在这方面可谓一篇成功之作，而其成功，不在于小说对人性的渲染，而在于在人性之外，作者还涉及到了历史的沧桑与现实的残酷。

这里谈论的不是《起舞》如何如何“更集中”，而是笔锋一宕，转到迟子建与“一般作家”的对比之上去了。这个飘忽的转移动作，让我颇受打击。你眼巴巴地等着精彩的临门一脚，谁知人家根本就不屑于抬脚射门！随之而来的比较，多以“并不……而是……”、“没有……而……”

之类的对举方法来完成，其中列举的抽象/具体、复杂/单纯、“简单地演绎”/“能够正视”等几组对立现象，在逻辑上基本可以成立。但是，“人性的复杂、深刻”与“人性中爱与美的一面”也能顺理成章地构成对举关系吗？我正为此而苦苦思量之际，李文又已飘忽至“另一方面”：“过分重视”爱与美，“有时也会伤害小说的真实与深切”。这真是一波未平，一波又起了。以我之浅见，文学作品对于爱与美的重视，是无论如何也不会“过分”的；我非但从未听过或看过“过分重视”的例子，更无从得知，“过分重视”竟然还会“伤害小说的真实与深切”。这恐怕是发前人所未发了。

不管怎么说，李文终究做出了一个不再飘忽的论断：肯定《起舞》“在这方面可谓一篇成功之作”。根据前面的行文逻辑，“这方面”显然是与“人性”和“爱与美”有关了。我正暗自庆幸跟上了李文飘忽不定的行踪，不料又迎来了一个转折：“而其成功，不在于小说对人性的渲染，而在于人性之外……”这简直是一次致命的转折，它不仅直接取消了前面一大段论述的存在价值，也让我等在前面一连串疾风骤雨般的逗号打击下幸存的读者感到一阵幻灭的悲哀。清醒过来之后，我想到，李文在行文逻辑上的飘忽不定，如果不是出于措辞表意上的勉为其难，那就只能是归咎于自身对于人性理解的偏颇了。

三

李文先后两次提及《起舞》的线索问题，第一次的说法是“以两代（三个）人的爱情为主要线索”，第二次则说是“它以‘半月楼’历史变迁中的主人蓝蜻蜓、齐如云与丢丢为线索”。单就字面理解，两者的意义差别不大。不知道这两种表述在作者的本意中是否有所不同？如果确有不同，那就意味着作者是在一方面描写人物的爱情，另一方面描写人物除爱情以外的情况，两方面可以互不干涉各自为政——这简直不可思议。如果没有不同，那么，反复强调的必要性又何在呢？恕我眼拙，未能领会。

对于小说中王来惠与傅铁之间的情感，李文称之为“生死不渝”。

且不说王来惠和傅铁的儿子出现之时，傅铁早已一命归西；她此后的每一次出现，也只是意味着对丢丢母亲的知恩图报。因此，“生死不渝”之说，不仅有些言不及义，反而还很可能模糊和遮蔽实情。

当然，李文也有不那么含混的时候，比如其结尾处就不忘呼应开头，再次强调《起舞》可以有三种不同的“读法”。以区区两千余字的篇幅，竟读出了三种“读法”，实属不易。由此我想到：如果可以置错漏、飘忽和含混于不顾，就算要读出更多的“读法”，也是不难做到的。

文学批评、文学史与文学教育
——当下的沉思

“我爱热闹，也爱冷静；爱群居，也爱独处。”最初读到《荷塘月色》中这段文字的时候，只觉用词颇为讲究，不曾悟出更多的意味。曾几何时，在“只我一个人”的时候，我也学会了冥思遐想，也希望能有一片自己的天地，希望“超出平常的自己”。于是乎顿然醒悟：朱自清先生其实是在以他的方式，审慎而又体贴地为读书人的心态作一画像。

然而时至今日，对于操持文字的读书人来说，独处的空间和机会却是越来越少了；文学研究行业尤其如此。文学“观光”的路线日见其多，班次日见其多，交通现状也日见其拥挤和阻塞。在过去的动乱年代，据说是难得放下一张平静的书桌；如今，在务求和平与和谐的社会，却是难得找到一块僻静的角落了。不论是工作日还是休息日，也不论你是去西湖还是西藏，处处总是人头攒动、人满为患。如今的趋势之一似乎是，越是偏僻边远之处，越是发展势头看好。往后再想寻求人迹罕至之处，恐怕只有回归乡野的深山老林了；也许只有在那样的处所，才能闻得自然的天籁。而事实上，在一拨一拨从某地观光回来的人群中，真正能说出一己之见者，恐怕只是极少数；多数的人只不过以自己的行动，再一次印证了旅游观光指南之类的“教科书”上已有的东西。这与文学研究好有一比：多数的人辗转奔波，似乎风尘满面的样子，实则一无所获，只能重复别人已有的论述、或者“印证”已有之“文学史”定论，仅此而已。

以其人数之众，中国似乎总有很多人“在路上”——或者说，跟着别人一起“上路”。按说，以中国幅员之辽阔，想不至于没有安身落脚之处。然而不无讽刺意味的是，现如今可供开发的地方已经越来越少，甚至几近于无了。许多过去渺无人烟的林荫小道，如今四处布满了现代文明社会的标志：废旧纸张、方便袋和其他弃置的物什，等等。越是悬崖峭壁，越能留下文明人的印记：地老天荒海枯石烂此情永不渝的同心锁，无处不有；千人一面万口同声的“某某到此一游”，俯拾皆是。

投资开发带动旅游观光，旅游观光又转而加剧投资开发。如此循环往复，过度开发现象的层出不穷，也就在所难免了。一如现实生活中几乎没有一座边地小城没有屡经开发、兴盛发达的旅游业，现代文学中的《边城》也是“游人”络绎不绝。这当然不只是字面意义上的简单比附和联想。随手在电子期刊网以“边城”为“篇名”进行搜索，自 1980 至 2009 年的相关研究文章就多达 800 多篇，还不包括这个时段以外的以及未上传电子版的文章。更加要紧的是，对《边城》的阐释角度和密度已经到了见缝插针的地步，从其悲剧意义、优美意境到完美形态，从其语言特色、意象氛围、情节策略到诗性美感，从道德思想、道家思想、文明反思、文化批判到生活理想，从命运感悟到人生形式，从人性到诗性再到神性，从文化美学到生命哲学和生态视域，从爱情牧歌到风情民俗和民族命运，从比照到隐喻再到象征，研究方法之“创新”，简直无所不用其极。《边城》研究方法的更新和研究程度的深入，正是《边城》从凤凰“走向世界”的标志之一。然而，这个“走向世界”的过程也包含着被过度开发的危机。当下，对《边城》的解析，已然贴上了“和谐社会”的标签，可用于分析所谓的“和谐生态”，甚至直接在“音乐特色”和“第三世界的民族寓言”层面得到阐释。如此这般繁荣兴盛的局面，恐怕就是沈从文研究的先行者们也所料未及吧。

每每重读《边城》，总是感慨于生活留给沈从文先生的印象之深：

> 小溪流下去，绕山岨流，约三里便汇入茶峒大河。人若过溪越小山走去，则只一里路就到了茶峒城边。溪流如弓背，山路如弓弦，故远近有了小小差异。小溪宽约廿丈，河床为大片石头作成。静静的河水即或深到一篙不能落底，却依然清澈透明，河中游鱼来

去皆可以计数。小溪既为川湘来往孔道，限于财力不能搭桥，就安排了一只方头渡船。这渡船一次连人带马，约可以载二十位搭客过河，人数多时则反复来去。

这其中最使我关注的是描述上的数量精确化："约三里"、"只一里路"、"宽约廿丈"、"一篙不能落底"、"二十位"等，无不使得这幅画面如同"定格"一般清晰，仿佛作者当时就是面对着一系列可靠的统计数据写下的。读者完全有理由揣测，这幅画面不是虚构捏合而成，而是径直取自鲜活生动的现实或根深蒂固的记忆。只是不知事隔多久，仍然清晰如此。在这个意义上，不妨认为，《边城》首先是一个关于"记忆"的故事。而人在多年之后的回忆，经由现实的"淘洗"、"过滤"和"重造"，往往会染上一些"理想化"的色彩。因之，《边城》也可能牵扯出一个关于"理想"的话题。当然，《边城》中也还有民俗风情，也还有爱情悲剧和人生关怀……不过，即便这样，我还是眼拙得很，仍然无法从中读出什么"和谐文化"、"第三世界的民族寓言"之类的话题来，实在惭愧。

无需饶舌，《边城》的阐释热，正可能蕴含着过度阐释的问题。这是一座被过度开发的"边城"。沈从文研究的先行者曾自谦地期待自己的研究成果被"全面超越"[1]，但是我想，他总不至于乐于接受这样的"超越"方式。至于我，每每耳闻众多文学旅游观光车的来往呼啸，难免就生出一些杞忧来：今天被纷纷议论的《边城》、即将传诸后世的《边城》，还会是沈从文先生当年笔下的"边城"吗？今天被纷纷议论的其他诸多作品、即将传诸后世的其他作品，还会是作者当年笔下的作品吗？

或许，人们的热衷议论沈从文和他的《边城》，其实不过是言在此而意在彼，所谓"醉翁之意不在酒"也。对于赵树理研究近年来的"热度"，也可作如是观。但凡论及"文学何以走向农民"、"我们为什么写不好农民"之类话题，必定以赵树理为例谈及他"对新世纪文学的启示"，必定"以赵树理为参照谈农村题材作品创作"。而每谈赵树理，则必定依次

---

〔1〕 凌宇：《从边城走向世界》，岳麓书社2006年版，第517页。

谈及其农民观、世界观、语言观，却从不肯花费半点气力拿出半点新意来。陈陈相因，捉襟见肘，偏又以为自家独得一味。这类文章与其说是在“复活”赵树理，毋宁说是在借赵树理的酒杯，浇自己心头的块垒。赵树理在他们的笔下日益成为一个空洞的符号，一片抽象的能指，一根得心应手的金箍棒。赵树理在成为一个神话的同时，也正在成为一片泥淖。如果仅仅是将赵树理置于云山雾罩的历史一角而不顾，也不过仍是云山雾罩而已；然而，现在竟已挟着赵树理跳进了所谓“新农村建设”和抵御“全球资本主义”的浪潮之中，这真让人匪夷所思了。

话说回来，并非因为研究者人数之多导致了研究成果的可疑。文学阅读的意义也不在于还原作者笔下的人与事。而且，某一研究对象的价值也理应在广阔的空间中获得阐释。“一件艺术品的全部意义，是不能仅仅以其作者和作者的同时代人的看法来界定的。它是一个累积过程的结果，亦即历代的无数读者对此作品批评过程的结果。”[1]今天和明天的人们仍然可以用自己的方式研究《边城》和赵树理，原因也在于此。但是，倘若人们今天对《边城》的解读竟然看不出丝毫前人研究过的痕迹——正如，明天的人们对于今天的描述竟然看不出丝毫今天的人们曾经在此生活过的痕迹——想必我们总是难以理解和接受的。因此，我们似乎需要某种有助于理解作品的“规范”和“历史背景”。就一般的感觉来说，这种规范往往来自文学史提供的“保障”：

> 文学史对于文学批评也是极其重要的，因为文学批评必须超越单凭个人好恶的最主观的判断。一个批评家倘若无视于所有文学史上的关系，便会常常发生判断的错误。他将会搞不清楚哪些作品是创新的，哪些是师承前人的；而且，由于不了解历史上的情况，他将会常常误解许多具体的文学艺术作品。批评家缺乏或全然不懂文学史知识，便很可能马马虎虎，瞎蒙乱猜，或者沾沾自喜

〔1〕［美］韦勒克、沃伦：《文学理论》，刘象愚等译，江苏教育出版社2005年版，第36页。

于描述自己“在名著中的历险记”。[1]

如果说将《边城》贴上“和谐社会”的标签，是不懂或者无视于基本的文学史常识，是强曲他人意志以为己用；那么，对赵树理的论述却是有着条分缕析的“文学史”背景的。这就令人惊讶地想到，正是论者所持的那样的文学史背景，更能让人们体会到我们历来所开展的文学史教育和文学批评训练的单薄与脆弱之处。

因此，今天的文学课堂很有必要思考一番怎样进行文学史的教学。比方讲授沈从文和赵树理的作品，是不是有必要一上来就提醒大家特别关注每个作家的生活时代和每篇作品的历史背景呢？照我个人的理解，作为基本事实的历史事件不难复述，但是具体而微的历史情境却难以还原。因此，一堂文学史课程，涉及文学史的“常识”部分往往只需采用介绍的方式，而课程教学的主体部分则是引导学生对于文学作品进行有效的解读。两者间并不矛盾：文学史常识必须在材料中辨别和取舍而得，文学批评也要求在承继已有观点时提出新意和创见。所以真正的问题在于：学生人手一册文学史教材，由于长期以来形成的观念，“教材”二字意味着其中的观点、概念、模式对于学生而言具有某种无可比拟和替代的说服力——这将直接或间接地影响到课堂讲授的实际效果。

这样看来，我们的困惑焦点不在于是否需要文学史教材，而在于需要什么样的文学史教材。按照陈平原的描述，“文学史是一门既可爱又可疑的学问”，在他的“反笔”之下，“没有文学史”似乎倒也不坏，反而还有六大方面的便利之处。[2] 其实他所假设的“没有文学史”中的“文学史”，指称的是那一类已然成型的模式化的文学史；他的“假如没有文学史”其实也就是在委婉地表达，我们心目中要有理想的或成功的文学史。

---

〔1〕［美］韦勒克、沃伦：《文学理论》，第39页。
〔2〕陈平原：《假如没有文学史……》，《读书》2009年第1期。

那么，我们需要什么样的文学史呢？要回答“我们需要什么样的文学史之类问题”，其实也就是重提“重写文学史”的话题。客观地说，我们过去的重写文学史当然取得了重大成就；但是，观点和思想层面上的部分重写，远胜于编著体例和方式上的格局重写，阐释仍然多于描述。近些年最接近于“客观”描述的做法，当推《中国当代文学史写真》一书。该著特别地在书名中突出了“客观写真”这一“主要追求目标”，希望以“描述型”的尝试代替习见的“阐释型”的体例。因为后者虽然“可最大限度地高扬主体的历史认知，而给我们以有益的智性启迪。这在思想观念大解放时代和激烈转型的历史条件下，往往能产生特殊的历史效应，而且确实也有其十分必要性。但因为着眼于阐释和论述，内中个人的主观色彩自然颇为强烈，如不加以节制，就很容易纵容主体的主观随意性，乃至出现编著者不应有的话语垄断和独断，而使文学史失去它应具备的客观和公允。同时，从授受关系角度看，它还使学生在无形之中受到编著者‘话语霸权’的牵引，先入为主、消极被动地接受书中的观点，步入编著者圈围的思维定域。这不利于培养和激发他们的创造性思维。”编者们具体的努力方向是“致力于淡化个人的主观色彩，强化突出编写的文献性、原创性和客观性，把大部分的篇幅留给原始文献的辑录介绍上，自己尽量少讲；即使讲，也是多描述、少判断。……总之，我们想通过尽可能全面翔实史料的展示，还原多元共生、丰富复杂的当代文学的本真状态，靠史实说话，靠史实取胜。”[1]涉及到具体的作家作品时，该著以“作家简介”、“评论文章选萃”、“作家自述”和“编者评点”等名目汇集相关材料，且在四者当中以中间二者所占比例为重。这套编著为“还原历史”所付出的思量和实践无疑值得高度肯定。但是，它仍然难以避免在每一编的开头专设一章“社会文化背景”，在每一文体专章的第一节专门“概述”。这种做法与其说是该著的“缺点”所在，不如说是文学史编著的“宿命”使然——文学史固然要力求“公允”，但终

〔1〕 吴秀明：《中国当代文学史写真》(上)，浙江大学出版社 2002 年版，“前言”第 11—12 页。

究不可避免个人化的判断。诚如韦勒克和沃伦所说，“在文学史中，简直就没有完全属于中性‘事实’的材料。材料的取舍，更显示对价值的判断：初步简单地从一般著作中选出文学作品，分配不同的篇幅去讨论这个或那个作家，都是一种取舍与判断。……纵然我们承认某些事实（如年份、书名、传记上的事迹等）相对来说是中性的，我们也不过是承认编撰各种文学年鉴是可能的而已。可是任何一个稍稍深入的问题，例如一个版本校勘的问题，或者渊源与影响的问题，都需要不断做出判断。”〔1〕

这样看来，问题的关键并不在于一旦做出判断就会有悖于文学史客观、公正的要求，而是在于做出这个判断的依据是否合理、是否可信、是否经得起时间的检验。如果人们有可能暂时悬置“重写文学史”的迫切要求，同时不放弃对于文学史写法的思考、对于写作经验和技法的积累，那么也就有必要开始做好一些相关的基础工作——这就是具体而细致的文学批评，也是文学史写作的基础。当下的文学批评看似繁花似锦，但真有耐心静下来品味一部具体作品的结构要素和艺术成就的文章，实在不多。有人认为这是研究者的浮躁使然，也有人认为这是研究者的欠缺使然；依我看来二者兼而有之，而且互为影响，形成了某种恶性循环。因而，当下的文学课堂，亟需在教学和培养方面回到最本色的文学批评，倡导对具体作品的艺术技巧的具体分析，以期在这样的分析实践中逐步摸索和建立一套行之有效的文学批评的规范，乃至为后来者留下某种“传统”。这些规范和传统，或许有望成为日后写作文学史的重要基础。

---

〔1〕［美］韦勒克、沃伦：《文学理论》，第33页。

评刊与观潮

多维视野中的自我建构

——论“京派”文学批评

在21世纪的今天，如果我们对中国现代文学所走过的道路作一番回顾和检视，将不难发现一个令人深思的现象：自“文学革命”以来，中国的“新文学”发展实际上是从“破坏”和“建设”两个方面来推进的——或许，正如陈独秀那气势磅礴的句式“推倒……建设……”[1]所希望的那样。新文学为确立自身的地位，其对于“旧文学”所持态度的激进与否，暂不在本文讨论范围之内；但有一点显而易见的是：当传统文学被重新估价之时，与此密切相关的传统文学批评范式也陷入了进退维谷之境。如果说，新文学在创作方面尚且有若干重要的“建设”实绩，并且在日后逐步形成了具有鲜明时代特征的表现领域和表现手法，而在文学批评方面则不然。尽管新时代的文学创作要求出现新的批评手法和批评模式，而较为成熟的文学批评的诞生，往往需要一个时期的积淀和深化。

我们现在经常谈及现代文学的“现代性”，这是一个较为复杂的问题。我情愿将其理解为现代文学的一种独特性——这种不可重复的独特性使得现代文学成功地建构了自身的面貌，从而明显地区别于此前和此后的文学。那么，现代文学批评是否也有一种“现代性”，这种“现代性”又体现在哪里？我以为，尽管现代文学史上的“人生派”、“艺术派”以及“革命文学”、“左翼文学”，都曾经推出自己的一些重要的批评范畴，然而真正较为成功地开拓了一种成熟的批评格局、并蔚然形成独

---

〔1〕 陈独秀：《文学革命论》，原载1917年2月《新青年》2卷6号。

特面貌的，却是1930年代以来活跃于北方文坛的"京派"文学批评。[1]朱光潜、沈从文、李健吾、梁宗岱、李长之等人，各自用他们的激情，饱蕴着对于文学艺术的热爱和思考，写下了一系列富于生命体验的批评文章，从批评的观念、形态和视野等方面建构了一种"现代性"的文学批评。

观念：传统与现代

一种特定的批评观必定对应于一种特定的文学观。新文学运动以来，对于如何重估传统文学，人们并没有一致的看法；相应地，对于应该建设什么样的新文学，其实也没有达成共识。陈独秀在《文学革命论》里所列举的"贵族文学"、"古典文学"以及"山林文学"这几样必须"推倒"的障碍，更多地像是一种文学形态和类型上的归纳，而非性质的界定。这种归纳的精神实质是将"古典"判定为"落后"，从而为新时代的文学变革张目。至于新时代的文学究竟应该如何，其实是不甚明了的。类似的情形在胡适那里也有。他在《建设的文学革命论》里从语言文字的角度来判定"旧派文学"为"假文学"和"死文学"，并提出"国语的文学，文学的国语"作为目标，确实为新文学提供了一个强有力的存在理由，也许诺了一个光明的前景[2]；但是他的文学观念，却是一种"历史的文学观念"[3]，实质上属于一种进化的文学史观。

以上不难看出，陈、胡二位都着力于为文学变革的"合法性"及历史进步性辩护，而似乎无暇于形成一种新的文学观念。相比之下，周作人当时似乎就已经意识到进化史观的潜在弊端，所以他重在为新文学输入一种新的思想资源，以使其面貌迥异于前——这便是人道主义，一种他所谓的"个人主义的人间本位主义"。在他看来，"我们现在应该提倡

---

[1] 关于"京派"的概念界定及其文化个性，可参见黄键：《京派文学批评研究》，上海三联书店2002年版。

[2] 胡适：《建设的文学革命论》，原载1918年4月《新青年》4卷4号。

[3] 胡适：《历史的文学观念论》，原载1917年5月《新青年》3卷3号。

的新文学，简单地说一句，是‘人的文学’。应该排斥的，便是反对的非人的文学。”“人的文学，当以人的道德为本”。[1] 周作人对“人”的发现和积极提倡，其意义影响深远，如今仍然值得重提。不过，至于这个“人”如何在文学观中得到落实，却要到经过一段时间的积淀以后。我以为，西谛写于1922年的一篇文章在其时很有指向性意义。他首先指陈了两种传统的“谬误”而且“极为矛盾的”文学观（“载道派”和“娱乐派”），然后提出：

> 我们要改造中国的旧文学，却不能不把这两种传统的文学观尽力的廓清，尽力的打破，同时去建设我们的新文学观，就是：
>
> 文学是人生的自然的呼声。人类情绪的流泄于文字中的，不是以传道为目的，更不是以娱乐为目的。而是以真挚的情感来引起读者的同情的。[2]

此处所谓“同情”，当指共鸣也。将文学与普遍的人生联系起来，作者的这种文学观当可称之为一种较为理性、也相对较为可取的文学观。只不过令人稍感遗憾的是，西谛仍然在“新”和“旧”之间设置了一个坚实的壁垒——而从根底上看去，一切文学都应当是人类情绪的“流泄”。文章也从另一个方面显示出，一种新的健全的文学观的形成，显然有赖于建立在对于“传统”与“现代”关系的稳妥理解之上。就此而论，以后的“京派”文学批评家无疑用力最勤，收获也更多。

“京派”的理论家应首推朱光潜。尽管他少有对单篇作品的评论，但是在如何认识和理解传统方面，他最能做出令人信服的解释：

> 从前中国文人有“文以载道”的说法，后来有人嫌这看法的道学气太重，把“诗言志”一句老话抬出来，以为文学的功用只在言

---

〔1〕 周作人：《人的文学》，原载1918年2月《新青年》5卷6号。

〔2〕 西谛：《新文学观的建设》，原载1922年5月11日《文学旬刊》第37期。

志；释志为“心之所之”，因此言志包涵表现一切心灵活动在内。文学理论家于是分文学为“载道”、“言志”两派，仿佛以为这两派是极端，绝不相容——“载道”是“为道德教训而文艺”，“言志”是“为文艺而文艺”。其实这问题的关键全在“道”字如何解释。如果释“道”为狭义的道德教训，载道就显然小看了文学。文学没有义务要变成劝世文或是修身科的高头讲章。如果释“道”为人生世相的道理，文学就决不能离开“道”，“道”就是文学的真实性。志为心之所之，也就要合乎“道”，情感思想的真实本身就是“道”，所以“言志”即“载道”，根本不是两回事……文艺的“道”与作者的“志”融为一体。[1]

朱光潜的这一段阐释最引人注目之处在于，他虽然引述传统的“载道”和“言志”这两种文学（批评）观，却丝毫无意于比较两者的优劣和短长。与其说他要抹平“载道”和“言志”之间的差异，不如说他要在两者之间找出共通之处。在我看来，朱先生的论述虽然着眼于传统，其实着意在当前。因为，就传达“情感思想的真实”这一点而言，不但古代文学如此，现代文学也当如此；不仅中国文学如此，外国文学也当如此。不妨说，他试图阐述的，乃是一切文学的共性。

朱光潜还曾经对“真实”有过深入的阐发。在他看来，“真实”有三种：“大家所常认得的是‘历史的真实’，这也可以叫做‘现象的真实’”[2]，其次是“逻辑的真实”，最后是“诗的真实”或“艺术的真实”。其中，“现象的真实不必合于逻辑的真实”，因为“凡是文艺都是根据现实世界而铸成另一超现实的意象世界，所以他一方面是现实人生的反照，一方面也是现实人生的超脱。”[3]因此，他总结道：“我们还可以进

---

〔1〕 朱光潜：《文学与人生》，《谈文学》，上海文艺出版社 2001 年版，第 6—7 页。
〔2〕 朱光潜：《想象与写实》，《谈文学》，上海文艺出版社 2001 年版，第 137 页。
〔3〕 朱光潜：《文学与人生》，《谈文学》，上海文艺出版社 2001 年版，第 6 页。

一步地说,诗的真实高于历史的真实。”[1]文学艺术的创作应表现“诗的真实”,而批评则应阐发这种“诗的真实”。正是在这个意义上,一种新的文学观才得以形成,同时也促成了一种新的文学批评观念的形成。

朱光潜上文所说的“超现实的意象世界”,标示了艺术的审美世界和现实生活之间的距离。这一点,正是“京派”批评家们共同的审美理想,比如,李长之就明确地提出:“艺术必须得和实生活有一点距离,因为,这点距离的所在,正是审美的领域的所在。”[2]这一点,恰恰也是他们为强调现实批判和社会功利性的文学主潮所排斥的根本原因所在。就其时的文学环境而言,“京派”批评家们主张艺术和实际人生须保持一定的距离,其中固然不乏某种贵族式的清高,但是在凸显文学(批评)的自律性和独立性方面,其意义至今仍值得重视。当然,“京派”批评家们不曾设想一种脱离现实生活或是凌驾于作家作品之上的批评模式;恰恰相反,他们以为文学批评的理想状态是尽可能地参与、融合。李健吾说得好:

> 批评之所以成功一种独立的艺术,不在自己具有术语水准一类的零碎,而在具有一个富丽的人性的存在。一件真正的创作,不能因为批评者的另一个存在,勾销自己的存在。批评者不是硬生生的堤,活活拦住水的去向。[3]

基点:印象与人生

中国传统的文学批评,大概可归为两类:其一由儒家文学批评所开

---

[1] 朱光潜:《想象与写实》,《谈文学》,上海文艺出版社 2001 年版,第 138 页。
[2] 李长之:《鲁迅批判》,《李长之批评文集》,珠海出版社 1998 年版,第 56 页。
[3] 李健吾:《〈爱情的三部曲〉——巴金先生作》,《咀华集·咀华二集》,复旦大学出版社 2005 年版,第 1—2 页。

创，注重从文学作品中发掘“微言大义”，借以晓谕世人劝善止恶、达到“教化”的目的；其二为道家文学批评所倡导的范式，后来融会了释家的一些精义，这类批评倾向于“得意忘言”，故“滋味”、“兴象”、“妙悟”、“境界”等往往成为其所钟爱的批评范畴。就艺术审美的角度而言，后者似乎更加接近于“纯粹”的文学批评。如果说以上两者之间有什么共同点，那么我以为是“感悟”——中国的文学批评，多有零散的印象式的品评，而少有思辨的逻辑分析和论证。或许我们可以认为，传统文论的基点，乃是“印象”或者“滋味”。

“京派”批评家无疑从先贤那里获悉了“品”“味”的秘诀。在他们的笔下，几乎随处可见对于某一批评对象的印象式描绘。这印象，有时是对某一对象之美感的直接概括，其用语之精当，笔调之含蓄隽永，似乎深得司空图《二十四诗品》之韵味：

> 从五四以来，以清淡朴讷文字，原始的单纯，素描的美，支配了一时代一些人的文学趣味，直到现在还有不可动摇的势力，且俨然成一特殊风格的提倡者与拥护者，是周作人先生。[1]

> 蹇先艾先生的世界虽说不大，却异常凄清；我不说凄凉，因为在他感官所及，好像一道平地的小河，久经阳光熏炙，只觉清润可爱：文笔是这里的阳光，文笔做成这里的莹澈。[2]

> （卞之琳的诗——引者注）那样浅，那样淡，却那样厚，那样淳，你几乎不得不相信诗人已经钻进言语，把握它那永久的部分。[3]

---

〔1〕 沈从文：《论冯文炳》，《抽象的抒情》，复旦大学出版社 2004 年版，第 101 页。

〔2〕 李健吾：《〈城下集〉——蹇先艾先生作》，《咀华集·咀华二集》，复旦大学出版社 2005 年版，第 50 页。

〔3〕 李健吾：《〈鱼目集〉——卞之琳先生作》，《咀华集·咀华二集》，复旦大学出版社 2005 年版，第 64 页。

有些时候，则是对某类印象的图画般的描摹：

使诗的风度，显着平湖的微波那种小小的皱纹，然而却因这微波，更见出寂静，是朱湘的诗歌。[1]

（《朝花夕拾》——引者注）因为是回忆，因为是说个人的事情，所以我们感觉到亲切，像是当着春秋的佳日吧，在森林里被轻风吹拂着一般，我们所见的便是安详、平和。只是也常像在耳朵里送来了清泉的湍响似的，这就是鲁迅在文字中常不能忘怀的对于那些伪善、奴性、繁复和乖巧的攻击。[2]

这老师底高洁惓惓的一生，影响于他底人格，因而影响于他底艺术之深而且永，自不待言。可是马拉美底模糊，恍惚，昼梦一般的迷离，正是梵乐希底分明，玲珑，静夜底钟声一般的清澈。前者底银浪起伏，雪花乱溅，正是后者底平安静谧的清流，没有耀眼的闪烁，只有滟潋的绡纹。前者底是霜月下的雪景，雪景上的天鹅底一片素白空明，后者底空明中细认取却有些生物飞腾，虽然这些生物也素白得和背景几不能分辨……[3]

透过这些如诗如画般的文字，我们不难看到："京派"批评家们无疑都有着诗人的气质和禀赋，也都有着一枝灵动的妙笔，当阅读的感受纷至沓来的时候，他们善于用明晰的笔触在纸上勾画出那些本来模糊的印象。他们也乐于做这样的工作。"印象"正是他们评论文章的切入口，或者说是一个基点。不过，在他们自己，却是很少直接用到"印象"

〔1〕 沈从文：《论朱湘的诗》，《抽象的抒情》，复旦大学出版社 2004 年版，第 211 页。
〔2〕 李长之：《鲁迅批判》，《李长之批评文集》，珠海出版社 1998 年版，第 89 页。
〔3〕 梁宗岱：《保罗·梵乐希先生》，《梁宗岱文集·批评卷》，中央编译出版社 2003 年版，第 21 页。

一词。比如，在朱光潜那里，他是用“趣味”来论文学的，整个“京派”批评队伍中，似乎也只有他才具备足够的理论家的素养和眼界，能够以那样的一个概念，来统括了整个文学活动过程：

> 文学作品在艺术价值上有高低的分别，鉴别出这高低而特有所好，特有所恶，这就是普通所谓趣味。辨别一种作品的趣味就是评判，玩索一种作品的趣味就是欣赏，把自己在人生自然或艺术中所领略得的趣味表现出就是创造。趣味对于文学的重要性于此可知。文学的修养可以说就是趣味的修养。[1]

这里的“趣味”，基本上可以置换为“印象”。进一步说，所谓“趣味”、“印象”，与古人所谓“滋味”、“妙悟”，都同属于感悟性质的用语。但传统文论之所谓“妙悟”，往往“妙”在其“悟”之只可意会不可言传，“不著一字，尽得风流”。“京派”批评家却不满足于“此中有真意，欲辨已忘言”的纯粹感悟，他们还努力要在审美世界与现实世界之间找出关联来。对于沈从文来说，这个关联点是“人生”和“人事”：

> 我们得承认，一个好作品照例会使人觉得在真美感觉以外，还有一种引人“向善”的力量。我说的向善，它的意义，不仅仅是属于社会道德一方面“做好人”为止。我指的是读者能从作品中接触了另外一种人生，从这种人生景象中有所启示，对人生活生命能作更深一层的理解。[2]

> 一切作品皆应根植在“人事”上面。一切伟大作品皆必然贴近血肉人生。作品安排重在“与人相近”，运用文字重在“尽其德性”。一个能处置故事于人性协调上且能尽文字德性的作者，作品容易

---

〔1〕 朱光潜：《文学的趣味》，《谈文学》，上海文艺出版社2001年版，第17页。
〔2〕 沈从文：《小说作者和读者》，《抽象的抒情》，复旦大学出版社2004年版，第18页。

具普遍性与永久性，那是很明显的。[1]

在李健吾那里，承当了那个关联重任的是“人性”：

我不大相信批评是一种判断。一个批评家，与其说是法庭的审判者，不如说是一个科学的分析者。……一个批评家，第一先得承认一切人性的存在，接受一切灵性活动的可能，所有人类最可贵的自由，然后才有完成一个批评家的使命的机会。[2]

一个批评者，穿过他所鉴别的材料，追寻其中人性的昭示。因为他是人，他最大的关心是人。创作者直从人世提取经验，加以配合，作为理想生存的方案。批评者拾起这些复制的经验，探幽发微，把一颗活动的灵魂赤裸裸推呈出来，作为人类进步的明证。他应该是一个古代希腊人，尊奉的只是人与其崇高的意志。[3]

“京派”批评家由此表现出了与传统文论不同的趋向。他们的意识深处始终有一个大写的“人”，因而他们不仅仅流连于艺术审美之“妙”，还往往由此而生发出对于人和人生之“悟”。质言之，他们的批评理想，是一种以“人”为关切点的批评。他们都推崇真善美的艺术标准，以为一切文艺作品都是“人”对人生的表现，而文学批评则是批评者作为“人”对于这种美的开掘和阐发。作为“人”的批评、真正的批评，必定是情感充沛、物我合一的批评。所以李长之说：“我明目张胆的主张感情

[1] 沈从文：《论穆时英》，《抽象的抒情》，复旦大学出版社 2004 年版，第 137 页。
[2] 李健吾：《〈边城〉——沈从文先生作》，《咀华集·咀华二集》，复旦大学出版社 2005 年版，第 24 页。
[3] 李健吾：《叶紫的小说》，《咀华集·咀华二集》，复旦大学出版社 2005 年版，第 122 页。

的批评主义。”[1]也正是有了感情作为批评的“智慧”，他才在作品里发现了作者自己：

> 无疑地，这篇托名为涓生的手记，就是作者的自己，因为，那个性，是明确的鲁迅的个性故。他一种多疑、孤傲、倔强和深文周纳的本色，表现于字里行间。[2]

“京派”批评家们不仅主张在作品里发现作者本人，同时也强调发现批评家自己。如梁宗岱所言：“文艺底欣赏是读者与作者间精神底交流与密契：读者底灵魂自鉴于作者底灵魂底镜里。”[3]这种双重的发现，也就是要求批评家本人的全部身心投入，“神与物游”，与对象产生共鸣。对于李长之的《鲁迅批判》、梁宗岱的《屈原》、沈从文的《从徐志摩作品学习抒情》，我们正可作如是观。同时，情感的奔突和激荡、思想的碰撞和共鸣，又使得他们的批评文字总是大量地贯注了个人的情绪，最大程度地显现出个人化的风格：沈从文的飘逸灵动、李健吾的率真恳切、李长之的清和舒缓、梁宗岱的精致华美……

与其说他们各自都在批评对象中发现了不同的“人”，不如说他们尝试着以“人”为基点来探寻文艺创作和批评的共同规律。由印象而至“人”和“人生”，“京派”批评家们将自己的双脚踏在了一块稳固的坚石之上。李健吾甚至认为，理想的批评，应该是“一个人性钻进另一个人性，不是挺身挡住另一个人性。”[4]倡导批评家与对象之间平等对话和交流，当然是无可非议的。我们可以补充的是，当事先悬置了具体的批评方法和操作实践，而只论“人”和“人性”之时，有时或许难免落入抽象

---

〔1〕 李长之：《我对于文艺批评的要求和主张》，《李长之批评文集》，珠海出版社1998年版，第391页。

〔2〕 李长之：《鲁迅批判》，《李长之批评文集》，珠海出版社1998年版，第67页。

〔3〕 梁宗岱：《谈诗》，《梁宗岱文集·批评卷》，中央编译出版社2003年版，第88页。

〔4〕 李健吾：《〈爱情的三部曲〉——巴金先生作》，《咀华集·咀华二集》，复旦大学出版社2005年版，第2页。

的人性论。

形态:感悟与思辨

如前所述,“京派”批评家们在选择印象作为他们的切入点的时候,他们表现出了最大程度的对于传统资源的理解和亲近。他们的批评文字中的确不难见到有感悟式的点评。但是,得益于学贯中西的修养和眼界,他们在感悟之外更兼有思辨。成熟的文学批评当然不必拘于一格,也不必拘于某种单一的操作模式,但是彼此之间往往呈现出相近的形态和面貌。既重感悟,同时也更加重视思辨,这既是“京派”批评家与传统文论的最大区别,也是他们建构自身独特面貌的主要因素。或许可以认为,是否注重思辨和实证的逻辑分析,正是传统文论和现代文论的分野所在。

对于艺术美的感悟,只是初步地承认其为美;对于艺术美的思辨,才是对这种美的性质的深入体会和分析。而这分析工作首先必备的,乃是思辨的精神和意识。梁宗岱有一句话说得好:“一切心灵底进展,其实可以说一切文化底进展,大部分基于分辨底功能。”〔1〕他甚至还写过一篇专门谈论科学精神的文章〔2〕,其自然科学修养之深、思辨意识之强,读罢简直让人惊诧。李长之则格外强调文学批评的独特性,并且希望在批评史和批评之间做出细微的区分。他曾经细心研读并翻译过德国人玛尔霍兹的《文艺史学与文艺科学》,并以对话体写过一篇同题论文。〔3〕他在系统考察鲁迅的艺术成就之前,首先是对鲁迅的“身份”作出辨识:“鲁迅思想上,不够一个思想家,他在思想上,只是一个战士,对旧制度旧文明施以猛烈的攻击的战士。然而在文艺上,却毫无问题

---

〔1〕 梁宗岱:《文坛往哪里去——“用什么话”问题》,《梁宗岱文集·批评卷》,中央编译出版社2003年版,第55页。

〔2〕 梁宗岱:《非古复古与科学精神》,《梁宗岱文集·批评卷》,中央编译出版社2003年版,第251—286页。

〔3〕 李长之:《文艺史学与文艺科学》,《李长之批评文集》,珠海出版社1998年版,第340—351页。

的，他乃是一个诗人。”[1]暂且不论其判断之正确与否，这种分析复杂问题的思辨意识却是可嘉的。

在“京派”的批评队伍中，沈从文更近于作家的本色。他虽不曾明确谈及思辨的重要性，但他却是长于比较的。他的比较，经常是用于甄别两个相近的对象之间的异同：

> 与施蛰存笔致有相似处，明朗细致，气派因年龄与生活拘束，无从展开，略嫌窄狭，然而能使每一个作品成为一个完美好作品，在组织文字方面皆十分注意，且为女作者中极有希望的，还有一个女作家沉樱。[2]

有时则是对单个对象的估量，不妨称为优劣互见法。比如他对郭沫若的评价：

> 他不会节制。他的笔奔放到不能节制。……做诗，有不羁的笔，能运用旧的词藻与能消化新的词藻，可以做一首动人的诗。……不能节制的结果是废话。废话在诗中或能容许，在创作中成了一个不可救药的损失。他那长处恰恰与短处两抵，所以看他的小说，在文字上我们得不到什么东西。[3]

他以一个作家的敏感进行品评的时候，往往像一个文物专家一样，能够鉴定出貌似相近的外观之下细微的内在差别。而实际上，沈从文的比较法却是最富有时代气息的，他总是能把一个对象“还原”到具体的“历史”情境中加以分析，如论老舍的幽默：

---

〔1〕 李长之：《鲁迅批判》，《李长之批评文集》，珠海出版社1998年版，第42页。
〔2〕 沈从文：《论中国创作小说》，《抽象的抒情》，复旦大学出版社2004年版，第79页。
〔3〕 沈从文：《论郭沫若》，《抽象的抒情》，复旦大学出版社2004年版，第110页。

讽刺因夸张而转入诙谐滑稽,老舍先生的作品,在或一意义上,是并不好的。然而一时代的风气,作家之一群,给了读者以忧郁,给了读者以愤怒,却并无一个作者的作品,可以使年青人心上的重压稍稍减轻。读《赵子曰》,读《老张的哲学》,却使我们感觉作者能在所写及的事物上发笑,而读者都因此也可以得到一个发笑机会。这成就已不算十分坏了。[1]

而就整个"京派"批评队伍而言,最富于思辨精神和逻辑思维的,仍然当推朱光潜。且不论《谈文学》、《谈美》这些小册子,单举《诗论》为例。该著开篇谈"诗的起源",先从侧面质疑"历史与考古学的证据不尽可凭",然后再正面提出"心理学的解释";次之论证"诗歌与音乐、舞蹈同源",却并不满足于简单的想象,而是进一步去探究"诗歌所保留的诗、乐、舞同源的痕迹"。接下来,他分别从文字技巧、境界、表现等角度来勾勒诗歌的特性,这是正面阐释;再有三章,论述诗与散文的区别、诗与乐和画的关联,当是联想和比较法的运用。通过以上综合和比较,他提出"诗为有音律的纯文学"这一观点;随之立即有对声、韵、顿的分析,乃是对前述观点的阐发和引申。接着是对中国律诗演变道路的历史描述,同时也带有为白话诗"正本清源"的用意。最后单辟一章专论陶渊明,固然一方面是出于个人的喜好,另一方面也是以此为例,标示自己的一种批评路数。

在兼顾批评的感性描述与理性思辨这一点上,"京派"批评家之间确实有着共同的取向。然而具体到这支队伍的内部,各人的面貌却不是整齐划一的。比较而言,沈从文的文学批评可以称之为风格式的批评;梁宗岱更像是情感型的批评家;李长之虽然主张"感情的批评主义",却从不轻易放松思辨的缰绳,他最接近于朱光潜的理智型批评;李健吾则近于一种创造型的批评,在他那里,批评乃是伴随印象一起生长

[1] 沈从文:《论中国创作小说》,《抽象的抒情》,复旦大学出版社 2004 年版,第 77—78 页。

的动态过程——“所有批评家的挣扎,犹如任何创造者,使自己的印象由朦胧而明显,由纷零而坚固。”[1]

视野:融合与会通

“京派”批评家大多学兼中西,有的还不乏留洋求学的背景。深厚的知识储备,宽广的胸怀,促成了他们宏阔的艺术视野:举凡古今中外的各类相关材料,皆可引发其批评的灵感,皆可为其所用。李长之有一段话正好可以说明这种“思接千载”、“视通万里”的情形:

> 当我读托玛斯曼的《歌德与托尔斯泰》时,我不禁想到孔子与屈原。托玛斯曼说世界上的天才大概分为两类,歌德与托尔斯泰是一型,席勒与杜斯妥益夫斯基是一型:前二者是偏于“天”的,后二者是偏于“人”的……我常想,中国难道没有两个伟大而深厚的天才,代表人类精神上两种分野的极峰的么?有:这就是孔子与屈原,——虽然我所谓分野,未必同于托玛斯曼。[2]

朱光潜著述之阔大的境界,则是众所周知了。此处只论其一个简短的表述:“抓住某一时刻的新鲜景象与兴趣而给以永恒的表现,这是文艺。”[3]显然,此处的“景象”与“兴趣”两个范畴是提炼自中国传统文论;而所谓“表现”,则是借鉴了西方美学中的术语——而朱先生以他的大手笔,将这些来自不同时空之物化合为如此精辟的概括。在“京派”批评的具体文本中,多有横跨时空的比照,或是打通古今,或是融合中西。这种比照,有时表现为对某种影响源的追溯,比如李长之对曹禺《北京人》人物设置的批评:

---

〔1〕 李健吾:《答巴金先生的自白》,《咀华集·咀华二集》,复旦大学出版社2005年版,第14页。

〔2〕 李长之:《孔子与屈原》,《李长之批评文集》,珠海出版社1998年版,第256页。

〔3〕 朱光潜:《文学与人生》,《谈文学》,上海文艺出版社2001年版,第8页。

这剧本太像《红楼梦》的场面，曾思懿完全像凤姐，她之要文清娶愫方，更像凤姐之赚尤二姐；而陈奶奶则是刘姥姥，而且跟着一个柱儿，这也就是板儿的化身了。这些地方，究竟应该避些。[1]

再如李健吾对于巴金创作的分析：

左拉对茅盾先生有重大的影响，对巴金先生也有相当的影响；但是左拉，受了科学和福楼拜过多的暗示，比较趋重客观的观察，虽说他自己原该成为一位抒情的诗人。巴金先生缺乏左拉客观的方法，但是比左拉还要热情。在这一点上，他又近似乔治桑。乔治桑把她女性的泛爱放进她的作品……巴金先生同样把自己放进他的小说：他的情绪，他的爱憎，他的思想，他全部的精神生活。[2]

更多的时候，他们注重于发现对象之间的相似之处：

我平常有一个感觉，觉得巴金先生的小说"有点"像朵思退益夫斯基。因为：第一，他们同样有一颗同情而苦痛着的心；第二，他们同样偏重于写人们的心灵，而不太像托尔斯泰那样着力于写人物的外表。[3]

马拉美酷似我国底姜白石。他们底诗学，同是趋难避易（姜白石曾说，"难处见作者"，马拉美也有"不难的就等于零"一语）；他们底诗艺，同是注重格调和音乐；他们底诗境，同是空明澄澈，令人有高出不胜寒之感；尤奇的，连他们癖爱的字眼如"清""苦""寒""冷"

---

〔1〕 李长之：《论曹禺及其新作〈北京人〉》，《李长之批评文集》，珠海出版社1998年版，第196页。

〔2〕 李健吾：《〈爱情的三部曲〉——巴金先生作》，《咀华集·咀华二集》，复旦大学出版社2005年版，第2—3页。

〔3〕 李长之：《评巴金〈憩园〉》，《李长之批评文集》，珠海出版社1998年版，第161页。

等也相同。[1]

“京派”批评家有意要拆除时空的蔽障，在大量的比照之中发现某些共通的现象，以期寻绎出具有普适性的文艺规律，这样的批评实践无疑也是有意义的。但是同时也要指出，他们各自所亲近的异域对象，所持的方法和态度，总是难免显示出个人的喜好来。比如“象征主义”之于梁宗岱，在他看来，“象征”有两个特性：“融洽或无间”，“含蓄或无垠”；他这样阐释其内涵：

> 所谓融洽是指一首诗的情与景，意与象底惝恍迷离，融成一片；含蓄是指它暗示我们的意义和兴味底丰富和隽永。……换句话说，所谓象征是藉有形寓无形，藉有限寓无限，藉刹那抓住永恒，使我们只在梦中或出神底瞬间瞥见的遥遥的宇宙变成近在咫尺的现实世界，正如一个蓓蕾蕴蓄着炫熳芳菲的春信，一张落叶预奏那弥天漫地的秋声意义。所以它所赋形的，蕴藏的，不是兴味索然的抽象观念，而是丰富，复杂，深邃，真实的灵境。

不难看出，梁氏是化用了中国传统文论的意象和情景交融说来理解“象征”的。在他华美的文字当中，我们似乎能够品味到他心底的喜悦，他甚至将“象征”视为优秀作品的一个标志：“一切最上乘的文艺品，无论是一首小诗或高耸入云的殿宇，都是象征到一个极高的程度的。”[2]主观的好恶当然难免带来某些认识上的蒙蔽。但是我们也应该看到，梁氏之推崇象征主义，实在是因为他在这里发现了中西诗学的会通之处。对于前期朱光潜之与克罗齐的“表现说”、李健吾之与法朗士的印象式批评主张，也可作如是观。

---

〔1〕 梁宗岱：《谈诗》，《梁宗岱文集·批评卷》，中央编译出版社2003年版，第85页。

〔2〕 梁宗岱：《象征主义》，《梁宗岱文集·批评卷》，中央编译出版社2003年版，第59—79页。

背靠传统，眼观世界，通过大量的吸取、比较与融合，“京派”批评家较为成功地开拓出了一系列批评范畴，如内容/形式、趣味/表现、人生/人性等等，从批评的观念到基点、从批评的形态到境界，初步形成了自己的独特面目。在现代文坛风起云涌的动乱中，他们可以说是最专心地从事文学批评的人，也为中国文学传统批评模式的现代转换提供了某些富有意义的借鉴，本来应该有望形成一个良好的“传统”。只是未料乎世事变幻，他们中的一些人在后来被涂抹上了各种不谐调的颜色[1]，被淹没在即将到来的“红”流之中了。

〔1〕 郭沫若：《斥反动文艺》，原载香港《大众文艺丛刊》第一辑，1948 年 3 月 1 日。

论新世纪小说创作的“事件化”倾向

回顾近年来的文坛，创获多少先且不论，但是有了“梨花体”和“废话诗”，有了“韩白之争”和“青春写作旅”，有了横行一时的狼、藏獒和中国虎，有了行乞的作家和裸体朗诵甚至寻求包养的诗人……倒也堪称熙熙攘攘，热闹非凡。随着时间的流逝，人们未必能确切记住多少作家和作品的名字，但想必不至于忘记上述事件。按说，文学的“边缘化”和“失去轰动效应”，至今早已不是什么新鲜的论调；然而，一系列的事件却明白无误地说明，相当一部分作家其实是不甘“寂寞”地偏居“边缘”的。文学创作似乎患上了一种心理强迫症，害怕被遗忘，担心被冷落，唯有以“事件化”的方式追求外部效应，以重新获得社会关注。就小说创作而言，描写能力的欠缺导致的纪实化倾向，以及由此造成的叙事空间的萎缩，正在逐渐剥蚀小说的审美特性——小说创作似乎不再是一种熔铸和贯穿形象思维的艺术过程，而更像是一桩以文字录入为目标的事件。

贫弱无能的描写

恐怕没有人会反对以下说法：小说一般属于记叙文体，而记叙文体常用的表达方式有描写、叙述、议论和抒情等。随着小说艺术的发展和革新，当议论和抒情被视为过于“主观”和过多“干预”了小说人物的意志以后，描写和叙述在小说叙事中的重要地位就可想而知了。在《叙事话语》中，热奈特曾经分析了柏拉图对荷马史诗的一段改写：

原文：他开口讲话了，老人听到他的声音十分害怕，只好屈从。老人默默地离开，沿着海浪轻轻拍打的沙滩走着，等到只有他一个人的时候，便迫不及待地向阿波罗，长着一头秀发的勒托之子乞求帮助。

改写：老人听到恐吓胆怯了，他默默无言地走开；但一出营地便迫不及待向阿波罗祈祷。

柏拉图的改写删减了一些信息，以使文字简洁凝炼。像“海浪轻轻拍打的沙滩”这种“毫无用处的细节”，“柏拉图把它当作与纯叙事不相容的一笔，在改写时毫不犹豫地删去了”。热奈特指出，“海浪轻轻拍打的沙滩暗示因为**它在那儿**叙事才提它”，“但这个无用而琐碎的细节是造成似乎确有其事的错觉、因而产生模拟效果的最佳媒介，是**完美模仿的内涵体**。”[1]荷马史诗原文中的“海浪轻轻拍打的沙滩”和“长着一头秀发”，正是描写性质的话语。作为叙述学家，热奈特关注描写的兴趣点当然和我们不一样，但他的分析也强调了描写的重要意义：充分的描写能够造成一种逼真感和现场感，描写越丰富、越生动，就越是煞有介事，甚至达到以假乱真的效果。事实上，即便是柏拉图的“纯叙事”，也不能完全避免“默默无言”、“迫不及待”等描述性质的用语。可以说，描写几乎与叙事有着天然的紧密联系。在中国古代小说理论中，也不难发现对于描写的生动、传神的要求；此不赘述。

但是，在近年来的小说中，我们是越来越难得读到精彩的描写了。读者越是期待有生动描写的地方，就越是没有。《我们的路》中的主人公大宝，外出打工整整五年没有回过家，他暗自想象家人的容颜，但由于分隔时间太长又无从想象。小说中有这样一段描写：

女儿自不必说，我出门的时候她不到三个月大，可是妻子的长

〔1〕［法］热拉尔·热奈特：《叙事话语新叙事话语》，王文融译，中国社会科学出版社1990年11月版，第110页。粗体为原文所有。

相我也忘了，晚上想她的时候，一会儿她是这个样子，一会儿又变成那个样子，飘飘忽忽的。老也固定不下来。

应该说这样的文字还是“可信”的。终于回到了家，他见到了自己的妻子和女儿：

我的妻子金花，蓬松着头站在我的面前。她变得苍老了，与我记忆中的差距很大。她比我小两岁，现在只有二十六，但看上去怎么说也是四十岁的人了，额头和眼睑上的皱纹，一条一条的，又深又黑，触目惊心。我多么想拥抱她。那一刻，我多么想拥抱她，就像那些城里人一样。我情不自禁地张开两臂，但金花并没有扑上来，她依然把着门，带着疑虑的目光望着我。我觉得很失落，张开的两臂无处放，便撑住门框。

我又激动又胆怯地撩起蚊帐，看见女儿平卧在靠里的位置。她的脸那么小，又那么漂亮，就跟她母亲留在我记忆中的一模一样。

除了“蓬松着头”和“一条一条的，又深又黑”的皱纹，叙述者“我”没有对“我的妻子”做出过多的描写。这对于一个普通农民工的“表达”能力来说，本来也属“正常”；但是对于有着相当文化程度的“我”来说，这就说不过去了。尤其令人惊讶的是，一对阔别五年的夫妻，在重逢之际竟然没有任何的具体表情(除了“带着疑虑的目光”之外)。这个叙述者不像一个急切地赶回家来的游子，而更像一个外来的游客：他居然想“像那些城里人一样”张开双臂等着妻子“扑上来”拥抱！这种“错位”的心理意识，反映出叙述者和生活体验的某种隔膜。同时，其中还有几处自相矛盾：前面分明说过妻子的形象在“我”的记忆中“飘飘忽忽的”“老也固定不下来”，但后来却有“与我记忆中的差距很大”、“就跟她母亲留在我记忆中的一模一样”之类的描述。这种自我颠覆的情形，根本原因只能是描写能力的贫乏。

按照米克·巴尔的分析，在一个“文本片断”中，当“作者赋予对象以特征”时，就可以将之界定为“描写”。[1] 事实上，上面几个片断的普遍做法多是直接概括对象的特征（如“苍老”、“失落”等），而不是描绘这种特征的具体表现。当然，这还可以算作“描写”，只是显得勉为其难，不够真实感。再如下面一例：

> 一个像蒙了几层纱布的声音在上面问：“是大宝啊？”
>
> ……
>
> 我又亲切又紧张地应了：“是我，老奎叔这么早就起来了？”

“像蒙了几层纱布”，突出了一个患有呼吸系统疾病的人的音质特征，应该说是简洁而又到位的描写。“又亲切又紧张”和前面的“又激动又胆怯”如出一辙，作者用醒目的形容词突出人物的某种心理特征，而略去了具体的心理活动轨迹，看似“简洁”，实则空洞无物——试问，何谓“又亲切又紧张”？再者，对一个长辈报以“亲切”的应答，显然也不符合一个晚辈的作为；对女儿持以“胆怯”的心态，也令人费解。这种描写上的“失真”，如果不是因为作者本人缺乏基本的生活常识，那就只能是因为对这种生活境况存有隔膜，才导致了描写上的无力感。这种隔膜，尤其在细节上得到充分的体现。仍以《我们的路》为例：

> 她蹲到灶孔前，划火柴为我烧洗脸水。柴旮旯里放着一捆松毛，松毛枝上还有没完全化掉的雪痕，证明是昨天下午甚至昨天晚上她才从山上弄回来的。老君山上不缺柴烧……

对于一个并不缺柴烧的地方而言，柴旮旯里怎么会堆放着临时松毛枝？如果确实是头天下午或者晚上就已经弄回来了，那么堆放在暖烘烘的

---

[1] ［荷］米克·巴尔：《叙述学：叙事理论导论》（第二版），谭君强译，中国社会科学出版社 2003 年 4 月版，第 42 页。

灶旁达一夜之久，还会留有未化掉的雪痕？如果真的雪痕未化，又如何能点燃？作者试图要以这个细节突出此地生活的艰难，但是常识性的疏忽却反而使得这个细节偏离了生活的真实，给人夸张有余而细致不足之感。再如猪圈里有"一条需要戴上眼镜才能看到的小猪"；刚刚从雪地里砍回来的青冈树，回来就可以架在火膛上发出"一闪一闪地吐出蓝色的火苗"，无不显得空疏和夸张，生活气息十分稀薄。

上面所举的这些片断，虽说不够真切和生动，毕竟还不失为描写。而在更多的小说文本中，活动于其间的，多是一些面目不清、表情僵滞、没有心理活动的人。如下面这一小节：

> 涂森林说，……
> 柯德海笑，……
> 涂森林也笑，说……
> 柯德海说……
> 涂森林说……
> 柯德海说……

这是《俄罗斯套娃》中一对老朋友"心照不宣"地交谈时的情景。老朋友之间的交谈当然可以心照不宣，而且按照我们通常的经验，谈话双方如果彼此熟稔，必然是时常可以察言观色，以洞悉其心理的。但作者却不让读者看到这两个人流露的哪怕一丝表情。小说开篇即有如此场景，未免让读者兴味索然。即便此后的对话再怎么机智风趣，读来也只像电视剧脚本，而不像是小说。在当前的小说中，此类现象相当普遍。由此而言，"正在失去的表情"已经不只是一种关乎文化心理的日常现象[1]，也构成了对"文学反映生活"之类观念的戏谑和嘲弄。生活或许会将人的心灵磨砺得粗糙、冷漠，但不会抹去芸芸众生丰富多变的表

〔1〕 参见王彬彬：《正在失去的表情》，《为批评正名》，时代文艺出版社2000年9月版，第128—130页。

情；然而，小说中的人物却纷纷戴上了没有表情的面具，这面具或许可以暂时掩饰作者描写方面的无能，却无法不让读者为小说感到悲哀。

不止是显露在外的表情已被忽视，传统意义上的心理描写也几乎遭到多数作家的无情放逐。而为数不多的心理描写中，手法单一、纰漏百出的现象几乎随处可见，稍举两例如下：

> 国国看到煤堆上还有残存的雪，像是一个非洲人刚好擦上了肥皂泡。
>
> （《去杭州》，《广州文艺》2007/2）

> 在濛濛细雨中，初月深刻地体会到那个城市的冷漠和傲慢，她知道自己和城市是有距离的，自己是一粒飞舞在原野上的蒲公英落在城市里，找不到生根发芽的地方，即使风把她吹到潮湿的角落里，她仍旧无法扎根。
>
> （《稻草》，《芒种》2007/5）

国国从来没有离开过乡村，连西湖什么模样都不知道，却能联想到非洲人擦上肥皂泡，简直不可思议。对初月心理的诗意化描写，也并不符合她作为一个乡下姑娘的身份和思维方式；读者不难从中"听到"叙述者强行干预的"声音"，即借初月之口"说"出自己对城市的感观，从而将城、乡对立起来。

此外，对于风景（自然景物、外部环境）的描写也正在日趋弱化。如果说，在 20 世纪 90 年代，"随着小说文体的演进，小说中自然景物叙写形式已逐渐复杂化，它已不仅仅被用来标识事件场景或烘托人物心境，而是从一种移情对象成为隐喻和象征的主要载体"[1]，那么时至今日，风景几已无处可寻。风景描写曾经是许多小说家大显身手的场所，也

---

〔1〕 傅元峰：《诗性栖居地的沦陷——解读 90 年代小说中的景物叙写》，《文学评论》2001 年第 2 期。

是许多作品的意蕴得以丰富和提升的一个重要途径，但是曾几何时，“风景”黯然失色了。风景的“缺席”原因可能有文化氛围、历史积淀以及小说抒情品格和作家创作心态等各方面的因素，由于篇幅所限，此处不能展开探讨；但有一点可以肯定的是，风景从当下小说中的大幅度撤退，无疑将使小说在描写层面更显薄弱。

由于缺乏对于人物及其所处外部环境的充分描写，许多小说就像生命力本来不强的一粒种子，却又落在了一道粗劣的石头缝里，因而注定不会绽开鲜艳的花朵，遑论结成饱满的果实。面对那些干涩、枯燥、单调的文本，读者不禁要问：阅读一篇小说，与阅读一则普通的纪实文字，有何分别？小说还能剩下些什么呢？笔者的初步回答是：当作家们的兴趣不再专注于描写时，小说所残留的，只是叙述“事件”的热情。

记录事件的小说时代

由于忽视描写或者缺乏描写，相当一部分小说将重心转移至故事情节之上。讲故事本身是无可厚非的，甚至是小说的优秀传统之一，优秀的小说家总是借讲述与众不同的故事，以独特的方式激发读者的思索和共鸣。在相当的程度上，读者面对着一部小说，总是暗含着对于精彩故事的“阅读期待”。然而，当小说作者略去了经验描写的层面而直奔“故事”时，“故事”就有变成“事件”的危险。如曹征路最近的一篇小说《豆选事件》，就直接以“事件”为题。事实上，在“贴近现实”、“贴着地面行走”之类口号的倡导之下，当前的小说对生活中的各类事件倾注了极大的热情。

近年来风头正健的罗伟章，其重要作品如《我们的成长》、《我们的路》、《大嫂谣》、《我们能够拯救谁》和《奸细》等，不同程度地触及了诸如农村问题、农民工问题、教育问题等热点，表现出对社会现实问题的热切关注。其中，《我们的成长》记述了许朝晖从一个成绩优异、漂亮聪明的少女“成长”为卖笑女子这一悲剧事件；《我们的路》围绕农民工大宝的回乡过年这一事件展开叙述；《我们能够拯救谁》的叙述动机缘自一起学生打人事件；《奸细》中的重要事件，则是高考前兄弟学校之间互相抢夺优秀生源。被视为“底层叙事”主力军之一的胡学文，其《命案高悬》始终以一件村妇命案为谜底，小说叙述的过程即是对事件真相的探究过程；《装在瓦罐里的声音》则以素素的再婚事件为叙述主线；在近作《淋湿的翅膀》中，则交织了乡村女孩艾叶的婚事和马新与造纸厂的谈判事件。

借助于表现事件来关注现实，小说作者显示出的积极意图，应该说是值得肯定的。问题的关键在于，多数作者是那么的急于说出事情的真相，而没有余裕重视“说”这个过程的艺术性。在某些作者那里，事件本身的过程，俨然成了小说创作的第一要务。作品的写实力度似乎得到了保证，但“务虚”层面却显然不足。某些作家甚至固执地认为，小说越是直接表现重大事件，就越是能有震撼效果。如在《人民文学》2005年度“爱与和平”评奖中，王新军的中篇小说《坏爸爸》获二等奖，就与该作品对震撼人心事件的正面表现有不可分割的关系。

近些年来，许多刊物都强调作品的“好看”和精彩程度，作家们也纷纷挖空心思，凸现小说的“看点”。这种看点首先就来源于事件本身。有的作品甚至直接演绎一些离奇的事件，像郭潜力的《今夜去裸奔》就把“裸奔”这类在人们日常生活中口头戏说的话题，直接搬进了小说中。其实真要反映现代都市“成功人士”的生存压力，完全可以有更好的写法。不过那样的话，肯定不如“裸奔”来得精彩刺激，也未必一下子就能抓住读者的眼球。青年作家田耳在《人民文学》上先后发表过两篇小说《重叠影像》(2005/12)和《一个人张灯结彩》(2006/12)，均以警察探案为主要内容。只不过，前者是侦破猥亵案和奸杀案，后者则巧妙地编织了一个阴差阳错的故意杀人案。河南女作家乔叶以两个中篇小说，当选为华语传媒文学大奖“2006年度最具潜力新人”。其中，《打火机》的叙述重心是女孩余真的一次出轨事件及其前因后果，《锈锄头》的故事主体则是一桩入室盗窃案的始末。

在直接演绎案件的小说中，熊育群的《无巢》可以算得上一个特例。这篇小说是应某杂志主编约稿而写的一篇“新闻小说”，直接取材于一件故意杀人案。作者自述，“《无巢》是我小说处女作，十多天写完，从写到发只用了一个多月的时间。”[1]这让我想起了司汤达的《红与黑》，该小说也直接取材于一桩现实生活中的案件(即 1827 年的“安托万·贝尔德案件”)，但是司汤达并没有停留于事件的表象，而是充分揭示了主人公于连的成长道路和内心世界，从而使作品显示出宽阔的视野、厚重的深度和博大的人性关怀。两相比较，《无巢》的欠缺固然有写作过程的仓促、功力和火候的不足等原因，但对于一个初写小说的作者而言，对小说的理解和定位也是决定性的因素。在作者看来，“‘新闻小说’，我理解它依然是小说，不是报告文学，更不是新闻通讯，我们需要的只是现实生活中的事件”，小说“产生的震撼因有现实的支持而尖锐”。既然小说只需要现实生活中的事件，而这一事件已经具备足够的震撼性，那么作者就只需要按照情节展开的逻辑，说出事件的真相即可。然而，小说贴近“现实”的紧密程度，并不能保证其艺术效果达到相应程度；正如事件本身的震撼人心，并不意味着故事就讲述得打动人心。在贴近现实的名义之下，小说变成了紧贴事件、记录事件的文字。当小说轻易满足于道出某一新闻事件的真相时，这是事件的幸运，却是小说的不幸。

或许是为了弥补这种“不幸”造成的缺憾，不少作家试图为小说设置不无隐喻和象征意味的标题。单就理论上看，小说的内容与小说标题之间，是可能构成象征关系的。比如“无巢”可以作为对农民工流浪在外无家可归的隐喻，“裸奔”隐喻了都市人在巨大生活压力之下渴望回归“本色”的内心冲动，“黑色的羽毛”可能象征着人们坚硬的心中一块柔软的地方，等等。但可能并不是必然。如果小说只是致力于交待事件的来龙去脉，唯此务求，那么“象征化”的艺术高度，就只能是一种无望的奢求。

就表现一个具体事件而言，中篇小说似乎是作家们首选的体裁。当前的许多小说，往往以一个类似画面般定格的动作开篇，然后“言归正传”述及“本事”，再下去依次是事件的高潮和结局。中篇小说因为具

---

〔1〕 熊育群：《一次直接的介入》，《小说选刊》2007 年第 1 期。

有一定的长度规模，似乎尤为适合于这一套“起承转合”的笔法。一旦事件讲述完毕，小说也就宣告完成，这类现象已让读者屡见不鲜。从这个角度而言，我们有必要对那种以“未完成式”的结局收尾的作品，加以特别关注。比如陈昌平的《肾源》，小说讲述发生在一个腰缠万贯却患有尿毒症的老总和一个家境清贫的青年之间的故事，老总巧取豪夺，从青年身上移植了一颗肾，出现意外后仍然需要换肾。此时青年已经犯事羁押在案，可能被执行死刑。老总表面上派人前往安抚，其实已经安静地躺在病床上等待另一颗肾的到来。然而青年对这一切全然不知，他甚至在最后的关头还冲向病房向老总表明心迹：我一定要把另一颗肾也换给你……善良的读者们都会急于知道事情的结果，但正是这种引而不发的处理方式，出人意料地带给小说更多的阐释可能。李铁的《合同制老总》、罗伟章的《我们能够拯救谁》和胡学文的《淋湿的翅膀》，都有着类似的“未完成式”结尾，也都在一定程度上使得小说的表现空间有所延伸。但同时应该指出，“未完成式”结尾的作用和意义，也是相对的、有限的。

如果说，小说可以分为“叙事的小说（如巴尔扎克、大仲马）”、“描绘的小说（如福楼拜）”和“思索的小说”，[1]那么，我们当下的小说正在沦为一种“记录事件的小说”。记得巴尔扎克说过，他要做法国社会的“书记员”。他的小说也多选取重大意义的事件作为表现对象，但是他从来没有忘记过对人物所处环境进行精细入微的描写，他是一位擅长描绘的书记员。相比之下，我们时代的不少作家正在变成名副其实的“书记员”：浮光掠影地记录生活的表象，忠实地转述某一事件的进程。这是一个记录事件的小说时代，小说正在偏离叙事艺术的航道，即将搁浅于打捞事件的沙滩之上。小说写作似乎变成了一种“码字儿”的活计，作家则变得“越来越像一群手艺人”[2]。

---

〔1〕［英］乔·艾略特等：《小说的艺术》，张玲等译，社会科学文献出版社1999年1月版，第81页。

〔2〕王彬彬：《当代作家的可持续写作问题》，《扬子江评论》2007年第1期。

日趋萎缩的叙事空间

小说不应该仅仅是对“事件”的呈现。据昆德拉的设想，小说是拒绝遗忘现实的努力，是对未知“存在”的“勘探”，他甚至认为：“一部小说，若不发现一点在它当时还未知的存在，那它就是一部不道德的小说。”[1]对于这种既像哲学又像文学，或者说借文学而阐释哲学的论断，或许我们不必完全认同其微言大义，但至少可以同意这一点：小说应该用语言文字的结构艺术穿透外在事件的表象，从而为读者展现出一个有着丰富意蕴的空间。

当下的小说创作中，有三种结构方式非常值得注意。其一是对立式结构，像乔叶的《锈锄头》就是这方面的典型文本。小说中的农民石二宝在城里收购废纸，偶尔也干点入室盗窃的行当，但有一天遭遇意外，不得不与房屋主人李忠民周旋。作者安排了一个富于戏剧性的场景：石二宝本来已经成功地把李忠民绑在了椅子上，但李表示出交谈的欲望，于是石二宝耐心倾听，石二宝渐渐麻痹大意，李忠民最终扭转了局面。双方的交谈牵涉到大量的乡村记忆和现状，连同这交谈中显现出的各自不同的心理动向，构成了一种直接而又巧妙的“城乡对比”。罗伟章的《奸细》中，主人公徐瑞星在“掐尖儿”事件中的表现，既与黄主任和桂主任形成对比，同时又与他的大学同学吴二娃互相对照，意在多角度地映现出知识分子对待金钱和良知的不同态度。而在大量的“底层叙事”作品那里，对比也是常用的结构方式。

另一种可称为编织式结构。比如《一个人张灯结彩》，就将底层、警匪、凶杀和情爱等诸多故事元素结合到了一处。[2]再如《黑色的羽毛》中，杜军曾经有过情人杨敏，杨敏的弟弟杨志与杜军恰是同事，杜军的妹妹杜丽又与杨志是一对秘密的恋人……种种错综复杂而又不无巧合

[1] [捷]米兰·昆德拉：《小说的艺术》，董强译，上海译文出版社2004年8月版，第6—7页。

[2] 参见贺绍俊：《张灯结彩却是孤独的》，《小说选刊》2007年第1期。

的人事纠葛，足以使该作品顺利改编为一部卖座的都市情感剧。

此外，像杨少衡的《俄罗斯套娃》、阿宁的《白对联》和罗伟章的《最后一课》等，可以视为封闭式结构。这类小说一开始就已经为人物预设了一个基本范围，此后的事件进程，也就在读者可以预料、可以接受的范围之内。如，在王安忆的《启蒙时代》中，人物的活动空间已经只剩“户内”和“户外”，读者不难设想，作品如要提供新意，就只能剑走偏锋、迭出怪招了：果然，我们从中看到了怪异的“小老大”，男女病友之间的暧昧集会，等等。再如苏童的《碧奴》，作者一开始就把善于哭泣叙述为一种与生俱来的本能，而读者都已熟知该故事的结局是长城被哭倒，所以剩下来的问题就只是一个：如何让碧奴历尽千辛万苦到达长城脚下，然后将它哭倒。为了不让碧奴过早地到达长城脚下，也为了不使小说过早结束，作者只有一次又一次地“激发”自己的想象力，造出一些奇形怪状的鹿人和马人来。从这些结果反过来看，小说（尤其是长篇小说）采用此类封闭式结构，其实正好说明作者想象力的枯萎，以及处理某类题材时的力不从心。

对立式结构和封闭式结构，显示出作者对表现对象理解的单一；编织式结构虽然看似繁复，但是那些精密的关系网，实在容纳不下更多的其他内容。叙事结构上的共同缺陷，决定了小说叙事空间的单调和促狭，这些小说不可能蕴藏下多少可待发掘的潜能。

导致小说叙述空间窄化和萎缩的根本原因，可能在于当前叙事资源的匮乏。在一篇相关的讨论文章中，孟繁华先生精辟地指出，“当作家不能提供新经验的时候，表达感受就成为小说勉为其难的出路。”与此同时，他高度评价了《碧奴》等作品：“在这些作品里，我看到了文学对传统和边缘文化的接受、重新书写和再创造。”他还认为，“对边缘文化和传统文化的发掘或再创造，是近期长篇小说创作的一大特征……它是对沉睡已久的边缘文化的唤醒，是对传统文化的再阐释和新解读。对小说而言，这无疑是自我救赎的出路之一种。”[1]我以为，其中恐怕

---

〔1〕 孟繁华：《小说创作的叙事资源》，《小说选刊》2006年第10期。

还需要加以补充:作为全球性出版项目的一部分,名作家不约而同地与出版社签约,再投入对古代神话和传说故事的“重述”之中,其实已经不是作家完全“自主”的选择。而且就目前已出的三部来看,除了《人间》较为成功地贯注了一种反思的品格,赋予了传说故事以几分现代的新意,《碧奴》和《后羿》则未见有多大成功。名家笔下的这类不成功的“重述”,进一步说明了当前的小说缺乏开拓叙事空间、传达新鲜经验的能力。

由于缺乏新的叙事资源,许多作家陷入了“复制”的困境:或者重复自己,或者模仿别人。如张者曾以《桃李》(2002)而暴得大名,随后又出版了两个中篇集《朝着鲜花去》(2002)和《或者张者》(2004),但其中绝大部分小说都可以在《桃李》中找到“原型”。陈世旭的中篇《爱的旅途》(《北京文学·原创版》2003/6)与长篇《边唱边晃》(2005)大半内容雷同,长篇《一半是黑色,一半是白色》(2005)则由中篇《试用期》(《十月》2001/5)发展而来。曹征路的《赶尸匠的子孙》(《北京文学》2005/12)和《天堂》(《小说月报·原创版》2006/6)也有相当一部分内容重合。而吴克敬的《状元羊》(《江南》2007/1)和袁玮冰的《红毛》(《民族文学》2007/4),则让我们分别想到夏天敏的《好大一对羊》(《当代》2001/5)和陈应松的《豹子最后的舞蹈》(《钟山》2001/3)。“创作”与自己或他人相似的小说,已经成为叙事资源匮乏时代的常见现象。复制造成的另一后果是文体之间的紊乱,长、中、短篇之间的“界限”日渐模糊。我以为,长篇和中、短篇之间“共享资源”的现象,决非一个简单的规模问题,而是一个关乎创作心态和小说美学品格的问题。当着作家们以随意的拼贴、剪切和复制手法轻松地穿梭来回于各种文体的边界时,所谓的小说创作,已不再是一个炼字炼句的艺术过程,而不过是一桩稀松平常的事儿,仅此而已。

结语:小说的权利和自由

要而言之,本文所论的“事件化”有两层意思。一是小说创作忽视了基本的经验描写层面,而将重心放在了对于事件的讲述上;其二,当小说乐不思蜀地以一个又一个事件为表现中心的时候，当小说的叙事空间日渐局促以至于萎缩的时候，当小说不能传达新鲜的经验而转向复制的时候，所谓的小说创作，就由一个凝神费思的艺术过程而退化为一个司空见惯的日常事件。

小说的“事件化”表现出小说重新返回“中心”的意图。其实，小说从社会政治和文化的“中心”退居“边缘”，未必就是坏事。“边缘”如果不是自暴自弃，自当有“边缘”的力量和作为，甚至可以与“中心”形成一定程度的参照和互动。而且，就小说自身的历史传统来看，立于“边缘”眺望“中心”，或许正是小说的“返璞归真”。身处边缘当然是寂寞的，但正是这一份寂寞才有可能培育出良好的创作心态，才有可能催生真正的艺术作品。

小说的“事件化”也凸现了小说审美特性日渐流失的问题。小说有“务实”的一面，更有“务虚”的一面。小说当然要对现实发言，但不应该止步于记录事件。况且，就反映某一重大事件的效果而言，小说并不比纪实文学来得“权威”和“可信”——因为读者一直坚信，小说就是“虚构”的，小说也有“虚构”的自由。因此，小说在“务实”的同时，也应该充分珍视和行使“务虚”的权利，从而使小说创作成为一种独特的艺术劳作，而不是一桩习以为常的事件。

选刊倾向与文学生态

——以近两年的《小说选刊》为考察中心

当下，随着消费语境的进一步展开，文学的日益"边缘化"、文学期刊的生存和发展遭遇愈发严峻的考验，早已是不争的事实。网络技术的畅通和发达，更是对文学的生产、接受和传播方式产生着潜移默化的影响。然而，即便如此，文学期刊仍然是大多数文学作品得以发表、阅读和传播的主要媒介，仍然是了解当前文学面貌的首选途径。其中，如果说原创文学期刊通过在来稿中选择和刊发作品，直接参与了文学生态的"赋形"和塑造过程，那么文学选刊则通过对原创刊作品的选载进行"再选择"，它对文学生态的影响表现为一种"再塑造"。

这种"再塑造"的过程，显然有着"去芜存菁"、"优胜劣汰"的意味——比如《中篇小说选刊》就在其扉页上明确打出这样的旗帜："荟萃文苑中篇精华，精选全国优秀中篇"。实际选得如何，可以另外再论，然而在不无重复意味的措辞中，该刊对"优良品种"的孜孜以求，却也可见一斑。至于《小说选刊》，创办初衷就是"为每年小说评奖做前期工作"[1]，并且在1984年正式获得了全国优秀短篇小说奖评选工作的承办权，1989年底至1995年夏虽曾一度停刊，复刊之后不久又承办了"鲁迅文学奖"中篇小说奖的评选工作。可以说，作为隶属中国作协的重要刊物之一，《小说选刊》一直以"权威"的姿态、以选载的方式，见证了新时期文学的发展，间接或直接地影响到某一时期的小说创作。2006年以来，"基于目前文学生态环境的考量"，《小说选刊》策动了改

---

〔1〕 傅活：《〈小说选刊〉创刊始末》，《传媒》2001年第4期。

版,“目的是适应变化了的外部环境,旗帜鲜明地彰显自己的文学主张,以更加积极的姿态参与市场竞争。”[1]笔者以为,《小说选刊》的改版,其中可能有被动改变的成分,但也不乏主动选择的因素,换言之,改版不仅仅是适应文学生态环境变化的结果,也可能反过来导致文学生态环境的变化。改版之后的《小说选刊》,以其一系列的富有鲜明个性的选择和阐释动作,更加直接地“介入”了当下的文学现场,也引起了笔者对于选刊倾向与文学生态之间关系的思考。

一、主流趣味的附庸

对于一份选刊而言,如何在众多的原发作品中进行选择,恐怕是颇费斟酌的一件事情。这“选择”暗含着一种判断,它既能体现编者们自身的取舍标准和审美趣味,同时也是给广大的读者一个“理由”。在一个消费的时代,“选择……的几大理由”往往能成为引导消费的核心理念,“文学消费”似乎也不例外。相比其他同类选刊,《小说选刊》在作品的阐释方面,倾注了更多的热情。尤其自改版以来,对作品进行阐释的重任,实际上已经逐渐向“阅读与阐释”倾斜。因此,虽然每期的“阅读与阐释”总是那么寥寥几百字,但它们却是理解编者意向的重要前提。不难设想,每当读者打开书页,首先浏览到的这部分内容,其实质是凸显“本期看点”,无形中已经成为一则引导文学“消费”的“广告”。甚至,由于长期以来的坚持开设,它已经逐渐“转化”为《小说选刊》“内容”的一部分。

按照波德里亚的观点,“内容在大部分时间里向我们隐瞒了媒介的真实功能。”[2]如果我们有幸不被这些“内容”所“隐瞒”和蒙蔽,就应该指出这一点:通过这些“阐释”和被阐释的作品,《小说选刊》试图对当前的文学现状发出声音,并且对小说创作做出判别、选择和引导,这才是

[1] 杜卫东:《小说之魂:现实、爱与真诚》,《小说选刊》2006 年第 1 期。

[2] [法]波德里亚:《消费社会》,刘成富、全志钢译,南京大学出版社 2001 年 5 月版,第 132 页。

它所想要发挥的“真实功能”。在当前看似多元共存其实不无杂乱的创作局面中，《小说选刊》能以自身的阐释逻辑，积极加入到文学的现场，这是值得肯定的。但同时应该指出，其具体操作也不无偏颇之处，“面对着一个混乱、充满了冲突和矛盾的世界，每一种媒介都把自己最抽象、最严密的逻辑强加于其上，根据麦克卢汉的表达，每一种媒介都把自己作为信息强加给了世界。”[1]那么，《小说选刊》传达给读者的是什么信息呢？

对于小说题材和主题的概括，往往是“阐释”的重心所在。比如今年第一期中对《一个人张灯结彩》和《无巢》的评述，编者的修辞策略是先区分二者的“普通”和“极端”之别，随后“自然而然”地探讨“极端事件”可能带来的震撼效果。其实，《无巢》所选取的题材固然“极端”，但《一个人张灯结彩》也极不“普通”，而且更重要的是，这篇小说在艺术上较之另一篇要更为成熟一些。看来，在题材的重大力度面前，小说的艺术性被阐释者有意无意地“轻”视了。第五期“专家推荐”栏选载了徐世立的《美声》，作品较为细致地表现了美声教授童牧终其一生追求和守护美与理想的悲剧，但“阅读与阐释”中先是有“这期所选的小说，农村和城市题材大体各占一半”这样的介绍，其次又对该作品如是评价：“在成长主题下展开的是人物性格和命运的历史，同时也对知识的堕落痛心疾首。”《美声》的叙事范围城乡兼而有之，显然不好简单地指认为农村题材或是城市题材；编者化繁为简的归类，只是为了便于从题材上宏观地“选”出当前小说创作的原貌。至于作品的主题被表述为“对知识的堕落痛心疾首”，如果不是出于对作品的误解，那么只可能用这样的理由加以解释：比之守护美与理想而不得这类“不切实际”的悲剧，知识的堕落显然来得更加真切，也更加具有“现实”意义。

那么，这些“现实”意义从何而来？从 2007 年的目录可见，入选作家中除“名家”（迟子建、叶广芩等）和新人（笛安等）之外，其余如田耳、

---

〔1〕［法］波德里亚：《消费社会》，刘成富、全志钢译，南京大学出版社 2001 年 5 月版，第 133 页。

郭潜力、晓航和胡学文等，正是近年来带有写实倾向的“中坚力量”。这些作家的创作往往怀有急切的现实关怀，值得读者继续对之抱以期待，但也必须指出，对于某些入选作品叙事粗糙、艺术性较弱等不足，《小说选刊》几乎没有提出批评意见，而是示以宽容的态度。就作家而言，在当下的文学环境中，由于资历和成就往往与其作品入选某某选刊或者年度选本的次数直接挂钩，因此他们也总是对自己被选载、转载感到欣慰，心存感激。随手翻阅《中篇小说选刊》2007 年第 1 期，我们可以轻易地在“创作谈”中得到印证：

> 《中篇小说选刊》能推介这部作品，我感到欣慰，也有点惶恐。
>
> ——韩永明《大难来时》

> 在此，特别感谢《中篇小说选刊》能给我提供一个心灵起舞的世界。
>
> ——王伶《蝴蝶飞来飞去》

> 感谢《中篇小说选刊》，让《一脸阳光》面对更多的读者，让我能在这里倾吐《一脸阳光》后的几句赘述。
>
> ——刘平勇《阳光后的卑微与疼痛》

作品从最初发表到被选载，从初次被选择到再一次被选择，意味着凝聚作者精神和心血的创作再一次得到了认可。我们有理由相信，这些作家的感激之情是由衷的。但是对于成长中的作家来说，适当的批评并非没有必要，一味的肯定和赞赏可能无益于其艺术上的精进，反倒是助长某些缺陷，甚至导致如此局面：某些作家的作品频繁地入选某一选刊（甚至被不同选刊选载），以至于成为该选刊的“核心作家”，而其中有一部分只是平庸之作。以《小说选刊》为例，2005 年中入选该刊高达 3 次的有 3 人，入选 2 次的有 11 人，不难设想，余留给其他作家的空间已经所剩无几。2006 年，入选 2 次的有 4 人，3 次的 1 人，4 次的 1 人。

可见“核心作家”现象依然存在。这也从一个侧面说明，不只是作家的成长需要依靠选刊，其实选刊也依赖于作家。这方面一个极端的例子是《无巢》，该作品发表于《十月》2007年第1期，而入选《小说选刊》也在同年第1期。作者熊育群在“创作谈”中有这样的“坦白”：“《无巢》是我小说处女作，十多天写完，从写到发只用了一个多月的时间。感谢杜卫东的信任，对一个只是写诗写散文的作者，我不知他约稿的信心来自哪里。”[1]选刊的主编直接向作者“约稿”、并且将之与原刊同期选载，这种“预选”现象说明，作者、原创期刊和选刊之间的联系和互动正在加强。再看津子围的《稻草》，原发于《芒种》2007年第5期，入选《小说选刊》也在2007年第5期，可见前述的三方合作在眼下已不足为奇，而且这种“合力”对文学面貌的微妙影响还会延续下去，甚至由微而著。这种“预选”现象也可以视为当下选刊不甘于寂寞的一种表现，为了更加直接地介入文学现场，而不惜借助于“越位”的手段来达至目的。当然，也可能是选刊与原创刊物之间共同“造势”的意图所致。但不论是出自哪一种情形，都可能对正常的文学环境构成破坏性影响。至于“约稿的信心来自哪里”，笔者可以代为回答：直接从报纸上的案件选取素材创作“新闻小说”，已经保证了作品“介入现实”的“力度”。

就目前的情况而言，入选《小说选刊》的作品，大部分都来自《人民文学》、《十月》、《当代》、《中国作家》和《收获》等“主流期刊”，而且选载比较及时，有的在第一时间内就入选。在这个意义上，“主流期刊”成为《小说选刊》的“核心来源刊”。简单的统计显示，2005年，入选次数达4次以上的刊物有《人民文学》(11次)、《十月》(7次)、《钟山》(7次)、《北京文学》(7次，包括“精彩阅读”版)、《山花》(7次)、《中国作家》(6次)、《当代》(4次)。2006年，《人民文学》入选次数依然高达10次，《当代》6次，《中国作家》6次，《山花》和《芒种》为5次，《收获》、《作家》、《小说月报·原创版》、《红豆》均为4次，较之上年情形略有变动，但“主流期刊”依然是“核心来源刊”的主要构成。个别“非主流期刊”的作品虽然入

[1] 熊育群：《一次直接的介入》，《小说选刊》2007年第1期。

选，却明显不够及时，比如《木偶》原载《贵州作家》2006 年第 2 期，选载于同年第 9 期；《鸟瞰孤独》原载《芳草》2006 年第 2 期，选载于同年第 10 期。这就似乎难免有事后“补阙”的嫌疑。

此外，入选篇目在题材和故事内容上有某些共同属性。除了个别例外，大多数作品或者表现都市现实生活中不为人知的另一面，强调对另一种现实的关注，或者以其表现对象与“底层”的亲密联系而备受青睐；题材上强烈的现实感，乃是它们共同的基础。有的作品，像田耳的《一个人张灯结彩》和熊育群的《无巢》，就是直接演绎一桩杀人案件，案件本身的扑朔迷离构成了小说的主体，也在一定程度上弥补了作品艺术上的某些不足。顺便提一句，田耳的《重叠影像》也曾入选《小说选刊》（2006 年第 1 期），最初发表也在《人民文学》（2005 年第 12 期）。应该指出，这些“侦案小说”频频在某些“主流刊物”抛头露面，不仅显示了某些编者的审美趣味和发稿标准，而且也曾经有力地参与了文学“原生态”的建构过程。更重要的是，选刊紧随其后的“再选择”，无形中强化了这种“共识”：作品的题材和主题越有现实感，就越有可能被接受和认可；只要事件足够刺激好看，足够有震撼效果，艺术上的缺憾是可以暂时“忽略不计”的。考虑到《小说选刊》并非原创刊物，可以说，编者对作品现实感的强调，与其说是与选刊自身标准相吻合，不如说是与“主流刊物”趣味相吻合。**“贴着地面行走，与时下生活同步”**[1]的编辑理念，我们不妨将其理解为“贴着时尚行走，与主流趣味同步”。这样的选刊倾向一旦反馈给作者，随后被吸收为重要元素投入文学再生产，势必给文学生态造成直接的负面影响。当前多数文学期刊都不约而同地将“好看”作为一个重要标准，客观上进一步助长了上述“共识”的四处流布。

在前文的论述中，中篇小说总是被优先列为分析的对象，这并非笔者有意为之，而是由于《小说选刊》对中篇一贯的推重。这种文体上的偏向不仅表现在中篇被作为每期的头条推出，同时也表现在，就及时性

---

〔1〕 杜卫东：《小说之魂：现实、爱与真诚》，《小说选刊》2006 年第 1 期。

程度而言，短篇的入选往往显得“慢了一拍”，略举几例如下：

作者	小说篇名	来源刊名	原刊期次	入选期次
苏童	冬露	莽原	2005/1	2005/5
杨遥	二弟的碉堡	黄河	2005/1	2005/5
乔叶	取暖	十月	2005/2	2005/6
刘庆邦	一捧鸟窝	上海文学	2005/5	2005/8
李义	画在树阴地上的刀	六盘山	2005/4	2005/11
龙仁青	鸟瞰孤独	芳草	2006/2*	2006/10
次仁罗布	杀手	西藏文学	2006/4	2006/11
李云雷	巧玲珑夜鬼张横	红豆	2007/1	2007/4
郭文斌	大生产	收获	2007/3	2007/6

* 该期实际出刊时间为 2006 年 7 月。

这些入选不够及时的小说，其中不乏名家新作，并且出自“主流期刊”，他们尚且不能幸免于“时间差”，那些出自“非名家”、“非主流期刊”的作品被“冷落”的命运，也就在情理之中了。说得更准确些，鉴于《小说选刊》只是选载作品，短篇小说之受到不公正待遇，很大程度上也归因于原创期刊。就当前整体的文学面貌而言，小说创作日益显示出事件化的趋向，而中篇似乎是完整呈现某一事件的首选体裁。在大多数作家那里，把一个短篇抻长一些变成中篇，或者将中篇扩展至长篇，已经是司空见惯的事情了。鉴于短篇的写作对作家艺术能力的要求更高，心平气静方可酿就佳作，因而优秀短篇的缺失不仅折射出文坛普遍的情绪浮躁，更加反映出文体之间的不平衡。其结果是，作为一种独特的文体，短篇小说的美学特性和审美品格正在日渐流失。目前，长篇小说有出版社和相关的期刊、选刊的支撑，中篇小说更是左右逢源，短篇小说即便优秀，其生存空间也日渐逼仄。在这样的情境下，选刊对于中篇的优先选择、对于短篇有意无意的疏离，无疑是与原创期刊的一次合谋，也再一次强化了文学生态的不平衡。“所谓文学生态，就是文学内外各种有机关联的总和，要保持文学的活力，就必须维护文学发展的多样性，增强文学环境的稳定性，同时抑制劣胜优汰的危险倾向。”[1]短篇小说创作日益丧失活力、成为稀缺品种，选刊的文体倾向难辞其咎。

二、虚构权威的丧失

在保持与主流趣味同步的同时，《小说选刊》也试图借助作品来建立自己的某种“权威”。比如第六期的阐释：“胡学文的新作《淋湿的翅膀》值得隆重推荐：不仅因为该小说是继《命案高悬》之后，胡学文又一篇超越性的作品，同时也因为这篇力作将‘底层叙事’推向新的思想艺术高度……小说对于底层生存状态的表现，已不再滞留于物质生活的匮乏窘迫。而是将底层民众的内心痛苦与精神突围作为表现重点，这就走进了文学。”且不说《淋湿的翅膀》未必就优于《命案高悬》，单说小说创作的“超越性”，这并不像水涨船高一般可以细致地量化。一个作家如果总能写出“又一篇超越性的作品”，只能让人怀疑他此前作品的真实水准。再者，如果说该小说因为“已不再滞留于物质生活的匮乏窘迫”而“走进了文学”，言下之意是不是此前的“底层叙事”一直“滞留于物质生活的匮乏窘迫”而未能“走进文学”？我们也希望看到“底层叙事”在思想艺术上的进步，但这种厚此薄彼的阐释逻辑显然无助于辨明真相。同期还有这样的评价：“钱国丹的《快乐老家》则通过一个回乡省亲的故事，从独特的角度反映了底层生活的种种苦难，也刻画了一位亲民的高官形象，为‘底层写作’别开生面。”《快乐老家》固然不乏对“底层苦难”的表现，但是小说中的巧合和夸张手法却十分生硬，而将底层苦难得以救赎的希望寄托在“亲民的高官形象”身上，已与传统文学中的“清官”情结相差无几，非但称不上“别开生面”，反倒是暴露出当下某些“底层叙事”的思想局限。不妨这样认为：某些作品的“独特”和“超越性”意义，正是由编者强行“阐释”出来的，因此，选刊所反映出来的当下文学现状，只能是局部的“真实”，或者说，是经过选刊“选择”和“阐释”

---

〔1〕 黄发有：《文学编辑与文学生态》，《花城》2007 年第 3 期。

出来的样态，而绝非文学现场的“原生态”。问题还在于，通过对某一作品“超越性”意义的精微刻画，选刊试图让读者获得这样一个印象：正是由于“我”一直亲历文学现场，并且与之同步，“我”才能做出如此精确判断。在这个意义上，选刊对入选作品价值意义的极力阐释的过程，也就是努力树立自身“权威性”的过程。

如果要细究《小说选刊》对自身权威感的打造过程，就无法回避该刊2006年以来的改版。按照主编的构想，“重新肯定现实主义文学的伟大价值，结合文学的生存状态阐释现实主义文学的巨大意义，应该成为我们选刊高扬的一面旗帜，也应该成为我们选刊独特的选稿视角和刊物特色。”他还说道：“办刊宗旨我们归纳了四句话：**现实观照、人文情怀、独特视角、中国气派。**其实这是《小说选刊》一以贯之的宗旨，只不过我们这次把它更加条理化了。”[1]回顾2005年的“核心作家”，其中葛水平、晓航、荆永鸣和乔叶等都有较为明晰的写实风格。因此《小说选刊》对“现实主义”的重申并非突然转向，而是所来有自。那么，改版究竟“改”了什么呢？且从其栏目的改动说起。

2006年第1期开始，开辟“发现”、“专家推荐”、“声音”和“经历”等新栏目，其中“声音”和“发现”显得比较特别。“声音”往往发自学界名家，“是对小说创作中的问题和病相进行善意的、具有建设性的批评，对小说创作中带有普遍意义的倾向和思潮做前瞻性引领。”[2]后来陆续刊发的如《重新理解现实主义》（李建军）、《“底层”如何文学？》（邵燕君）以及《反抗精神慵懒的写作》（洪治纲）等文章，也确属清醒的“声音”。至于“发现”，则有发现文学新人、发现形式探索佳作和“发现被遗漏未选的优秀小说”[3]三层含义。我以为，如果说前二者对于选刊而言是“责无旁贷”，那么后者却显得有些多余：无论被“发现”的作品是不是佳作，都可能导致读者反过来质疑选刊工作的有效性。换言之，补选此前

〔1〕 杜卫东：《小说之魂：现实、爱与真诚》，《小说选刊》2006年第1期。
〔2〕 同上。
〔3〕 同上。

遗漏已久的作品，其实是一件不无冒险的事情。

这样看来，罗伟章在2006年第1期的被“发现”，就有了非同寻常的意义。主编在时隔一年之后回顾道：“因为我们急切地想选择一两篇艺术上成熟并且凸显正面价值的小说精品。最后，从已出版半年的《长城》上发现了罗伟章的《我们的路》，作为‘发现’这个栏目的第一篇作品在头题推出。”[1]依我之见，该作品的确有“凸显正面价值”的创作意识，但作者具有“血性与悲悯情怀”并不必然地意味其“艺术上的成熟”，编者或许真的过于“急切”了一些。似乎是为了弥补此前漏选的缺憾，编者此后一发而不可收拾，陆续选载了罗伟章的三篇小说，使得他成为2006年度入选次数最多的作家。不过难能可贵的是，“编辑稿签”曾委婉地就《我们能够拯救谁》（2006年第4期）指出其不足：“作者急迫的将所有的素材围绕着主线不停的罗列出来，以致结构显得臃肿，仿佛一件缀满了珠宝的华丽长袍，在过多的炫目光彩之下，无法凸现重点。有取有舍，敢于放弃不必要的素材，罗伟章的小说才能取得更大的成就。”罗伟章入选的作品中，除《世界上的三种人》以外，《我们的路》表现了农民工的生存境遇，《我们能够拯救谁》和《奸细》都表现出对底层现状和教育问题的忧思。

如果考虑到曹征路在2005年没有作品入选，而在2006年度先后有3次入选，其实他也可算作《小说选刊》的“发现”之一。《赶尸匠的子孙》和《天堂》以“天堂镇”为活动空间，讲述了底层民众努力摆脱心理重负的故事；《霓虹》则展现下岗女工倪红梅卖淫维持家庭的悲惨遭遇，带有十足的“底层叙事”色彩。实际上，他和罗伟章一起，将《小说选刊》的“发现”凝结为一个明确的意向：通过对“底层叙事”的推举，来倡导小说创作上的现实主义态度；或者说，借“底层叙事”的新锐势头，来确立刊物引领现实主义风潮的权威地位。2006年的其他“核心作家”如王松、张锐强和温亚军等，也都显示出鲜明的现实主义倾向。

2007年以来，最能体现编者意图的“核心作家”无疑是胡学文。他

---

〔1〕 杜卫东：《守望小说的尊严》，《小说选刊》2007年第1期。

的中篇《装在瓦罐里的声音》和《淋湿的翅膀》先后入选，前者展现矿难给当地村民带来的生活变化和心理变迁，后者围绕乡村的矛盾纠葛展开叙事，被认为"从整体上勾勒出了当下中国农村的复杂性与丰富性"[1]。本年度已经入选的其他作品，要么属于"底层叙事"的范围，要么属于"名家力作"，要么在题材上有别样的"现实感"（如都市特殊阶层的生存景况）——由此可见，《小说选刊》仍然在延续改版以来的策略，即推崇"底层叙事"，借以推动现实主义创作的发展。但是今年先后刊登的《"底层叙事"前进的方向》（第5期）和《草根写作是文学创作的主流》（第6期），或者将《讲话》引为"底层叙事"的"思想资源"，或者简单地宣称"文学也只有属于劳动民众才具有艺术青春"，就未必堪称清醒的"声音"，看似气势磅礴，实则不如去年的几则"声音"来得审慎和周全。作为近年来的创作热点，"底层叙事"体现了作家朴素的、直接的现实主义态度，当然值得关注，但是"底层叙事"并非"现实主义"写作的全部，而且相关作品中仍然存在不少问题，却需要适时加以理性引导。一部分作家写出了一两部较好的作品，而此后的创作只是在重复类似的故事，滞留于"现实"的表层，艺术上缺乏探索意识和创新能力。"艺术中的现实主义，是人参与人的持续创造的意识、即自由的最高形式。"[2]因此，过于倚重作品题材的现实感而忽视创新力度，其实无益于作品艺术性的提升，反倒可能将现实主义窄化为题材的现实主义、艺术的懒惰主义。对某些褊狭的审美趣味一味地迎合，只会导致自身独立性的丧失。《小说选刊》果真立意于有效地参与当前文学格局的建设，就不宜将选刊变成培植某一类型的小说品种的特殊场所，而是使之真正成为百花齐放的艺术园地。

作为对现实主义的另一种倡导，《小说选刊》今年打出了"新闻小说"的旗号，目前已选载《无巢》和《动物档案》（第3期）这两篇小说。前

---

〔1〕 李云雷：《中国农村的"发现"》，《小说选刊》2007年第6期。

〔2〕 [法]罗杰·加洛蒂：《论无边的现实主义》，吴岳添译，百花文艺出版社1998年版，第176页。

者直接"处理"了一桩由心理危机导致的故意杀人案，据说该案件此前已经见报；后者以"编号"的形式，为某收容基地的动物们提供一份成长"档案"。按照编辑的想法，"'新闻小说'作为一种新的现代小说类型，它以真实的具有丰富社会内涵的新闻事件为素材，及时运用小说手法加以表现，将以更加直接的姿态关注现实，介入现实。"〔1〕《无巢》的特殊来历已如前文所述，此不赘述；或许我们不便横加指责作品模糊了小说与新闻之间的文体界限，但是我们有理由怀疑，在某种程度上，该小说巧妙地"利用"了新闻文体的现实功效来弥补艺术上的不足。相比之下，正是由于摆脱了现实功利性的纠缠，《动物档案》的叙述才显得活泼而又生动，从而更为充分地体现了小说应有的艺术魅力。

2007年始，增设了"掌上小说"和"最新译丛"。前者选载小小说，体现出该刊的"民间"视角；后者主要选译英、美、俄、法等国倾向于现实主义的作家作品，并附以评论，意在引入一个异域参照系。应该说，在一定的范围内，"民间视角"和"异域参照"都有其积极意义。但是截至第6期，这两个栏目一共选载的39篇小说中就有15篇"选自本刊网站"。这未免让人觉得，《小说选刊》正在以极端的方式突出"本刊"的趣味和标准，尤其当30％以上的作品都"选自本刊网站"之时，选刊在选择标准上的可信度已经消失于无形，就更别提权威感了。

总体看来，《小说选刊》始于2006年的"改版"其实并非改变或转向，而是一次不甘寂寞的行动，即借助对"底层叙事"的推崇，祭起"现实主义"这面大旗，建构自己引领群伦的"权威"形象。然而，近两年来，除了对"底层叙事"不遗余力的"推荐"，对形式探索佳作和文学新人新作的"发现"毕竟寥落稀少，"声音"也逐渐不如当初来得清醒和理性——由此观之，《小说选刊》的"改版"，应该说是不够成功的，它所建构的"权威性"姿态，只是一种自我满足的虚构幻象。编者既不自省于这种泡沫般的虚幻满足感，犹自对《小说选刊》曾作为当代文学"一个辉煌的品

〔1〕 杜卫东：《守望小说的尊严》，《小说选刊》2007年第1期。

牌”[1]之类的往昔荣光留恋不已，已近于“醉眼中的朦胧”了。

平心而论，任何选刊都难免带有自己的审美趣味和选稿偏好。同时，由于一个时期内对某种创作风格的推重和引导，原创期刊也可能在一定程度上体现出个性化的“选刊倾向”。“选刊倾向”或许在所难免；但是，文学选刊如要有所作为，就应该秉持一个相对理性和包容的态度，同时警惕盲从和狭隘的选择标准，抛弃自我虚构的权威意识，这样才能更好地发挥自己对于文学生态和文学格局的“再塑造”作用，才能以真正积极的姿态参与到当下的文学现场。

2007 年 7 月

---

〔1〕 杜卫东：《小说之魂：现实、爱与真诚》，《小说选刊》2006 年第 1 期。

十字路口的徘徊
——近期《人民文学》的调整和去向问题

2007年底，一年一度的“茅台杯”人民文学奖评选结果揭晓。获奖作品在体裁和数目方面基本上一仍其旧，但熟悉“人民文学奖”评奖惯例的读者或许会发现：“中篇小说”这一项已被置换为“中长篇小说”，麦家的长篇小说《风声》就荣居获奖作品之列。[1] 长篇小说在《人民文学》编辑策略中的这种地位“升级”，再次向外界传达和强化了刊物正在大力调整这一形象。那么，《人民文学》为什么要进行调整？具体调整得如何？调整以后的去向又将怎样？本文将围绕这些问题展开探讨。

一、并不理想的文体策略

且从头说起。2007年第8期，《人民文学》以四十余页的篇幅发表了邓一光的《天堂》，虽是节选，但以长篇小说的身份登上《人民文学》的目录仍然得算破例。编者在“留言”中对作品的主题意蕴以及当下意义进行了不遗余力的阐释和提升。但是在所选章节里，我们看不出“两代中国人”如何“上下求索”，也看不到“一个新世界”如何“展现”。[2] 至于人物的“乐观豪迈”，我更愿意理解为源于异族血统的几分桀骜不驯和不同寻常。乌力图古拉和萨努娅，一个是科尔沁旗草原牧民的儿子，一个是柯尔克孜大地主的女儿，他们在革命战争的闲暇中几度相遇，胜利前夕的喜悦氛围给了他们一个得以展示野性和风度的空间，动乱的

〔1〕 详见《2007年度“茅台杯”人民文学奖揭晓》，《人民文学》2007年第12期。
〔2〕 引语均为编者原话，参见《人民文学》2007年第8期的“留言”。

年月又为此增添了几分浪漫和传奇色彩。不可否认，这一部分确实具有某种独立性，但是其中的夸张和做作也不可回避：四处漫漶的乐观和豪迈已近于诙谐和夸张；而有意为之的冗长的定语，人物性格方面的某些转变，都显得不够自然。抛开这些不计，长篇小说作为小说文体的"重武器"，在难度、长度和速度等各方面都应有自己特殊的内在要求，[1]试图以节选的方式去反映一部作品的艺术成就，这一做法的有效性本身就值得怀疑。

因此，《天堂》的发表不过是《人民文学》向长篇小说敞开怀抱之前的一个酝酿动作，随后而来的《风声》(2007 年 10 期)才是一个名副其实的接纳动作，它真正地将刊发长篇小说的决心落到了实处。也正因为如此，《风声》入选"人民文学奖"的确占足了天时地利。[2]

那么《风声》的实际成就如何呢？小说的上部在一个狭窄封闭的环境中将故事一步一步推演下去，展示出作者不凡的逻辑推理能力，也体现出在极端境遇之下探索人的生存智慧这一叙事意图。在下部中，麦家延续了以往的习惯，在小说行将结束时引入另一种视角的叙述，将叙述者亲自采访人物的过程，甚至包括他自己心头的诸般困惑一一公之于众，这就对上部构成了某种补充、质疑和颠覆。这或许会招致普通读者的几分恼怒，然而却是麦家小说的妙处所在，他常常使读者感觉到自己不是在读小说，直到全部读完才油然发出一声喟叹：原来小说可以这样写！

多年以来，麦家一直不知疲倦地在小说中操持着他那一套智力游戏，将人物和读者支使得团团乱转，而他自己则隐身幕后扮演一个明察秋毫的裁判员形象。《风声》也不例外。这一次，他甚至借叙事者之口宣称小说的写作灵感或许就来自风行一时的"杀人游戏"。作者本人在

---

〔1〕 参见吴义勤：《难度·长度·速度·限度——关于长篇小说文体问题的思考》，《当代作家评论》2002 年第 4 期。

〔2〕 评奖作品的发表时间自 2006 年 11 期至 2007 年第 10 期止，《风声》不仅赶上了最后一期，也是此间发表的唯一一部长篇小说。

小说中不无自得的这类“现身说法”，原本不大值得我们与他过于较真。这里只想指出必要的一点：一味地将小说当作“杀人游戏”来进行操控，固然可以杀他个纵横捭阖天昏地暗痛快淋漓，但当作者忽略了人物形象的鲜活生动、忽视了读者的兴趣和耐心的时候，他也就间接地“杀”掉了小说的美感。这就使我们想到：小说不一定要这么写。

麦家小说中那些智力超凡的主人公们都莫名其妙地先后死去了。这一次，李宁玉仍然难逃一死，但她在极端困难的情况下仍然将情报送了出去，从而使其他同志幸免于难。再加上小说结尾处的那一段“解说词”，《人民文学》的编者就理直气壮地在该期“留言”中将作品的“根本主题”紧密关联于“英雄”之上，并庄重肃穆地强调其现实功用。〔1〕而实际上，《风声》单行本处理结尾的方式与此大为不同，不仅没有那一篇“解说词”，还多出了整整两章，不紧不慢地介绍了裘庄的历史变故以及各色人等的身份来历。〔2〕其错综复杂的程度之甚，足以说明作者创作意图中更多的是游戏精神，而非现实意图。因此，《人民文学》刊发的《风声》显然不是编者所说的“完整地发表长篇”，甚至让我们感到几分惋惜和不值：就是这个“改写本”打破了刊物不发长篇的惯例。不过这终究无妨于编者下定这样的决心：“明年，我们计划根据作品的具体情况，推出四到五部长篇小说。”

《人民文学》决意进行版面调整的大动作，肇始于此。果然，在2008年的第3、4两期，我们先后读到了严歌苓的《小姨多鹤》与阿来的《空山》系列第六卷（以下简称《空山》）。《小姨多鹤》以日本在中国的战局失利为大背景，别出心裁地将“满洲国”的日本“遗民”竹内多鹤挽留在大陆中国，且让她与小环和张俭组成了一个奇特的“一夫二妻制”家庭，并且共同生活了几十年。在种种世事错讹与人情冷暖之中，小说着

〔1〕 两个月以后的授奖辞，又追认和强化了这一点：“麦家的长篇小说《风声》具有强劲的叙事力量，它探索人的高度，它塑造超凡脱俗的英雄，它以对人类意志的热烈肯定为当代小说开辟了独特的精神向度。”参见《2007年度“茅台杯”人民文学奖揭晓》。

〔2〕 参见南海出版公司2007年10月出版的《风声》。

意刻画多鹤与小环这两个女人如何以自己的坚韧和忍让扮演着各自的角色，维持着离奇古怪的家庭关系。应该说这是一个不错的构想，但遗憾的是小说只有个别章节较为出彩，总体上创获不多且有不少细节值得质疑。比如，朱小环固然生性活泼、要强，但张俭这个张家的主心骨遭到监禁以后，她非但没有半分收敛，反而表现得越发“飞扬跋扈”，于情于理皆不可信。而尤为不可信的是，正是因为小环公然与居委会女干部吵架闹翻，那些干部们才出于愤怒而判给了多鹤一个莫名其妙的罪名，并且惩罚她进行劳动。我相信善良的读者们都希望看到多鹤过上安安宁宁的日子，但是在那样一个深挖“阶级敌人”的时代里，以多鹤这样不明不白的身份以及明显的异族做派，她早就应该被“揪”出来了。然而多鹤依旧是安然无恙的，只是这样的安然无恙并不会让读者感到如释重负，而会怀疑到作者处理历史事件时的不知轻重。小说就这样举“重”若“轻”、漫无边际地叙述下去，直到一封突如其来的信件预示了结局的到来。多鹤在东北逃难期间曾经救过的一个女孩佐藤久美，通过各种关系辗转寻找恩人来了。知恩图报这一事件本身不无感人之处，但这一切归因于一个三岁小孩明白无误的记忆，终究让人感到困惑。

关于小说的结尾，还有一个问题值得注意。此前虽则精彩无多，却能不时地在琐碎平淡的叙述之中有所作为，但从倒数第二章开始，就不可逆转地落入了大团圆的窠臼之中。这种处理方式，很大程度上使得小说成为这样一个文本：宣扬一种为中、日女人所共有的逆来顺受、吃苦耐劳的“坚韧”，它或许不足以化解两国之间的历史恩怨，却足以化解两个女人之间的一切爱恨情仇，足以使两个女人与她们共同深爱的男人和家庭一生相守。小说固然不乏悲惨的历史细节，但是缺乏真正有穿透力的悲剧性。历史的隔膜、人物形象的木讷，都使得作者最终只能把一切都导向肤浅的情义和道德。因此，《小姨多鹤》虽非节选本或改写本，但不足以成为精品佳作。

《空山》并不刻意营造结构，出场人物也为数不少，但一律恰到好处地活跃在作者舒缓有余的叙述语调当中。作为《空山》系列的终结篇，机村和机村人所具有的象征意蕴在此逐一显露。其中,达瑟是类似于文化先知的预言式人物,他不仅最先预见了古老机村即将迎来的变故,而且以狂言呓语的方式,为机村的歌手们提供了足以流传于机村之外的歌词。索波和更老的崔巴嘎瓦,则集中体现了古老乡村的文化记忆。而复仇意识在老五身上的挥之不去又无可奈何,正喻示着民族文化传统无可挽回的没落。拉加泽里由刑事犯到植树公司的老板和酒吧老板,受过现代教育又能审时度势,代表了机村人的另一类:深怀着对于古老传统的依恋,深知不可能再留住传统和记忆,只有默默无语地一路走向那个"将来"。小说中的"我"也是一个特殊人物,虽然机村人都以走出机村之后还返回老地方为耻,但"我"却对此毫不在意。与此形成对比的是外来的女博士和她的助手们,她们打量机村的眼光与"我"全然不同,她们仅仅希望从纯粹的文化角度来审视机村的古老传统和心理情感的变迁及其意味,而"我"则反对如此草率地进行科学分析,只是尽可能地见证和描摹这一切。小说从"博物馆"这个新名词传入机村开始,又以机村人对博物馆不再陌生而结束,在一个巨大的时空变迁中含蕴了一个偏僻的藏族村落被"现代化"的过程,对机村人的文化心理进行了深刻的探寻,同时也为古老的机村及其所代表的文化传统奏响了一曲无言的挽歌。

无论从哪方面看,阿来的《空山》都是《人民文学》已经刊发的长篇当中最好的一部。但本期头条居然是中篇小说《国家订单》,这不免让人怀疑编者的眼光和立场问题。《国家订单》在一个遍布偶然和意外的时空中展开对于复杂人心的探察,用意可以肯定。与偶然性形成对比的是"小老板"的人物形象问题,作者显然不愿意将他写成脸谱化的资本家老板,但是将他写成一个从外表到内心都软弱斯文的知识分子,未必就能更好。相比之下,张怀恩这一形象却较为生动,从最初出于绝望和愤怒而寄信恐吓老板,到后来对老板的感恩戴德,再到操劳而死,虽则着墨不多,但是前后变化合情合理。总体而言,该小说"现实性"足够,而"文学性"显然不够。或许,前一个特点就是决定它稳占头条宝座的有力砝码。

从节选本到改写本再到完全本,《人民文学》已经如愿在刊发长篇的道路上迈出了一大步,我们有理由认为这势必进一步影响其办刊思路和整体面貌。那么,这些长篇是否足以代替传统的中短篇主打模式而独当一面?以上分析说明:除《空山》以外,其他长篇都无法胜任这一任务。另一个重要问题是,迄今为止,《人民文学》并没有因为刊发长篇而做出任何重大调整,那么,为什么要刊发长篇,并且声称要调整版面?调整版面的动机又来自哪里?在当下不无畸形的文学生态当中,尽管平庸的长篇多不胜数,但是长篇依然是衡量作家成就的首选文体,同时也是文学出版的热点,而且正在逐渐成为不少原创文学刊物的重头好戏。比如《花城》和《收获》就经常刊发长篇,《中国作家》也陆续推出"好看长篇";《当代》除每期刊发长篇之外,还推出自己的"长篇小说选刊";《作家》有按季度编辑出版的"长篇专号",《十月》则有每年两期的"原创长篇小说增刊"。《人民文学》一向以"代表中国当代文学最高水准的综合性文学月刊"[1]而自许,"一向定位于全面地反映中国文学创作的最新成就,而没有长篇小说显然难称全面。所以,杂志社经过反复讨论,决心推出长篇。"[2]进一步联系当前的整个文学场来看,《人民文学》开始刊发长篇,与其说是在作品类型方面求全,还不如说是充分意识到自己的不足,故而希望借助有分量的长篇作品来弥补这一不足,从而为刊物本身争取地位,争取对当下文坛有更多的发言权。因此,刊发长篇只是一种不得已而为之的文体策略,借此带动和促进刊物版面的整体调整,才是其真正意图所在。目前之所以还没有重大的调整,正显示出调整之难。而调整之难(包括前面说的不足之处),则应归咎于办刊策略上的守成不变和盲目自信。

二、捉襟见肘的"兼顾"策略

在一次答记者问时,主编韩作荣先生这样描述《人民文学》的宗旨

〔1〕 韩作荣:《答龙源期刊网记者问》,《人民文学》2005年第10期。

〔2〕《留言》,《人民文学》2007年第10期。

和定位问题："刊物所发表的作品以中短篇小说为主，兼顾诗歌、散文、报告文学等不同体裁的文学精品。"[1]先且不论"精品"是否实至名归，在尽其所能地"兼顾"各类文学体裁这一方面，《人民文学》确实是几十年如一日的。他还说道："如果说小说是饭，诗则是酒；散文是散步，诗则是舞蹈。一个人总不能只喝酒、跳舞，而不吃饭和走路吧？因而，我看这文学的'四大板块'不会消亡。而文学期刊的形形色色的栏目，也只是花架子而已，稍加归类，都越不出这'四大板块'，所谓万花筒可以千变万化，里面的玻璃碎片并没有变化。"但问题不在于"四大板块"会不会消亡，而在于能否充分地、有效地"兼顾"这"四大板块"。如果说在过去的日子里，《人民文学》的确曾经以其无可取代的优越地位而气势磅礴地包罗万象，无须有"兼顾"与"偏私"之虞，那么近些年（尤其是 90 年代末）以来，伴随着整个文学环境的深刻变化，文学期刊自身的生存都遭受到了日益严峻的考验，"兼顾"正日益凸现为一个难题。事实上，环视当下，几乎没有多少文学刊物还在高举"兼顾"的大旗，而是各自以其特色谋求出路。面对此情此景，《人民文学》犹在大谈特谈"兼顾"，即便不是对于"祖传法宝"的抱残守缺，也是出于一种盲目自信心理。以下的分析即将说明，《人民文学》非但没有"兼顾"之功，而且无法回避"兼顾"之难。

《人民文学》前不久也曾闹过一次小小的"改版"风波。自 2000 年第 10 期开始酝酿，至 2001 年第 1 期正式告一段落。此次改革加重了散文随笔的分量，具体设有"圆桌"、"新散文"和"专栏"等栏目。"圆桌"设立之初大有聚集各路人马会谈之势，但早已悄无声息地撤去，与之性质相近的是晚近以来的"行"栏目：2006 年有"武汉行"和"齐河行"，2007 年则有"宣纸故乡行"、"汤阴行"、"庄河行"和"石家庄行"等，以后不知将"行"至何处。外面的世界固然精彩，但是这并不能保证那些采风记游的文字同样精彩。

"新散文"可能是听起来有些别扭，2002 年就已猝然消失，取而代

[1] 韩作荣：《答龙源期刊网记者问》，《人民文学》2005 年第 10 期。

之的是“天下”栏目。2007年第6期的《琥珀》试图在小说和散文的边界处做出一些努力探索，但我以为它更具小说的情节和结构特色，而不大像散文。2007年第8期汗漫的《一枚钉子在宁夏路上奔跑》算是该年度较好的散文之一，可以归入这个范围内的还有第10期南帆的《七七级》，略述自己作为“七七级”成长至今的一路感慨，淡然中有坚定执著，传达出一个人文学者真切的生命体验，远胜那类泛而空的游记散文。再如第11期的《古玉十条》，也稍有几分雅趣。不过，多数情况下，由于缺少必要的情感酝酿和铺垫，散文作者们的行文表意难免有些牵强，某些篇章甚至只是流水账式地记录观感而已，不能充分体现散文的独特韵致。读者难免会纳闷：“天下”的好散文居然那么少。

“专栏”在2005和2006年度曾先后推出多人，其中不乏佳作，但博而不专。2007年度熊召政和讴歌分别以“读明朝”和“流连医事”为题开过三期专栏，效果一般。专栏之“专”，今已名存实亡。2008年开始连载的《掌上风1978—1980》，以简短的条目为既往年代“存照”，形式小巧，但有些条目确实不甚了了。可以说，《人民文学》在“专栏”方面一直没有摸索出较为理想、令人满意的方式来。与此相比，《收获》2007年度全年连载了余秋雨的“苦旅余稿”，我们或许可以指摘他有些拿腔拿调，而且还有务求阔大之嫌，但不能不同意，这仍然是集中而又深入的富有文化气度和历史情怀的大散文。此外，从去年延续至今的“重返1976”栏目，2008年以来的“八十年代”专栏，也足以让《人民文学》的散文随笔相形见绌。

《人民文学》近年来的报告文学作品，要么是颂扬某地方领导的丰功伟绩，要么是报道某地区和单位的辉煌成就，基本没有什么特色。2008年开始推出的“纪念改革开放30周年特选作品”系列，仍然疲乏地行走在老路上。第2期的《巴拿马诱惑》，长篇累牍地报道某企业董事长，其手段之翻新出奇，竟然达到了让“命运”直接向人物俯首低语的地步，简直前所未见。概而言之，该刊的报告文学作品担负了歌颂优秀人物和光辉业绩的“重任”，已逐步丧失报告文学迅速有效地反映重大社会现象的文体功能，变成了“报喜不报忧”。报告文学沦落至此，不知是出于什么原因，但不管如何，这肯定不是一种可取的“兼顾”之道。

与此相比，《北京文学》（精彩阅读）近年来关注现实的意识无疑是强烈而又鲜明的。现有的相关栏目中，尤为重要的当推“现实中国”，每期都刊登 1 篇报告文学作品。2007 年以来，除去个别的讴歌“政通人和”之类的主旋律作品，所刊作品程度不同地触及了当代青少年心理危机、贪官腐化、婚姻生活、医院手术内幕、教育、生态破坏与治理混乱等现实热点，体现出敏锐的问题意识和社会使命感，不少作者甚至热切地探讨解决问题的路径。如果说“报告”和“文学”是报告文学的两翼，那么《人民文学》的问题是连“报告”都不称职，“文学”就更谈不上了，始终只能囿于“歌颂”的框架之中；而《北京文学》的问题则是“报告”而不“文学”（但有些作品尚能将二者较好地结合，比如 2007 年 11 期的《高三，行走在刀刃上的日子——一个高三学生家长的手记》，与紧随其后的《写给大学生的家书》，两者不仅在题材上有一定的连续性，视角较为独特，效果也都不错，由此亦可见出编者的用力颇深）。

再说诗歌栏目。《人民文学》在 2007 年第 3 期编发了一期“罕见”的“诗特大号”，编者在本期“留言”中声言“目前是中国新诗发展的最好时期之一。诗人们对诗与思、诗与现实、诗与艺术的理解和洞察体现了前所未有的敏感、深入和精微”，同时作了这样的特殊声明：“编辑这一期诗歌特大号，还在于编辑部积压诗稿过多，现优中选优，择其有代表性的作品一并献给读者。”但平心而论，好诗毕竟太少，庸劣之作倒是不少。读罢不禁怀疑：编发这一期“诗特大号”，只是出于兼顾文体平衡的需要。诗歌的每况愈下已经有目共睹，比如组诗《破涕为笑》，多处不择手段地将平庸无常的诗句拆散分行，甚至达到一字一行的地步，除了让人联想起曾经屡遭诟病的“梨花体”，不知还能有何作为。总体来看，2007 年只有老诗人绿原和李瑛的几首诗作还能在诗的节奏和韵律中蕴藏一定的形象性和生命体验，值得一读。

2008 年第 2 期忝列显要位置的一组“十四行诗”，殊无半点“十四行诗”的规则和韵味，仅只“十四行”而已。倒是同期的《抽象的幸福》更富有诗歌的特性，明朗可亲。至第 3 期，编者从首页起就用 4 页的“号外"篇幅刊出了一组题为"致冰雪中的烈焰"的诗作，意在"向英勇奋战抗击冰雪的工人、干警、战士和各级领导干部致敬。向所有坚忍、镇定地面对困难的公民们致敬。"《人民文学》并非公益性的社会机构，原本没有义务和责任投身于"致敬"之类的事务；不过，这样的"留言"和阐释方式，恰恰反映出编者对于"诗歌"这一体裁功能的理解与期待：以其短小精悍的方式，快速有效地反映当下"现实"。然而，刊物在诗歌栏目上的苍白无力和乏善可陈，仍然是不言自明的现实。与此形成对照的是《花城》，该刊每期推出的诗人不多，但对诗作在形式和意蕴上的探索性均有一定的要求，这就体现了以质量而不是以数量求胜的策略。

不难看出，就以上栏目论"单打独斗"，《人民文学》显然无法胜过其他同类刊物，"兼顾"没奈何已成捉襟见肘。当然，更加有说服力的证据，应该来自《人民文学》的主打栏目：中短篇小说。总体而言，2007 年度发表的小说当中，不仅佳作不多，而且给人每况愈下的不妙感觉。以第 12 期的几篇小说为例。本期打头的中篇《背叛》，将"背叛"事件作为一个谜面，在探究谜底的过程中掺入诸如城乡变迁、夫妻关系的变动与守持、有正义感的民警如何尽职尽责地关心和扶助"底层"民众等等令人动容的元素，最后揭示谜底：刘大威从未"背叛"过妻子，而是始终恪守了作为一个丈夫和民警的义务。基本上还算一个能让人接受的头条。而晓航的《你见过恐龙吗？》，则有些不知所云。"我"（不知为何物）的自述与茶亭里外的人事毫无道理地拼凑在一起，令人一头雾水。作者还在"附记"中表明了向老舍致敬之意，其实除了小说中的茶亭与老舍的茶馆有一字关联，根本毫无瓜葛。不妨大胆设想一下，如果当下的作家们都以类似的方式向前辈们致敬，我们的文坛不知会乱成什么样子？答案将是让人忧虑的。

中篇《礼物》从女主人公购买"礼物"（一双打算送给情人的皮鞋）开始，又以她丈夫接受并穿上了这一"礼物"结束，完成了对于一个女人隐秘情感的大致勾画：在平淡无奇的生活中，由渴望新奇的爱情的躁动不安，到跌跌撞撞却终于心平气和地接受了已有的婚姻。小说的立意无可指责，但是叙述语言多有陈旧不堪之处，尤其结尾处发生的奇迹，不免让人觉得这是一个俗套的童话故事。

短篇《梨花》，试图描写以梨花为代表的乡村留守妇女如何勤劳本分、洁身自好、坚守美德，在为人正派的下放干部的感染和鼓舞下科学种植梨树，从而把握了自己的命运。作者流水般欢快明朗的叙事无疑忽略了事情的复杂性：市场经济下的真实情况究竟如何呢？我们显然不能将回答寄望于他身上。另一个短篇《净》，略述瞎四的传奇人生，不知标题中是否寄寓了主人公曾经有过的短暂风光与其人生结局这双重含义，但是撇去通俗读物的传奇笔法以外，小说既无特别的现实气息，亦无其他可足称道之处。

要更加全面地分析《人民文学》的“兼顾”策略，还有一点不能忽视的是新人新作。“兼顾”新老作者，这也是该刊一向标榜的光荣使命之一。2005 年度“新浪潮”曾先后刊发田耳和张悦然的作品。前者以《狗日的狗》(2005/8)登上该刊之后，此后又以《重叠影像》(2005/12)、《坐摇椅的男人》(2006/4)和《一个人张灯结彩》(2006/12)等作品在刊物上频频露面，但创作质量很难说有长足、稳定的进展。2007 年 11 期的《环线车》，为本期“青年作家特大号”的头条。小说试图在“我”、王常、小妍、梁有富和束心蓉之间营构一种类似“环线车”的复杂关系，终究由于人物性格特征和行为动机都不甚明了而并不成功。如果说作者此前的多数作品还多少体现了不俗的情节操作能力，那么这一次，连编织故事的能力都应该受到广大读者的怀疑。新人新作还在陆续推出，但反响并不够大。而且，较之于《十月》的“小说新干线”，《花城》的“花城出发”(二者均能以集束成组的方式推出新人佳作)，《人民文学》的“新浪潮”在力度和尺度方面都要略逊一筹。

细察现有的“四大板块”，《人民文学》是有“兼顾”之名而无其实，左支右绌，捉襟见肘。各类文学体裁呈现出混乱的状态：理应责无旁贷地担负起现实感和责任感的“报告文学”，已经深陷于“歌颂文学”的泥沼之中；本当富于“虚构”美感的小说却紧抓住“务实”的浮浅表象毫不松懈，未能充分珍视小说文体“务虚”的权利；散文(尤其是诗歌)的水准已经跌至边缘，足堪忧虑。因此，该刊的缺憾和“不足”已经无法回避：一味坚持在文类上要全，但某些栏目其实无足可观；坚持以小说为拳头产品，但小说的水准也难以维持。所有的这一切，与该刊一向标榜的代表文坛最新、最高成就的说法相去甚远。对外表现的自我乐观已经掩饰不住不够乐观的真相，办刊思路的调整问题亟需提上日程。因此，去年起开始酝酿的求变思路，也就在情理之中了。

《人民文学》试图以刊发长篇推动刊物变革，这一做法理应得到肯定和重视。不过遗憾的是，至今为止《人民文学》仍然没有重大的变动。我以为，首要原因在于已经刊发的这些长篇本身的艺术水准还不够，其次则是刊物推出长篇的力度和强度也不够，故而不足以对积重难返的惯例和惰性构成强有力的冲击。《人民文学》目前正徘徊于这样的一个十字路口之上：如果继续推出长篇作品，且仍然不够冲击力，不足以取代原有的办刊模式，那么刊发长篇就只能是应景的临时点缀，甚至可能半途而废；如果能够持续不断地推出精品，并且结合已有的办刊经验，则有可能带来真正的变革，导致刊物容量的逐渐扩大并有可能向《收获》、《当代》等刊物目前的基本格局靠拢。

穷则变，变则通，这是我们民族历史悠久的实用智慧之一。《人民文学》将要“通”往何处，我们惟有静观其“变”。

2008 年 4 月

力度·温度·限度
——“温情叙事”三省

1980年代以来,以“现代派”和“先锋派”的实验为先导,继之以“新写实”、“新历史主义”的创作,当代小说渐渐告别了以往那个“一体化”的文学时代,也渐渐有了几分“多元”的新气象。其间最大的收获,我以为是作家们重新认识了“生活”的丰富性、重新确立了进入“生活”的多样化方式和渠道,因而也对于生活中的人和人性做出了重新认识与书写。作品中的“生活”既然不再单调沉闷,人也就变得鲜活生动起来。但不可忽略的是,与此同时,生活的残酷和人性的暴戾一面也得到了前所未有的“重视”;一时之间,无动于衷地描写残忍、冷酷的生活景象,俨然已成一种“时髦”的做法。在近年来的一些描写“底层”苦难的作品中,这种做法已经演化至不无夸张的地步。似乎不如此就不足以将苦难刻画得淋漓尽致,不如此就不足以成其为“深刻”,不如此就不足以令人悚然动容。不可否认,借助上述“残酷叙事”(如果可以这样概括的话),源自生活的那些躁动不安的经验或想象成分,在作家们的笔下得到了暂时性的宣泄。但是,那种疾风骤雨般的宣泄方式,同时也造成了触目惊心的阅读效果:阳光在读者的视野中黯淡下去,寒意散漫开来,“恶之花”正在荒冷的旷野上恣情绽放……

所幸,这只是当下文学景观的一角。细心的读者不难发现,另一种叙事模式仍然在顽强而坚韧地延续下去:它并不试图撕破生活的某些假象,毋宁是要守护生活的某些真相;它不是以峻切、尖锐、犀利见长,而是以温润、柔和、圆融为追求;它有意远离了那种狂躁暴烈的宣泄方式,却对潜移默化的审美效果心存向往。这里暂且称之为“温情叙事”

模式。它的力量或许如旷野上的呼喊一般微弱，但正是这一声呼喊，成为我们对它格外珍视的有力理由。在迟子建、鲁敏等人的作品中，我们尤其能够体会到那种力量的绵长、持久与深入人心。出于一种艺术信仰或良知，她们在创作中致力于发现和挽留那些渐行渐远的温情与诗意，最终汇聚成笔下的一束希望之光，在照亮读者的视野的同时，也照亮了自己前行的路。本文将要探讨的问题是：这种"温情叙事"在散发其光亮的同时，是否会投射下某些阴影？或者说，作为一种模式的"温情叙事"，是否会带来某些待解的问题？在我看来，"温情叙事"一旦模式化，必然会在文本的各个层面留下相应的痕迹，具体表现在审美力度、情感温度和叙事限度等方面。

力度：冲突与平和

鲁敏是近年来十分值得注意的作家。这不仅因为她的许多作品被各类刊物争相转载，也不仅因为她在 2007 年获得了《人民文学》奖[1]，更重要的是，在晚近的创作中，她对常态生活中的"向善"品格进行了集中而又深入的探求。这个常态生活得以展开的空间，就是"东坝"。那里总是有略带严肃而又不失和蔼的伊老师，有终年劳作却生活得寡淡无味的村民们，或者还有一方清可鉴人的水塘，还有新近兴起的一片片大棚，还有空中隐约飘荡着的各种挥之不去的特殊气味……东坝的形象或许来源于鲁敏记忆中的故乡，或许是早已深植于其想象深处的一个乡村，但是直到 2006 年，东坝这一名称方才与读者会面。因此，如果要追问鲁敏是如何找到东坝的，就无法回避鲁敏早先的那些作品。评论家们注意到，鲁敏曾对"人性的'暗疾'"之类的重要主题作出过"顽强探索"，[2]具体说来就是，"前辈给后代的直接与间接影响，命运和氛围暗示中的焦虑，现世生存给身心带来的困顿及压迫，在鲁敏的小说中有

---

〔1〕 参见《2007 年度"茅台杯"人民文学奖揭晓》，《人民文学》2007 年第 12 期。

〔2〕 孟繁华：《历史、主体性与局限的魅力——评鲁敏的小说创作》，《扬子江评论》2008 年第 1 期。

着开阔的观察视野和明敏的艺术感应”[1]。这些论述不仅指向《未卜》、《暗疾》、《白围脖》等作品，甚至还包括较晚的《墙上的父亲》和《取景器》，它们共同记录下了鲁敏忙碌的身影，她在尝试着以自己的方式探查生活的秘密。在她看来，“进入写作，就像中世纪的魔法开始显现，一件迷人的隐身衣从天而降……我获得一个前所未有的自由空间和极为放肆的全能视角。我用小说的方式给生活扒开了一道裂缝，从中观察并分解我所感兴趣的人群……我无所顾忌(因为没有人能看见我)地深入到他们低垂的帐幔之后，走进他们身后的影子——像踩住一条尾巴似的踩住了一个人的全部秘密……”[2]迄今为止，鲁敏揭示“秘密”的写作姿态一如既往，但在“东坝”出现以后，情形有了很大改观：如果说此前的秘密主要藏纳在人性恶之中，那么现在，那些秘密却是更多地蕴蓄于人性善之中。在这个意义上，“东坝”的存在犹如一座情感浮桥，它承载着鲁敏试探性的步子，映现出由对“恶”的探究转移至“善”的开掘的嬗变轨迹。

东坝偏居一隅而又安静祥和，其中总是有着远离喧嚣的、相对滞缓的生活样态。面对此情此景，以往的多数作家所取的笔法，要么是批判其落后守旧和愚昧无知，要么是美化其人际关系和田园风光。然而鲁敏却不落窠臼，她小心地避开了常见的写作路数，而醉心于开掘乡村生活中独特的情感体验。比如《颠倒的时光》以青年木丹试验大棚种瓜为时间线索展开叙述，叙述者虽然借其他人物之口对木丹“发财致富”的意图作出了肯定，但旋即弃绝了发财致富的“俗”味，转而描写木丹对于气味的敏感。木丹习惯于以气味来感知生活，这种行事方式几乎成为劳作中的一种“雅”趣，也是通往乡村情感秘密的一条通道。为了更好地发现其中的秘密，小说的叙述处处显示出不无克制的温和。这种温和的色调不仅被涂抹于东坝的一草一木上，也流淌在东坝的人际交往中。木丹“幼年失怙，母又早亡，从十三岁起，就是一个人在东坝过活，

[1] 施战军：《鲁敏论》，《钟山》2008 年第 1 期。
[2] 鲁敏：《文学，一件迷人的隐身衣》，《南京作家》2003 年第 3 期。

承着众人的照应，种着父母留下的四亩地。”所以，当他和凤子在大棚里享用了热乎乎的过年澡后，他没有忘记请乡亲们也来一洗；所以，乡亲们前来洗澡时，也就有意提前到达，以便帮助木丹干上一阵子活；所以，当木丹有了第一批收获后，就挨家挨户地亲自送去价值不菲的头道瓜，而对方还总是不肯轻易接受……在这个人们互相亲善的小镇上，不光有“顶热心顶有水平的”伊老师主动为木丹出主意、打算盘、联系经纪人，甚至连前来洽谈买卖的收瓜人，也都是那么与人为善，和和气气。东坝确是一个好地方，但凡你有所付出，必然会有所回报，对人、对物、对庄稼土地而言皆是如此。弥漫于东坝的空气中的那种温情与和善，如同土地里生长的庄稼一般，让人无可置疑。

在常态的生活里发现不寻常的秘密，无疑需要细密的观察力和想象力，《思无邪》就堪称这方面的优秀之作。叙述者以略带谦卑却又不卑不亢的语调，向读者“您”讲述了又一个“我们东坝”的故事。鲁敏不仅将来宝照顾兰小的细节写得十分饱满，而且将很多场景写得温暖动人。然而悲剧性结局还是到来了。鲁敏深知这一结局的不可避免，所以在结局到来之前，她对于东坝生活中的温情与和善做出了细致的书写，尤其写足了来宝的聪明灵巧和与人为善，他虽然遍身缺憾，却几乎是无师自通地懂得如何做好自己的本分、如何让别人过得舒适。鲁敏成功地揭示出一个震撼人心的现象：一个弱者在与人为善方面却丝毫不弱于他人！这真是一个让人唏嘘不已、无法释怀的话题。

在东坝这个“小而旧”的镇子里，人们因生活空间狭小且趣味单调，如同期待食物一般期盼着新鲜事件的发生。“这食物，让东坝的人们在漫长的日月天光里多了一点稀薄而发自内心的快乐。”（《逝者的恩泽》）在这样的背景下，年轻女人古丽带着儿子达吾提前来寻找红嫂，必将引起人们津津有味的围观和猜疑。但叙事者既没有回避那些“看/被看”的场景，也没有掺入丝毫的批判“看客”心理的意图，而是一律示以宽容和体谅的态度。小说中的红嫂，无疑最能代表这种态度：远方来客古丽母子的到来，不仅让她对丈夫的死因有所猜疑，也让她一度对于古丽有过轻微的妒忌心理，但她只是微微地叹了口气就平静下来了。春天到来之后，古丽在家里按捺不住，要出去观赏风景并且大大满足购买欲，这些做法显然与红嫂的生活观念和方式相悖，而小说只是轻描淡写地写道：

> 红嫂原以为古丽可以像她一样，满足于每晚的回忆与叙述，并且，她们可以依靠这回忆共同过活，她进入老年，而古丽进入中年。事实上，春天来了之后，红嫂发现：她可能错了。古丽，在骨子，就是跟她不一样的女人，这不是谁更好谁更坏的问题，只是，彼此不同。

红嫂的心理其实是不无矛盾的，她一方面要求自己以宽爱和仁善之心包容古丽，一方面却又自觉地放弃了以同样的标准去要求古丽。红嫂的这种心理矛盾，其实正是叙述者的有意为之：为了体现那种更高的"善"，她不得不"严以待己，宽以待人"。再如，古丽虽然对张玉才暗恋自己颇为受用，但是得知青青暗恋张玉才，古丽几乎毫不犹豫就做出了退让。古丽的这个决定，后来由张玉才直接判定了性质："像天一样大的善"。小说结尾处，红嫂病入膏肓，古丽建议红嫂拿出抚恤金治病，红嫂却提出这钱应该先给达吾提治病。其实，不管这钱怎么用，最终都意味着牺牲自己让他人受益，最终指向都只能是"善"；因此，此处看似冲突甚剧，其实并无冲突。这种向"善"的品质似乎是与生俱来的，连达吾提都知道隐瞒自己的眼疾，不让别人为自己担忧。这当然是一种为人免忧的美德，但从小就学会"伪装"，仍然让人觉得不可思议。所以，作品中的"善"与其说是与生俱来地根植于人物身上的，不如说是先入为主地灌注在叙述者笔底的。作品中包含着的多处矛盾和冲突，显示出鲁敏作为一个好小说家的细腻和周备；但是，当这些矛盾和冲突被"向善"的预设目标所克服和消泯之后，原本可能存在的叙述张力也就逐渐退去，文本的风格也终于归向平和。

《纸醉》描写弟兄俩与一个纯真少女之间的故事，平静中有波折，但却不是跌宕起伏的那一种，而是务求温柔含蓄。即便真正的"冲突"出现，表面上仍旧是水波不兴。此处不谈二男一女之间的误会与曲折，专谈一个小问题。小元假期回乡，着手为开音的剪纸打造品牌效应，首先就是将其价格提升至别人的三倍。开音口不能言，她父亲却本能地担心乡亲们会指责他财迷心窍。应该说，这是一个很有张力的意义空间，其中不仅包含着一般的道德良心问题，更可由此反映出商业意识对乡村伦理的冲击，传统与现代、落后与进步、纯真的人际关系与无情的商业进程……之间的种种矛盾。但是东坝人不仅没有指责任何人，反而对开音父亲百般宽慰；他们几乎不费任何周折，就对剪纸涨价这一新规矩表示出欣然遵从。其转变之快（实际上，小说根本就没有涉及转变的过程）让人生疑。在我看来，东坝（包括其他乡村）的这类转变过程毋宁是十分漫长的——这也是多数同类作品力图揭示的一个"真相"。以鲁敏的细腻和敏锐，她没有理由忽略这个过程。但是，如果毫不例外地加入到揭示真相的队伍中去，似乎也就落入了"窠臼"。于是，她做出了"省略"这一过程的选择：为了让叙事坚定不移地指向那个最终的、最高的"善"，鲁敏赋予每个人物以千篇一律的宽容与和善，以此来消解一切可能存在的冲突。冲突既已免去，一切重归平而无力。小说叙事避开了那些旁逸斜出的"弯道"，在"正常"的航道中顺利前行，最终到达一个风平浪静的既定港湾。

以上作品共同体现出我所说的"常态生活"的特征：无冲突。这种无冲突的审美理想以平和冲淡为归趋，与中国古典文学含蓄雅正、温柔敦厚、哀而不伤的美学风格遥相契合。在许多作家极力变得"现代"和"后现代"之时，鲁敏却表现出对于"传统"的亲近与回归，这正是鲁敏的独特性所在。那么，是不是只要一将笔触伸入东坝，人性之恶就会自然而然地烟消云散呢？《风月剪》给了我们一个否定的答案。这仍然是关于东坝的故事，但它不仅写了善，也写了恶，更写出了善恶交缠的复杂情形。鲁敏以不无感伤的笔墨写出了东坝的流言之恶，以及这流言对于人们生活的意义和影响：人们生活在流言的祸害之中，同时又以竞相传播流言来打发贫乏单调的生活；美貌而孤寂的英姿被迫无奈离开了东坝，宋师傅也只能以自我戕害为结局……人性之恶通过流言酿就的悲剧，在温柔恬美的东坝叙事曲中传出了一声裂帛之音。鲁敏曾经自述，经过一段时间的摸索以后，她发现："人性风景中，既有浑浊下沉，则必有明亮与宽容，何不眷顾于后者？……所谓恶与善，几可比之于狂风与太阳，如果真想有所图谋，真不若选择一轮暖暖之日。"[1]然而《风月剪》告诉我们，在对于"明亮与宽容"表示倾心眷顾的同时，鲁敏仍然未能对"浑浊下沉"轻易释怀——这恰恰说明，人性中的恶与善，原本就是互相交杂、难舍难分的。艺术作品如果坚持以取一舍一的方式去表现人性，终将导致艺术效果的相对单薄，而与更为复杂的生活实际失之交臂。出于"有所图谋"的意图，鲁敏选择了"善"作为"东坝"系列的叙事目标，这本是无可非议的。问题在于：在通往目标的过程中，相对急切和单一的审美理想，掩盖和削弱了作品应有的力度。

温度：逆境与希望

迟子建比鲁敏出发得更早，发现生活的"秘密"也就更早。早在1980年代中期带着《北极村童话》走上文坛时，她就已慷慨地与读者分享了她的发现："假如没有纯真，就没有童年。假如没有童年，就不会有成熟丰满的今天。"在迟子建看来，童年时代最大程度地葆有了人性的纯真之美，因而她总是尽其所能地为这一纯真提供存在的空间和可能。于是，我们在迟子建的作品里看到了小明（《日落碗窑》）、宝坠（《雾月牛栏》）、天灶（《清水洗尘》）、小磨盘（《疯人院的小磨盘》）等一系列的孩童形象。孩童时代是无知无畏的时代，也是充满梦想和愿望的时代。迟子建一方面设身处地去捕捉他们心底的意愿，围绕他们的愿望来展开叙述：小明的愿望是训练自己的狗学会顶碗耍杂技，宝坠的愿望是心无旁骛地照顾他的牛群，天灶的愿望是用清水洗澡，小磨盘则以随心所欲地吃和玩为乐。她在此过程中表现出的爱心与细心，在当代作家中几乎是绝无二例的。另一方面，小说的叙述过程，往往也就是以孩童们的眼光来感受生活的过程，这种由儿童视角所折射出来的、对于生活世界

[1] 鲁敏：《我是东坝的孩子》，《文艺报》2007年11月15日。

本真状态的真切描绘，显然也是那些居高临下地看取生活的作家所不能做到的。而迟子建做到了，她似乎不用低身俯就，就轻而易举地融入了那个生活世界。这一切，使得迟子建的作品总是带有一种自然而然、合情合理的温度。

迟子建作品中的这一类人物形象都是“不肯长大”的孩子们。因为没有“长大”，他们往往稚气可掬，同时还不免有些执拗；也因为没有长大，他们还不懂得矫揉造作和虚与委蛇。是的，如果长大意味着即将失去人类宝贵的童真之心、失去人性的自然之美，那么，“不肯长大”不就恰恰是对于童真和自然的一种守护吗？我们还记得那个小磨盘，由于他的生父有家族精神病史，加之他又在疯人院长大，母亲一直担心他会有什么不正常。然而母亲的担心是多余的：除了不长个儿，他的一切都很正常；除了在学校，他可以与各色人等甚至包括精神病人、花草鸟木相处自如。在母亲和她的同事们的呵护下，不大正常的环境中却养育出了正常、健康的小磨盘，这不仅说明了亲情在成长中的不可或缺，更显示出人性本身朝向自然发展的强劲惯性。这种惯性力量的强大，在《花瓣饭》中或许得到了最好的体现。三个孩子等待父母回家共进晚餐，“臭老九”父亲其时已由校长而成为装卸工，母亲则已沦为“苏修特务”。在有些漫长的等待中，孩子们间或用到那些他们完全不懂的特殊的名词术语，但是父母同时回到家中时，一切都化于无形。逆境中犹自正常的人性与亲情，如同黑暗中的烛光，显得弥足珍贵和温暖人心。面对那个风雨如磐的“文革”年代，迟子建硬是很有眼光和耐心地开辟出了一片小天地，捕捉到了一个温馨的空间：雨过天晴的黄昏，全家团聚，新鲜的花朵，喷香的花瓣饭。父母亲身处逆境之时的互相关怀和体谅，父母对于孩子们的宽容与温爱，尤其让人感动。至于这一顿饭以后的明天将会怎样，显然不是作品应该解决的问题。这篇小说的成功之处就在于，作者并不试图“解决”任何问题，她只想在动荡年代里找寻一个安宁的片刻，一个使所有风雨都不足以让人畏惧的温暖空间。

从对于纯真的童年情趣的留恋，进而至于对自然人性的守护，构成了迟子建创作过程中的一条明亮线索。然而人总是不可避免地要“长大”,“长大”则不可避免地会感受到生活中的缺憾与悲伤。《世界上所有的夜晚》的叙述者“我”,开篇即已深陷于丈夫意外身亡带来的哀伤之中。为着解脱自己的处境,“我”决意前往三山湖收集民歌和鬼故事,同时也怀揣着与魔术师的灵魂相遇——哪怕是一刻——的愿望。“我”去三山湖的行程因暴雨而受阻,不得不中途下车在乌塘逗留了一段时日。“我”因而得以了解到此地人们的生活状态:这里有会讲鬼故事的史三婆,有借酒放纵以排遣悲痛和无奈的蒋百嫂,有专唱悲伤民歌的陈绍纯,有性命朝不保夕的煤矿工人,有外地赶来“嫁死”的年轻女人,等等。除卑微而善良的周二夫妇以外,几乎每一个人都生活在哀伤之中。“我”最终到达了三山湖,虽然没有碰上会施招魂术的巫师,但碰上了爱耍魔术把戏的云领。云领一家也有着短暂而令人哀伤的历史:其父应某大款的要求燃放礼花,不幸炸断了一条胳膊;其母则意外地死于狂犬病。一个接一个的悲伤故事讲毕,作者写道:“我叹息了一声,听着云领的脚步声,看着月光裹挟着的这个经历了生活之痛的小小身影,蓦然想起蒋百嫂家那个轰鸣着的冰柜,想起蒋三生,我突然觉得自己所经历的生活变故事那么那么的轻,轻得就像月亮旁丝丝缕缕的云。”——小说的主旨由此得以显豁:如果你不幸陷入无法解脱的哀伤,那么,请走出你自己的狭小空间去看看外面的世界吧!你最终会发现,在你的或远或近的周围,在那些卑微而世俗的人群当中,人们其实都有着悲伤的过去或现在;他们仍在顽强地寻觅出路,你没有理由沉湎于哀伤而不能自拔。从这个意义上说,“我”前往三山湖的中途受阻,几乎是不可或缺的情节安排。通观全篇,“我”的哀伤之如何产生和解脱,可以被视作一条叙事线索,但叙述者本人就像一个抚慰心灵的魔术师,她以“我”的哀伤作为帽子,结果却“变”出了更多的哀伤——当一己之伤痛与更广大的伤痛接触和交融之时,“我”的哀伤也就获得了解脱。因此,这是一个关于哀伤与解脱,关于逆境与希望,也关于生存与灵魂的故事。这个故事或许有些悲凉,但是迟子建为哀伤的灵魂寻求抚慰所做出的极大努力,终于给它增添了一丝温热的光亮。

花牤子(《花牤子的春天》)在刚出场时或许带有几分喜剧色调:他

因为拈花惹草和大胆妄为而暴得大名，且每一次风流快活都以赔偿田地家产为代价，父亲只好带他外出谋生。四年后返乡，花牤子已因意外受伤而失去了做男人的资格。小说至此仍在温和地叙述下去，这使我意识到它也是一篇关于逆境和希望的小说。花牤子生活中的希望之光，一开始是被女人的奶子和屁股点亮的，即便失去了男根，他也没有失去生活的兴趣，他在新的期待和新的失望中反复停顿和前行。花牤子的“春天”，其实是他心里的春天。作者饱含温情与仁善之心，引领着读者一同去探讨花牤子的生活希望之所在。小说并没有回避逆境，但当逆境伴随着无比沉重的打击到来之时，当花牤子的“春天”终于像小鸟一样不再回来之时，小说并未能写出一个有力的结局。逆境与希望未能在相互比照中显示出各自的意义，这使得小说叙事未能达到切实可感的温度。

《起舞》在叙事情感上的温度，不仅体现在对于“半月楼”今昔状况的描述与回顾之中，也体现在“老八杂”居民对于“老八杂”的依恋与怀念之中，更体现在小说人物情感历程的波动与归依之中。小说试图在“半月楼”的历史变迁中写出“半月楼”三代女主人的共同选择：“起舞”。传说中的蓝蜻蜓，为抗日大业而起舞，她往往借着风月舞场上的连续快速旋转，神不知鬼不觉地杀掉日本人；齐如云因为爱好舞蹈而起舞，那一次陪舞决定了她此后的命途多舛，但她仍然以起舞为美；丢丢原本不懂舞蹈，但或许是出于对“半月楼”历史传统的留恋、或许是出于对起舞之美妙体验的向往，她最终以一条腿为代价，完成了生命中第一次起舞。如果说，“起舞”对于蓝蜻蜓和齐如云意味着置身逆境时的希望之光，那么，丢丢的“起舞”却带有某种决绝的意味，同时也来得十分突兀——我至今仍然不能领会，当着推土机轰鸣而至时，她究竟为什么冒着生命危险完成了那个举动。或许唯有如此，才足以证明她对半月楼情感之深厚？或许，唯有借助瞬间的绝望体验，才能反照出希望的可贵？与此相关的有如下描写：历经巨大变化之后，丢丢重回老八杂，齐耶夫前来迎接，却在笑声中咳出了血痰——

丢丢看着白雪地上那几点鲜红的痰迹，吓得瑟瑟发抖。齐耶夫直起腰，擦了擦嘴，牵起丢丢的手，柔声地安慰着妻子："别怕，老天知道你喜欢水果，特意让雪花为你搭了个豁亮的水果架子，再让我撒上几颗红草莓，迎你回家啊。"

齐耶夫的柔声安慰和表达技巧，似乎有理由让丢丢觉得生活仍然充满希望。其实，齐耶夫的咳血与丢丢的起舞一样，并不是情节上的逻辑必然所致。这里显示出作者复杂而含混的态度：她不再仅仅满足于温情本身的温度，而是试图以悲凉作为一种辅助，谋求在作品的整体意蕴上有所开掘和深化。回头再看《花牤子的春天》的结尾，我们也可以得到同样的观感。

如果说迟子建此前一直没有意识到"悲凉"的力量所在，那肯定是不够允当的。作为一个纯真和自然人性的守护者，迟子建的描写一贯敏锐而精微，远非常人所能企及。在那些以孩童为叙述视角的作品中，孩子们的心愿得以实现之前，小说的叙事中往往携带着挥之不去的伤怀。出于一种近于爱护的心理，迟子建满足了孩子们的小小愿望，我们也乐于看到那种小小的满足。孩子们的自然成长、环绕着他们的亲情与宽爱，使得这一类作品放射出一种和善可亲的光亮。这是迟子建"温情叙事"的魅力所在。问题在于："孩子们"长大以后，必然会置身于更宽阔的生活空间，而实际生活却并非总是温情脉脉的；于是，当原有的"温情叙事"以其惯性延续下来时，就不得不因为有所不足而面临调整了。我们看到，迟子建采取的办法是将人物置于逆境，然后来探寻他们生活中的希望所在；在表现生活中"温情"一面的同时，她尝试着添加某些"悲凉"的体验成分。如果说这种"添加"做法还让人觉得有所不足的话，那么，我希望迟子建能更进一步，写出逆境与希望之间的必然关联，从而写出真切、自然的温度。

限度：呵护与遮蔽

也许还需要补充一句，因为某种"不忍"之心，迟子建似乎从未让她笔下的人物真正陷入过“绝境”。这方面令我记忆犹新的例子是《疯人院的小磨盘》,小磨盘不大愿意去上学,他在那里感觉不到丝毫乐趣,倒也平安无事。这一次却出了问题:李亮不仅偷了小磨盘的漂亮铅笔,还当着他的面将铅笔扔进了粪池。在又一次遭受欺负时,小磨盘把李亮推进粪池致其溺死。小磨盘的母亲为此忐忑不安地找到李家登门谢罪,甚至做好了最坏的打算,但李父却慨然表示不会追究小磨盘、而只会追究学校的过错。亲子之情人皆有之,不管李亮如何调皮捣蛋令人伤心,李父可以理解别人的亲子之情,自己却“大义灭亲”,这实在令人困惑。建立在此基础上的结尾,虽则明亮而温暖,未免有些勉强和无力。还有《花牤子的春天》,花牤子一度发现过的希望之光——死灭之后,他依然顽强地(同时带着几分畏畏缩缩的样子)存在着。我为生命本身的顽强而感动,但是我不得不怀疑,这个畏缩的存在很大程度上颠覆了他以前的顽强,从而使得作品的叙事意图变得模糊起来。《世界上所有的夜晚》也有一个充满诗意的结局,“我”和云领一起去清流放河灯,召唤死者的灵魂。回到住处以后不久,那个盒子里竟然飞出了一只蓝蝴蝶:“它扇动着蓝色的翅膀,悠然地环绕着我转了一圈,然后无声地落在我右手的无名指上,仿佛要为我戴上一枚蓝宝石的戒指。”此处描写固然唯美,然而又不无虚幻的意味,甚至可能将此前那些深广的哀伤一扫而空,从而使小说笼罩上童话般的梦幻色彩。

我所理解的“绝境”,并不一定要导致人物毁灭或者终其一生困顿潦倒,但至少应该构成对人的考验和磨砺。只有“忍心”让人物走入这类绝境,人物才有可能获得一个更为广阔、更为粗劣的生存环境;只有在人物与周遭环境的“互动”之中,命运的公正与偏颇、人性的伟大与缺憾才有可能得到丰富而又复杂的呈现。我们当然不反对作品中的主人公获得较为“圆满”的结局,但是,如果小说情节的本然逻辑不必一定导致如此结局,那么,是不是因为作者本人对于她笔下的人物过于偏爱而导致如此情形呢?我以为这是很有可能的。以《百雀林》为例,明瓦自小爱听爷爷模仿鸟叫,但爷爷和他的口技一同故去,父亲失手打死母亲又把明瓦变成了孤儿,明瓦就一直抑郁不乐地生活在无法弥补的缺憾感之中。在养父的关爱之下，明瓦一度过得不错，但是工作上的失职和亲戚的纠缠、家庭的风波逐渐让他心灰意冷。正当明瓦一筹莫展之际，“本地电视台播发的一条招聘广告”让他实现了“梦寐以求”的愿望：独自去园林规划局养鸟。生活中某些转机的出现，有时确如从天而降的运气一般不可理喻；明瓦的这种归宿在现实中也不无可能。但是明瓦身处逆境时的一无所为，却让人觉得：“顺境”终于到来了，也不过如此。在洋溢着仁爱和温情的叙述语调中，我们无法看出成年的明瓦有多少信念和毅力，倒是可以看出作者对于明瓦的悉心呵护。作者用温暖的双手遮住了明瓦的眼睛，明瓦还是一个“不肯长大的孩子”，我们不能指望他引领我们去体会生活的广阔与复杂。

作者对于人物的呵护之心，如果不是借助情节逻辑的必然来传递和实现，势必影响到人物形象的生动性，也影响到作品的表现力与感染力。从这个角度而言，那种隐隐约约的呵护，却是一种实实在在的遮蔽。进一步说，如果作品处理的是“现实题材”，其中被遮蔽的将是“现实感”；如果作品处理的是“历史题材”，其中被遮蔽的则是“历史感”。

严歌苓的新作《小姨多鹤》可以作为参照。或许有人愿意将它看作一部关于“小姨多鹤”或者“母亲小环”的小说，[1]但是我更看重其中的历史感。众所周知，1945 年，大日本帝国的战略部署遭受重创，不得不宣布投降并且从中国全面撤退。那么，在此前后，日本在中国的巢穴——“满洲国”那里的日本家属们，会迎来什么样的命运呢？当作者开篇即标明这一出发点时，我的眼前也就立即一亮。当然，我并不想从中去了解有关日本人撤退的相关史实；而且，小说家也没有义务和责任去再现那段史实。我感兴趣的是，当竹内多鹤被作者“挽留”下来时，小说已经巧妙地藏设下一个涵蕴丰富的意义空间：作为日本国“遗民”的多鹤，将背负着战败国的耻辱，来面对曾经饱尝屈辱的“满洲国”的“遗民”。情势突变，物是人非。设想当时的情境，多鹤将为侵华日军的胡作非为以身赎罪，还是将迎来中国人民既往不咎的宽大处理？无论

〔1〕 参见《人民文学》2008 年第 3 期的“留言”。

怎样，这都将是一个有着丰富的可能性的艺术空间。随着小说的进展，读者渐渐得知，多鹤被张家作为一个生育机器买下。此后，她与小环和张俭组成了一个奇特的“一夫二妻制”家庭，一同生活了几十年。几十年又是一个相当大的时间跨度，其间深厚的历史感不言而喻。

我这样突出强调“历史感”，似乎有些先入为主地设定了一个分析的角度，似乎历史感就是用来评价一部长篇小说的最重要的尺度，其实这是有来由的。在过去相当长的一个时期中，我们文学的最高目标是追求“史诗”式的宏大品格，沉郁顿挫的历史感往往为其所必需。而在所谓的“新历史小说”中，连“历史”本身都已经成为被解构和颠覆的对象，历史感的有无，似乎已经无关紧要了，这不能不说是一种矫枉过正。与此同时，后现代主义思潮裹挟着所谓的个人解放和重述历史的冲动，铺天盖地，席卷而来，从以往沉寂的“历史”地表之下打捞出一个又一个热点话题。直至当下，那些有关历史事件和历史人物的半学术、非学术乃至不学无术的出版物，一再受到出版商和阅读者的共同青睐，其行文方式从臆断到想象，从翻案到调侃，从黑幕到言情，真可谓丰富多彩得无以复加。不由得你不感叹：“历史”可真是任人随意打扮的小姑娘！不管“历史”的面貌在戏说者那里如何更迭变易，就文学而言，我们完全有必要申明这一点：任何一种矫枉过正或是保守僵化的思维模式，都不会有益于文学创作和批评的健康发展。因此，对一部作品的评价，应当、也完全可以有不同的角度。从这个意义上说，历史感的有无或者轻重，并非衡量一部长篇小说艺术成就的唯一尺度。对《小姨多鹤》的评价，也不例外。但是，当《小姨多鹤》设定了上述时空背景之后，不管它即将演绎出什么样的故事，它已经有力地唤起了读者对于历史感的强烈期待。

在种种世事错讹与人情冷暖之中，多鹤跟着张俭，从北到南，从一个少女变成了三个孩子的母亲（实际称呼是“小姨”），但她一直固执地保持着日本人的某些生活习惯：脚登木屐，见人鞠躬。坦率地说，从小说的叙事时间刚刚接近“文化革命”时，我就一直在为多鹤提心吊胆；相信绝大多数读者也都如此。在那样一个深挖“阶级敌人”的时代里，不知道有多少昔日的“同志”和“战友”都先后被“革命群众”们“揪”了出来，随后打倒在地，还要“踏上一脚”。以多鹤那样不明不白的身份以及十足另类的异族做派，她早就应该被“揪”出来了。然而她一直安然无恙。多鹤真正遇到麻烦，是在一次偶然的日常事件之后。小说在第十四章写到，因为朱小环公然与居委会女干部们吵架、闹翻，那些干部们才出于愤怒而判给了多鹤一个莫名其妙的罪名，并且惩罚她进行劳动。甚至小环结交的一帮小阿飞们抢着帮多鹤把活儿干了，女干部们那里仍然风平浪静，多鹤这里仍然安然无恙。

这或许只是一处小小的疏忽。但以我浅见，这类看似不经意的疏忽，其实根植于一种“历史感”的欠缺和隔膜。不妨与作者的另一篇作品《金陵十三钗》作比。这篇小说以一间小教堂为背景，却显示出了大手笔：人性的丰富与复杂，历史中的残酷与温情，在“十三钗”由原先的嬉笑打闹、只知风月到最后的深明大义、勇赴国难这一转变中尽显无遗。唱诗班的少女们得到了教堂的牧师们、避难的妓女们乃至作者本人的呵护，但却有着情节逻辑上的深刻必然。由此我想到，我们不能要求一个作家面面俱到、处处周密，但是我们有理由希望，作家能以其细腻的想象和敏锐的感知，去照亮潜伏于历史深处的各个暗角。当一部小说所涉及的那些历史暗角被一一照亮时，这部小说本身才具备了闪闪发光的可能。反之，不管其故事情节如何引人注目，它终究不能显得雍容大度。

可能有人会说，《小姨多鹤》不过是一部家庭情感题材小说，作者想要表现的是，两个女人凭借她们强劲的生命意志，终于战胜了那个无常年代潜在的一切危机。但是，由于作者对人物的呵护，这危机一直都没有得到作者应有的重视。危机本身既然没有得到有力的表现，人物赖以战胜危机的生命力也就不可能得到有力的表现。作者用她的同情与善良之心，赋予了人物与生俱来的（而不是在生活中磨砺出来的）强劲意志，同时也遮蔽了历史的激烈动荡与复杂多变。由此造成的后果是，小说对特殊年代的表现效果一如蜻蜓点水、浮光掠影，对于特殊境遇中的人性刻画则是轻描淡写、浅尝辄止。从这里回头看去，小说开篇即已酝酿的那个无比丰富的意义空间，面临着被消解的危险。如果说，历史无情地吞没了人的温情是一种历史暴力，那么我们也就无法否认，当温情脉脉的叙述遮蔽了历史的残酷和无情、更遮蔽了人性的丰富与深刻之时，这也是一种新的语言暴力。

结语：作为艺术能量的温情

为了论述方便，也为了切合不同作家的不同风格，本文的各个部分都只涉及一类现象。实际上，一部作品的审美力度、情感温度和叙事限度并不截然可分，它们应该相互交织为一个有机的整体。归根结底，“温情叙事”可以追求含蓄雅正的美学力度，也可以追求复杂含混的情感温度，但与此同时也必须把握其中的叙事限度：对含蓄雅正、哀而不伤的经营，应以不会消解作品意义的深广度、忽视情节逻辑的必然性、遮蔽生活的丰富性、简化人性的复杂性为前提。那么，“温情叙事”是不是必然会导致上述消解、忽视、遮蔽和简化？我以为，关键还在于对“温情”的理解和定位。“温情”与其被当作一种先入为主的写作姿态，不如被视为一种发自内心的能量来源。果真如此，“温情叙事”则意味着：以“温情”为充沛的艺术能量，点燃艺术观察力和想象力的灯盏，借此探照出表现对象中存在的可能性，然后以富有张力的文本呈现出作者对这种可能性的独到体认。

沧桑往事的文化省察
——论新时期的"反思散文"

"新时期"以来,回忆和叙述既往苦难的作品陆续面世,蔚为壮观。现行的文学史著作,通常将此描述为从"伤痕文学"到"反思文学"的发展过程,并将小说作为论述的重心。实际上,散文在这方面所取得的成就丝毫不逊于小说。"多年没有过的轻松感、解放感、喜悦感与悲愤感交织于散文作家心头,使这一时期散文大都有一种悲怆而昂扬的基调,有一种与整个'伤痕文学'一致的震撼力。"[1]当作家们尽情地抒写心头感慨时,"知识分子的自我意识也就在对自身命运的省察中复苏并建构起来"[2],并将作家们导向对于个人之外的社会、历史以及文化问题的深思。

一、"文化老人"们的承担意识

在上述散文中,陈学昭的《沉浮杂忆》(1981)、王西彦的《炼狱中的圣火》(1982)、黄秋耘的《丁香花下》(1981)和《往事并不如烟》(1987)、萧乾的《这十年》(1990)和《风雨人生》(1999)、于光远的《文革中的我》(1995)、周一良的《毕竟是书生》(1998)、黄裳的《黄裳自述》(2002)等,表现出不容忽视的鲜明特征。这些作品多半带有回忆录性质,但是有了作者们大半生的丰富见闻和感想作为书写资源、有了作者们的学养

---

〔1〕 曹家治:《作家精神自由与新时期散文创作》,《当代文坛》1989 年第 2 期。
〔2〕 李文莲:《论新时期散文中自我意识的苏醒与重建》,《山东社会科学》2010 年第 4 期。

和气度所铸就的关怀视野，它们又与普通的回忆录迥然有别。尤其是巴金、季羡林、杨绛、陈白尘和韦君宜等人的作品，其字里行间或许沉淀了几许屡遭苦难、饱经沧桑之后的通脱与淡定，却没有丝毫消遣作乐、自娱娱人、置身事外的意图，而是在高度的文化使命感、责任感和忧虑感的推动之下，展开了对诚与真的诗学品格的孜孜探求。

文革刚一结束，已经七十多岁的巴金立即就不辞劳苦地投入到写作之中，其持续不断的劳动成果后来汇编成五卷《随想录》。伴随着思绪的铺展和思考的深入，巴金写成的文字越来越多，创作意图也越来越明确，他自己后来如此总结："起初我摊开稿纸信笔写去，远道寄稿也无非为了酬答友情。我还有这样一种想法：发表那些文章也就是卸下自己的精神负担。后来我才逐渐明白，住了十载'牛棚'我就有责任揭穿那一场惊心动魄的大骗局，不让子孙后代再遭灾受难。"[1]由此可以想见，《随想录》不是一个垂暮生命的唠叨和呢喃，恰恰相反，曾经的苦难和耻辱感，挥之不去地堆积在巴金的心头，迫使一个理当静心疗养、安度晚年的老人无法心平气和、心安理得。《随想录》也不惟"人之将死，其言也善"是求，恰恰相反，贯穿其中的那种生命不息、追问不止的强烈意志，使得巴金焕发出一股新鲜的生命力，"即使在走向死亡的路上也充满对祖国人民的热爱和对文艺事业的信心"[2]。

大致说来，《随想录》的内容及其预想读者可以粗分为三类：第一，悼亡和怀友之作，为亲友而写；第二，谈论文学（文艺）作品以及相关问题，明确地写给"读者"；第三，论及文化现象和社会时闻，写给"人民"和"子孙后代"。三部分内容的交叉点，则是揭示和反思林彪、"四人帮"以至整个"文革"的罪行及祸害。在巴金的笔下，这种交叉的紧密程度，往往是牵一发而动全身的。比如，一段时间内，巴金要结婚的消息不胫而走，谣传之盛使得他本人不得不撰文辟谣。他由谣言想到谣言杀人，又想到林彪和"四人帮"。谣言虽不足畏，"然而奇怪的是：为什么大家对

〔1〕 巴金：《随想录》，"合订本新记"，作家出版社2005年版，第3页。
〔2〕 巴金：《"没什么可怕的了"》，《随想录》，第219页。

这种谣言会如此感兴趣呢？这当然要‘归功’于林彪和‘四人帮’这一伙人，他们搞乱了人们的思想，把人的最崇高、最优美、最纯洁的理想、感情践踏、毁坏，使得不少人感到国家、民族的前途跟自己脱离关系，个人眼前只有一团漆黑，因此种种奇闻奇事才可以分他们的心，吸引他们的注意，使他们甚至花费时间来传播流言。”[1]

巴金反复强调，“文革”“不仅和我们有关，我看和全体人类都有关。要是它当时不在中国发生，它以后也会在别处发生。”[2]作为那场政治灾难的见证者，“我们有权利、也有责任写下我们的经验，不仅是为我们自己，也是为了别人，为了下一代，更重要的是不让这种‘浩劫’再一次发生。”[3]在《纪念》和《“文革”博物馆》等篇目中，他还郑重地提出了建立“文革”博物馆的倡议。可以说，整个《随想录》乃是一座由苦难和文字筑就的丰碑，那上面镌刻着一位文化老人的热情和良知，一种义不容辞的责任感和使命感。

与巴金相似，季羡林也明确地将使命感、责任感标示为自己的创作动机，但他更加强调一种忧虑感：“这场空前的灾难，若不留下点记述，则我们的子孙将不会从中吸取应有的教训，将来气候一旦适合，还会有人发疯，干出同样残暴的蠢事。这是多么可怕的事情啊！”[4]周围年轻人的健忘(其实又何止年轻人，应该是我们整个社会的健忘)，更让他觉得“非常悲哀、孤独与恐惧”！但是“在悲哀、孤独、恐惧之余，我还有一个牢固的信念。如果把这一场灾难的经过如实地写了出来，它将成为我们这个伟大民族的一面镜子。”[5]所以，当该书“终于出版问世”以后，季羡林有理由认为，“我总算为中华民族的后世子孙做了一件好事。”[6]

---

〔1〕 巴金：《“结婚”》，《随想录》，第 11—12 页。

〔2〕 巴金：《我和文学》，《随想录》，第 234 页。

〔3〕 巴金：《〈随想录〉日译本序》，《随想录》，第 316 页。

〔4〕 季羡林：《牛棚杂忆》，中共中央党校出版社 1998 年版，“自序”第 6 页。

〔5〕 季羡林：《缘起》，《牛棚杂忆》，第 5—6 页。

〔6〕 《季羡林自传》，《牛棚杂忆》，第 287 页。

韦君宜在1976—1986年间基本完成了《思痛录》的写作，[1]该著当与《露沙的路》对照阅读。韦君宜以老病之躯坦诚了个人的心路历程。她提倡反思和忏悔，借此去发现灾难的根源所在。回顾自己走过的道路，从奔赴延安到迎接解放，从日常事务到编辑工作，她始终难以释怀的，首先就是自己的盲从："我并不愿意做却还是做了。这可以算作盲从，可是这盲从却造成了惨痛的结果。盲从者怎不感到伤痛和忏悔呢？光忏悔还不够，应当认真深思造成悲剧的根源。"[2]以反省这种盲从为中心，韦君宜联想到"斗争哲学"和"幼稚病"、回溯和比较1949年前后规模不一的历次"运动"，尤其是她对红卫兵——知青一代的身份转变及其复杂意味的探究，无一不让我们感受到一种清醒而焦灼的文化忧虑意识。韦君宜发现，由红卫兵而知识青年，由远赴边疆、上山下乡到大返城，"这一群文化大革命新一代，后来大多数都成了没有文化的人。有一些在农村里苦读，回来补十年的课，终归差得多。有些人把自己的苦写成小说，如梁晓声、阿城、张抗抗、史铁生、叶辛……现在已经成名。但是，他们的小说里，都只写了自己如何受苦，却没见一个老实写出当年自己十六七岁时究竟是怎样响应文化大革命的号召的，自己的思想究竟是怎样变成反对一切、仇恨文化、以打砸抢为光荣的，一代青年是怎样自愿变做无知的？"[3]似乎正是有鉴于此，在1982年发表的小说《洗礼》(《当代》1982年第1期)中，韦君宜有些出人意料地塑造了刘丽文和王辉凡两个人物形象。在王辉凡身上，韦君宜展现了一个知识分子如何随着政治运动的深入和开展逐渐成为"驯服工具"的可怕过程；与此相对照，刘丽文的身上则灌注了一种理想主义的精神。刘丽文甫一出场，就以离异再嫁的大胆举动表现出超凡脱俗的气质。与祁原婚后不久，祁即遭遇变故跳楼身亡，刘在悲痛中曾经想过要结束

---

〔1〕 参见杨团：《〈思痛录〉成书始末》，韦君宜：《思痛录·露沙的路》，文化艺术出版社2003年版，第203页。

〔2〕《思痛录·露沙的路》，第79页。

〔3〕 同上书，第102页。

自己的生命,但思来想去,一种“可怕的思想”帮助她镇静下来了:“她忽然觉悟:这不是一个人的事。是这么多人。简直是全民族都在发疯、在受苦、在自杀。我干吗要一个一个悲伤呢?史无前例呀!真正的史无前例,机会难得。不要死,应该活着,看看这场史无前例的事怪事变究竟会被牵引到哪里去?”这种“可怕的思想”毋宁是一种坚忍不拔的责任感和无法释怀的忧虑感的复合体,它不仅属于面对巨大打击时的刘丽文,也属于接受苦难的“洗礼”之后的作者。

二、文化反思中的伤痛与欣喜

由上可以看出,这些老作家们具有一种大致相近的苦难意识。过去所见证和遭遇的苦难,不仅让他们至今依然深有痛感,更有理由使他们对此后心存警惕:我们的社会将来会不会重蹈覆辙?过去的灾难究竟可能给此后留下什么样的影响?因而他们不约而同地选择了“立此存照”的方式来表达自己的一腔忧虑。在内心深处,他们希望现在的经验、教训能够有助于避免乃至于杜绝类似的灾难再次上演。从这个意义上说,这些作家的创作意图,与中国传统社会中的“观古明今”、“鉴往知来”庶几相似。但值得注意的是,他们并没有为“往者不可谏,来者犹可追”的传统信条所拘囿,反而时刻感觉到穷本究源的必要。

陈白尘在1980年代初完成了《云梦断忆》的创作,其时:“伤痕文学”正风行一时,有关“伤痕文学”的各类质疑也从未歇止。陈白尘明确指出:“伤痕文学不是不该写,而是写得不够:我们还没有反映十年动乱的深刻而伟大的作品出现!不把造成十年动乱的社会根源、思想根源深挖出来,我们这社会主义社会要前进,四个现代化要实现,那是缘木求鱼!所以伤痕文学是应该存在的,但不应该加上引号。”他承认自己的“断忆”诸篇触及了往日的伤口,又说:“我决没有在那些旧伤口上抹盐,倒是企图涂上些止血剂的。是否做到,自不敢必。而且重读时颇感文笔有些油滑之处,是极不该的。希望读者不要当它‘一笑散’。”[1]陈

〔1〕 陈白尘:《云梦断忆·后记》,香港三联书店1983年版,第108—109页。

白尘所谓的“文笔有些油滑之处”，常常是伤痛已极之时，不禁就语带讥诮，一抒心头的自伤自嘲自哀自怜。陈白尘清楚地知道，像他这样的人，在抚摸伤口时很难做到不动声色、无动于衷。而一旦有动于衷，必将导致辞气浮露、甚或消减话题的严肃性，这都是对“读者”极不负责的表现。因此，他对自己所做的检讨和批评，首先正是一种自我定位和自我评价：“断忆”只是一组历史素材，其使命在于为往事存真；其次它更是一种呼唤和期盼：希望以“断忆”为“砖”，引出他人之“玉”。

季羡林也曾经谈到，他一直抱着两个期待，希望有人能把自己“文革”中遭受的灾难或者对他人施行的折磨写出来，直至期待落空、自己动手写成《牛棚杂忆》之后，仍然没有放弃那两个期待。他相信，惟有“写文章从来不说谎话”，才能“把事情的原委和盘托出。”〔1〕从《干校六记》(生活·读书·新知三联书店 1981 年版)起，不论笔涉闲暇还是劳作，离别或者病痛，杨绛都尽力隐去一己之喜怒哀乐，平平道出。至《将饮茶》，她更加努力地隐去作者的影子，也更加明确地以说真话为追求，倾向于以个人的智慧和识见在生活中求得安宁，哪怕是安于卑微和平凡。杨绛当然不希图借“隐身衣”使自己无忧无虑，她所强调的是，“无论如何，隐身衣总比国王的新衣好。”〔2〕其中对假、大、空的针砭和警戒之意，已十分显豁。实际上，这正是一批作家不约而同的努力方向，他们试图复活一个古老的信念：“修辞立其诚”。他们以自己的创作实践昭示人们：惟其诚，方能真；惟其真，方能深。

季羡林的反思由十载“牛棚”的经历所激发，但并不限于那十年。他如是总结自己的“思想转变的过程”：首先是“在‘中盆’里洗了一个澡，……觉得身轻体健，尝到了思想改造的甜头”，然后就自觉地在思想改造中深挖自己作为知识分子的“原罪感”，直至后来确立党派信仰以

---

〔1〕 季羡林：《牛棚杂忆》，“自序”第 6—8 页。

〔2〕 杨绛：《隐身衣(废话，代后记)》，《将饮茶》，中国社会科学出版社 1992 年版，第 211 页。

至于“完完全全拜倒在领袖脚下”。[1] 通过自己在那些年间的经历，季羡林揭示出“改造”给一个知识分子带来的巨大变故和影响。其中不仅有无可奈何的幻灭：“可怜我们虔诚地学习了十几年唯物论和辩证法，到头来成了泡影。”[2]也有自己始料不及的突变：“我原来是相信性善说的，我相信，恻隐之心人皆有之的。从我被抄家的一刻起，我改变了信仰，改宗性恶说。”[3]更可怕的却是从“人”到“鬼”的沦落与麻木：“自己一下子变成了鬼。最初还极不舒服，颇想有所反抗。但是久而久之，自己已习以为常。人鬼界限，好坏界限，善恶界限，美丑界限，自己逐渐模糊起来。用一句最恰当的成语，就是‘破罐子破摔’。”[4]回顾以往的灾难和痛苦，季羡林无法省略“‘无产阶级文化大革命’为什么能发生?”这一问题，但他的答复是：“兹事体大，我没有能力回答。”[5]如果我们一定要在季羡林的笔下去找寻上述问题的答案，那么首先必须提及文化恶根的遗毒。比如，在写到“牛棚”中“晚间训话”时，他就自然而然地由当前的“抓小辫”和“思想汇报”想到了历史上的刀笔师爷和封建皇帝。[6] 其次，季羡林发现，在持续不断的运动和斗争中诞生了一种叫做“派性”的“新的‘物质’”，正是这种东西“一经产生，便表现出来了无比强大的力量。谁要是中了它的毒，则朋友割席，夫妻反目。”[7]综观整个《牛棚杂忆》，作者确实“和盘托出”了不少的经历与感触，不过我们也可以切实体会到，一旦作者当初的那种不明所以、无能为力感在事隔多年之后依然耿耿于怀时，他的语调就不可遏止地偏向了陈白尘曾自以为憾的那种“油滑”，甚或仅止于讥讽而已。比如他这样评判派性斗争：“如果在建设四化中有这个劲头，我们中国早就成了亚洲第一条大

[1] 季羡林：《余论或反思》，《牛棚杂忆》，第 212—215 页。
[2] 季羡林：《一九六六年六月四日》，《牛棚杂忆》，第 20 页。
[3] 季羡林：《抄家》，《牛棚杂忆》，第 60 页。
[4] 季羡林：《牛棚生活(三)》，《牛棚杂忆》，第 177 页。
[5] 季羡林：《余论或反思》，《牛棚杂忆》，第 219 页。
[6] 季羡林：《牛棚生活(一)》，《牛棚杂忆》，第 144 页。
[7] 季羡林：《自己跳出来》，《牛棚杂忆》，第 47 页。

龙，后来的四小龙瞠乎后矣。”[1]当劳改大院建成之后，有人用白色颜料题了“横扫一切牛鬼蛇神”这八个“极有威慑力量”的大字，季羡林写道：“我个人却非常欣赏这几个字，看了就心里高兴，窃以为此人可以入中国书谱的。我因此想到，在‘文化大革命’中，写大字报锻炼了书法，打人锻炼了腕力，批斗发言锻炼了诡辩说谎，武斗锻炼了勇气。对什么事情都要一分为二。你能说十年浩劫一点好处都没有吗？”[2]应该说，由沉痛而反语讥讽，其心情固然可以理解，但无益于深入探究事情的根源。

在本节所论及的几位老作家中，杨绛所取的是超然苦难之上的姿势，似乎表现出不愿深究也不屑计较的态度，陈白尘则大有“抛砖引玉”、但开风气不为师之意。[3] 所以，季羡林反复强调的“期待落空”，也不无几分道理。但不知是因为视力未及还是视而不见，他似乎有意“忽略”了已经出现的类似《牛棚杂忆》的作品；不管出于何种原因，我以为，那都是有欠允当的。至少，对于韦君宜和巴金这两位的作品，无论如何也不能忽略。特别是巴金，虽然身为这些作家中年事最高者，但却是最为勤勉、最为多产者之一。

巴金以风烛残年的余力，却聚拢了一股火把般的光亮，并且循此而艰难前行。他将过去的灾难、苦痛与教训凝结为一个沉重的问题：“人为什么变为兽？人怎样变为兽？”[4]他苦苦思索着问题的答案，最终与邓朴方的讲话产生了共鸣：“产生大量非人道的残酷行为的是什么？就是披着‘左’的外衣的宗教狂热。那么人兽转化的道路也就是披上‘革命’外衣的封建主义的道路了。”[5]

---

〔1〕 季羡林：《自己跳出来》，《牛棚杂忆》，第 47 页。

〔2〕 季羡林：《自己亲手搭起牛棚》，《牛棚杂忆》，第 130 页。

〔3〕 陈白尘在 1966—1972 年间即写下了《牛棚日记》，在 1975 年 6—12 月间完成了《听梯楼笔记》，包括写于 1980 年代初期的《云梦断忆》，三者均可见于其身后出版的《对人世的告别》，生活·读书·新知三联书店 1997 年版。

〔4〕 巴金：《我的噩梦》，《随想录》，第 464 页。

〔5〕 巴金：《人道主义》，《随想录》，第 515 页。

值得注意的是，巴金并没有将“封建主义”一股脑儿全都推给那些千夫所指的历史罪人，然后就此作罢。他清醒地认识到，“封建毒素并不是林彪和‘四人帮’带来的，也不曾让他们完全带走。我们决不能带着封建流毒进入四个现代化的社会。”[1]审时度势，怀想“五四”，巴金一再呼吁，“今天还应当大反封建，今天还应当高举社会主义民主和科学的大旗前进。”[2]在巴金看来，“文革”之得以发生和推进，实在与“封建主义”的流毒有着直接关联。流毒肆虐之下，人们的思想日见混乱，不是变为神，就是变为兽和奴。巴金用他全部的经历和心血为我们指明了一条坚实的路：“要澄清混乱的思想，首先就要肃清我们自己身上的奴性。”只有“肯独立思考”，才能“明辨是非”。[3] 也为自己留下一条言简意赅的座右铭：“没有神，也就没有兽。大家都是人。”[4]

不过，他们在灾难的废墟上所捡拾到的，并不全是伤痛和教训的残砖断瓦，其中还有令人欣喜的吉光片羽。对季羡林来说，那些“在苦难中相濡以沫的行动”，将会使他“三生难忘”。[5] 在巴金看来，“文革”中固然多有苦难，但也有“难友”的互相慰藉让人难以忘怀：“它应该是爱，是火，是希望，是一切积极的东西罢。许多许多人活下来坚持下去，就是靠了这个。许多许多人没有活到今天，但是他们把爱、把火、把希望留给了我们，而且通过我们留给后代。”[6]显然，并非单纯的某一次举动使他们共同倾心赏识，而是这举动中闪现出来的价值和美德，让饱受苦难的他们感受到了希望和信念。“这些价值和美德的结合造就了我们的生活范型，通过这些范型我们的自由得到发展和实施，这被称为我

[1] 巴金：《一颗桃核的喜剧》，《随想录》，第 51 页。
[2] 巴金：《“五四”运动六十周年》，《随想录》，第 65 页。
[3] 巴金：《究竟属于谁？》，《随想录》，第 223 页。
[4] 巴金：《没有神（作家版代序）》，《随想录》，第 1 页。
[5] 季羡林：《大批斗》，《牛棚杂忆》，第 117 页。
[6] 巴金：《〈小街〉》，《随想录》，第 319 页。

们的'文化'。"[1]从这个意义上说,老作家们为价值和美德的流失而深感痛心,为其在逆境中的闪光而暗自欣喜,正是一种着眼于社会发展和传承的文化关怀。

在《忆房东》、《忆茅舍》和《忆甲骨文》等篇里,陈白尘让我们看到了体制化思想统治下人性、人情的温热与光亮,这不可"异化"的因素却是作者的注目之处。而《忆眸子》更值得注意。作者从眼睛是心灵的窗户写起,以人们视己的眼神来写人们的心灵。涉及人物不少,但让作者记忆犹新的首先是一个小姑娘。她三岁时尚且天真地喊"我"为"爷爷",两年后就十分"懂事"、十分义正词严地呼"我"为"大黑帮"了。这使作者比挨了批斗会还痛苦。另有一个小男孩,大约也只三四岁,他没有"敌情观念",且表演歌舞和游戏,以期"我"有所反应。然而"我"只能在他离开之后才后悔不已,自己竟然"不敢鼓掌一下回报他的美意。"历经十余年磨难,作者没有为自己而患得患失,却仍在为那两个小孩而左右思量:他既担心"在他们幼稚心灵上所刻下的仇恨或同情,是否还起作用?"又表示"希望从那小姑娘和胖娃娃一辈的青年们明澈如水的眸子中透视到我们新中国的未来"。[2] 这种忧虑和期望相互交杂、难分彼此的情形,或许可以借"断忆"的首篇(陈白尘自言,这是整个"断忆"的楔子)得到解释。作者写道:"三年多的干校生活,可歌可泣、可恼可恨的事自然很多。但回忆总是蒙上层彩色玻璃似的,因而也是如云如梦,总觉美丽的。因此,即使可恼的事吧,也希望从中找出些可喜的东西来。"[3]从"可恼的事"中"找出些可喜的东西来",这与作者在另一处提及的为旧伤口"涂上些止血剂"的"企图"如出一辙。那么,这是一种阿Q式的自我安慰和自欺欺人吗?绝对不是。如果将整部《云梦断忆》视为一个敏感而又执着的知识分子在文化萧条时代的心灵片断,那么它

---

[1] [美]乔治·麦克林:《传统与超越》,干春松、杨凤岗译,华夏出版社2000年版,第11页。

[2] 陈白尘:《忆眸子》,《对人世的告别》,第588—593页。

[3] 陈白尘:《忆云梦泽》,《对人世的告别》,第536页。

所记录的正是人在逆境中的失落与希冀。那些“可恼可恨”中分明饱含着作者的文化忧思，而“可歌可泣”、“可喜的东西”中则寄托着百折不挠的信心与期望。

三、文化比较中的得与失

从文化角度探寻灾难的根源、关注灾难的后果的同时，有些作家出于专业的习惯和学养的引导，有意无意地打开了文化比较的视野。杨绛素以研究西方文学为业，其《将饮茶》即明显表现出对异域文化资源的参照，字里行间贯注了一份独特的自信心。在“丙午丁未年纪事”中，她记述了 1966—1977 年间，从自己被“揪出来”以至一切都“颠倒过来”的情形，但并不咬牙切齿，反而是力求平和、甚至是略带感激地援笔写来。正是在西方成语的启示下，她别出心裁地为这一段经历添上一个“乌云与金边”作为副标题——

> 按西方成语：“每一朵乌云都有一道银边。”丙午丁未同遭大劫的人，如果经过不同程度的摧残和折磨，彼此间加深了一点了解，孳生了一点同情和友情，就应该算是那一片乌云的银边或竟是金边吧？——因为乌云愈是厚密，银色会变为金色。
>
> 常言“彩云易散”，乌云也何尝能永远占领天空。乌云蔽天的岁月是不堪回首的，可是停留在我记忆里不易磨灭的，倒是那一道含蕴着光和热的金边。[1]

作者写亲身经受的“摧残和折磨”、“同情和友情”，都平实可感，绝无夸大渲染之辞。但在平实的话语中藏纳下抗争的韧劲和复活的热情，却非常人所能做到。这既需要对于既往人事的睿智洞察作为基础，更不可缺少从文化比较中提取的同质因素作为信念。因此，杨绛的写作意义主要不在于复述某些史实，而在于提供一种“文化地”看取苦难的方

---

〔1〕 杨绛：《将饮茶》，第 201 页。

式、超越和蔑视苦难的可能。

季羡林学问广博，尤精于东方学和佛学。他在《牛棚杂忆》中自谓，“我曾有志于研究比较地狱学久矣。”该文先是盛赞了一番东方人民的智慧和幻想力造就了东方文明，转而写道：

> 我原以为这些幻想力和这些描绘已经是至矣尽矣，蔑以复加矣。然而，我在牛棚里呆过以后，才恍然大悟，“革命小将”在东胜神州大地上，在光天化日之下建造起来的牛棚，以及对牛棚的管理措施，还有在牛棚里制造的恐怖气氛，同佛教的地狱比较起来，远远超过印度的原版。西方的地狱更是瞠乎后矣，有如小巫见大巫了。[1]

然后又辅以许多的细节比较。这就从文化的角度揭示出灾难的严重性：想象力一旦误入邪恶的歧途，非但不会给文明增添任何成果，反而只会留下巨大的痛苦和阴影。描述“文革”中的两派斗争，则联想到英国两党的“费厄扑赖”、法国大革命中领导人的头衔、美国总统竞选时的欢呼和辩论，希望通过文化比较而让人们看清派系斗争的不可思议。[2]

值得注意的还有他为中国文化所做的预言。在“附录”部分，季羡林用他的心灵之镜，照见了20世纪的八十多年历程。以其学识之广博和精深，他当然是最有资格做出客观评价的人。然而，刚刚为20世纪慨叹了一句“天凉好个冬”之后，他立即转而写道：“只有一点我是有信心的：二十一世纪将是中国文化（东方文化的核心）复兴的世纪。现在世界上出现了许多影响人类生存前途的弊端，比如人口爆炸，大自然被污染，生态平衡被破坏，臭氧层被破坏，粮食生产有限，淡水资源匮乏，

〔1〕 季羡林：《缘起》，《牛棚杂忆》，第2—3页。
〔2〕 季羡林：《自己跳出来》，《牛棚杂忆》，第47—50页。

等等，这只有中国文化能克服，这就是我的最后信念。”[1]由之前不无悲凉的慨叹到眼下信心百倍的预测，这一跨越的幅度之大，简直让人难以理解。在此前后，季羡林发表了不少关于中国文化复兴的言论和文章，力倡“二十一世纪将是东方文化的时代”，“西方不亮东方亮”，“三十年河东，三十年河西”。[2] 此处且不论季羡林所归纳的东西方文明相互兴替的“规律”是否会如其所愿地延续下去，也不去追究他所描述的弊端几乎都能在今日中国大地上找到程度最甚的例子，单说他对“传统文化与现代化”的论述，其中就显然省略了对传统文化负性面的检讨。再读《牛棚杂忆》，我们不得不问的是：既然传统文化的恶根可能在“文革”中结出恶果，那么“文革”的恶果是否可能在此后绽放出“恶之花”呢？对此，我们恐怕不宜过于乐观。

四、小结

或许，我们仍然应该指出，即便总其所有，这一类散文创作仍然未能从文化的特性、根源和发展、变异的角度完成对既往苦难的全面和深入的探讨。当然，这一任务是艰巨的，可能需要几代人的努力才有望完成；将之强加于几位幸存的老人身上，无疑是一种苛求。在最直观的意义上，他们的这类反思散文，恰似聚集在一起的镜子，以良知和智慧之光，共同照见了历史的幽暗与崎岖、文化的丰富与复杂。在更深层的意义上，他们不仅以高度的文化使命感和责任感，彰显了散文创作中诚与真的诗学品格，而且，他们对沧桑往事的文化省察，本身也是一种可贵的文化遗产。鉴于这批作品的规模、影响及文学史意义，我们可称之为“反思散文”。

---

〔1〕 季羡林：《我的心是一面镜子》，《牛棚杂忆》，第 257 页。

〔2〕 这些文章主要收录于《三十年河东三十年河西》一书，当代中国出版社 2006 年版。

作家作品论

“日常生活写作”的美学困境

——以《启蒙时代》为例

自从《雨，沙沙沙》广为关注以来，王安忆一直凭借她的聪慧、灵敏和细腻保持着惊人的创造力。这不仅表现在她作品数量之多，而且还表现在：每一拨文学思潮翻滚而来之际，她虽然未见得总是风口浪尖上的“弄潮儿”，但从不曾落伍，或者“逆流”而动。她执著地用平淡的态度记述“文革轶事”，书写日常生活，展现大时代里的小悲欢。随着阅历的增长，她已经清楚地知道，什么才最适合自己。换言之，她已经形成了自己的“常态”。

可以说，王安忆基本上是与“新时期文学”一同“成长”起来的作家。如今，新时期文学的发展已近30年，王安忆无疑也“成熟”了，甚至成熟得带着几分保守和世故。她在自己圈定的狭隘之地渐行渐远，乐不思蜀。王安忆小说所能激发的想象空间，正在日益萎缩。不过，近日看到王安忆的新作《启蒙时代》[1]，这个标题还是立即抓住了我。粗粗浏览之余，又读到诸如“一九六七年和一九六八年的冬春之交”、“革命”此类的字眼，再加上“星星之火”、“走向户外”等小标题，我的直觉不由地产生了怀疑：莫非王安忆真要正面表现那样一个“革命”年代？聪明如王安忆，可能做出那样的“反常”之举吗？

一、“革命”外衣之下的成长景观

《启蒙时代》开篇叙述主人公南昌他们骑车来到某中学的操场上，

---

〔1〕 王安忆：《启蒙时代》，《收获》2007年第2期。以下凡引自该小说不再另注。

尽管这个过程的芜杂和漫长几乎要将读者的耐心逐步瓦解殆尽，但我们还是注意到，小说在第一节即多次暗示南昌那一伙人与别人的不同，结尾处又写道："然而，事实上，那一伙人要仔细追究，也各不相同"。此后，追究人物"各不相同"的出身背景，构成了小说叙述的最大兴趣点——说得更加具体一些，几乎每一个出场的人物，其家庭身世都将无一例外地受到叙述者严格的审视和检阅，有的甚至深挖其三代。或许是为了切合那个"出身论"横行无道的非常年代？看着作者不厌其烦地"考证"人物的家庭成分，我总会不由自主地恍惚起来，甚至怀疑自己在查阅一卷其时的个人档案。好在行文之中不时地冒出几个末尾附以"啊！"和"呢！"的句式，它们所携带的强烈的主观色彩，又把我拉回了现实之中：这是虚构的小说文本，而非客观的历史档案。且看那一伙人如何"各不相同"：

南昌：出身于革命家庭。母亲的专业是"马克思列宁主义社科研究的内容"。父亲原是某高级领导的秘书，曾一度随之前往中央工作，后因受到该领导的"牵连"而调回上海，挂靠虚职赋闲在家。由于"常常是和外人尤其是成人相处在一起"，南昌从小便显得孤独而沉郁，甚至添上了一种倨傲的气质。他不喜欢自己的家庭，也无法和其他兄弟姐妹亲和起来。"革命"的家庭背景养成了南昌略带孤僻的性格，但也正是"革命"的再次兴起，为他的抑郁提供了一种转变的契机。于是他更加疏远自己的家庭(他更能体会家里的"消极空气")，他甚至用"革命"的视角来审视自己的父亲("他觉得父亲不像革命者，而像一名隐士")。当着青春渴求摆脱禁锢、向往自由和叛逆的时候，"革命"及时地输入了一种合法的理论资源。以"革命"的名义，南昌可以在父亲受到批判之时选择与他划清界线，甚至断然拒绝给"畏罪自杀"的母亲的遗像磕头。不过，虽然失去了叛逆的对象，但好像是由于惯性的推动，懵懂的青春依然成长如故。对南昌而言，"革命"适时地鼓动了青春的翅膀，使他从抑郁和幽闭之中走出来；此后由"户内"(第 6 节)"走向户外"(第 7 节)，发现"又一种户内"(第 9 节)的别样景象，然后"又一次走向户外"(第 10 节)，结识可爱的"姐妹"(第 11 节)，逐渐"爱恋萌生"(第 12 节)——

这些都是再常见不过的青春故事。至于“逃亡”(第13节)和“归来”(第14节),只是无关紧要的小插曲而已。在南昌躁动不安的成长过程中,实在没有沉积下多少“革命”的内容。

陈卓然也是小说中的一个关键人物。父辈的革命经历遗留给他的是一个烈属的身份和一份抚恤金,还有初至上海时的自闭心理。然而一旦进入学校和城市生活的现实,他便走出了那种自闭的状态。他的年龄和乡村记忆使他无形中比同学们多了一份见识,也有了“特别的威信”,“这威信再反过来促进他提高自己”。从初中到高中,陈卓然的读书兴趣从文学(杨朔式的散文)转到生物学(达尔文的《物种起源》),“再由恩格斯对达尔文的高度评价转向对马恩的兴趣。等到了高三年级,他已经读过《资本论》全本”。读书让陈卓然得以了解这个世界、掌握了认识这个世界的方式,同时也使他成为一个“热衷思想的人”。“他喜欢事物里的矛盾性质”,也喜欢探究“主义派生”的复杂情形,因为“每一种主义,都拥有着自己的修辞上的逻辑,由这修辞的逻辑拓开一个又一个独立空间,远远超出了物质世界的容积量,是可无限扩张,无限大的”。陈卓然之迷恋于理论,与其说是出于一种“革命”的自觉,还不如说是一种通过理论来认识和把握世界的好奇心使然。经过一次不明所以的“退隐”之后,他莫名其妙地从一个教条的、抽象的青年变成了一个感性和世俗的“新市民”。虽然,从热衷于“革命”理论到服膺于市民生活,其转变幅度之大不免让人生疑(这一点容后再论),但我们还是不得不承认:革命化也好,市民化也好,都只是陈卓然建构自己世界观坐标轴中的两个点;由这个点到那个点的距离,正是一段“成长”的过程。

在这同一个革命年代里成长着的,还有七月。对于七月来说,“革命”与否并不重要,重要的是青春不能少了“那股闹哄哄的劲”。小兔子比七月更灵活,作为一个娇生惯养的干部子弟,大革命时代的广阔天地不仅历练了他的社交能力,同时也让他得以结识各种不同类型的女生。何向明参加红卫兵,多半是因为不甘于落后,也因为希望借此发挥自己绘画的特长。其实,他的“革命”行为只是停留在绘制“革命”图画而已,真正的“革命”于他始终是隔膜的。

第11节才开始出现的“姐妹”们，其出身和成长也一一得到了详细介绍。舒娅出身于军区大院，多少承袭了做文艺兵的母亲的“肤浅”而“热情”，革命初起时一度“站错了队”，便干脆负气“做了逍遥派”。此后，即便出去串联，不过是感兴趣于免费外出观光。女孩子们似乎更加懂得如何享受生活的乐趣。叶颖珠出身于典型的职员家庭，家境殷实，她也就得以按照她的天性自由自在地成长下去。丁宜男则显得更加独立自主一些，她与外婆、母亲一起过着平静的生活。顾嘉宝表面成熟而时髦，实则头脑简单一无心机，祖父创业的“耿劲”丝毫没有遗传给她，时代的风浪于她似乎也丝毫没有影响，她自顾自地懵懂地生活着。唯有舒拉像是例外，她从思想上到行动上都有“革命”的举动，但那也只不过是渴望，对于成长的渴望，因为她实在不能忍受自己总是落后姐姐一步。

……

对于南昌这一代人来说，“革命”的英雄业绩已经成为他们父辈的光辉记忆。他们自己对于“革命”的向往、参与或者要求，都只是青春对于“成长”的要求——一如小说末尾舒拉的形象，总是以为前方有什么目标，总在全力奔跑。通观《启蒙时代》，叙述者虽然细述人物的身世和背景，并且常有对“革命”纵横捭阖的议论，实则无意于追究“革命”对于“成长”的“影响的焦虑”。除去“革命”的云山雾罩，“成长”就豁然显露在我们眼前。在这个意义上，“启蒙时代”不妨解读为“成长年代”，解读为一部关于“成长”的小说。

那么，“革命”在小说中处于什么样的位置呢？让我们回到小说开头。从第1节我们得知，其时的“革命”正处于落潮时期。叙述者这样打量这个城市：“你很难想象经过了一九六六年的狂飙之后，这城市还会有这样清爽的面容。可真是这样的，而且，革命洗去了铅华，还它一些儿质朴，似乎更单纯了。”在接下来的叙述当中，因为有了“质朴”和“单纯”作为比照，“革命”总是被置于“戏剧”的语境中得到描绘：

“这城市的革命弄不好，就弄成了闹剧……”

"在此，戏剧从谐谑的部分走出，回复到全面性的正剧色彩……"

"就像方才说的，严肃的正剧又走入了谐谑的段落……"

"……革命在此演化成这般庸俗的戏剧，是他们始料不及。"

在上述比喻修辞中，作为"喻体"的"戏剧"屡屡出现，无疑有力地强化了作为"本体"的"革命"的性质：变化莫测，喜怒无常，旁生枝节，亦庄亦谐……这种修辞语境还让人联想到，参与"革命"的行为，至多不过成为一个职业"演员"、扮演一个"主角"而已，更多时候可能是"配角"，再次之则是"客串"和"跑龙套"，特殊情况下还有"玩票"，等等。关于"革命"的议论，还散见于小说的其他多处，但是综而观之，作者的用意并非抽象地探讨"革命"的本源；她所要和盘托出的，乃是如下看法：在人生的大舞台上，"革命"只是极为短暂的一出戏，热闹至极也多不过"乱哄哄你方唱罢我登场"，曲终人散之后留下来的，才是更加要紧、更加稳固的东西——这就是王安忆曾经多次强调过的"恒定的"状态，也就是一种"日常生活"的状态。

二、"日常生活写作"的内涵

从创作《小鲍庄》(1985)以来，王安忆走过了"一条精神超越与世俗沉入的双轨道路"[1]。出于建构精神乌托邦的冲动，她创作出《神圣祭坛》(1989)、《乌托邦诗篇》(1991)、《叔叔的故事》(1990)、《纪实与虚构》(1993)等一系列作品；与此相对照，《逐鹿中街》(1988)、《妙妙》(1991)、《歌星日本来》(1991)、《香港的情与爱》(1993)、《"文革"轶事》(1993)、《长恨歌》(1995)、《富萍》(2000)、《上种红菱下种藕》(2002)、《桃之夭

〔1〕 李静:《不冒险的旅程——论王安忆的写作困境》,《当代作家评论》2003年第1期。

天》(2003)等作品则以亲近的姿态贴近世俗生活，并且表现出这种生活绵延长远的常态性质。至于《启蒙时代》，某种意义上更像是一个奇妙的混合物：一方面，王安忆借着小说中对“革命”的议论，间接地展现了那个时代对过来人造成的思想冲击，还可能暗藏了对自己精神历程的回顾；另一方面，通过对“革命”的扬弃，小说又突出地表现了对生活“日常性”的一种守护和追寻，这一部分甚至就是小说的叙述重心所在。

“日常生活”在王安忆的小说里可谓由来已久。当然，对于“日常生活”的阐释，最权威的还是王安忆本人。在《长恨歌》和《富萍》相继面世以后，她不止一次地在访谈中提及“日常生活”，并且用“日常生活”来解释自己的创作心态：

> 我不知道今天的生活发生了什么巨变，我不关心，但我觉得有些东西是恒定的不会有太大的变化。因为事实上我们看小说，都是想看到日常生活，小说是以和日常生活极其相似的面目呈现出来的另外一种日常生活。这种日常生活肯定和我们真实经历的日常生活不同，首先它是理想化精神化的，还有是比较戏剧化的，但他们的面目与日常生活非常相似，人的审美一定要有桥梁，就是和日常生活相似，所以我不担心没有读者。[1]

> 有人说我的小说“回避”了许多现实社会中的重大历史事件。我觉得我不是在回避。我个人认为，历史的面目不是由若干重大事件构成的，历史是日复一日、点点滴滴的生活的演变。譬如上海街头妇女着装从各色旗袍变成一式列宁装，我关注的是这样一种历史。因为我是个写小说的，不是历史学家也不是社会学家，我不想在小说里描绘重大历史事件。小说这种艺术形式就应该表现日

---

〔1〕《探视城市变动的潜流——王安忆谈长篇新作〈富萍〉及其它》，《新民晚报》2000年8月6日。

常生活。……这个观念我也是逐步形成的。[1]

不难看出，“日常生活”这一概念首先建基于王安忆“个人”的历史观：经由时间的淘洗，一部分东西穿越琐碎而又丰富的生活，逐渐“演变”而沉积下来，因而也就具有了一种稳定的审美特质。同时，由于王安忆以为读者看小说“都是想看到日常生活”，无形中“日常生活”的重要性又在她的创作观念中得到了强化。我把她的这种创作观称为“日常生活写作美学”。当然，这种创作观——如王安忆本人所说——“也是逐步形成的”：

大致说来，《雨，沙沙沙》时期的王安忆一如小说中的雯雯，充满了美好的幻想和憧憬，一心要“挖掘生活的诗意”[2]。《本次列车终点》(1981)中，陈信回到上海之后曾经遭遇一点小小的失意，“然而，他相信，只要到达，就不会惶惑，不会苦恼，不会惘然若失，而是真正找到了归宿”[3]。我以为，在陈信回城前的期盼和回来之后的怅惘之间，本来可以生发出文学表现知青生活的一个更高点，但是，陈信用“归宿”感取代了潜在的迷惘。从这里开始，“生活”这一表现对象即已蕴藏下了被“生存”的急迫性所取代的可能性；从这里开始，“生活”在王安忆的小说里即意味着“认同”；从这里开始，小说里的“生活背景”变得不再举足轻重，而是可有可无的了。这一观念在“三恋”时期表现更明显，作者一度试图抽空生活具体的物质环境，而对人的欲望作形而上的纯粹探求；这种探求在《岗上的世纪》(1989)中简直登峰造极，令人叹为观止。1990年代初的《乌托邦诗篇》、《纪实与虚构》、《伤心太平洋》(1993)则一方面“营造精神之塔”[4]，一方面也使王安忆充分体验到小说创作至高无上

[1] 《我眼中的历史是日常的——与王安忆谈〈长恨歌〉》，《文学报》2000年10月26日。

[2] 王安忆：《挖掘生活的诗意》，《文汇报》1982年4月22日。

[3] 《王安忆中短篇小说集》，中国青年出版社1983年版，第32页。

[4] 陈思和：《营造精神之塔——论王安忆九十年代初的小说创作》，《文学评论》1998年第6期。

的虚构权力。至《逐鹿中街》、《好婆和李同志》(1989)、《妙妙》、《歌星日本来》等作品,对"上海味"和市民性进行细致描摹,给王安忆笔下的"生活"添上了几许真切的烟火气息。《"文革"轶事》叙写普通男女在时代政治之外的家庭矛盾及儿女私情,"文革"的时代背景没有改变人们的生活方式,反倒衬托出生活中某些日渐稳固下来的性质——"日常生活写作美学"在此略具雏形,并且在随后的《香港的情与爱》、《长恨歌》、《我爱比尔》等作品中得到贯彻和深化,逐渐形成其审美特质和内涵。

"日常生活写作美学"的核心词汇有"生活"、"城市"和"市民"等,它们彼此交叉和纠缠,共同组织起"日常生活"的既定秩序。认识"市民"即认识了"生活",理解"城市"才可能理解"市民"。对此,王安忆曾经有过这样的描述:

> 我觉得上海最主要的居民是小市民,上海是非常市民气的。市民气表现在对现实生活的爱好,对日常生活的爱好,对非常细微的日常生活的爱好。[1]

> 上海给我的动力,我想也许是对市民精神的认识,那是行动性很强的生存方式,没什么静思默想,但充满了实践。[2]

其中,"生活"即"市民"的生活,可以被理解为"生存",即以生存为第一要义。"市民"作为"日常生活"的行动主体,也是承载对于生活的"认同感"的主要对象。王安忆逐渐在市民身上寄托了越来越多的好感,你尽可以指责这种"生活"太讲求实际、太世俗,但是不可以说他们"俗气"——在王安忆的词典里,"俗气"是情感色彩很重的词,比如她曾经在"世俗"的标题之下批评过张爱玲:"张爱玲小说里的人,真的是很

---

〔1〕《王安忆说》,《南方周末》2001 年 7 月 12 日。

〔2〕王安忆:《作家的压力和冲动》,《文汇报》2002 年 7 月 20 日。

俗气的，傅雷曾批评其'恶俗'，并不言过"[1]。在《启蒙时代》中，王安忆进一步通过陈卓然之口为市民生活作了有力的辩护："他们求的是实际，现实的可见的衣食保暖，也就是物质基础。所以，他们没有空想，你可以视作是没有思想，事实上呢，是不自觉，思想和生计在他们合而为一，是自给自足。""他们体现了生活的最正常状态，最人道状态。"在此，"生活"已经蜕变为"求生"，仅此而已。

"城市"曾经、并且仍然在给当代文学输入新奇的景观。不过在王安忆，重要的不是她为我们描绘了多少具体的城市景象，而在于一种"经验的命名"。曾有论者指出："成功的经验命名将使相对的城市图像全面进入文学的语汇系统，甚至成为富有诗意的固定意象。"[2]实际上，类似的命名早在《香港的情与爱》里已很普遍，"香港是……的"之类的句式俯拾皆是。不管是香港还是上海，似乎只有当感观可以融化为一个个"经验命名"的句式之时，"日常生活"才显得亲切有加。

"日常生活写作美学"有着鲜明的文本特征。最明显的表现就是轻视客观的叙述，而多有主观的叙述；或者说，以主观叙述代替客观叙述。王安忆其实一直倾向于细密的写实风格，尽管她也曾经为自己采用"议论的文字"和"抽象叙述的语言"的写法做过"辩护"，并且说过"我不怕在小说中尝试真正见思想的议论"[3]。小说的叙述方式当然可以多种多样，任何叙述方式也都有自己的短长，甚至任何叙述方式也都难免带上作者"主观"意识的烙印。但王安忆的优势是长于感悟，大致在"三恋"前后时期开始形成了自己独特的叙述风格，此后更在叙述中尽可能地糅合进个人的主观感受，发展出"引领"阅读路径的叙述姿态，这些都在当代作家中表现出极大的个人性。问题的关键在于，晚近以来，王安忆小说中的"作者意识"已近乎无所不在，看似绵密柔弱其实日趋强硬。她习惯使用"……似的"和"……是……的意思"之类的句式，来引导读

〔1〕 王安忆：《世俗的张爱玲》，《王安忆说》，湖南文艺出版社2003年版，第319页。

〔2〕 南帆：《城市的肖像——读王安忆的〈长恨歌〉》，《小说评论》，1998年第1期。

〔3〕 王安忆、郜元宝：《我们的时代和我们的小说》，《萌芽》1994年第7期。

者进入她所设定的狭窄空间，理解她所赋予其中的唯一可能的意义。阅读过程中的“张力”和“空白”几已荡然无存，阅读效果充其量只是平静的领会，而不会是强烈的震撼和冲击。

“日常生活写作美学”的审美特质在于发现生活中恒定不变的一面，并在此之上寄寓一种主观体验的认同感。由于审美对象倾向于“凝固态”的生活，这种写作路径似乎“天然地”具有走向封闭和僵化的可能性。如果说，在《好婆和李同志》、《妙妙》等作品中，王安忆对物质化的市民气和追新逐异的时尚癖尚且保持了几分嘲讽和揶揄的距离，那么到了《香港的情与爱》和《长恨歌》，当她试图“抽象”地刻画香港和上海这两座城市的“魂”的时候，那种距离感已然消失得无影无踪。再比如，倘若我们还记得欧阳端丽(《流逝》，1982)每天早起排队买菜的“日常生活”，我们一定会惊讶，逢佳和王琦瑶竟是那么的缺乏“行动性”，那么的缺乏人间烟火之气。这种抽象化和理念化正是“日常生活写作美学”渐入困境的一个有力表征。

这种困境在《启蒙时代》中也有一些具体的表征。小说第1节第一句话即写南昌他们骑车去往操场，直到第10节才续上这个场景，但小说的叙事并未由此显出阔大开朗的气象，也并不见得优美和精致；倒是叙述的琐碎、枝蔓留给人极深的印象。其次，小说进入“故事”的过程显得十分缓慢和疲沓，好不容易进入故事，故事却很快就要结束，不得不开辟另一个故事空间，因而导致第五章和前四章的衔接显得突兀和勉强。此外，叙述中的“感悟”性质得到了强化，甚至发展为一种无端的感慨，有时候，叙述者的口吻不免让人觉得像是一个慈祥老人在讲述懵懂无知的儿孙辈的成长经历，甚至带有几分迟缓的暮气。最遗憾之处还是在于，王安忆显然“尝试”了许多“议论”，但未必“真正见思想”，反而显示出理性精神的缺失。

三、理性精神的流失：一个新时期文学的命题

作家理性精神的形成及其强弱程度，有很多因素，比如个人经历、成长坏境、才情和学养等等，其具体表现则是对生活空间的认识、对生

活的处理方式。王安忆的小说中,生活空间正日见逼仄和促狭,到了《启蒙时代》,已经抽象化得只剩"户内"和"户外"两种可能。耐人寻味的是,小说中人物的出身背景"各不相同",原本可以借此写出人物如何找到了各自不同的出路——这显然是一种"老套"的做法,王安忆本意也不在此——但是,作者却给他们安排了同一条出路:走向"日常生活"。当然,舒拉还没有定型,她总是向前"奔跑"着,但我们可以预想,她不大可能有其他出路。至于南昌,小说末尾交待,他已经承认了这个城市有它的思想,他那"羞怯"的一笑,不妨解释为对过去的莽撞的自嘲。生活空间的狭窄化,人物去向的单一化,不是艺术上的开拓而是僵化和自闭,它不能使我们看到真切而生动的生活场景,却让我们看到了作者理性精神的萎缩。

当然,在具体的创作过程中,"理性"意识的表现可能是很微妙的。王安忆曾经这样说道:

> 我一向写作的时候,不是那么很清醒的,比如说"我要做什么,我要怎么做。"我当时最想写什么我就坐下来写什么。然后,这个东西它要求我是怎么样写我就怎么样写。……其实,许多技术的问题我都是回过去再看的。在当时,你只是被一种情绪推动,然而,你怎么会被这一种情绪所推动,这种情绪是和你长期的读书、思考,你对小说的观念都有关系的。[1]

王安忆所描绘的那种"情绪推动",应该是一种灵感,或者说一个写作者在灵感袭来之际的"本能"反应。但值得注意的是,她将此称为"不是那么清醒的"状态,只有事后"清醒"过来,才会返回去考虑"许多技术的问题",也即理性地思考问题。在她这里,理性即意味着技术问题;进一步说,理性的思考往往体现在具体的技术问题上。现在我们"回过去

[1] 王安忆:《感情和技术——与复旦大学中文系九一级学生对话》,《王安忆说》,第53—54页。

再看"《启蒙时代》，小老大和陈卓然无疑最能体现作者的理性思考。“小老大”身体孱弱，但是思想发达，他的沙龙里总是聚满了各种朋友，听他随意阐发一些富有哲理的生活感悟，这些人与其说是朋友倒不如说是听众或者学生。他之所以“小”，一是因为体形小，二是年纪与其他人相去不远（我们可以想象，对于自己的父辈，南昌他们这一代人总难得有自然的亲近）。“小老大”是“小”和“大”的一种奇妙混合物，让他成为乏味、懵懂的成长年代所需要的“良师益友”，作者真是用心良苦。女孩子们不知怎么的，似乎生来就具备了一种市民气，天然地懂得如何生活。至于陈卓然，在小说的第 25 节，借着与南昌谈论“关于阿明这个人”的时机，他不仅将阿明所在的“社会体系”直接判定为“先进”，更是大谈特谈市民社会、市民哲学，并且将自己命名为“新市民”。从最雄辩的“革命”理论演讲家变成虔诚的市民生活的辩护者，他的转变幅度之大，只能在人物理念化这一“技术”缺憾中得到解释。这种技术缺憾，显现了“日常生活写作美学”观念之下的理性缺失。

从“日常生活”这个视角返观中国当代文学，理性精神的流失并非自今日今时始。在十七年和文革中，文学中的“生活”被高度政治化和集体化，个人体验性质的日常生活更是不可能得到公开的表现。新时期以来，“生活”的政治色彩渐渐褪去，个人渐渐从集体中解放出来。从社会文化进步的角度来看，要求文学回到正常的生活状态，正是其时文化启蒙主义要求个性、要求自由、要求个人空间和理性精神的一种体现。新时期之初，文学中“大写的人”的形象充盈着创作主体对理性精神的呼吁和张扬。即便 1980 年代中期的《你别无选择》和《无主题变奏》等作品，作者表现出的“伪现代”矛盾姿态，也是从反面对自由、平等和自我等价值作出肯定，也在一定程度上表现出作为主体的“人”的理性思考。但是在残雪那里，对现实世界的理性思考往往以非理性的艺术形式出之，作品中的生活世界总是充满怀疑和荒诞感，我们不能说其中没有创作主体的理性思考，只不过这种生活的表现价值终究只能在象征的层面。此后的“先锋小说”如《现实一种》、《往事与刑罚》、《十九间房》、《大年》、《世事如烟》、《虚构》、《一九三四年的逃亡》等作品中则充满了暴力、刑罚、逃亡、幻觉等非常态景象，生活气息非常稀薄。

只是到了“新写实小说”，文学方才真正表现了日常生活。在“一地鸡毛”的“烦恼人生”中，处处都能见到不同的“风景”。作家以一种贴近现实的“零距离”姿态，如实刻画出生活的“原生态”面貌，写出物质贫乏引起的生存空间逼促感。“日常生活”中的“钱、房子、吃饭、睡觉、撒尿拉屎，一切的一切”都是具体而微的现实问题，“那现实琐碎、浩繁、无边无际，差不多能够淹没一切消蚀一切。在它面前，你几乎不能说你想干这，或者想干那；你很难和它讲清道理”。[1]“新写实小说”诞生于那样的一个特殊的历史时期，折射出知识分子作为个人在不可预料的历史变革面前的无力感，小说中那种日常生活细节越是具体和细致，就越加显示出作家面对现实的惊慌失措和茫然无从。“这几乎是当代知识分子最难堪的时期：无人倾听的启蒙激情仍然尚未泯灭，而切身的物质困窘却时时提醒着自己实际的社会地位。”[2]原有的理想和激情被“日常生活”磨钝了棱角，作家们纷纷从精神追求领域退守到庸常的现实生活。一个有意味的现象是，或许是由于现实本身的庸常，新写实小说文本贫乏的想象力并没有招致多少苛责。

但是王安忆显然有别于“新写实”作家。如果说“新写实”作家回到日常生活是一种无可奈何的选择，在王安忆却是一种带有审美考虑的主动选择。“新写实”作家“零距离”贴近现实，旨在更真实地刻画现实带来的挫败感，而王安忆，却是有意识地保持了一份审视生活的距离感，即便是后来置身其中为城市画魂，我们也有理由认为这是当代城市文学的一份收获。王安忆真正的问题在于，一旦刻意凸显日常生活的稳固绵长，审美中仅存的理性意识便逐渐弱化，对生活空间的理解便逐渐缩减，想象力也就日渐凝固下来，以至于生活中的常见景象发生“变质”。比如，构成王安忆日常生活的重要活动之一——“情爱”，从《岗上

〔1〕 池莉：《我写〈烦恼人生〉》，《小说选刊》1988年第2期。

〔2〕 许志英、丁帆主编：《中国新时期小说主潮》（上），人民文学出版社2002年版，第529页。

的世纪》(李小琴与杨绪国)开始,已经蜕变为“情义”,在《香港的情和爱》(逢佳与老魏)与《长恨歌》(王琦瑶与程先生)中又一再得到强化。至《启蒙时代》,南昌和顾嘉宝之间的初恋竟然是有始无终,也就是说,连“情义”都不再被提起了。面对这样的无“情”无“义”的王安忆,不知80年代的王安忆会作何感想。

对新时期文学的简要回顾说明,“日常生活”可以在文学中被解放,但是对“日常生活”的理性思考却不可松懈。在当代中国,“以现代化为背景的日常生活批判理论是20世纪80—90年代文化哲学研究领域中相对具有独特性和新意的文化哲学理论。它的主题或者宗旨是人自身的现代化,即完成由自由自发的生存方式向自由自觉的生存方式的文化转型”〔1〕。从“发生学”的角度来看,中国学界对“日常生活”的理论探讨,首先是出于对以文学界“日常生活”书写为代表的文化现象的总结,同时也是对西方理论的借鉴和再阐释。然而,实际情形总是复杂的。比方说,赫勒有一个著名的观点,“日常生活”就是“那些同时使社会再生产成为可能的个体再生产要素的集合”〔2〕,说明了“日常生活”理论在西方学界是有着鲜明的社会学或政治经济学色彩的命题。再如,中国的“日常生活批判”论者往往难免带有理想化的色彩:“可以看出,日常生活批判所代表的深层文化启蒙与五四新文化运动和80年代‘文化热’所代表的传统文化启蒙有着重大的差异,它不再是普通民众的‘代言人’外在地加诸生活世界的东西,而是在普通民众生活世界根基上发生的文化转型,它表现为精英文化与市民文化在生活世界内部的交汇与整合。”〔3〕这里探讨的是“日常生活”的“批判”所应该采取的理性态度,而“日常生活”在文学中如何表现,却仍然是一个未决的问题。1990年代以来,“日常生活”以及相关话语成为文学界热点,近年来,随着消费社会语境的进一步展开,“日常生活审美化”在学界又一次

---

〔1〕 李小娟主编:《走向中国的日常生活批判》,“导论”,人民出版社2005年版,第1页。
〔2〕 [匈]赫勒:《日常生活》,衣俊卿译,重庆出版社1990年版,第1页。
〔3〕 衣俊卿:《日常生活批判与深层文化启蒙》,《求是学刊》1996年第5期。

得到了探讨。新世纪以来,文学中的“日常生活”呈现出更为复杂的情形:一方面,少数中产阶级带来的生活趣味开始得到艺术化的“审美呈现”;另一方面,大量的作品开始直面“底层”的生存景观。不管是诗意的呈现,还是愤怒的控诉,我们所寄望于它们身上的,是能有更多的面向生活复杂性的理性思考。“日常生活”只有在理性精神的观照之下,才会有更大的艺术表现价值。

回到作家本身,理性精神的缺失不一定是源于作家自身理性精神的匮乏,也可能是出于对知识分子话语权力的怀疑,对知识分子立场的动摇。常见的情形是:作家们在从四面八方迫近的现实面前感受到巨大的压力,于是,作为认同现实和妥协于现实的产物,“日常生活”写作美学应运而生。在一篇纪念鲁迅的发言稿中,王安忆曾写道:“先生,一个思想者,在这温饱的市民群里,却将他思想的力度磨砺得更为尖锐,强大。在务实与短见的风气里,不免会走向孤愤,可正是这孤愤,开拓了一片高远广阔的精神天空。”[1]我却以为,所谓“尖锐”,并不只是现实“磨砺”的结果,而是面对现实的固有姿态。所谓“孤愤”,也不只是一种结果或归宿,那更像是一种永远思索的姿态,永不轻易苟同于现实的姿态。君不见,以当今风气之“务实与短见”,决不下于先生的时代,而如先生一般孤愤者日见其少,苟同者却日见其多也!

---

〔1〕 王安忆:《永不庸俗》,《王安忆说》,第326页。

远行与回归

——由《雁过藻溪》看张翎晚近的写作姿态

移居加拿大的女作家张翎，至少同时练就了两套本领：一面经营她的听力诊所，一面经营她的小说创作。1998 年推出长篇处女作《望月》，即被海外学者视为“北美地区新移民文学的扛鼎作家正在冉冉升起”[1]的标志性事件。此后她又陆续有几部长篇和中短篇小说集问世，在海内外受到了持续关注，并曾获得过若干相关荣誉。应该说，张翎的长篇小说节奏把握上张弛有度，语言文字也日臻细腻圆熟，但其故事结构有时难免过于错综繁复（典型的如《交错的彼岸》），因而对读者的耐心造成了极大的考验。相比之下，她的一些中短篇，却是小巧玲珑，含蓄蕴藉，清爽可喜，且展示出特殊的写作姿态。本文即拟就其中篇小说集《雁过藻溪》稍作探讨。

一、心灵的远行

张翎善于描写人心。她笔下的人物可以什么都没有，但是必得有一颗敏感的心灵。因此，张翎的故事首先都是关于心灵的故事。《向北方》中的陈中越，在与妻子分居后突然做出了去加拿大极北的一个小镇任职的决定，其初衷却源于少年时代就已经在心里形成的“北方情结”。“向北方”，在中越意味着逃离南方，意味着逃离束缚，意味着反叛和成长，意味着心灵的历险。只是他没有想到，那个远逝的青春之梦竟会圆在多年之后的异国小镇。正是在那个小镇上，他结识了达娃母子，了

〔1〕 陈瑞琳：《风雨故人，交错彼岸》，《华文文学》2001 年第 3 期。

解到了另一颗破碎心灵的苦难历程，领会了达娃对希望的坚守。虽然他和达娃的惺惺相惜引起了裘伊的误会，并导致达娃夫妇的悲剧，但是他最终决意领养达娃的孤儿尼尔，在余生用自己残破的心来呵护另一个心灵的完整。北方“历险”之后，中越显然变得更加淡定，更加执着。

与《向北方》类似，其他小说也多写到人物的远行。《空巢》开篇即题有：“谨将这个故事献给世上一切空巢的父母和离家远行的儿女。”[1]事实上，张翎小说中的人物几乎从不安居于温暖舒适的“家”中，而是——远行。《花事了》中的吟云，为了心中那个模糊的理想，居然做出离家学戏的计划，而置家人和心上人于不顾。威尔逊一家的祖孙两代，他们的人生中至少有一段相似的心灵轨迹，老威尔逊年轻时曾在遥远的中国经历了“充满了惊讶和意外的风浪”，保罗则“似乎从出生开始就在准备去神奇的中国寻找他爷爷当年的脚印”(《羊》)。飞云从未和心上人有过任何的约定或承诺，她完全依从了心底的意愿，坚决地选择了自己的出路，而她却不知道，他们的未来即将湮没在此后的滚滚浪潮之中了(《江南篇》)。

来自心灵的力量促使着人们远行。在远行中探索此前未知的世界，在远行中遭遇心灵的空白，在远行中发现自己内心的无助和软弱，在远行中发现两颗曾经沧桑的心灵之间沟通和融契的可能。《雁过藻溪》中的末雁，在国外与丈夫“毫无理由”地离婚之后，返乡送母亲回祖坟安葬，却意外地发现了很多事情，比如母亲的秘密，比如自身潜藏的欲望，比如女儿的突然长大……总之，“在那个叫藻溪的狭小世界里，她遭遇了她的大世界里所不曾遭遇过的东西”[2]。就探索心灵活动的多重可能性而言，该篇小说在整个集子中是无与伦比的。

张翎写得较多的、写得最好的，是女性的心理空间。她笔下最常见

---

〔1〕 张翎：《空巢》，《雁过藻溪》，成都时代出版社 2006 年版，第 77 页。下文凡引自该书不再另注。

〔2〕 张翎：《关于藻溪和〈雁过藻溪〉》，《江南》2007 年第 2 期。

的是那种离异独居的单身女性，往往身处此地，而彼处还有亲人；或者身处此地的困境，而心灵却在向往着更远处的一个完满。这种特殊而又暧昧的身份，无疑为张翎带来自由想象的空间。张翎经常以人物的婚恋为中心，在各种事变的聚焦之下透视他们的心理。这一方面显示了她的女儿本色，另一方面也得归功于她捕捉细腻感觉的能力。比如《向北方》写达娃和中越相互依偎时的情景："大千世界，他和她在这样空旷的北方相遇。她有她的伤，他有他的伤。他治不了她的，她也治不了他的。"处于困境中的女性，多少孤苦和落寞，几分倔强而无奈，同时也渴望着温暖和依靠的复杂心态，跃然于纸上。田田显然很需要秦阳这样的人来依靠，但是对于再婚却是向往而又恐惧，直到一次电力事故过后才做出决定(《空巢》)。小说最后写道："老天爷让这个硕大无比的都市在这样的灾祸里走过一遭，城塌了一方，人行过了死荫的幽谷，仿佛只是为了成全一段艰难的姻缘。"在这些无奈的慨叹背后，我们眼前似乎又浮现出张爱玲那"美丽而苍凉的手势"。不过，张爱玲式的无奈、绝望和悲凉，在张翎这里应当不是本意。张翎小说中的人物总会遭遇困境，也总有命运无常的的感慨，但仍然极力寻找沟通和慰藉，寻找坚持下去的理由。比如，达娃的遭遇堪称悲惨，然而她依然坚守着最后的希望；末雁从来没有关闭心灵的窗扉；羊阳在每一个遇到的男人那里，都能获取一种对于生活的新的认识。

二、交错的叙事

张翎的小说，大多有一个共同特点：故事的叙述在海内外两地交叉展开，如同她一个长篇的副题——"一个发生在大洋两岸的故事"[1]所示。《向北方》的主体故事以加拿大小镇为背景，然而人物的回忆却时常不安分地跨越国境线；《雁过藻溪》的故事主要发生在人物的老家温州，但发生在加拿大甚至是北极的事情，也偶尔掠过末雁的脑际；《空巢》、《羊》的叙事横跨北京和多伦多。张翎总是自得其乐地编织着纵横

〔1〕 张翎：《交错的彼岸：一个发生在大洋两岸的故事》，百花文艺出版社2001年版。

交错的叙事之网。

在笔者看来，这种时空交错的叙事，首先体现了中国传统叙事“花开两朵，各表一枝”手法的影响，同时也吸收了西方小说中的意识流技巧，因而呈现出中西合璧的“现代”风貌。如《向北方》，小说中交替叙述着中越和达娃的现在和过去，他们的过去都在国内，现在则以加拿大为背景。《雁过藻溪》、《空巢》和《羊》等几篇也与此类似。《花事了》和《江南篇》的叙述也大量出现时空交错，只不过很少笔涉海外。在多数情况下，这种齐头并进、甚至是几条线索同时进行的叙述，使得张翎的小说长于挖掘人物的内心活动，也给阅读带来一种既传统又现代的阅读体验；但是，一旦网状叙事繁复起来，读者恐怕就要急于从这个“网”里挣脱出来了。

要使得小说叙事能够自由地穿越时空的限制，一个重要的前提是找到一个很好的关结点。或者说，必须找到一个可以作为“原点”的人物，然后以其为中心，纵横经纬，牵连出或轻或重的丝线，通往不同的地点、不同的时间、不同的人物。以《雁过藻溪》为例，动笔之前仅有几个杂乱印象，需要一个通往主题的“载体”，“构思的过程犹如布置圣诞树，各样的饰物原本是零乱没有主题的，然而一旦把它们一一挂在一棵青葱的树上，主题突然就呼之欲出了。”[1]张翎自述：“这棵树就是末雁。”我们发现，在末雁这段“枝干”之上，向“根部”延伸的是她在出国之前的过去，主要是幼时对母亲的记忆；向上生长的部分是她和丈夫的婚姻和离异，以及她返回老家之后的经历，其中重要的一段是与百川的情感纠葛；作为“旁枝”斜逸的，有她与汉斯的交往，以及百川此前的情感经历等；而在老家了解的关于母亲的过去，则像一部巨大的“根系”，滋养了末雁的成长经历，也为整个小说的生长供给了养分。

在其他篇目中，我们也能在叙述的芜杂森林中找到那“一棵树”，找出那个对于小说的叙述极为重要的关结点。比如《空巢》中，叙述从何田田开始，然后引出他父亲的故事，父亲的保姆赵春枝的故事。《羊》的

---

〔1〕 张翎：《关于藻溪和〈雁过藻溪〉》，《江南》2007 年第 2 期。

故事从羊阳应聘工作开始，然后她的视野中出现了保罗，接着引出了保罗祖孙两代的故事。《花事了》则主要以花吟云为中心，组织起花、文两家庞大的兴衰史和花家姐妹奇异的情感史。

如果说张翎对人物心灵的探悉主要借助于婚恋经历来进行，那么在交错叙事的纬度上，她似乎更倾向于追述人物的家族记忆：陈中越记忆中的江南小城，末雁母亲的老家藻溪，田田的老家浙南，飞云家族的金三元布庄，温州的花家和文家，还有多伦多的威尔逊一家。在多数篇目中，作家不同程度地涉及到了大陆解放之后的土改运动、抗美援朝、"三大改造"等历史事件，依稀地勾勒出几个模糊可辨的家族的影子。我们不妨认为，张翎正在逐渐加重作品的历史意蕴，试图走出一些新的路子来。

三、梦回"藻溪"

对张翎的小说作进一步的考察，我们可以发现，张翎的小说多数从多伦多展开，笔下不停地变换出现的主要是两个空间：多伦多和北京。更确切地说，当小说的叙述被拉向回忆时，北京就被置换为浙江的某地了。考虑到张翎的个人背景，她的小说其实是以异域为"现在时"背景而展开的关于故土记忆的叙事。这故土可能小如藻溪，或者大至温州、浙南。于是我总不由自主地去猜测，这个魂梦萦绕着的藻溪，究竟是不是存在着的呢？

张翎最近发表的《关于藻溪和〈雁过藻溪〉》一文，给了我们确切的答案。她告诉我们，"藻溪是地名，也是一条河流的名字，在浙江省苍南县境内。"因此，藻溪不止是一条有着诗意名字的河流，也是一条"母亲的河"。张翎记述了藻溪之行带给她的崭新体验：

> 那个夏日的下午，我的心被这个叫藻溪的地方温柔地牵动起来。我突然明白，人和土地之间也是有血缘关系的，这种关系就叫做根。这种关系与时间无关，与距离无关，与一个人的知识学养阅

历也无关。纵使遥隔数十年和几个大洲，只要想起，便倏然相通。[1]

尽管远隔万里重洋，但因为藻溪的存在，张翎一直与自己的精神故乡保持着丝丝缕缕的联系。因此可以说，正是藻溪促成了包括《雁过藻溪》在内的所有作品的诞生；更加重要的是，对藻溪不绝如缕的追忆，显示了张翎的一种“寻根”的创作理念，一种“回归”的创作姿态。

张翎的“回归”姿态，首先体现于语言的鲜明特色中。她的语言沉着练达、淡雅细致，早已为许多论者所津津乐道。本文需要补充的是，张翎语言的意象设置，总是有意表现出某种“传统”色彩，散发出中国式的美感。如“江南的城郭像一件小号的金缕绣衣，他轻轻一动，就能挣破那些精致的针脚”一句，极写陈中越在南方所感觉到的束缚，用的却是那么“古典”的意象。再如：“羊阳的手指在键盘上不显山不露水地抚过，键盘就流出了一片连绵的春雨落地珠玉撞击似的声响。”巧妙化用古诗“大珠小珠落玉盘”之意，并且添上了“连绵春雨”的比喻，其实只不过描绘打字时的情景而已。就语言文字的素养而言，她无疑是深深地扎“根”于汉语文学传统的。

莫言论及张翎语言的细腻和准确，曾有“大有张爱玲之风”[2]的赞语。这显然是对其文字功夫的高度评价，但我以为，在这背后还蕴含着弦外之音：张翎精心编织的那些既世俗又现代的情爱故事，不仅仅是从语言上，而且也从神韵上接续了“海派”的遗风余响。根深而叶茂，张翎虽然远在海外，但凭借着小说创作，她在现代汉语文学所开创的格局中找到了自己的位置——如莫言所评，“写作就是回到故乡”。现实和记忆中的那些故事，犹如一片片饱含人生况味的树叶，原本只是无助地飘散在多伦多的寒风里，如今《雁过藻溪》却收集了整整的一束，呈现给了

---

〔1〕 张翎：《关于藻溪和〈雁过藻溪〉》，《江南》2007年第2期。

〔2〕 莫言：《写作就是回到故乡》，参见《交错的彼岸：一个发生在大洋两岸的故事》，“序”第4页。

“故乡”的读者，这无疑是海外移民文学的重要收获。

《雁过藻溪》也留下了一些待解的问题。且不说《向北方》在寒冷的冬雪中结束了一场突如其来的悲剧，也不提末雁的情感归宿和田田无奈的再婚，单是花吟云姐妹的情感坎坷和飞云的错误婚姻，就足以让人深感命运无常和现实无奈。张翎的小说似乎随处都涂抹着从多伦多的严寒冬季携来的清冷色调，总是难以摆脱命运笼罩之下的阴霾。然而我们有幸看到，在作者的新作《弃猫阿惶》[1]中，故事中主人公虽然也曾一度放弃和挣扎，但是终究有了希望的亮色：“永不”开花的花盆里，竟然“长出了一片小小的三叶草”。据说，三叶草象征着祈求与希望，我们也衷心地希望，张翎的创作能走得更深、更远。

---

〔1〕 张翎：《弃猫阿惶》，《小说月报·原创版》2007 年第 1 期。

残缺的完美

——读迟子建的《百雀林》

在当下的小说创作当中，迟子建无疑是非常值得关注的作家之一，她用自己鲜明的风格赢得了持续而广泛的关注。虽说她长期偏居东北一隅，但她的文字全然没有感染过冰天雪地带来的严寒和粗糙，反而总是源源不断地流淌着脉脉温情，细致而又温暖，潜流暗涌却引人深思。即便是以风雨飘摇的"文革"为背景的《花瓣饭》，也仍然散发出温热的气息，令人耳目一新，久久难忘。近日读到她的新作《百雀林》[1]，我又得以重温了那种久违的感觉。

一、面对残缺的生活

《百雀林》中给人印象最深的人物，无疑是周明瓦。明瓦的爷爷擅长口技，能模仿出各种动物的叫声，还能模仿鸟儿的歌唱，所以明瓦几乎"等于是在动物乐园长大的"。明瓦平素看似貌呆口拙，"可是爷爷一表演，他的眼神就活泛了，说话也利落了。"由此看来，爷爷的口技不仅是明瓦日常生活中的一大乐趣，也几乎成为小明瓦成长中不可或缺的营养素。所以，一旦爷爷逝世，"明瓦听不到口技，身上的魂儿就不全了。"爷爷的去世造成了明瓦生活中的残缺，虽然爸爸也时常模仿几声鸟叫，但明瓦总是不乐意。由于念念不忘于爷爷的口技，明瓦变得更加不爱说话，更加沉闷不乐。

明瓦对记忆中鸟叫声的执拗劲儿，很容易让我们想起迟子建笔下

---

〔1〕 迟子建：《百雀林》，载《钟山》2007 年第 4 期。以下凡引自该作的文字，不再另注。

曾经出现过的类似人物，他们中有决心学会顶碗杂耍的小明（《日落碗窑》）、执意与牛一同入睡的宝坠（《雾月牛栏》）、非用清水洗澡不可的天灶（《清水洗尘》）和固执地用自己的头脑去理解所有人事的小磨盘（《疯人院的小磨盘》），等等。他们总是以儿童纯真的眼光看待一切，几乎可以构成一个“不肯长大”的形象系列。这类“不肯长大”的小孩在迟子建的小说中频繁出现，为她提供了一个特殊而又稳固的视角，即以童心和童真来看取生活。《百雀林》中的明瓦，也可以归为以上人物谱系，也秉承了这类人物形象的“家族相似性”：他直到五岁才恋恋不舍地断了奶，十一岁时妈妈去世，在他看来，造成的严重后果就是“没奶了”。在邻居和乡村们的眼中，他也是一个长不大的孩子。

但是与以前不同的是，《百雀林》中的明瓦还是不可避免地长大了。这当然是《百雀林》与迟子建以往小说的不同之处，也是明瓦与上述其他人物的不同之处。这不同首先表现为，自从爷爷去世以后，明瓦就一直以“没……了”的简单句式来表达自己的感觉，以至于得了个“小没”的美名。“没”不仅直观地意味着一种残缺和失去，也意味着明瓦感受和理解事物的一种特殊方式：在明瓦看来，生活中的正常情况或者理想状态是“有”，而特殊变故则是“没”。明瓦与众不同的思维方式，决定了他是一个对生活中的残缺和不完满状态极为敏感的人。幼年遭遇一系列变故导致的残缺意识、以及这种残缺感带来的影响，在他此后的生活经历当中，我们可以看得十分清楚：

家里发生意外变故之后，明瓦被送往城里收养。但是他坚持不随养父姓王，理由是生父“没逮着”，这里的“没”充分显示生父逃离带来的缺憾感，也从反面说明了明瓦对父子团聚的暗自企盼（小说在后来设置了多处呼应，但明瓦一直没能遇见父亲）。明瓦总是用“没”来从反面描述“有”的理想状态，表达一种渴望和追求。譬如，在婚姻大事上，明瓦甚至固执地以“没奶味”为由拒绝了别人介绍的对象，而选择了离异之后带着小孩的文秋。明瓦虽然不多言语，但是通过结婚一事，表现出自我选择理想生活状态的坚定和决绝。然而，生活在常态的同时也总是有变数，明瓦不可避免地遭遇了许多意料之外的事情。先是养父母对自己婚事的极力反对，再有哥哥姐姐的世故和势利，还有自己工作上的一些不顺遭遇，使得明瓦在诸般变故的面前逐渐失去了兴致和热情。最后，曾经恩爱的妻子也“没个女人的模样了”，生活不再兴致盎然，不再意味着“有”充实感和幸福感，导致他们离婚。事实似乎证明，明瓦越是对于“没”的状态敏感，他就反而越是远离自己理想中的那种“有”的理想状态。

在《百雀林》中，类似的生活于残缺之中的人，可谓不在少数。比如明瓦的养父王琼阁，他不但将明瓦视为己出，而且积极为之安排出路，安排工作，但是明瓦终究不顾他的感受而选择与文秋结婚。明瓦离婚之后，他又患上了股骨头坏死；赶往丹东投治名医大有好转，但在即将痊愈之际医生本人却突然与世长辞。再比如明瓦的姑姑，因患乳腺癌而不得不切除了身为女人最珍视的乳房；明瓦的姐姐结婚多年，一直未能生下一儿半女。在这些人物身上，我们看到，生活总是以残缺的形式表现出与理想状态的乖违。正是从这些不尽如人意的乖违之中，迟子建以一种温热的笔触写出了他们对健全的、正常的生活状态的渴望，也显示出她对人物生存形式与生活动机的热切关注和深刻洞察。

二、追求完美的艺术

如果小说到此就戛然而止，熟知迟子建的读者们一定会感到惊诧：毕竟，我们还是不习惯离开她曾经带给我们的那种温暖的亮色。事实也确实如我们所料。在小说的倒数第四节，以一句“机会来了”为转折点，明瓦找到了一个实现自己心愿的机会：到“百雀林”去当养鸟员。他没有通知任何人，就签下了这份工作，离开城市上班去了。那里是一个鸟类繁殖地，位于“距离县城五十公里的原始森林保护区里”，除了有位技术员一周上山一次，就只剩明瓦一人独处了。“大多的时候，他是一个人跟鸟儿在一起，听松涛，听风雨。冬天的时候，鸟儿进了室内，他和它们住在一起，等于住在春天里。”在“百雀林”与鸟儿们为伴，不仅唤起了他童年的记忆，也重新激起了他对生活的热爱：“夜晚，鸟儿低吟的时候，小没会想起爷爷，想起父亲和母亲，想起文秋，想起养父养母，想起兜兜，想起永望村的亲戚们。”显然，明瓦虽然离群索居，但是并不孤独。

我们不难看出，在给明瓦安排“出路”方面，迟子建是足够称得上仁爱的。她不但让明瓦达成了“一个人过日子，脱离人群”的愿望，还让“百雀林”的鸟叫声弥补了明瓦心头那份遥远的缺失和遗憾感。明瓦的生活理想该算是圆满了。不妨说，是作者以仁者的艺术促成了这份圆满。迟子建总是以一颗博大的爱心，满蕴着同情和包容，贴近人物的内心需求，来安排人物的“结局”。在小说的倒数第二自然段，作者有进一步的交待——

明瓦的哥哥明斋，如今可以“安心种地了，他老婆当上了民办教师，他一脸知足的表情。至于明瓦的姐夫二歪，“他满面喜气，多年不孕的明霞终于为他生了个儿子，而且假种子官司的风波也平息了。”

迟子建似乎从来都不忍心让她笔下的人物走到“绝境”。她的同情和包容之心，使得她笔下的“知足”和“满面喜气”这样的描述完全出于自然，而不可能带上丝毫贬义。她也为他们的生活终于“圆满”和安定下来而感到高兴。她丝毫不隐藏自己的喜悦之情，正如她丝毫不吝啬自己的仁爱之心。回头再看《百雀林》，事实上，这种仁爱的光辉一直笼罩着整个小说，或是以鲜明的情感色彩，或是以微妙的遣词造句，溶化于叙事的字里行间。

比如，小说这样叙述明瓦被王琼阁收养：

“明瓦真是命好，人家一眼就相中了这个眉清目秀的孩子，说他不多言语，内秀，本分，将来一准是个孝顺孩子。就这样，明瓦因祸得福，他的户口被迁进城里，成了县立一小的学生，每天穿得干干净净的，背着书包去上学。”

叙述明瓦如何找到工作：

“明瓦真是幸运啊，很多老兵复员后，并没有分配上工作。可是他一回到城里，赶上公路管理站增编，组织部一调他的档案，知道他在部队入了党，而且立过一次三等功，立刻就把他安排进来了。”

诸如“命好”、“因祸得福”、“幸运”之类的描述一再出现在一个叙述者的口中，显然让我们觉得这个叙述者不是袖手旁观，而是设身处地、与人物同呼吸共命运。再如“然而好景不长，秋天的时候，二歪又来了”，则是干脆直接从明瓦的观点和立场来描述事态的好坏了。在明瓦的整个成长过程之中，叙述者一直以这种仁爱、怜惜的语气百般呵护着他，让他按照自己心底的意愿生活着，而不会受到致命的伤害。虽然小说中也写到明瓦如何一步一步地失去工作，如何结束了婚姻，但是明瓦最终出人意料地找到了一种切合自己个性的生活方式。事发突然而且不无巧合（明瓦正好是去做养鸟员），惟有如此方才可以解释：当明瓦日渐陷入进退失据之境时，面对残缺的生活，是艺术毫不犹豫地为他指明了一条完美的阳关大道。

三、结语

明瓦幼年的缺失感在经过生活的波折之后，逐步形成了一个明确的意向，最终汇合为以返回自然作为归宿，这显然带有寻求本性、返璞归真的意味。这让我想起了沈从文。沈从文先生从人与自然“和谐共存”的理想出发，致力于表现一种“优美，健康，自然，而又不悖乎人性的人生形式”[1]，如果说他所要极力“对抗”的，是现代文明对于自在而随性的人性的入侵和破坏；那么迟子建所要做的，却是用一种温情和仁爱，来呵护曾经有过缺憾的生活形式，并提供机会促使人性得到另一种形式的圆满。在寻求“圆满”和“完美”这一点上，两者可谓殊途而同归。只是，这种艺术理想的可求而不可得，沈从文先生当年即已经意识到了；如今，在大半个世纪之后，《百雀林》又激起了我们心底潜藏已久的感慨。我们看到，明瓦的生活理想完美了；我们也衷心地祝愿，明瓦此后的生活不再有残缺；我们没有理由不为作家仁爱的理想得以完美而感动。但是，从艺术的角度来说，总是以仁爱来促成完美，恐怕会导致一种“残缺的完美”吧。

---

〔1〕 沈从文：《习作选集代序》，《沈从文选集》第 5 卷，四川人民出版社 1983 年版，第 231 页。

愉悦的歧途
——麦家小说创作论

评论界对于麦家的关注大概可以2000年为界。此前他虽然出版过小说集《紫密黑密》[1]，并且写出过《陈华南笔记本》[2]这样较有影响的作品，但似乎还是有些沉默。那时的他像是潜伏在某个偏僻的角落里，正在孤独而又专心致志地埋头苦干。此后，《天外之音》(2000)、《听风者》(2002)、《刀尖上行走》(2003)、《让蒙面人说话》(2003)以及长篇《解密》[3]和《暗算》[4]等一系列作品的发表，终于有力地将麦家从那个不知名的偏僻角落推至了众人面前。人们不无惊喜地发现，原来，麦家这些年来一直在精心营建一所地下机构，而且，那里竟然还活动着那么多神秘奇特的人，他们凭借各自的聪明才智和特殊技能，或殚精竭虑或游刃有余，从事着同样神秘奇特的工作。好一片“地下的天空”[5]！惊呼和赞叹过后，似乎是为了弥补此前对于麦家的忽略和亏欠，各种荣誉与奖励纷至沓来，络绎不绝。此后麦家每有新作面世，必

〔1〕解放军文艺出版社，1994年7月第1版。

〔2〕发表于《青年文学》1997年第9期，《小说月报》同年第12期转载，后获新加坡“华语文学奖”。

〔3〕由中国青年出版社(2002年10月)和《当代》(2002年第6期)共同推出。

〔4〕由《钟山》和世界知识出版社共同推出。前者见2003年增刊(秋冬卷)，名为《暗器》；后者出版时间为2003年7月。

〔5〕麦家一个小说集取名“地下的天空”，解放军文艺出版社2002年1月版。

能招致一片喝彩。这种喝彩在《风声》发表以后几乎达到了巅峰。[1]

其实,麦家在十几年前就写过不错的作品。从事小说创作二十余年以来,麦家为小说创作所付出的不懈努力,早应获得一定程度的认可。但是本文并不打算轻易加入大合唱的行列,而是试图就麦家之所以博得广泛认可的原因和背景提出自己的看法,包括对其创作存在的隐忧进行发掘。后面一件工作或许有些吃力不讨好,甚至可能是不受欢迎的忧虑;但我仍然认为,与其盲目地去分享麦家成功的愉悦,还不如审慎地探测其面前的歧途来得更有意义。

一、愉悦的攀登

据说,"成熟"的作家往往都有一块自己的领地,譬如福克纳有约克纳帕塔法,马尔克斯有马孔多,等等。在当代中国文学中,贾平凹之于商州,莫言之于高密东北乡,杨争光之于符驮村,李锐之于厚土与银城,苏童之于枫杨树村,韩少功与他一度占领过的马桥,都曾不止一次地引发关于成熟与否的话题。麦家在这方面只有一个代号:"701"。迄今为止,麦家绝大部分的小说都与此有关。可以说,对于 701 的想象、创造与修缮,淋漓尽致地展现了一个小说家必不可少的丰富细腻与聪慧灵动,还有难能可贵的逻辑能力与求索精神;同时,它也不可避免地将一个作家的偏执与片面之处和盘托出。

就麦家的创作历程来看,这个机构创建于《紫密黑密》[2],但那时读者仅仅得知它是一个专门从事密码破译的秘密机构。在后来的《陈华南笔记本》、《解密》和《让蒙面人说话》中,它仍然是一个破译密码的机构;而在《瞎子阿炳》中,则"是军方的一个重要情报机构,主要担负 X 国无线电窃听任务"。虽然前后稍有不同,但是 701 作为特殊情报机构

[1] 2007 年 10 月,由《人民文学》与南海出版公司同时推出的《风声》,不仅让麦家收获了"2007 年度茅台杯人民文学奖",同时也荣膺第六届"华语文学传媒奖"的"2007 年度小说家"称号。详见《2007 年度"茅台杯"人民文学奖揭晓》(《人民文学》2007 年第 12 期)和《第六届华语文学传媒奖揭晓》(《文学报》2008 年 4 月 17 日)。

[2] 载《前线文艺》1994 年春季号。

这一工作性质已经得到落实，其领导机构和人员配备等也已经初具规模，与此同时，新奇和神秘逐渐入侵读者的感知系统，如影随形。到了《暗算》，麦家对701的总体部署已告完成："这是我国仿效前苏联克格勃第七研究所而组建的一个情报机构，其性质和任务都是'特别的'"。下设三个业务局，《暗算》的上中下三部也由此而得名："在系统内部，一般把搞监听的人称为'听风者'，搞密码破译的人叫做'看风者'，搞谍报的叫做'捕风者'"。

一个重要的背景是，1990年代末以来，读者们的视线一直被许多平庸无奇的小说所充塞。由此也就不难想象，地下特别机构701的破土而出，必定如出土文物一般散发出奇异的光泽，让人眼前一亮。一位论者写道："麦家终于从意想不到的角度，像一个偷袭者，出现在他所处的时代。"[1]堪称形象、生动的评语。此后，这位偷袭者本人连同他的作品一起，受到了这个时代的礼遇：麦家小说中的那些神秘人物在各种媒体上频频露面，而麦家本人则被称为"中国'新智力小说'和'特情小说'的开创者"[2]。在后来的《密码》(2005)和《风声》(2007)中，701暂时告别了人们的视野，但是地下党活动中的斗智斗勇，仍然有效地保证了小说故事的神秘和刺激：在极端困难的封闭环境下，沉着机智的主人公仍然不可思议地将重要情报传送了出去，从而使组织避免了不必要的牺牲。

毋庸讳言，独特的小说题材和曲折离奇、跌宕起伏的故事情节，吸附了众多关注麦家的目光。但是有作为的小说家并不仅仅依靠故事内容本身。事实上，麦家从一开始便十分讲究故事的讲述方式。701从草创之初到逐步发展完备的过程，也是麦家为故事来源寻求"可靠"的讲述方式的过程。比如《陈华南笔记本》，叙述者先讲陈华南如何破解了"紫密"、如何因笔记本的失窃而发疯的故事，然后告知读者故事的来

[1] 李敬泽：《偏执、正果、写作——麦家印象》，《山花》2003年第5期。

[2] 人民文学出版社在2006年分别以1万和2万册的规模同时出版了《解密》和《暗算》这两部已经成为热点的小说，并且在两书的封三都做出了这样的介绍。

源:“我”父亲曾与陈华南在同一疗养院调养,那里风传着陈华南的事迹。但是那些一般性的传闻显然不足以道出陈华南作为特情人员的更多秘密,而且叙述者也不得不对某些“喜欢刨根问底”的读者心存提防,所以他决定专程走访一趟701。首先遇到的瓦西里不愿多谈,接着他幸运地得到了跛足少将的接见,对方向他透露了陈华南破译“紫密”的一些相关情况,但是没有涉及“黑密”,于是他只好再去拜访当时破译了“黑密”的严实先生。这样一步步牵丝引线下来,关于陈华南的故事被讲述得严丝合缝,其可信度无可置疑。作为《陈华南笔记本》的扩展,《解密》在开篇不久就如是交代:“我在南方的几条交叉的铁路线上辗转了两个年休假,先后采访了51位多半年迈老弱的知情者,并查阅了上百万字的资料后,终于有信心坐下来写作本书。”这个故事显然更加庞杂,但是有了“容先生访谈实录”、“郑局长访谈实录”、“我”在灵山疗养院的见闻、希伊斯的遗孀范丽丽女士的三份补充说明、严实老人的回忆和容金珍笔记本的部分内容,依然没有漏洞或者破绽可寻。尽管参与讲述故事的人身份不一,但他们都曾经是陈华南事迹的当事人或知情者,故事也就真实可信、稳妥圆满了。《瞎子阿炳》和《天知道》也是当事人的回忆。《刀尖上的步履》则来自一个垂死老人金深水的临终告白,人之将死,其言也善,而且事关他人的身世之谜,因而读者有理由相信其字字真切。另一个例子是《风声》,叙述者先以一个知情人提供的故事为主体加工、完成了上部,不料在下部中,某一个故事当事人的女儿却半道杀出,“对书稿前半部分给予高度肯定,只是强调后半部分严重失实。”于是叙述者只好去采访那个当事人,随后辗转多处,以求完善前面那个故事。

把讲故事的权力交给知情者,这是小说家取信于读者的便捷可靠的方式之一,也是一种传统的讲故事方式;不过,如果只会用一种方式来愚弄读者,肯定不是一个好小说家的作为。《天外之音》全篇皆由一个鬼魂的回忆来完成,可以视作对传统讲故事方式的一次改良。虽然读者无法要求那个充满怨气的鬼魂说真道实,但是考虑到鬼魂的无所不在、无所不知,再有史上著名事件作为佐证,读者也就只有心甘情愿接受“愚弄”了。

话说回来，老是将故事交给上了年纪的或者行将就木的老人、死后的鬼魂来回忆和重述，也不是一个办法。况且，任何讲述故事的方式一旦形成了模式和套路，即便故事情节如何百转千回，挑剔的读者也不会再引以为奇的。在这个意义上，《让蒙面人说话》可以看做一个大胆的尝试。小说的主体部分由几则日记和几封信件构成，它们都是前701工作人员施国光在一个“解密日”亲自领取出来的。在《暗算》中，叙述者甚至在“解密日”里获准进入了701内部，并且采访了一些获得解密的人，从而为本书的写作打下了坚实的基础。从理论角度来看，“解密日”的出现，虽然是事理逻辑意义上的一个偶然命名，但却是叙事艺术要求拓展的必然结果。

除了故事内容和讲故事的方式以外，麦家小说中涉及的密码，也是吸引读者的另一个重要因素。评论界也理应对此表示关注。有论者将麦家小说与福尔摩斯探案、电影《风语者》相比较，认为“只有麦家才真正为我们推开了密码这扇大门”[1]。如果从另一个角度思考，或许更能说明问题。麦家小说的叙事者确曾在小说中对密码作过一些煞有介事的处置，比如《暗算》介绍过简易密码、专业密码和高级密码的基本情况，比如《密码》在题记中神乎其神地用密码表达“毋庸置疑，本文献给潘老”这一创作动机，比如《风声》中对“莫尔斯电码”的几种编码方式的介绍。但是麦家仍然没有、也不可能将一个密码的科学破解过程公之于众。而且，探求和公布这一过程也不是小说家的职责所在。甚至可以说，曾经作为军人的麦家是否真正接触过密码，以及小说中关于密码的介绍是否真确，这些其实都无关紧要。其实，小说家麦家将密码引入小说的最大意义在于：创设一种不可言说的神秘情境。破解密码的难度越大，小说氛围的神秘性就越浓，读者的好奇心也就更强。正因为如此，去比较谁敞开密码程度更大（密码本身就不可能真正敞开），或者去探究密码的起源，显然无助于探求探究麦家的小说本身。

---

〔1〕 贺绍俊：《麦家的密码意象和密码思维》，《当代文坛》2007年第4期。

破解密码，围绕密码而活动的神秘人物，破译密码的特殊环境，这一切给麦家小说的展开带来了不少麻烦，但更多的却是方便之处。比如阿炳被带进701之后，叙述者就开始变得有几分油滑。他仅仅将“陆军第××武器研究所”和“军事重地无证莫入”两块牌子指给读者一看，随即强调“这里不属于时间和空间。这里只属于神秘和秘密。”他把读者变成了另一个瞎子阿炳，却又十分诚恳地为不能带读者领略更多的风光而抱歉：“下面的一切是空洞的，但请不要指责我。这里的所有，房子，草木，设施，设备，甚至空中的飞鸟，地下的爬虫，我都无法提供。因为言说这里的任何词语都将无一幸免地被放到聚光灯下精心琢磨、推敲。这就是说，言及这里的任何的词语都可能出卖我，你们可以对我行刑，甚至以死来威胁我，也可以天花乱坠地诱惑我，但都休想敲开我缄默的嘴巴。因为我宣过誓。因为这是我今生惟一的信念。”（《瞎子阿炳》）他还可以跳出小说来与读者交流，或者强调故事即将带来的巨大冲击力：“以后发生的事情是不真实的，因为太真实。”（《陈华南笔记本》）或者预示小说本身的风格：“至于本书，我预感它可能是一本不错的书，秘密，神奇，性感，既有古典的情怀，又有现代的风雅，还有一点命运的辛酸和无奈。”（《暗算》）

既然一切都是机密，叙述者正好可以避重就轻、化繁为简，使得叙述变得诡秘而狡黠。比如《暗算》中这样叙述采访钱院长的结果：“他同意跟我讲关于黄依依的故事，但同时要求我，是签字画押地要求，在本书中不能写他的故事，是有所指的故事。那故事，我在701已经有所耳闻，我相信如果写出来，也许是本书中的最好看的故事。现在，我跟他签字画押过，这故事成了我的禁忌，讳莫如深，在此不敢有半点涉及。……所以，现在我只能以他的口吻讲述本故事。”诸如此类的故弄玄虚，一方面处处强调了密码造成的神秘（事关重大机密，我不能向你讲得清楚明白），另一方面又时时引发读者强烈的阅读期待（你越是遮遮掩掩，我就越是想弄个水落石出）。

因为有了密码，一切都神秘起来。某种程度上，麦家的小说本身就如同一个密码，创作意味着作者借助手法和技巧对文本进行编码和加密，而阅读则需要读者凭借兴趣和耐心完成侦破与解密。究其实质，故事情节的曲折生动也好，故事来源的可信可靠也好，叙述者的诡异狡猾也好，都只不过是小说家的常用把戏，是一种极力将故事编得天衣无缝的游戏。破解密码是一种智力游戏，写作小说则是一种文字游戏。两者的区别在于，前者是残酷而又阴暗的过程，毁灭和葬送了天才人物陈华南们；而后者则是苦乐皆备的过程，磨练和造就了一个较为出色的叙述者麦家。

在小说技巧的层面上，麦家认为小说是“手工艺品”，他觉得这个说法至少可以说明小说的“难度”问题。在很大程度上，我与麦家一样，认同“手工艺品”一说所强调的专业态度。麦家甚至认为，“难度到了极致，价值才会青云直上。”他以登山过程作比，说明小说写作一如登山有很多路径，“但是要找到集花径、险途、捷径等于一身的‘那个路’是非常难的。……说真的，我现在还是经常登不上山，写着写着丢掉了、报废了。有时即使上去了，毫无成功的快乐，不敢回首，羞于提起。我本来是想做一个手工艺品的，但结果出来的只是一件生活用具，人人手上都有，不敢拿出来炫耀，要藏起来。”〔1〕由此可见，对于已经发表出来的作品，麦家是完全不必感到羞愧的，而且每每回首往事，心头总是充满了登上山顶的成就感，十分惬意和愉悦。〔2〕

二、博尔赫斯的手指头

愉悦是一把双刃剑，一方面它可以让你收割必不可少的自信，另一

---

〔1〕 麦家：《小说是手工艺品》，《当代文坛》2007年第4期。

〔2〕 麦家的不少旧作，后来原封不动或者略有更改又与读者见面，正是麦家回顾来路时心情惬意的表现。比如《人生百慕大》以《四面楚歌》为题发表于《人民文学》2007年第7期，《五月的鲜花开遍了原野》发表于《江南》2005年第1期，《寻找先生》发表于《青年作家》2006年第8期，《第二种失败》发表于《青年作家》2006年第8期，《充满爱情和凄楚的故事》以《既爱情又凄惨》为题发表于《四川文学》2007年第6期；其实这些小说都曾经出现在小说集《紫密黑密》中。《刀尖上的步履》曾经收录于小说集《地下的天空》，后来以《刀尖上行走》为题发表在《人民文学》2003年第2期。

方面它也许会让你误以为身怀利器，而浑然不觉地走上危险的歧途。暂且不谈麦家面临何种歧途，先来看看麦家是如何"登上山顶"的。

不妨从陈华南——从《紫密黑密》到《陈华南笔记本》再到《解密》，这是麦家小说的一个"原型"人物——这里开始。麦家这样描述陈华南："他的职业是破译密码，这项孤独而又阴暗的事业，除了必要的知识、经验和天才的精神外，似乎更需要远在星辰之外的运气。"而我想这样描述麦家：要破译麦家小说的密码，除了必要的常识、耐心和观察力以外，似乎更需要来自万里之外的光照——这个光源就是博尔赫斯。麦家曾多次谈及博尔赫斯给予他的恩惠。

事实上，当代中国的许多"先锋作家"们，都曾经领受过博尔赫斯的恩惠。马原大概是博尔赫斯最聪敏的学徒了，当他煞有介事地自称"我就是那个叫马原的汉人，我写小说。我喜欢天马行空，我的故事多多少少都有那么一点耸人听闻"（《虚构》）的时候，他已经从博尔赫斯那里学到了第一招：故意打破小说的假定性，不再伪装"真实"。至于在一个故事里套上另一个故事，以数字来给人物命名（《拉萨河的女神》），矢口否认之前还言之凿凿的与麻风病人的疯狂做爱（《冈底斯的诱惑》）等等，都由那一招演化而来。余华则深深惊异于博尔赫斯的"神秘"："这正是博尔赫斯叙述里最为迷人之处，他在现实与神秘之间来回走动，就像在一座桥上来回踱步一样自然流畅和从容不迫。"〔1〕并且在自己的小说中做过一些试验。格非可算是最得博尔赫斯迷宫之形者，其文本中的圆形结构、意义迷宫已逼肖博尔赫斯本人的布局。……

耐人寻味的是，某些"先锋作家"尽管在自己从事写作的童年阶段，确曾直接或间接地接受过博尔赫斯的哺育，然而事后却很少提起或羞于提起。相比之下，麦家却是磊落坦荡，侃侃而谈。麦家这样回忆当初邂逅博尔赫斯的感受："哈哈，天晓得那天下午我有多么辛苦又兴奋！我很快就得出结论，捧在我手上的不是一个作品或作家，而是一个神秘

〔1〕 余华：《博尔赫斯的现实》，《读书》1998年第5期。

又精致，遥远又真切的世界。”[1]他在第一个小说集的“题记”中写道：“我有几位如博尔赫斯小说的朋友，他们是这个世界给我的最大馈赠和安慰，本书献给他们。”[2]这不免使人想到，这本书与其说是献给身边的朋友们，还不如说是献给遥远的博尔赫斯。麦家这样描述博尔赫斯对于他的影响和意义：“十多年来，他飘洋过海伸出的手越来越亲切又深刻地触摸着我，温暖着我，给了我各种各样的愿望和力量，使我的生命获得了某种伸展和灵敏。我就像棵不错的树，在对博氏作品不倦的阅读和想象中长出了枝枝桠桠，长出了粗根龙须。”[3]感激之情，溢于言表。

在另一处，他甚至怀着虔诚的“信仰”倾诉道：

> 哦，博尔赫斯，你是我的神，你叫我失去（毁灭）了一切，也让我拥有了一切。不不，拥有的不是一切，我拥有的只是你的一个小手指头（25万字）。这个小指头仿佛是水做的，又仿佛是火做的，充满的光芒和水气已将我彻底温暖又滋润，使我仿佛又重新回到了母亲子宫里。[4]

由此看来，在麦家的心目中，博尔赫斯对他简直有再造之恩。耐人寻味的是，这篇文章后来以《我的阿加蒂斯》为题，稍事修改后再次发表，并且收入小说集《充满爱情和凄楚的故事》。[5] 尽管麦家隐去了原文的若干真名，但这篇文字仍然难以算作小说，而且明眼人一望即知：阿加蒂斯就是博尔赫斯。我想，麦家将它收入小说集，主要是借以表明一种“小说观”。这既是受惠者麦家向恩人博尔赫斯致谢，也是读者麦

---

〔1〕 麦家：《博尔赫斯和我》，《青年作家》2007年第1期。

〔2〕 《紫密黑密》的“题记”，署名为“阿浒”。

〔3〕 麦家：《博尔赫斯和我》，《青年作家》2007年第1期。

〔4〕 麦家：《博尔赫斯和我（之二）》，《青年文学》2000年第6期。

〔5〕 麦家：《我的阿加蒂斯》，发表于《山花》2002年11期，此后收入小说集《充满爱情和凄楚的故事》，群众出版社2005年版。

家向小说家博尔赫斯致敬，更是信徒麦家对圣像博尔赫斯献礼。他毫不掩饰自己的偏爱："在我看来，20 世纪最后 50 年，所有的作家加在一起，也抵不过一个博尔赫斯。他是天才的讲故事的高手。"[1]

事情至此已经很明了：博尔赫斯的手指头是麦家登上山顶的拐杖。姑且不论麦家对于博尔赫斯的高度评价允当与否，也不论麦家谈及博尔赫斯之时的不无自得，一种升华至"信仰"高度的情感，其本身的热烈与真诚是不容指摘的。我们首要的问题是，博尔赫斯究竟如何影响了麦家？

麦家初习小说，始于 1980 年代中期。如今看来，博尔赫斯之于其时锐意求新的中国作家，正如一颗发光体之于一片广袤的黑土地：他不仅播撒明澈的光辉，同时也投映下浓重的阴影。那时，在博氏（当然也包括其他外国作家）带来的新奇和激动的鼓舞下，在跨出国门、"走向世界"这一宏大愿望的激励下，年轻的中国作家们毫无顾虑地纷纷亮出了各种良莠不齐的仿制品。当下，对于博尔赫斯们显现于当代中国文学中的亮点和盲点进行全面盘查或取样分析，或许还为时不晚。麦家的小说创作就是一个极好的例子。正如麦家本人始终对博尔赫斯怀有无限崇敬，麦家的小说也往往表现出对于博尔赫斯小说技法的忠实效仿。仔细端详麦家拿出的仿制品，你总能发现老博尔赫斯留下的或轻或重的指纹。

《深藏的温柔》和《充满爱情和凄楚的故事》是麦家早期的两篇作品，其结尾都以一种"补充"题外话的方式来完成，公然与读者一起讨论小说的情节和布局问题，一如马原当初在《冈底斯的诱惑》中的作为。其实，这些都移植自博尔赫斯。博尔赫斯在《叛徒与英雄的主题》中开篇即声明这是一则未完成的梗概性质的文字，然后他一本正经地与读者一起探讨文中故事的发生可以选择什么样的时空背景，并以看似漫不经心的方式将之推演下去。

---

〔1〕 麦家：《作家要"守"得住》，转引自吴义勤《奇绝孤高的小说格调》，《天外之音·序》，山东文艺出版社，2007 年 5 月版。

在《巴比伦彩票》、《南方》等作品中，博尔赫斯对于偶然性及其荒诞意味展开了含蓄精当的探求。我以为这是博氏影响麦家小说内涵最甚之处，当然不可否认卡夫卡（这是麦家经常提到的）式的荒诞也对麦家有所影响。比如《第二种失败》，阿今率领部队冲锋作战连续九次都失败了，第十次冲锋只剩他一个人来完成，他在冲上山顶时深感势单力薄，于是选择了英勇地自杀。其实此前双方基本已经同归于尽，敌方仅剩一个伤兵在死死抱着旗杆——然而阿今并不知道。阿今为这一偶然的真实付出了生命的代价，同时也使英勇就义这一行为变得荒唐可疑。《充满爱情和凄楚的故事》中，排长的一句玩笑话粉碎了少女裙心目中的粉色童话，也招致了自己的身亡；偶然性在此显示出它巨大的杀伤力。陈华南笔记本的丢失和失而复得，同样充满了偶然性和戏剧性（《陈华南笔记本》）。清白的富阳姑娘死于一次偶然：她在入伍体检时被诊断为"破鞋"（《两位富阳姑娘》）。王军早起洗脸时陷入池塘身亡，也仍然只能归因于那个无所不在而又不可言说的偶然性（《王军从军记》）。机要员张国庆因为偶然的疏忽而受到组织处罚，这原本只是《暗算》中的一个小小细节，但麦家硬是模拟小明的口吻将往事重述了一遍。[1] 麦家对于偶然性的念念不忘，由此可见一斑。

从偶然性出发，达到对于宇宙中一切事物之间存在的、可能存在的复杂关系的探究，这是博尔赫斯在《通天塔图书馆》、《环形废墟》、《叛徒与英雄的主题》、《镜子与面具》等作品中孜孜以求的；《圆盘》和《沙之书》则进一步将复杂关系定位于不可言说的神秘之上。麦家写于早年的《人生百慕大》，其主要意图即是勾画一个单位里的同事们互相害怕、互相牵制、互相提防的复杂网状关系。至于神秘，我相信麦家对此有更为深入的领会，关于 701 的那些小说足以为证。不过博、麦之间的分别也很明显：博尔赫斯式的神秘主要来自于迷宫似的文本以及迷宫意象，而麦家的神秘则得益于神奇的密码以及围绕密码而发生的非常之事。最大的差异还在于，博尔赫斯那种浓缩的哲学式意味，也是麦家所难以

---

〔1〕 麦家：《飞机》，《十月》2005 年第 1 期。

企及的。

博尔赫斯小说《博闻强记富内斯》中的主人公十分奇特。此人虽然性情孤僻，但是他居然可以像钟表一样随时报出精确的时间；一次事故不幸导致了他的瘫痪，却又激活了不可思议的记忆力。我以为富内斯直接催生了麦家笔下的阿炳：这个失去视力却有着敏锐听觉的形象，显然和富内斯一样，同属于“有缺陷的天才”谱系。实际上，这也是陈华南和黄依依（《天知道》）的共同特征。

《天外之音》写到借死人传送情报，并且以此为史上著名战争“补充”一个细节，显然是受到博尔赫斯《小径分岔的花园》的启发。麦家追随博尔赫斯的兴趣如此强烈，以至于他不但把博氏“我模糊地想，枪声可以传得很远很远”一句移植到了小说《第二种失败》中，[1]而且继续在《风声》中导演了一幕以自杀来传递情报的好戏。

至今为止，麦家的小说几乎都保留着讲故事、听故事或者转述故事的痕迹。其实他完全可以将那些“斧凿之痕”打磨得干干净净，但是他没有那样做，而是一如既往地向读者老实交代故事的来源。麦家的这种“固执”可以在博尔赫斯那里找到答案。博尔赫斯终其一生，就如何讲述故事做出了多方尝试：“以篡改和歪曲别人的故事作为消遣”[2]、倾听别人讲故事、转述听来的故事、补充一个故事，或者凭空想象一个故事、故事中套故事，等等。但是直到比较晚的时候，他仍然在一些作品中忠实地保留了讲故事的痕迹。忠实于博尔赫斯的麦家，自然会紧随其后——或者不如说，他们共同忠实于“说书人”的天职和角色。他们的最大不同却在于：博尔赫斯好像有些任性无度，有时将故事说真说圆，有时却说假说破，有时干脆弄成真假莫辨；而麦家则时而拉来当事人和知情者，时而出示文献资料，一门心思要把故事说真说圆——在这

---

〔1〕 移植和改写之后的这一句话是：“阿今感觉到脑浆随着子弹飞出了脑门，同时他模模糊糊地想，枪声也许会传得很远、很远。”

〔2〕 博尔赫斯：《恶棍列传·1954年版序言》，《博尔赫斯全集·小说卷》，浙江文艺出版社1999年版，第5页。

个意义上，麦家“背叛”了博尔赫斯。

博尔赫斯飘洋过海伸过来的一个小手指头，确曾指点、扶助过麦家前行，但是拐杖终究不能代人走路。况且，阿根廷的文学之路也与中国的文学之路不同，一如阿根廷的布宜诺斯艾利斯之不同于中国的富阳。因此，麦家不必为背叛而忏悔和自责。回头再看看博尔赫斯，其小说创作的传奇笔法、幻想气质、叙述方式都体现出一种文学上的游戏精神。迟至1970年，他仍然这样强调：“我只想说明我一向不是，现在也不是从前所谓的寓言作家、如今称之为有使命的作家。我写的故事，正如《一千零一夜》里的一样，旨在给人以消遣和感动，不在醒世劝化。”〔1〕同时也必须指出，丰富的知识含量与精当的哲学意蕴，也是博尔赫斯式游戏的重要因素；正是有了它们的适时参与，才保证了这类游戏不至于成为真正的凌空蹈虚和任性无度。由此我们也发现，中国的博尔赫斯们可能学得一套漂亮的游戏手法，但是始终不能学好那种游戏精神。原因之一是，那种游戏精神与中国文学的“现实主义”大脑和脾胃都不调和，其二则是我们作家在哲学和文化修养上的贫乏、知识视野的狭隘，决定了这种游戏将以不欢而散而终局。在以上两个方面，中国文学都还有很长的路要走。抚今追昔，对于中国的博尔赫斯们而言，他们多年前与博尔赫斯的萍水相逢，几乎就已经注定了后来的分道扬镳。

三、隐秘的歧途

博尔赫斯已经长眠地下二十余年。不管他的金手指曾在多大程度上“点化”过麦家，麦家在当前的文学版图中标示出了自己的独特位置，这已是不争的事实。而且就目前获得的认可和荣誉而言，麦家似乎有足够理由静坐下来，以“成熟”作家的气度，细细咀嚼那“成功”后的愉悦。这似乎也可以反过来说明，麦家此前选择的“那个路”是一条康庄大道。但是选择也就意味着放弃。麦家一路上固然收获了不少，但舍弃下的却是更多。尾随他的足迹一面前行一面捡拾，我最终不无遗憾

〔1〕 博尔赫斯：《布罗迪报告·序言》，《博尔赫斯全集·小说卷》，第315页。

地发现,他已经渐渐拐上了一道隐秘的歧途。

小说集《紫密黑密》是麦家的出发点,其中收入的 9 篇小说大致可以分为三类。

第一类可以归为英雄故事,《五月的鲜花开遍了原野》将“革命”年代的凄恻故事与当下军营士兵们的事迹奇异地组合在一起,展示出年轻作者叙事上的求变意识。《英雄故事》和《第二次失败》具有相辅相成的意味,前者中的英雄“单刀赴会”杀死了所有敌人,后者中的英雄则在没有敌人的情况下死于自己的枪口。偶然性在此探出了它不安的触角。

第二类故事的表现对象是神秘性与恶。其中《紫密黑密》将笔触伸向了一个从事特殊工作的天才人物如何被意外的打击摧毁;《人生百慕大》则敏锐地捕捉到了单位里复杂的人际关系,题材或许不够神秘,但是“百慕大”这一命名足以反照出生活的“恶”在年轻作者心头投下的斑驳阴影。

第三类与“成长”主题相关,比如《深藏的温柔》以第一人称的方式回忆童年时代参加排戏的百般滋味,也预示了此类小说的特殊意义:利用小说的虚构功能,展现成长过程中被压抑的、注定要在此后被时常回想的温柔情愫。《变调》在这方面的特征十分明显,小说稀松的故事情节以及强烈的表白欲望,使得它更像是一则袒露心迹的散文。

《充满爱情和凄楚的故事》介于第二、三两类之间。排长十分喜爱那个美丽的小女孩,但他一句无心的玩笑话不仅粉碎了美丽小女孩的梦幻,还搭上了自己的性命。这个故事不仅是对于神秘的恶的一种表现,也高度关注人心底“深藏的温柔”。作为一个寻找梦想的故事,《寻找先生》如童话一般缤纷绚丽、寓言一般意味深长,不妨归入第三类。

综观整个小说集,可以想见此时的麦家一面在不无感伤地打捞成长记忆中的美好纯真,一面又敏锐感知到现实中的荒诞离奇。他左冲右突,躁动不安地寻觅着新的表达可能。也许某些篇什的叙事还有些稚拙,还留有写作的“童年”阶段的印记,但《寻找先生》和《充满爱情和凄楚的故事》那样的篇章现在仍令我感动。尤其面对着现在这个“成熟”得不无狡黠的麦家，我总是不由自主地怀念那个不愿伪装的麦家。在这个意义上，我认为《紫密黑密》至今依然是麦家最重要的小说集。

那个真诚而又焦虑的麦家在后来还露过一次脸。这篇小说(《谁来阻挡》,《中国作家》2003 年第 8 期)以阿今突如其来的一个念头开始，以同样突如其来的一串泪水收尾，但这个飘忽的念头敲开了惯性生活之中人们的内心隐秘。当时，麦家的主要精力应该在构思《暗算》,但或许是某个挥之不去的念头攫住了他，促使他偷闲写下了阿今的迷惘和感伤。阿今的挥洒泪水或许有些稚气、不够成熟，小说或许还可以写得更加简洁流利；但正是在阿今这里，我依稀看见了麦家前行的身影，正在匆忙地向昔日纯真的焦虑作别。

小说集《紫密黑密》出版之时，一位论者如此写道：“在《充满爱情和凄楚的故事》、《第二种失败》之类的短篇中，他仍旧保持着对传统文学母题的兴趣。和平、人道、超乎边境之上的友爱和纯真之情，闪烁在他的小说中。但很快，这样的写作使他厌倦了，他觉得小说对此类沉重主题的思索实在无助于其更深入的表达和最终的形而上解决。”由此他认为，“他侍奉文字而不是‘思想’,同知识分子的所谓社会情结彻底脱离了干系。作为九十年代在群体或历史的躁动中孤立无助的‘个人’,他就是这样一意孤行着。”[1]这个论断很有意思。首先，我同意他就主题兴趣对麦家作出的概括，但是在那个集子中，我没有看出这位论者所暗示的从主题探索到侍奉文字的明确转向；那么，其次，是不是在这位论者看来，对于叙述的讲究(即“侍奉文字”)就必须以放弃对于纯真、美好而又沉重的主题思索为代价呢？如果真是这样，那么要付出的代价未免太大了。不过就后来的实际看，麦家真是有些“一意孤行”,麦家确实是将全部心思投入了讲故事中去，放弃了那些一度“闪烁”的纯真。从这个意义上说，这位论者的观点与其说是一种评价，还不如说是一次预言。

告别早期的纯真，麦家把自己埋进了一个又一个巨大的神秘之中：

---

〔1〕 殷实:《紫密黑密·序》,解放军文艺出版社 1994 年 7 月版，第 4—6 页。

紫密、黑密(《陈华南笔记本》、《解密》),炎密、火密(《让蒙面人说话》),乌字一号密(《天知道》、《暗算》),等等。它们让麦家不安分的想象力找到了安放之地,同时也让他品尝到了叙事游戏的快乐。但是这些密码显然逐渐疏远了麦家的生活体验,他只能转而在偶然性上面做足功夫:密码什么时候告破似乎不是依靠"科学"而是完全依靠运气,人物的命运遭际也交由神秘不可言说的偶然性左右。麦家尝试过"科学"地解开偶然性的奥秘,比如《黑记》。但他在其中的所作所为,简直令人哭笑不得。[1]这一切说明,偶然性和神秘性犹如渊默幽深的黑洞,作家如果不能适时地提升自己到足够的高度去俯察,就只能使它们变得越发偶然和神秘。

麦家的大部分小说都以偶然性作为契机来推动小说发展。不可否认,麦家抓住了一个真相:某些时候,生活中的各类现象,尤其是事情的转机,往往就是以偶然性的形式存在着。但这并非生活的全部真相。应该说,更多的时候,日常生活之所以让人深感平静无奇,正是因为,那平静无奇之下潜伏着已为人们所习惯和认可的必然性。艺术如果有必要"高于生活",就不必抓住生活的某个片面真相紧紧不放。不管偶然性的力量如何强大,它仍然不足以洞穿生活的全部真相。所以,我企望麦家能写出让人心悦诚服的必然性。只有当一部小说以某种必然性深长地打动读者时,一个作家才堪称成熟。

当读者质疑麦家让偶然性支配了其小说人物命运之时,麦家曾经做出如是辩解:

> 有人说,我对他们不公,其实是生活对他们不公。我越来越发现——相信,生活在一个禁锢的、扭曲的、躁动的、变态的世界里,很多人的命运里总是有太多的困难,太多的问题,以至最后连一个正常的、健康的生存权都可能失去。失去也是得到。他们得到了

[1] 林达身上长了一颗神秘的"黑记",既能给她带来快感,又能导致"强制性昏厥"。为了配合某科学家对她的"神秘治疗",也"为了抑制病情,她需要不停地做爱"。于是,她似乎不可避免地沦落为一个风尘女子。

我的关爱，我在日夜想念他们，不能释怀。他们是我陌生的亲人，我为他们感动，为他们流泪，为他们祈祷。我知道，时代确实在变，日新月异的变，有些美德变成了迂腐，有些崇高变成了可笑，有些秘密变成了家喻户晓。但我相信，有些东西、有些价值、有些目光，是恒定的，永世不变的。从理想的角度说，我写作的意义就是想找到这些东西、这些价值、这些目光。〔1〕

麦家想要找到的那些东西，应该是指天才人物的毁灭所具有的悲剧力量。我也深信，只要读者还保持着善良和同情之心，就不会对人自身的被禁锢和毁灭无动于衷。悲剧、尤其是天才被禁锢和毁灭的悲剧，总是会很有震撼力。问题的关键在于：首先，作为一种艺术效果的震撼力，并非只有通过悲剧才能达致，喜剧同样也可以带来震撼力；其次，这震撼力的程度还取决于人物形象鲜活灵动的程度。就后者而言，我以为麦家对于"人"的理解有些单薄。在他看来，天才人物既然在极端环境中遭受了压抑和扭曲，所以他们就应该像精致的瓷器，一碰就碎，一折就断。但不可忽略的是，极端的生存环境也能激发出人极端顽强的生命力。麦家不妨宕开笔墨，去描写天才如何与压制天才的因素互相对抗的过程，或许收效更佳。一件精致瓷器的破碎，充其量只能引得富有同情心的人发出一声唏嘘和感慨；而一个真正的人与非人因素互相对抗之时所闪现出来的人的光辉、暴露出来的人的缺陷，却将使我们悚然动容，心有戚戚焉。

在新近的一次演讲中，麦家别出心裁地提出小说有三种写法，用头发、用心或者用大脑写作。天才们用头发写作之事不在我关注之列。麦家认为，具备"非凡伟大的心""才可能留下名篇佳作"，旋即又指出：

但用心写作经常会出现两个极端：好的很好，差的很差，而且差的比例极高。那是因为大部分作家的心和大部分人差不多，荣

〔1〕 麦家：《充满爱情和凄楚的故事·自序》，群众出版社2005年版。

辱要惊，爱恨要乱，欲望沉重，贪生怕死。相对之下，用脑写可以保证小说的基本质量，因为脑力或者说智力是有参数的，一个愚钝的人总是不大容易掌握事物的本质，分辨纵横捭阖的世相。……当我看到周围人的欲望和黑暗被无限地打开，喧嚣得连天上的云层都变厚了，地下的水都不能喝，身边的空气污浊了，我更加怀疑自己的心早已蒙羞结垢，因为无论如何我不可能比大自然更有力量。统而言之，我不信任我的心，所以我选择用大脑来写作。[1]

麦家对三种写法的概括，或许不无故意为之的幽默，因为演讲现场往往需要这样的幽默。当他振振有词地谈及智力"参数"可以保证小说的质量时，相信他对自己的智力也是较为满意的。坦率地说，我对自己的智力经常不够满意，我下面这段话甚至毫无幽默感，但我还是想说：不管一个作家用什么写作（事实上，我认为好作品都必须是用心写出来的），都不应该怀疑人心、忽略人心，尤其不该怀疑自己"早已蒙羞结垢"（这如果不是过于自谦，就是过于油滑）。我们的确不可能生就一颗伟大非凡的心，但这却不能成为我们放弃对于人心的关怀和追问的理由。不仅如此，一个真正的作家，还必须时刻关怀和追问自己的内心。

在麦家走过的路当中，《解密》可以说是一块意味深长的路标。如果我们还记得当初那个"偷袭者"的形象，那么可以说，《解密》之后的麦家已不再冒险扮演"偷袭者"，而是热衷于从事手工艺劳动。麦家熟练掌握的工艺主要有三种。第一是析离工艺，其工作内容是将过去小说集中的作品，挑选出来发表到各大刊物上。第二种是编织工艺，用于将发表过的独立作品编排成一部新作，《暗算》就是由五篇小说组合而成。第三则是抻长与拉宽工艺，从《密码》到《风声》的过程形象地展示了这一工艺的操作特点。这里还需要补充一点，早在从《紫密黑密》到《陈华南笔记本》再到《解密》的过程中，麦家即已练就了一套纯熟的手艺。那时，麦家以其耐心和细致，精雕细琢，体现出了一个专业作者应有的敬

〔1〕 麦家：《我用大脑写作》，《文学报》2008年4月17日。

业精神。但是那个有点漫长的过程(10 年)一旦结束,麦家就开始大刀阔斧地施展不那么敬业的手艺了。因此,我对《解密》保留一份相当的敬意,而对《暗算》和《风声》保持一段审慎的距离。

环顾四周,将短篇延伸为中篇、再由中篇扩展为长篇的作家,比比皆是。麦家在这方面与他们并无二致,也充分显露了要"做大做强"的心思。我不由得想起了博尔赫斯。博尔赫斯从不写作长篇小说,他认为"长篇小说不可能像短篇小说那样有可能臻于完美,而后者却能容纳前者的全部内容。"[1]麦家却在乐此不疲地"编织"长篇小说。且不管博尔赫斯的论断在多大程度上可靠,但是麦家再一次"背叛"了他,这却是可以肯定的。

"编织"作为一种工艺本身是无可厚非的,比如《解密》当中的故事性、叙述技巧和人物形象就结合得不错。真正潜藏着危机的是编织工艺的被滥用。比如《风声》,很难说它与《暗算》之间有何必不可少的关联,但仍然被命名为"暗算系列"的第二部。此举显露出这样的意图:编织一个更大的筐子,编织一部"更有分量"的"巨著"。不知麦家会不会再编出《暗算》系列的第三部,但那将是我不忍心看到的。有必要再提到博尔赫斯。他很早就写下了如下文字:"我想说巴罗克风格故意竭尽(或力求竭尽)浮饰之能事,到了自我讽刺的边缘。……我想说,一切艺术到了最后阶段,用尽全部手段时,都会流于巴罗克。"[2]这话不只适用于麦家,也可当作是给所有作家的一份诚恳的忠告:缺乏敬业精神的手工艺劳动,将逐渐导致小说创作变成真正的工艺操作,甚至导致小说和小说家的消失。

《暗算》曾被改编为电视剧,并获得了极大成功,电视剧的热播又反过来使小说原著受到更大关注。新出的《风声》也已奏响凯歌。如果要说从《暗算》到《风声》有何变化,最显著的一点是,小说主人公的塑造意

---

〔1〕 转引自林一安:《走向本真的博尔赫斯(总序)》,《博尔赫斯全集·小说卷》,第9页。

〔2〕 博尔赫斯:《恶棍列传·1954 年版序言》,《博尔赫斯全集·小说卷》,第 5 页。

图，已由原来的天才一变而为现在的英雄。实际上，在电视剧《暗算》中，那些天才人物就早已悄然披上英雄的新装；《风声》紧随其后，只不过是一个“合情合理”的顺延动作而已。在这样的顺延过程中，我们不难发现，麦家正在积极主动地满足外界的热烈期待和公开诱导。在这个没有英雄的平庸年代，麦家小说中的英雄人物应运而生，有力地复活了人们心底挥之不去的英雄记忆，人们因此回报麦家以掌声和鲜花。投桃报李，似乎一切都在情理之中。我只想指出一点：当塑造英雄人物成为一部作品大获全胜的重要理由时，[1]这只能反过来说明，我们时代所面临的现实过于凡庸。在凡庸现实的重重包围之下，麦家一举造就了一个“雅俗共赏”的神话：阳春白雪称赞其叙述格调，下里巴人则深爱其紧张刺激的故事，主旋律话语也欢迎其再现“红色”记忆。

麦家不仅自己在编织一个更大的筐子，而且也被别人装进各色筐子里面：先是“电视小说”《暗算》作为“红色记忆系列丛书”[2]出版，“插图本‘暗’系列作品集”[3]也接踵而至。不难想象，一个可以被随意塞放进各种筐子里的作家，还有何独特性可言。然而，这正是我们这个时代给予“偷袭者”们的最大馈赠：小荷才露尖尖角，就被视为成熟的果子给提前收入各种筐子中了。许多作家的所谓“成熟”，往往就是这样被我们时代特殊的文学季候剥夺了充分“生长”的权利。我们看到，曾经的“偷袭者”麦家似乎并不反感这样的剥夺，更没有夺路而逃；相反，他正愉悦地走向歧途。

2008 年 4 月

---

〔1〕《人民文学》给《风声》的授奖辞如下：“麦家的长篇小说《风声》具有强劲的叙事力量，它探索人的高度，它塑造超凡脱俗的英雄，它以对人类意志的热烈肯定为当代小说开辟了独特的精神向度。”与此同时，“华语文学传媒盛典”在给麦家的授奖辞中，也突出表彰其“重温一种英雄哲学”之功。

〔2〕由作家出版社 2006 年 7 月出版。

〔3〕由长江文艺出版社策划出版，2007 年 10 月起，先后推出了《密码》、《军事》和《解密》三种。

喧嚣年代的文学证词

——莫言近作《蛙》读札

时至今日，新闻时潮之杂，报章媒体之多，造就了我们时代日新月异的气息和光怪陆离的面孔。这是一个喧嚣的年代，许多严肃话题最终都难免被狂欢和调侃所消解。这也是一个遗忘与告别的年代，快速运转的生活节奏使人们来不及沉淀记忆和梦想。在这样的年代，虽然文字日益经受着图像的遮蔽和侵袭，但文学创作和文学阅读居然没有偃旗息鼓，这真是一件奇妙的事实。近十几年来，不管你是否身为"专业"的读者，想必都无法忽略一个署名"莫言"的小说家。他如此不知疲倦地推出一部又一部长篇小说，执拗地向世人宣示他的存在，以至于有人曾"油然而兴""千言万语，何若莫言"[1]之叹。这一评语或许包含了双重意味：一方面极言莫言的创作数量之多，且暗示其贡献和成就为他人所难以比肩；一方面也直陈莫言的庞驳芜杂和难以把握，若你徒有千言万语而无力尽述其妙，则不如沉默莫言。最近读到莫言的新作《蛙》[2]，笔者不免产生了一些感想，难以沉默莫言，也就写下了这三言两语。

一、为什么是"杉谷义人"？

从《红高粱》、《透明的红萝卜》开始，历经《酒国》、《丰乳肥臀》，以至《檀香刑》、《四十一炮》和《生死疲劳》，莫言以其小说创作穿越了"新时

---

〔1〕 王德威：《千言万语，何若莫言》，《读书》1999 年第 3 期。

〔2〕 莫言：《蛙》，《收获》2009 年第 6 期。以下如有引文出自该处，不再另注。

期文学”，跨进新世纪。尽管莫言后来的小说越来越难重现《透明的红萝卜》那般细腻通透的艺术感觉，但人们仍然无法否认莫言讲故事的方式独具一格。这当然不只是因为他的叙述风格时而狂放恣肆犹如天马行空、时而精致琐细甚至不厌其烦，也不只是因为他在小说中尝试过借助唱词（如《天堂蒜薹之歌》、《檀香刑》）、书信（如《酒国》）、幻想和谎言（如《四十一炮》）、“说书体”和“章回体”（如《生死疲劳》）等方式来谋篇布局；单是对几千几百刀的“凌迟”酷刑、“四十一炮”、“六道轮回”的凭空构想和大肆铺叙，就可见出莫言在叙述难度方面的不避艰难和孜孜以求。对此，莫言本人也极为自信。直至2007年的一次访谈，莫言仍然这样评价自己八年之前的创作：“直到现在《十三步》也是我的一部登峰造极的作品，至今我也没看到别的作家写得比《十三步》更复杂，我把汉语里面能够使用的人称或者视角都试验了一遍。”[1]回想起来，面对《十三步》式的“登峰造极”，评论界当初的沉默寡言或许是因为，不知应该将之视为莫言向自我挑战还是向他人炫示了。

这一次，《蛙》又表演了一套奇特的手法。剧作家蝌蚪所写的五封长信和一部话剧，被莫言别出心裁地捏合成了一部小说，一如小说里那些泥团，到了泥塑艺人手中瞬间即可获得生命。考虑到类似手法早在《酒国》就有过娴熟运用，人们有理由认为，莫言这次只不过是“故技重施”。我更为感兴趣的问题则是：蝌蚪为什么要给对方长篇累牍地写信？写信人与收信人之间有何瓜葛？采用“书信体”对于小说来说有何意味？

小说开篇之后我们得知：“尊敬的杉谷义人先生”曾“不顾年迈体弱，跨越海国”来到蝌蚪“落后、偏远”的故乡，并于2002年的大年初一，在蝌蚪的陪同之下与其姑姑有过一次会谈，随即在初二的演讲报告中多次以“姑姑”为例来阐发其文学观念，且在离别之际表示，希望蝌蚪“用写信的方式”将姑姑的“故事”告诉他。于是蝌蚪就名正言顺地写起

---

〔1〕 石一龙：《写作时我是一个皇帝——当代作家莫言访谈录》，《延安文学》2007年第3期。

信来了。耐人寻味的是，虽然蝌蚪已事先声明他的目标是“写一部以姑姑的一生为素材的话剧”，但在最终完成话剧之前，他的几封长信本身却更像小说——至少，是用地道的小说笔法写就的。到了第三封信的开头，连蝌蚪自己都已经不好意思再将笔下的文字称为“信”，而是称为“材料”。这样的材料花去小说的绝大部分篇幅，等待已久的话剧千呼万唤始出来，稀奇古怪的几出幕起幕落过后，小说却已戛然而止……

应该承认，书信、材料、话剧三者在此得到了某种创造性的组合运用：书信是整部小说的外观形式和展开方式；材料构成了小说所讲述的主要内容；话剧既是书信的一则附录，也是全部材料的一个衍生品，更以其强烈的戏剧冲突而成为整部小说的高潮和结局。以上是莫言新法炮制的“调包计”和“嫁接法”。倘若有人据此而对莫言心生不满，那是大可不必的：运用此类谋略以激活读者久已麻木的阅读神经，是小说家不容置疑的合法权利之一。不过，被激活之后的读者将会质疑的是，采用书信方式来结构小说的必要性何在？

作为一种写作方式，书信本身并不具备绝对的时尚或花哨的品性；恰恰相反，它可能是最为朴素和直接的表达途径，就像人心有郁结就要吐露一般朴素。书信是一种旨在引起对话与交流的文体，它总能直观地展现人们的心态和情绪。然而在《蛙》中，我们所看到的，除了蝌蚪转述的来自对方的简短回应，其余则尽是蝌蚪个人冗长枝蔓的材料堆砌。不难理解，当蝌蚪的讲述近于“独白”时，莫言的小说写作也就近于倾诉了。如果下文能够指出小说的某些空疏之处，那么我想，这种独白体的书信方式，其实是应该承担部分责任的。但考虑到莫言向来高涨的叙述狂热，这并非莫言的疏忽所致，而是有意为之。早在当年的《四十一炮》中，莫言就已借男孩罗小通滔滔不绝的诉说尝足了“倾诉就是一切”的美味，他甚至认为，“所谓作家，就是在诉说中求生存，并在诉说中得到满足和解脱的过程。”[1]这次，书信体在《蛙》中的出现和运用，显然也为莫言的自由倾诉提供了最大程度的便利。

---

〔1〕 莫言：《诉说就是一切》，《当代作家评论》2003 年第 5 期。

自然而然地，接下来的问题是：蝌蚪何以单单选择了杉谷义人先生作为倾诉对象呢？最有说服力的理由无外乎以下两点：第一，二人同为作家，对于生活“素材”具有相近的敏感度，如此，写信不仅可以共享创作素材还有可能引起心理共鸣。第二，这种共鸣的主要内容，是关于个人如何反思历史并从中体认“罪感”。小说在第一部透露，姑姑年幼时曾与家人一起被日军劫至军中；而第二部进一步揭开隐秘：当年驻扎平度县城的那位日军司令，竟是杉谷义人的父亲。小说正是从这里开始提及“罪”的话题。当杉谷义人代表亡父表示“谢罪”后，蝌蚪动情地写道：“您父亲驻守平度城时，您才是一个四五岁的少年，您父亲在平度城犯下的罪行，没有理由让您承担，但是您承担了，您勇敢地把父辈的罪恶扛在自己的肩上，并愿意以自己的努力来赎父辈的罪，您的这种担当精神虽然让我们感到心疼，但我们知道这种精神非常可贵，当今这个世界最欠缺的就是这种精神，如果人人都能清醒地反省历史、反省自我，人类就可以避免许许多多的愚蠢行为。”不难看出，莫言之所以让蝌蚪与杉谷义人发生纠葛，主要目的就是牵引出关于“罪”的共同话题，从而为小说找到一个思想深度的保障。“写作能赎罪”，杉谷如是谆谆告诫，蝌蚪也自以为在身体力行。诚然，如果每个人都是生而有罪的，那么身为作家就更有必要深自忏悔。但是，杉谷代表其父为侵华罪行而谢罪，显然无法与蝌蚪和姑姑为自己赎罪相提并论——这已注定了《蛙》的叙事意图将是含混不明的。更重要的是，即便我们认可以上各种悔罪理念在本质上具有某种共通性，小说也未能为三者的相互碰撞或交相辉映营造足够深广的意义空间。

二、忧思录还是狂想曲？

当莫言决意要写“姑姑”的故事时，他最初可能是想扬弃惯常的倾诉式讲述的，因为他将面对的是以乡村接生员为职业的姑姑。姑姑那天赋异禀般的灵巧双手，不仅直接操持了“高密东北乡”五十年来的生养繁衍过程，也无形中牵连出整个乡土中国的计划生育历史。半个世纪过后，历史将自己的真实面相深藏于时间的暗道之中，却使姑姑的人生历程和行为处境透射出复杂难辨的深长意味。

作为根正苗红的八路军“神医”的后代，姑姑身上传续着抗日英雄的正统血脉和顽强精神。作为新中国早期培养出来的接生员，姑姑身上秉承着国家政权的意志和荣光。姑姑早年雷厉风行地执行并推广新法接生，就体现了先烈遗风与当时环境的最佳融合。而作为高密东北乡“第一个吃螃蟹的人”，姑姑身上又承受着乡人的无端猜忌。如果说最早的小试牛刀使得姑姑连同她的新法接生初步建立了“群众基础”，那么后来，随着她与王小倜的恋爱陡生变故，随着她被委任为基层领导而在计划生育工作中大展身手，她已经逐渐成为毁誉交加的人物。彼时彼地，上有风行一时的“人多力量大”的政治训导，下有根深蒂固的“不孝有三，无后为大”的繁衍观念，姑姑的行事必将更多地遭致人们的非议，甚至痛恨。小说浓墨重彩地描写姑姑在张拳家的遭遇，以及王仁美和王胆的死，足以说明姑姑已将自己置于何种悲剧的境地。悲剧的性质在于，姑姑的行事目的总是与预期效果不相一致：她在张拳家奋不顾身、苦口婆心的一番劝说，未能阻止张拳老婆死去，还落得个“不得好死”的臭骂，甚至张拳的外孙后来还设法报复；王仁美在引产手术中意外死亡，其父母恨姑姑入骨；王胆历经百般折腾，临死生下的女儿陈眉却没有好下场，似乎喻示她本就不该来到这个世上；她给男人们做结扎手术，不免又遭秽语相加乃至长期勒索。直到改革开放年代，姑姑高超的产科技术仍然没有给她带来多大荣耀：流氓似的卫生院院长玩弄女孩，结果要找姑姑了结后患；蝌蚪和小狮子明明是借腹代孕，她也义不容辞当仁不让。……

姑姑似乎一直处于某种困境之中，但这种困境究竟是时代强加于个人的不可逃脱的命运，还是个人浑然不觉地盲从时代而逐渐步入困境，抑或是两者兼而有之呢？从小说中无法找到确切答案。我们只知道：晚年的姑姑以赎罪的信念维持生活；郝大手与秦河则以他们的泥塑娃娃将姑姑的悔罪理念现实化。暂且不论郝、秦二人的泥塑本领是否果真神乎其技，也不论这种赎罪方式能够收效几何，不容忽视的是事情的转机来得十分突兀：姑姑在一次酒后遭遇蛙群的攻击，顿悟自己的罪孽深重。这就令人十分疑惑：如果没有这般诡异场景的出现，晚年的姑姑会不会生出自责和悔罪的心理？事实上，即便我们不去追究姑姑心理转变的原因，她晚年的作为仍难与赎罪相符。她一方面自我裁定为罪人，一方面又坚决果断地为代孕者接生——这究竟是借此洗涤以往扼杀他人亲生孩子的罪恶，还是继续纵容非法生子的罪恶？

无须讳言，姑姑这一人物形象有些虚而不实。与此同时，叙述者蝌蚪的形象也堪称单薄至极。在莫言的笔下，他只是作为叙述者这一工具而存在。至于他的心理感受及其变化，从未得到充分重视。比如，从催促王仁美引产到有意包庇以至最终又大力鼓动，从拒绝接受小狮子到与其成亲，从拒不接纳代孕孩子到欣然同意，他的心底波澜始终被快速变化的现实图景所遮掩。蝌蚪与晚年的姑姑因赎罪这一理念而无声相通，但这空洞的理念只需代孕一事就可以被击得粉碎。在姑姑与蝌蚪这里，赎罪的念头很少引发他们对于既往年代和个人作为的沉思，反而一次又一次地给予他们接受和认同当下现实的理由。如果人们不该要求作为乡村医生的姑姑做出深入的反思，那么至少有理由期待作家蝌蚪的努力。但令人遗憾的是，蝌蚪仅在第三部开头表达过对于姑姑和计划生育的看法："我不抱怨姑姑，我觉得她没有错，尽管她老人家近年来经常忏悔，说自己手上沾着鲜血。但那是历史，历史是只看结果而忽略手段的，就像人们只看到中国的万里长城、埃及的金字塔等许多伟大建筑，而看不到这些建筑下面的累累白骨。在过去的二十多年里，中国人用一种极端的方式终于控制了人口暴增的局面。实事求是地说，这不仅仅是为了中国自身的发展，也是为全人类做出贡献。毕竟，我们都生活在这个小小的星球上。地球上的资源就这么一点点，耗费了不可再生，从这点来说，西方人对中国计划生育的批评，是有失公允的。"这一段表述极为感情化，很难说有理性思考的意味。蝌蚪不仅以自己对姑姑的宽宥取消了姑姑自我忏悔的必要性，也以"极端的"历史目的论否认了反思历史过程的必要性；至于个人在历史进程中的喜怒哀怨，则全然不计。很难设想，这样的剧作家将如何在自己的生活中思考并践行"赎罪"之类问题。与之相仿，杉谷义人在回信中声称要"反思罪行”、“反思自我”，也不见下文。

显然，所谓的“赎罪”情结，不足以推动并连接整篇小说横跨几十年的庞杂叙述。那么究竟什么在推动叙述？我以为，如果说在前三部中，主要是乡野大地的传奇人物以及特定年代的乡村景观灌注了叙事者以想象的生命力，那么，接下来，则是改革开放年代造就的诸多社会奇观使得叙事者笔下不致滞涩。因此，这部小说对于莫言的意义首先可能在于，在现代化和城市化的时代进程中重新发掘自身的乡村经验，并使这一经验继续与当下现实发生关联。莫言说过：“我能不断地写作，没有枯竭之感，农村生活二十年给我打下了坚实的基础。……后来当兵入伍，到了北京，上了军艺、鲁迅文学院，接触了西方的小说和理论，它起到了发现自我的作用。”〔1〕其次，《蛙》的意义还可能表现为，它是莫言对历来关注的“种的退化”命题的再一次表述。从《红高粱》到《食草家族》和《酒国》，莫言一直以其特有的笔调表达他对于这一命题的持续思索。

但是，以上两种意义只是可能，而不是事实。第一，丰富的乡村经验只是潜在的书写资源，而非必然成功的保障。回顾莫言的长篇创作历程，被“西方的小说和理论”所发现的莫言，其笔下着力描绘的往往不是地道的乡土中国，而是“魔幻现实主义”式的中国乡野传奇（这点容后再叙）。第二，再一次表述并不意味着必然的进步。就《蛙》而言，其中的高密东北乡人已不再如《红高粱》中那些人物具有“最英雄好汉最王八蛋”的浑然品性，而是悄然间带上了种子遗传的特色。比如，肖下唇就和他的父亲肖上唇一样，绝难被归入好人一类；晚年流落街头的陈鼻，其血统问题就被暗示与白俄贵妇流落中国的历史有关；张拳的外孙则干脆被叙述者称为“坏种”。姑姑晚年更坚决地说道：“我接生过这么多孩子，总结出一条经验，那就是，好人和坏人，一小半是后天教育的结果，一大半是遗传决定的。你们可以批‘血统论’，但我这是实践出真知。”至此，莫言长久以来关于“种的退化”的思考，似乎已掺入了不少暴

〔1〕 莫言、王尧：《从〈红高粱〉到〈檀香刑〉》，《当代作家评论》2002 年第 1 期。

戾之气，难免遭到自我解构的危险。在这暴戾之气的鼓动之下，剧作家蝌蚪向杉谷提供了大量庞杂的“材料”，虽然杉谷曾经肯定“材料稍加整理之后即可作为小说发表”，但就目前而言，小说《蛙》的叙事意图仍是晦暗不明、芜杂不清的。仅当我们从中剥离出“反思中国乡村半个世纪的计划生育史”这一主题时，我们直觉对这一主题的沉思有可能成就一部沉甸甸的忧思录；倘若专注于文本的审美效果来落实这一预期，我们将会发现，小说毋宁更像一支嘈杂的狂想曲。

三、“尘归尘，土归土”

小说第一节以“吃煤的故事”拉开整个故事的大幕。1960 年代的某个下午，大羊栏小学的一群学生们，竟然在学校伙房的煤堆前“嗅到了一种奇异的香味”，这香味“仿佛是燃烧松香的味儿，又仿佛是烧烤土豆的味儿”，终于以陈鼻和王胆的大胆尝试为发端，大伙儿开始了一场品尝煤块的盛宴。直到第二天的课堂上，学生们的饕餮举动仍未中止：老师讲解完毕《乌鸦和狐狸》的故事，他们则“满嘴乌黑，跟着朗读”。小说的叙述语调中隐含着显而易见的后怕、夸张的情绪，但切实的饥饿感仍能唤起读者的感同身受，并且将那个沉重的年代召回笔底。第二节开始，叙述者以陈鼻的出生让接生员姑姑出场，顺带写到姑姑的父亲（也即“大爷爷”万六府）的传奇经历，旋即又回到了姑姑身上。这一过程恰如叙述者所道白：“匆匆忙忙地讲述大爷爷的故事，是为了从容不迫地讲述姑姑的故事。”细心的读者得以从中领会叙述者的意图：这部小说将竭力避免写成一部乡村人物的传奇故事。不过，随着叙述的渐次展开，显现于人们眼前的姑姑，仍然有着传奇般的人生经历——事实上，早在小说开篇之际，蝌蚪就已经用“波澜壮阔”、“跌宕起伏”来向杉谷义人概述姑姑尚未结束的人生历程了。我们的问题也就由此而生：莫言能否在姑姑“波澜壮阔”的“跌宕起伏”经历面前保持必要的“从容不迫”呢？

莫言接下来的作为证明：他从来就不是“安分守纪”的作家；这次照例难以保持平和与从容。第一部的第九节至第十一节，叙述姑姑与王小倜的恋爱变故，就已经不满足于纯然的向杉谷义人先生讲述的语调了。叙述者蝌蚪一会儿向杉谷诉说，一会儿抽身教导侄子不要重蹈王小倜之覆辙；一会儿是回忆自己的童年，一会儿又是调查王小倜的身世。这未免让人觉得，他总在不计手段地寻求叙述的灵活和开阔。到了第十二节以后，随着乡村的计生工作方兴未艾，文革的狂潮恶浪不期而至，在读者眼前一一上演的不论是悲剧还是喜剧，在叙述者的笔下却往往染上了闹剧的戏谑意味。比如，肖下唇被强行做了男扎手术，却也为他在“文革”中糟践女子免除了后患；在冻结的湖面上召开的批斗大会，以“湖面上发出一阵怪响，冰层塌裂，许多人，落到冰水中”而告终。第十五节（第一部的最后一节）绝对具有某种标本的意义。在这一节里，叙事背景突然转至“文革”中的大批斗场面，批斗大会即将开始，叙事者“我”却悠然自得地兜着圈子：他由滞洪闸讲到捕鱼和卖鱼，以便将秦河这个人物拉到读者面前；随即又插叙“有一天”“我”帮助秦河免受欺负之事；而秦河的受欺挨打，则缘于他试图制止两位乞丐烧吃青蛙；由两位乞丐来追赶“我”，又写到“我”因报复肖下唇而被穷追猛赶；直到“我”借助人群摆脱纠缠跑进会场，才转而叙述会场上的情形；待到湖面的冰层塌裂之后，叙事时间却已突然转至一九七九年……。小说叙事者看似从容自得，实则给人心浮气躁之感。他好像没有耐性从叙述技巧上写足写满故事情节的过渡与承接，而只是在下大力气将叙述的场景搅和得闹闹哄哄——套用小说描写会场的原话就是：“热闹，实在是太热闹了”。

如同叙述者“我”的善于奔跑，小说叙事大致也呈现出倾泻而下的态势。那么，有意在情节上生出一些枝蔓，以补救表面的热闹欢腾之下的华而不实，也就在情理之中了。不过，由此造成的审美效果却是令人生疑的。比如，王肝对小狮子萌生了热烈的暗恋，除了给小说带来一些暂时的生动和意外，最终又能留下什么呢？蝌蚪在失去前妻之后得知，小狮子竟然一直暗恋着他；读者面对这些不必要的打岔时想必和蝌蚪一样惊讶。然而更令人惊讶的是，蝌蚪终究被说服与小狮子结婚了。这一并非必要的变故，除了能够证明蝌蚪确属他自认的“名利之徒”，不知还能有何用处？再如，姑姑嫁给她遭蛙群袭击时巧遇的泥塑艺人郝大手也就罢了，又何必让曾经暗恋姑姑的秦河也变成泥塑艺人，更让三者间形成莫名其妙的暧昧关系？……

但若就此断言小说叙事失之杂乱不堪，也未必公道。这里的一个“悖论”是，《蛙》最有可能取得生动不俗的效果之处，往往也就在那些枝蔓岔乱之处，尤其是场景最为奇特荒唐之处。各种神奇的躲避计生政策的举动，诸如耿秀莲身怀六甲而跳水潜逃，王胆一家的挖洞藏匿和乘筏逃捕；再如，姑姑如何被蛙群追赶，民间大师如何获取灵感制作“月光娃娃”，青蛙小人如何向姑姑“讨债”，“高梦九”如何假戏真做妄断糊涂案等等，无不让人大开眼界。至于在紧要关头做些插科打诨般的手脚，则是莫言的拿手好戏：姑姑等人在水上追捕耿秀莲时，王肝正在岸上向蝌蚪朗诵他不无肉麻的情书；肖上唇要求王家赔偿被工作组拖倒的“命运树”，王仁美却答以肖家儿子摸过她的奶子可以作为补偿；晚年陈鼻在餐厅中以堂吉诃德的形象庄重亮相，却只是借以维持生计。此类场合中的严肃与荒诞交织，也算亦庄亦谐，别开生面。

不过，除了为数不多的别开生面之外，我们还应记得莫言的承诺：他曾借叙事者之口声称要“以写作赎罪”，且“在写作时一定保持真诚”。而今看来，莫言的“真诚”与否无法定论，但他至少缺乏足够的心平气和。他固然没有写出一部关于万六府的风云录，而是改为将姑姑的事迹全盘托出，但终究也没有冷静地写出一部关于乡土中国的忧思录。莫言的乡村经验和现实关怀，使他能够不断地在长篇创作中开掘出一个又一个“题材”领域，比如《红高粱》之于民间抗日，《天堂蒜薹之歌》之于农村灾情，《丰乳肥臀》之于中国乡村的宏阔历史，《檀香刑》之于殖民背景下的清末乡村，《四十一炮》之于 1990 年代的乡村变革，《生死疲劳》之于 1950 年代以来的乡村变迁。如果说莫言本人有着深重的乡村情结，大致是不差的。然而这深重的情结，似乎尚不足以克服某种强大的“惯性”。这个惯性即来自“魔幻现实主义”的影响。从《红高粱》开始，这位海外来客，如同幽灵般出没于莫言的笔下，既屡屡促成莫言叙述上的“自由”倾向，也一再让读者深受“怪力乱神”的场景和大胆不羁的想象带来的震撼。高粱地里的生死风流，酒国里的声色犬马，乃至整个“高密东北乡”的爱恨情仇，均因海外来客的灵光降临而得以生动呈现（再如晚近的《生死疲劳》，人们似乎只乐于从其“章回体”的仿古面目来称道小说如何向中国传统“致敬”，并未意识到仍可从莫言一以贯之的魔幻现实主义手法来解释其中的“六道轮回”）。但也正是在这位海外来客的牵引之下，莫言小说对于叙述快感的竭力追求，往往就掩抑了对于作品主题的深度开掘。这方面典型的例子当推《丰乳肥臀》：人们无法否认其小说建构某种史诗的雄心，但无法忽略其复制马尔克斯的匠心；正如人们无法否认其廓大的叙述气象，但无法完全认同以此方式颂扬伟大母爱。即便如《檀香刑》，虽然其叙事背景乃是中国乡村的惨烈历史，但故事的深度难免被膨胀的叙述所阻断——人们读完之后印象最深的，恐怕只会是那精细而残忍的“凌迟”过程。

对于《蛙》所涉及的的生育问题，及其背后牵连着的中国乡村半个世纪的历史境遇，我们当然不能否认莫言灵魂深处确有某种疼痛感。但是，通揽全篇，不止是对于即将远去的历史，莫言没有表现出足够深入的反思，即便对于变化着的当下现实，莫言也尽力回避评判。与这尽力回避形成对照的是，他在描摹当下种种经济奇观和社会怪状时的绘声绘色和不遗余力。人们不难发现，香火旺盛的“娘娘庙”、袁腮的牛蛙公司、李手经营的“堂吉诃德饭馆”、陈眉姐妹的不幸遭遇、肖下唇的大发其财、电视台的不顾事实真相只求新闻轰动，等等，不仅以众声喧哗的方式，刻下了喧嚣年代的某种面相，也反衬出莫言面对纷繁现实时的百感交集。从这个角度看去，小说末尾终于出现的话剧《蛙》，既兑现了蝌蚪对于杉谷的承诺，也促成了莫言的一种自我解脱。借助话剧这一体裁，莫言不再让“我”来承担先前的叙事功能，这也意味着莫言试图摆脱先前那种视角的局限：或许，只有编排这样一台乱哄哄的闹剧，才足以宣泄莫言先前被压抑的百感交集。

曾经有人如此阐释莫言的《酒国》：“莫言说故事最主要的动机，无非是要透过各种艺术手段的中介，把他周遭所见的‘混乱和腐败’（引自《酒国》之丁钩儿墓志铭）加以演习一番。从心理分析的观点，乌七八糟的事一一加以复述，其中令人焦虑的内容就会一涤而净。莫言的小说写作因此也不妨视之为一种语言治疗。”[1]我以为《蛙》的写作仍然可以视为一次语言治疗。只是，当叙述的语流携带着某种快感奔腾而去，留给我们的却是“尘归尘，土归土”的印象——心底的疼痛依旧疼痛，外在的喧嚣却依旧喧嚣。在这个意义上，《蛙》不妨被看做一部喧嚣年代的文学证词：它不仅为过去的喧嚣年代而写，也写在当下的喧嚣年代；它不仅见证了中国乡村的过去和现在，也见证了小说作者和读者从未平静的内心。它还唤起我们的某种期待，期待莫言此后能以更为沉潜的姿态穿越喧嚣的纷繁世相，迎来宁静的收获时节。

2010 年 8 月

〔1〕 周英雄：《酒国的虚实——试看莫言叙述的策略》，《当代作家评论》1993 年第2期。

守护现实主义本色

——兼以此文纪念孙犁诞辰百年

在20世纪初期,“中国文学向何处去”曾是与“中华民族向何处去”同样具备危机意识和民族诉求的时代命题。时至今日,中华民族早已取得民族解放事业的伟大胜利,并向着民族复兴的康庄大道昂首阔步,但“中国当代文学向何处去”、“当代文学如何突破困境”之类追问仍然不绝于耳。置身于多元化、全球化的后现代语境,中国文学“走向世界”似已不成问题(莫言问鼎“诺奖”即可为证),中国文学自身的经验与特殊性却仍然值得深入思考:中国文学究竟应凭借什么发展前行,又能凭借什么而作为“这一个”存在于世界文学之林?

笔者认为,近百年来中国文学最为重要的经验,显然不是见证了“主义”、“技艺”的繁杂多样和潮起潮落,而是充分证实了“现实主义”应当具备坚韧度和包容性。文学史的考察已经证明:主义与技艺的翻新不是文学的要务,直面现实人生才是文学的本色。现代文学史中成就显著者,都是以现实主义的立场涵容各种主义、创造各种技艺的作家。

孙犁(1913—2002)正是这样的一位作家。终其一生,从战争期间的以笔为旗,到和平年代的秉笔直书,从早期风格的清新富有诗意,到晚年的深沉不乏韵味,从创作与编辑并行的劳作实绩,到小说与散文俱佳的文体创造,孙犁留下了值得从多个方面加以阐释的文学遗产。其中尤为重要的是,他始终认为,真正的现实主义无须添加任何限制词,只要“认真去做,效果会是一样的”。[1] 孙犁以其三百余万字的作品,

---

〔1〕 孙犁:《耕堂读书记(一)》,《孙犁全集》(第五卷),人民文学出版社2004年版,第295页。

昭示了当今仍应重视的可贵经验:只有守住现实主义的本色,才能期望中国文学的未来。

贴近现实人生,发扬人道主义

曾有论者评价孙犁以"真诚"为现实主义之魂,确立了自己的鲜明风格[1],此言堪称确评。值得注意的是,孙犁处处张扬现实主义,但并不排斥其他主义;孙犁始终坚持自己的风格,但也能认可异己的风格。譬如,他曾告诫晚辈作家从维熙"先不要追求什么浪漫主义,只有把现实主义的基础打好了,才能产生真正的浪漫主义"[2];譬如,他无法赏识林斤澜专注于揭示"丑",但依然理解并肯定其作品具有批判现实主义的功用。[3] 孙犁评价《红楼梦》时说:"它是经历了人生全过程之后,在丰富的生活基础上,产生了现实主义,而严肃的现实主义,产生了完全创新的艺术。"[4]此处不只是评价《红楼梦》的艺术成就,更是宣告和张扬自己的现实主义文学观:现实主义,不是某种排他的、独尊的不二法度,而是一种重视生活体验、具有包容性的创作态度。

苏格拉底说过,没有经过审视的生活,是不值得过的。就创作而言,人们有理由认为,没有经过体验的生活,是不具备表现价值的。孙犁认识到:"凡是小说,起步于人生,遂成典型;起步于天上,人物反如纸扎泥塑,生气全无。"[5]综观孙犁的文学活动,无不与其生活体验休戚相关。在硝烟弥漫的晋察冀边区,他认真编辑报纸副刊,热情撰文为同志们的作品呐喊助兴,参与编选了揭露侵略者暴行、反映人民战斗业绩与心声的《冀中一日》,并据此写出了体现其编辑原则和美学思想的普

---

〔1〕 张学正:《真诚:孙犁现实主义文学之魂》,《南开学报》(哲学社会科学版)1995年第1期。

〔2〕 孙犁:《〈从维熙小说选〉序》,《孙犁全集》(第五卷),第356—357页。

〔3〕 孙犁:《读作品记(三)》,《孙犁全集》(第六卷),第21—23页。

〔4〕 孙犁:《〈红楼梦〉杂说》,《孙犁全集》(第五卷),第143页。

〔5〕 孙犁:《耕堂读书记(一)》,《孙犁全集》(第五卷),第311页。

及读物《文艺学习》。到达延安之后，他先后在“鲁艺”当研究生和教员，并陆续发表以冀中见闻为题材的小说作品。解放战争初期，他尝试用《白洋淀之曲》等叙事诗、《翻身十二唱》等大鼓词的形式，来表现他所观察到的民兵参战、农村土改等情状。天津解放以后，孙犁在《天津日报》的文艺副刊岗位上辛勤工作几十载，发现和培养了刘绍棠、从维熙、韩映山等一批年轻作家，并将相关的评论文字汇集成后来多次再版的《文学短论》一书，还写成了酝酿已久的两部作品：长篇《风云初记》，记述罅沱河畔人民组织武装、建立抗日根据地的抗战史；中篇《铁木前传》，以铁匠、木匠两家为视点，从抗战爆发至农业合作化运动的风云变幻中刻写了农村的风物人情与时代变迁。“文革”结束以后，孙犁发表的小说、散文，无不以其对文革历史与现实社会的切身体验为基础。

对于孙犁这代作家而言，他们因笃信文学的现实功用，可能会遭遇“文学为人生还是为艺术”、“文学如何反映政治”等问题。孙犁的回答再次显示了现实主义者的包容大度与阅尽沧桑者的从容睿智：“为人生的艺术，不能完全排斥为艺术而艺术。你不为艺术而艺术，也就没有艺术，达不到为人生的目的。”“政治已经在生活中起了作用，使生活发生了变化，你去反映现实生活，自然就反映出政治。政治已经到生活里面去了，你才能有艺术的表现。不是说那个政治还在文件上，甚至还在会议上，你那里已经出来作品了，你已经反映政治了。”[1]这完全可以看作对于近百年中国文学重要问题的经验总结。

曾有论者指出，时常针砭假丑恶的晚年孙犁，不只有别于致力弘扬真善美的早期孙犁，甚至流露出悲观厌世之情。笔者以为，无论是从生活中淬炼真善美还是直言其假丑恶，都可归结为一点：以贴近现实的姿态，书写对于人生的热切体验；正因爱之深，故而责之切。孙犁真正以一贯饱满的情绪，体现了现实主义作家贴近现实人生的严肃态度。反观当下的中国文学，充斥于网络和书架上的热读、热销作品，不是具有

---

〔1〕 孙犁：《文学和生活的路》，《孙犁全集》（第五卷），第236、237页。

浓重幻想气质的所谓“盗墓”“修真”小说，就是满足狭隘趣味的武侠狂想与白领奇遇，这不能不引发严肃的人们去思考：遗弃了对于日新月异的、广阔的现实人生的关注，文学还有何存在的必要性？中国文学的未来又在何方？

孙犁坚信，必须具备“赤子之心”，才能成为真正的文学艺术家。[1]他不止一次地说过，“凡是伟大的作家，都是伟大的人道主义者”[2]。“只有真正的现实主义作家，才能成为真正的人道主义者。”[3]孙犁的创作达至高峰，是源于抗战期间在人民中“看到真善美的极致”；其创作低谷和沉滞，则因“看到邪恶的极致，我不愿意写”[4]。这正是人道主义者的作为：明辨是非，扬善弃恶；取舍之间，义理昭然。新时期以来，孙犁又以勤奋的劳作，践行了“我们所追求的文学，它是给我们人民以前途、以希望的，它是要使我们的民族繁荣兴旺的，充满光明的”[5]这一信念。孙犁创作中的起落波折，恰好诠释了追寻真善美之路上的“否定之否定”历程，这种历尽甘苦的艰难认同、不惜老迈的黾勉以求，本身就是对于人道主义精神的极佳证明。当下的中国早已远离“极致”的曲折而稳步于发展的平和，但提倡人道主义的情怀仍然不会过时，提倡对于真善美的追求永远不会过时。如此这般，我们的文学才能与现实人生一样，广阔而又丰富，鲜活而又生动。

融汇文学传统，书写民族精神

孙犁的阅读发端较早，但其真正的文学启蒙，却是在中学时代领受的。“五四”以来的新文学作品，不仅以简洁明快的摹写使孙犁了解到新文学的样式，更以严肃深切的气质引发孙犁对于社会的思考、对于文

---

〔1〕 孙犁：《文学和生活的路》，《孙犁全集》（第五卷），第242页。

〔2〕 孙犁：《答吴泰昌问》，《孙犁全集》（第六卷），第5页。也可见于《文学和生活的路》，《孙犁全集》（第五卷），第242页。

〔3〕 孙犁：《文学和生活的路》，《孙犁全集》（第五卷），第252页。

〔4〕 同上书，第236、237页。

〔5〕 同上书，第241—242页。

学的热爱。可以说，孙犁是在“为人生”的“五四文学”直接影响下成长起来的作家。无论身处血与火的战争年代还是社会主义新时代，孙犁总是抓住一切时机投入阅读思考，从古今中外的优秀作品中汲取各类养分。直到晚年，他还明确表露过对俄国作家普希金、契诃夫、果戈理以及屠格涅夫的喜爱之情。不过，人们或许能从孙犁作品中感受到几分屠格涅夫式的优美抒情、契诃夫式的简洁含蓄，却丝毫不能看出孙犁对他们的生吞活剥。

对于中国文学自身的优秀传统，孙犁则更为重视。孙犁不仅从鲁迅、茅盾等现代作家那里领会了文学的要义在于直面现实、描写人生，还在艰苦的环境下自觉地宣扬鲁迅精神，甚至比照着《鲁迅日记》系统地购书阅读。他从鲁迅这里学到的，不只是作家的态度和技法，更有学者的勤奋和笃定。以曹雪芹、蒲松龄等为代表的古代作家，也持续地为孙犁的文学创作提供了参照与助益。他不止一次谈到过《红楼梦》与《聊斋志异》，对于两部作品中的“满纸荒唐言”与鬼狐神怪，他从不以为怪，反而时常强调其背后的现实主义根源。至于两部作品对美好动人的女性形象的倾力描绘，则显然促成了孙犁笔下一系列美丽女性的诞生。孙犁力图以“为人生”的文学立场来解读古典名著：“《红楼梦》是为人生的艺术，它的主题思想，是热望解放人生，解放个性。”[1]不惟如此，孙犁还从《庄子》中看出寓言风格背后的现实意义与生活细节，从《韩非子》中悟到现实生活材料对于说理的意义，从《典论·论文》深感为文立论须以现实针对性为根基，从《文赋》领会了实践出真知的创作规律。[2]

自觉地以本土立场接受域外文学、以现代立场重释古典文学，这正是文学阅读的融汇贯通之道，也是孙犁文学经验中足可称道之处。优秀的作家正是这样炼成的：他们承继与发扬文学传统，磨砺创造出鲜明的一己风格，自身也历经时间淘洗而沉淀为文学传统的一部分。早在

---

〔1〕 孙犁：《〈红楼梦〉杂说》，《孙犁全集》（第五卷），第143页。
〔2〕 参见孙犁：《耕堂读书记（一）》，《孙犁全集》（第五卷）。

1945 年，孙犁在延安窑洞写出成名作《荷花淀》，尚未公开发表就以其题材、语言以及表现方法的新鲜而被视为风格卓异之作。此后的《芦花荡》、《山地回忆》等强化和巩固了孙犁作为风格型作家的特色：写实且抒情，似远而实近，以真诚与热忱，引发人们对于平淡与极致之美的思考。1980 年代以来，研究者不约而同将孙犁推认为“荷花淀派”的代表。“十年荒于疾病，十年废于遭逢”[1]之后，重又执笔的孙犁，笔下已多了几分沉实与苍劲。其《芸斋小说》与《书衣文录》等，近取文学“为人生”之训，远取古代笔记小说之法，杂糅历史感慨与现实体悟，以人为本，以书为友，时而委曲有致，时而素朴无华。细究孙犁的风格变化与文体创造，作者个人体验的累积深重是外在刺激，对于文学传统的融合创化却是内在动因。

持续深入地发掘民族精神，也是孙犁文学创作的一大贡献。不少论者盛赞孙犁的《荷花淀》精妙之处在于回避了对于战争场景的常见描绘，而代之以简洁明快的叙事写景，带来了清新明丽、富于诗情的“水边文学”[2]。孙犁当然继承借鉴了优秀抒情小说的传统，但孙犁作品感人最甚者，不是水光潋滟令人心旷神怡之情，而是中国人民在水上还击侵略者的痛快淋漓之情。尤其是柔弱驯良的劳动妇女，她们不是只会安于料理家务、忙于挂念丈夫，在民族危亡关头也能像男人一样挺身而出保家卫国，这是何等令人自豪之情！在孙犁描写山地生活、平原斗争的作品中，同样洋溢着坚韧的抗争精神和充沛的时代激情。“荷花淀”、“芦花荡”以及“山地”和“平原”，都是乡土中国的缩影；正是孙犁赋予活动其中的人们以坚韧不屈的抗争精神，这些水光山色才具备了别具一格的情味。

孙犁以对乡土中国及其民族精神的别样书写而留名于乡土文学

[1] 孙犁：《信稿(二)》，《孙犁全集》(第五卷)，第 132 页。

[2] “他给抗日根据地内陆性文学的总体构成中，增添了可以成为‘水边文学’的清新明媚的一隅。”见杨义：《中国现代小说史》(第三卷)，人民文学出版社 1986 年版，第 584 页。

史。然而富有意味的是，他更愿意将“乡土文学”理解为“有民族根基的文学”，而不同意一般地提倡“乡土文学”：“没有一成不变的‘乡土文学’，就像人间并没有世外桃源一样。”他敏锐地指出，不仅乡土在发生变化，中国也在发生变化。中华民族应如何应对变化？孙犁以其特有的从容答道：“外来的东西，总是要进来的，只要民族的根基深，传统固，自信力强，那是没有什么可怕的，也无需大惊小怪。”[1]笔者以为，这不仅指出了中华民族立身世界之林的根本，也为中国文学立足世界文学指明了可行的方向：不为外界喧嚣所动，珍视民族传统，总结历史经验，夯实现有基础，传扬民族精神，我们才能走得更为自信、更为顺畅。

---

〔1〕 孙犁：《关于“乡土文学”》，详见《孙犁全集》（第六卷），第45—48页。

后　记

春雨潺潺，夜已阑珊。校读文稿的这些日子里，过去读书写作的零碎时光，从字里行间慢慢浮现、缓缓聚拢，即将凝成今夜最终的句点。灯光下的我与文字中的我远远地挥手道别，送走曾经的那些写作之夜。那最远的夜，距今已近十年，此刻想来却宛如昨日。可见我这些年来毫无进步可言。今后当尽力克除懒散，多读书，多思考。

原本散落于电脑硬盘各处的文字，如今能以文集的形式完整亮相，这首先得感谢学院出版计划的大力资助。入职福建师大以来，我时刻感受到来自学院领导和诸多同事的关爱与期待，借此机会，谨致谢忱！还要感谢所有关心我成长的老师、陪伴我成长的同学和朋友，正是有了你们，这些文字背后的记忆，才有了真情实感。

书中大部分文章曾经发表。文章论题不一，勉强分为四辑；各辑所收文章，以写作时间先后为序。当初发表时由于各种原因被删削之处，此次力求恢复原貌。其余部分，除改动明显错漏外，也力求不变。这既不是“敝帚自珍”，也并非“不悔少作”，而只是为过去的时光留个念想。愿过去年少轻狂勇于表达的我，时常激励现在慵懒怠惰无所作为的我。心有困惑并不可怕，敢于超越才有出路。故以“困惑与超越”作为本书题目。

最后，感谢我的家人。你们一直都是我的念想。

2014 年 3 月 16 日夜
于旗山公寓

图书在版编目(CIP)数据

困惑与超越:中国现当代文学散论/徐阿兵著. —上海:上海三联书店,2015.5
ISBN 978-7-5426-5012-2

Ⅰ.①困… Ⅱ.①徐… Ⅲ.①中国文学—现代文学—文学研究②中国文学—当代文学—文学研究 Ⅳ.①I206

中国版本图书馆 CIP 数据核字(2014)第 283058 号

困惑与超越——中国现当代文学散论

著　　者 / 徐阿兵

责任编辑 / 彭毅文
装帧设计 / 徐　徐
监　　制 / 李　敏
责任校对 / 张大伟

出版发行 / 上海三联书店
(201199)中国上海市都市路 4855 号 2 座 10 楼
网　　址 / www.sjpc1932.com
邮购电话 / 24175971
印　　刷 / 上海叶大印务发展有限公司

版　　次 / 2015 年 5 月第 1 版
印　　次 / 2015 年 5 月第 1 次印刷
开　　本 / 640×960　1/16
字　　数 / 280 千字
印　　张 / 18.5
书　　号 / ISBN 978-7-5426-5012-2/I·973
定　　价 / 42.00 元